1

http://www.ilgattoelaluna.it
https://www.facebook.com/pages/Il-Gatto-e-la-Luna-ebook-
e-fantasia/262201513853245
contatti: info@ilgattoelaluna.it

ISBN: 978-88-96104-55-2
@2013 Il Gatto e la Luna editrice
Anna dai Capelli Rossi – Anna di Ingleside
Collana: Gatto Verde
di Lucy Maud Montgomery
Titolo originale dell'opera:
Anne of Ingleside
Prima pubblicazione: Canada, 1939

Traduzione di Ilaria Isaia

INDICE

Dov'eravamo rimasti?
Riassunto de "La Casa dei Sogni"

Anna e Gilbert finalmente si sposano nel giardino dei Tetti Verdi e si trasferiscono nella loro prima casa, che Anna chiama la loro "Casa dei Sogni", una casina bianca vicino al mare a Punta Quattro Venti, presso il paesino di Glen St. Mary, dove Gilbert diventa il medico del paese rilevando l'attività di suo zio.

In questo nuovo posto i due conoscono nuovi, interessanti personaggi. Tra questi spiccano Miss Cornelia Bryant, una donna di mezza età nubile, molto loquace e "femminista" ante litteram, Capitan Jim, un ex marinaio, ora guardiano del faro, in grado di raccontare tantissime, straordinarie avventure, e Susan Baker, altra vivace "zitella", che viene assunta per dare una mano in casa e che venera letteralmente Anna.

E poi c'è Leslie Moore, la loro vicina di casa. Una giovane donna dalla bellezza mozzafiato e dalla vita tragica. Dopo aver perso il fratellino e il padre in maniera traumatica, era stata costretta dalla madre a sposare, ad appena sedici anni, Dick Moore, un uomo perfido e prevaricatore. Questo era stato dato per disperso in mare, ma un anno dopo la sua scomparsa Capitan Jim l'aveva ritrovato e riconosciuto a Cuba e l'aveva riportato a casa, in preda ad amnesia e con danni cerebrali grandissimi dovuti a un incidente. Ormai è solo "un bambinone" inerme e un fardello per la povera Leslie.

L'amicizia tra Anna e Leslie è ostacolata proprio dall'amarezza della vita di quest'ultima e dal risentimento e dall'invidia che lei spesso prova per la "felicità perfetta" di Anna.

La morte, subito dopo la nascita, della prima figlia di Anna, Joyce, macchia questa felicità perfetta e infrange la barriera che non permetteva a Leslie di avvicinarsi ad Anna.

Per guadagnare un po' di denaro, Leslie ospita in casa sua il giovane Owen Ford, che è il nipote dei primi proprietari della Casa dei Sogni di Anna e Gilbert. Owen è uno scrittore ed è alla ricerca di ispirazione per scrivere quello che lui chiama il suo "grande romanzo canadese". Anna pensa quindi di metterlo in contatto con Capitan Jim, che ha scritto molti appunti su tutte le sue avventure e desidera che qualcuno ne faccia un libro. Owen accetta con entusiasmo l'incarico e i due si mettono a lavorare a quello che diventerà "Il diario di bordo di Capitan Jim".

Intanto, in quella che sarà un'estate magnifica, Owen e Leslie s'innamorano l'uno dell'altra. Ma il legame di Leslie con Dick rende questo amore impossibile e perciò Owen se ne va.

Intanto Gilbert visita Dick e scopre che, con un'operazione chirurgica eseguita secondo nuove tecniche, l'uomo potrebbe recuperare la memoria e tutte le sue facoltà intellettive. Sia Miss Cornelia che Anna si oppongono tenacemente a quest'operazione, sono certe che se Dick Moore tornasse in sé renderebbe la vita di Leslie ancora peggiore di quanto non sia già. Ma Gilbert ritiene che sia suo dovere dire la verità a Leslie e lasciare a lei la scelta. Leslie dà il suo consenso e Dick viene operato con successo. Però... non è Dick. È suo cugino George, che gli somiglia in maniera impressionante. George era con Dick a Cuba e l'aveva visto morire di febbri gialle dodici anni prima.

Leslie è ormai libera e decide di iscriversi a un corso per infermiere e dare un senso alla propria vita. Ma il ritorno di Owen cambierà le carte in tavola: finalmente i due possono sposarsi e vivere il loro amore.

Il libro di Owen è intanto uscito ed è un enorme successo. Capitan Jim fa in tempo a vederlo, ma muore sorridendo subito dopo aver letto la copia che aveva avuto in anteprima.

Anna e Gilbert hanno un secondo bambino, stavolta sano, che viene chiamato James (come Capitan Jim) e Matthew (come Matthew Cuthbert, che aveva adottato Anna assieme alla sorella Marilla), detto Jem.

Miss Cornelia fa un annuncio sconvolgente: proprio lei, una zitella convinta, si sposerà. Sposerà Marshall Elliott, un uomo bizzarro che aveva giurato di non radersi la barba fino a che i Liberali non avessero vinto le elezioni. A sua volta Miss Cornelia aveva giurato di non sposarlo finché non si fosse tagliato la lunghissima barba. Ma ora i Liberali hanno vinto, Marshall si è rasato e non ci sono più ostacoli alle nozze.

Contemporaneamente Gilbert annuncia ad Anna di aver acquistato la grande casa dei Morgan. La Casa dei Sogni è ormai troppo piccola per loro, e con la sua attività di medico per Gilbert è più comodo avere una casa più vicina al paese. Con la morte nel cuore, Anna lascia la sua Casa dei Sogni, che diventerà la casa di villeggiatura di Leslie e del suo nuovo marito Owen Ford.

La storia che stiamo per leggere comincia sette anni dopo questo trasferimento.

Lucy Maud Montgomery

Anna di Ingleside

Capitolo 1

"Com'è bianca la luna stasera!", disse Anna Blythe tra sé, risalendo il sentiero del giardino dei Wright che portava alla soglia della casa di Diana Wright, dove i petali dei piccoli fiori di ciliegio scendevano nell'aria salmastra e mossa dalla brezza. Si fermò un istante a guardare le colline e i boschi che aveva amato ai vecchi tempi, e che ancora amava. Cara Avonlea! Ormai Glen St. Mary era casa sua, ed era casa sua da molti anni, ma Avonlea aveva qualcosa che Glen St. Mary non avrebbe mai avuto. Fantasmi di sé stessa la incrociavano a ogni svolta... i campi in cui aveva vagabondato l'accoglievano... tutt'attorno a lei c'erano gli echi mai spenti della sua vecchia, dolce vita... ogni punto che guardava aveva preziosi ricordi. Qua e là c'erano giardini frequentati da spiriti, dove sbocciavano le rose di ieri. Anna amava sempre tornare ad Avonlea, anche quando, come adesso, il motivo della visita era triste. Lei e Gilbert erano arrivati per il funerale del padre di lui e Anna si era fermata per una settimana. Marilla e la signora Lynde non avrebbero tollerato che se ne andasse troppo presto. La sua vecchia stanza sotto la soffitta era stata conservata per lei e quando Anna ci andò la sera del suo arrivo, scoprì che la signora Lynde ci aveva messo dentro, per lei, un grande, accogliente mazzo di fiori primaverili... un bouquet che, quando Anna vi affondò il viso, pareva aver trattenuto tutta la fragranza di anni mai dimenticati. L'Anna di una volta l'aspettava lì. La contentezza profonda e dolce di un tempo le si agitò nel cuore. La stanza sotto la soffitta la cingeva... abbracciandola... avvolgendola. Guardò con tenerezza il suo vecchio letto, con la coperta cosparsa di foglie di melo che la signora Lynde aveva sferruzzato... e i cuscini immacolati dagli alti orli di pizzo che la signora Lynde aveva fatto all'uncinetto... e i tappeti intrecciati di Marilla sul pavimento... lo specchio che aveva riflesso il volto della piccola orfana, con la sua bianca fronte da bambina, che aveva pianto fino allo sfinimento quella prima sera di tanti anni fa. Anna dimenticò di essere la madre felice di cinque bambini... con Susan Baker che ancora sferruzzava misteriose scarpine a Ingleside. Adesso era di nuovo Anna dei Tetti Verdi. La signora Lynde, quando arrivò per portare gli asciugamani puliti, la trovò che ancora guardava assorta lo specchio. "È bellissimo riaverti di nuovo a casa, Anna. Te ne sei andata da nove anni ma io e Marilla non smettiamo mai di sentire la tua mancanza. Non ci sentiamo più tanto sole da quando Davy s'è sposato... Millie è tanto una cara ragazza... e fa certe torte!... anche se è curiosa come uno scoiattolo per qualunque cosa. Ma ho sempre detto, e lo dirò sempre, che nessuno è come te." "Ah, ma questo specchio non si lascia ingannare, signora Lynde. Mi sta dicendo chiaramente 'tu non sei più giovane come una volta'", disse Anna, con fare bizzarro.

"Ma hai mantenuto benissimo la tua carnagione", la consolò la signora Lynde, "Be', certo, non avevi molto colore da perdere."

"A ogni modo, non ho ancora neanche un accenno di doppio mento", disse Anna, allegra, "E la mia vecchia stanza si ricorda di me, signora Lynde. Sono contenta... soffrirei se tornassi e scoprissi che mi ha dimenticata. Ed è meraviglioso vedere di nuovo la luna che si leva sulla Foresta Stregata."

"Sembra un enorme pezzo d'oro in cielo, vero?", disse la signora Lynde, con la sensazione di aver preso un folle volo poetico, e felice che non ci fosse Marilla ad ascoltare.

"Guardate quegli abeti appuntiti come si stagliano... e le betulle nella valle che tendono i rami verso il cielo d'argento. Adesso sono alberi grandi... erano piccini quando venni qui... e *questo* mi fa sentire un po' vecchia."

"Gli alberi sono come bambini", disse la signora Lynde, "È spaventoso quanto crescano non appena gli volti le spalle. Guarda Fred Wright... ha solo tredici anni ma è alto quasi quanto suo padre. Per cena c'è un pasticcio caldo di pollo, e ti ho fatto i miei biscotti al limone. Non temere di dormire in quel letto. Oggi ho fatto prendere aria alle lenzuola... Marilla non lo sapeva e le ha messe all'aria anche lei... e neanche Millie lo sapeva, e le ha messe all'aria una terza volta. Spero che Mary Maria Blythe si faccia vedere domani... le piacciono così tanto i funerali."

"Zia Mary Maria... Gilbert la chiama sempre così, anche se lei è solo la cugina di suo padre... be', lei mi chiama 'Annie'", rabbrividì Anna, "E la prima volta che mi vide, dopo che mi ero sposata, mi disse 'È strano che Gilbert abbia scelto te, quando poteva avere così tante belle ragazze'. Forse è per questo che non mi è mai piaciuta molto... e so che non piace neanche a Gilbert, anche se lui è troppo legato al suo clan per ammetterlo."

"Gilbert si ferma molto?"

"No. Deve tornare domani sera. Ha lasciato un paziente in condizioni molto critiche."

"Oh, immagino che adesso non ci sia più molto a trattenerlo ad Avonlea, visto che sua mamma se n'è andata l'anno scorso. Il vecchio signor Blythe non ha più rialzato la testa dalla morte della moglie... non aveva più nulla per cui vivere. È tristissimo pensare che non ci siano più Blythe ad Avonlea. Era un bel, vecchio ceppo. E invece... ci sono un mucchio di Sloane. Gli Sloane sono sempre gli Sloane, Anna,   e lo saranno per l'eternità, per tutti i secoli dei secoli, amen."

"Che ci siano pure tutti gli Sloane che vogliono, io dopo cena vado a fare una passeggiata al chiar di luna nel vecchio frutteto. E poi immagino che alla fine dovrò andare a letto... anche se ho sempre pensato che dormire nelle notti di luna piena sia uno spreco di tempo... ma voglio svegliarmi presto per vedere le prime pallide luci dell'alba diffondersi sulla Foresta Stregata. Il cielo si farà rosso corallo e i pettirossi incederanno impettiti qua e là... forse un passerotto grigio si poserà sul davanzale... e ci saranno viole del pensiero dorate e purpuree da guardare e..."

"Ma i conigli si sono mangiati tutta l'aiuola di narcisi bianchi", disse tristemente la signora Lynde, scendendo le scale ondeggiando e sentendosi segretamente sollevata di non dover più parlare della luna. Per questi versi Anna era sempre stata un po' strana. E non pareva servisse ancora sperare che crescendo le passasse.

Diana andò incontro ad Anna sul vialetto. Anche al chiaro di luna si vedeva che i suoi capelli erano ancora neri, le sue guance rosa e gli occhi lucenti. Ma il chiaro di luna non poteva nascondere che era diventata più corpulenta che negli anni passati... e Diana non era mai stata quel che la gente di Avonlea definiva "pelle e ossa".

"Non preoccuparti... non mi fermo a lungo..."

"Come se fosse *questo* a preoccuparmi", la rimproverò Diana, "Sai che preferirei di gran lunga passare la sera con te che andare al ricevimento. Mi sembra di non averti visto neanche la metà di quanto avrei voluto, e dopodomani te ne rivai. Ma lo sai, è il fratello di Fred... dobbiamo proprio andarci."

"Certo che dovete. E io sono venuta solo per un minuto. Sono venuta per la vecchia via, Di... quella che passa per la Bolla della Driade... per la Foresta Stregata... per il tuo vecchio giardino ombroso... e per il Laghetto dei Salici. Mi sono anche fermata a guardare i salici riflessi capovolti nell'acqua, come facevamo sempre. Sono cresciuti tanto."

"Tutto deve crescere!", disse Diana con un sospiro, "Quando guardo il giovane Fred! Siamo cambiati tutti... tranne te. Tu non cambi mai, Anna. *Come fai* a restare così magra? Guarda me!" "Sei un po' matronale, certo", rise Anna, "Ma finora sei sfuggita alla cintura della mezza età[1], Di. Io non cambio mai? Mah! La signora H.B. Donnell è d'accordo con te. Al funerale m'ha detto che non sono invecchiata neanche di un giorno. Ma la signora Harmon Andrews no. Lei mi ha detto: 'Santo Cielo, Anna, come ti sei sciupata!' È tutto nell'occhio di chi guarda... o nella propria coscienza. Le uniche volte in cui sento un po' lo scorrere del tempo è quando guardo le illustrazioni sulle riviste. Gli eroi e le eroine cominciano a sembrare *troppo giovani* per me. Ma non ti preoccupare, Di... domani saremo di nuovo ragazzine. È questo che sono venuta a dirti. Ci prendiamo il pomeriggio e la sera per noi e ce ne andiamo a vedere tutti i nostri vecchi posti preferiti... tutti quanti. Passeggeremo per i campi primaverili e in quei vecchi boschi pieni di felci. Vedremo tutte le vecchie cose familiari che amavamo e le colline dove ritroveremo la nostra giovinezza. Nulla sembra veramente impossibile in primavera. Smetteremo di sentirci genitori responsabili e saremo sventate come la signora Lynde pensa che io sia ancora nel profondo dell'anima. Non è affatto divertente essere *sempre* giudiziosi, Diana."
"Cielo, Anna, sembra fantastico. E mi piacerebbe tanto. Però..."
"Non ci sono però. So che stai pensando 'E chi prepara la cena agli uomini?'."
"Non esattamente. Anna Cordelia sa preparare la cena agli uomini bene quanto me, anche se ha solo undici anni", disse Diana, orgogliosa, "Avrebbe dovuto farlo comunque, perché io dovevo andare dalle Dame di Carità. Ma non ci vado, vengo con te. Sarà come un sogno che si realizza. Sai, Anna, tante volte la sera mi siedo e faccio finta che siamo ancora bambine. Porteremo con noi la cena..."
"E la mangeremo nel giardino di Hester Gray... c'è ancora il giardino di Hester Gray?"

---

1   Cintura della mezza età, vale a dire l'ingrossamento del girovita che avviene verso la mezza età. Da come parlano, sembra che Anna e Diana siano ormai due signore attempate, invece in questo momento del libro hanno appena 34 anni. Al giorno d'oggi nessuna trentaquattrenne si riterrebbe una signora attempata o di mezza età, tutt'altro, ma evidentemente all'epoca di Anna le cose stavano in maniera diversa (NDR)

"Credo di sì", disse Diana, dubbiosa, "Non ci sono più andata da quando mi sono sposata. Anna Cordelia fa tante esplorazioni... ma io le dico sempre che non deve allontanarsi troppo da casa. A lei piace gironzolare per i boschi... e un giorno quando l'ho sgridata perché parlava da sola in giardino lei ha risposto che non stava parlando da sola... stava parlando con lo spirito dei fiori. Sai quel servizio da tè con quei minuscoli boccioli di rose rosa che le hai regalato per il suo nono compleanno? Non ne ha rotto neanche un pezzo, tanto è attenta. Li usa solo quando le Tre Persone Verdi vanno a prendere il tè da lei. Non riesco a tirarle fuori *chi crede che siano*. Sostengo che per certi versi, Anna, somigli molto più a te che a me."

"Forse in un nome c'è più di quanto Shakespeare ammettesse. Non prendere male le fantasie di Anna Cordelia, Diana. A me dispiace sempre per quei bambini che non passano qualche anno nel paese delle fate."

"Adesso la nostra maestra è Olivia Sloane", disse Diana, perplessa, "È laureata in lettere, e ha preso la cattedra solo per un anno per stare vicino a sua madre. *Lei* dice che ai bambini bisogna insegnare ad affrontare la realtà."

"Diana Wright, sono forse arrivata a quest'età per sentirti parlare come una Sloane?"

"No... no... NO! Lei non mi piace neanche un po'... e poi ha quegli occhi rotondi, azzurri e fissi che ha tutta la sua famiglia! E non mi preoccupo per le fantasie di Anna Cordelia. Sono graziose... proprio come lo erano le tue. Scommetto che andando avanti troverà fin troppa 'realtà'."

"Allora siamo d'accordo. Vieni ai Tetti Verdi verso le due e berremo un po' del vino di ribes di Marilla... adesso lo fa di nuovo, in barba al reverendo e alla signora Lynde... ci farà sentire veramente diaboliche."

"Ti ricordi di quando me lo facesti bere?", ridacchiò Diana, senza preoccuparsi per quel "diaboliche", cosa che avrebbe fatto se a dirlo fosse stato chiunque altro non fosse Anna. Tutti sapevano che Anna non intendeva davvero cose del genere. Era semplicemente il suo stile.

"Domani avremo una vera e propria giornata del 'te lo ricordi?', Diana. Non ti trattengo ancora... ecco Fred con il calesse. Il tuo vestito è delizioso."

"Fred me ne ha fatto fare uno nuovo per il matrimonio. Non pensavo che potessimo permettercelo da quando abbiamo fatto fare il fienile nuovo, ma lui ha detto che non avrebbe permesso che sua moglie sembrasse una che è appena stata mandata a chiamare e non può presentarsi quando tutte le altre saranno in ghingheri. Non è proprio una cosa da uomini?"

"Oh, sembri la signora Elliott di Glen", disse Anna, severa, "Devi controllare questa tua tendenza. Ti piacerebbe vivere in un mondo senza uomini?"

"Sarebbe orribile", ammise Diana, "Sì, sì, Fred, sto arrivando! Oh, d'accordo! Allora a domani, Anna."

Mentre rincasava, Anna si fermò alla Bolla della Driade. Amava tanto quel vecchio ruscello. Ogni trillo delle sue risate infantili che avesse mai colto l'aveva conservato, e adesso pareva restituirlo alle sue orecchie in ascolto. I suoi vecchi sogni... poteva vederli riflessi nella Bolla trasparente... vecchie promesse... vecchi mormorii... il ruscello li aveva conservati tutti e ne mormorava adesso... ma non c'era nessuno ad ascoltarli se non i vecchi abeti rossi della Foresta Stregata, che li ascoltavano da tanto, tanto tempo.

Capitolo 2

"Che splendida giornata... sembra fatta apposta per noi", disse Diana, "Ma minaccia di mettersi al brutto... domani pioverà."

"Non ti preoccupare. Oggi ci godremo la sua bellezza, anche se domani il sole se ne andrà. Oggi ci godremo la nostra compagnia reciproca anche se domani dovremo separarci. Guarda quelle lunghe colline verde-oro... quelle valli piene di vapori azzurrini. Sono *nostre*, Diana... non m'importa se quella collina più lontana è registrata a nome di Abner Sloane... oggi è *nostra*. Il vento soffia da ovest... mi sento sempre avventurosa quando soffia il vento da ovest... faremo un'escursione magnifica."

La fecero. Visitarono tutti gli angoli vecchi e cari: il Viale degli Innamorati, la Foresta Stregata, la Selvapigra, la Valletta Violetta, il Sentiero delle Betulle, il Lago di Cristallo. C'erano stati dei cambiamenti. Gli alberelli di betulla che formavano un piccolo cerchio alla Selvapigra, dove tanto tempo fa loro avevano la loro casetta dei giochi, erano diventati alberi grandi; il Sentiero delle Betulle, che non veniva frequentato da molto tempo, era ricoperto di felci; il Lago di Cristallo era completamente scomparso e al suo posto era rimasto solo un fossato umido coperto di muschio. Ma la Valletta Violetta era imporporata di violette, e il germoglio di melo che Gilbert aveva trovato una volta nel fitto dei boschi adesso era un albero enorme tutto tempestato di minuscoli boccioli dalla punta cremisi.

Camminarono a testa scoperta. I capelli di Anna ancora rilucevano sotto il sole come mogano lucidato, e quelli di Diana erano ancora lucidi e neri. Si scambiarono occhiate d'intesa allegre, calde e cordiali. Certe volte camminarono in silenzio... Anna sosteneva sempre che due persone in sintonia come lei e Diana potessero *sentire* i reciproci pensieri. Certe volte disseminavano le loro conversazioni di "ti ricordi?"

"Ti ricordi di quando cadesti nel pollaio delle oche dei Cobb sulla Via dei Conservatori?"... "Ti ricordi quando saltammo addosso a zia Josephine?"... "Ti ricordi il nostro Club delle Storie?"... "Ti ricordi la visita di Miss Morgan, quando ti tingesti il naso di rosso?"... "Ti ricordi quando ci scambiavamo i segnali con le candele dalla finestra?"... "Ti ricordi quanto ci divertimmo al matrimonio di Miss Lavanda? E i fiocchi azzurri di Carlotta?" "Ti ricordi la società per il progresso?" Sembrava loro quasi di udire i propri vecchi scrosci di risate che riecheggiavano dal passato.

La S.P.C.A.[2], a quanto pareva, era morta. Si era estinta poco dopo il matrimonio di Anna. "Non sono proprio riusciti a tenerla in piedi, Anna. I giovani di Avonlea non sono più quello che erano ai *nostri* tempi."

"Non parlare come se 'i nostri tempi' fossero finiti, Diana. Abbiamo solo quindici anni e siamo spiriti affini. L'aria non è solo piena di luce... è tutta *fatta* di luce. Credo che mi siano spuntate le ali."

"Mi sento anch'io così", disse Diana, dimenticando che quel mattino aveva già fatto pendere la bilancia dall'altra parte cento volte contro cinquantacinque, "Spesso penso che mi piacerebbe trasformarmi per un po' in un uccellino. Volare dev'essere meraviglioso."

La bellezza le circondava. Tinte insospettate baluginavano nelle buie proprietà dei boschi e risplendevano nelle seducenti stradine solitarie. Il sole primaverile filtrava tra le giovani foglie verdi. Allegri trilli di canti erano ovunque. C'erano piccole valli dove pareva d'immergersi nell'oro liquido. A ogni curva un nuovo aroma primaverile le colpiva in volto... aroma di felci... balsamo di abeti... il salubre profumo dei campi appena arati. C'era una stradina ammantata, come da una tenda, di fiori di ciliegio selvatico... un vecchio campo erboso pieno di minuscoli abeti rossi che avevano appena cominciato a vivere e sembravano piccoli elfi acquattati nell'erba... ruscelli che non erano ancora "troppo larghi da superare d'un balzo"... fiori a stella sotto gli abeti... distese di giovani felci arricciate... e una betulla dalla quale qualche vandalo aveva strappato in diversi punti la corteccia bianca esponendo i colori della scorza sotto. Anna lo guardò così a lungo che Diana se ne meravigliò. Lei non vedeva quel che vedeva Anna... colori che spaziavano dal più puro bianco panna, passavano per squisite tonalità dorate e si facevano via via più scuri, fino ad arrivare allo strato più interno che rivelava il marrone più intenso, come a voler dire che tutte le betulle, che dal di fuori sembravano tanto fredde e verginali, avevano però sentimenti dalle caldissime sfumature. "Nel profondo del cuore hanno il primigenio fuoco della terra", mormorò Anna.

---

2   *S.P.C.A.*= Società per il Progresso della Città di Avonlea, associazione giovanile fondata da Anna nel secondo libro, Anna di Avonlea. I suoi membri venivano chiamati Progressisti (NDR)

E alla fine, dopo aver attraversato una piccola forra boscosa piena di funghi, trovarono il giardino di Hester Gray. Non era cambiato molto. Era ancora abbellito dai fiori. Era ancora pieno di gigli di giugno, come Diana chiamava i narcisi. La fila di ciliegi era cresciuta, ma era come un cumulo di fiori candidi come la neve. Si poteva ancora trovare il sentiero centrale bordato di rose e il canale di scolo era bianco dei fiori delle fragole, e azzurro per le violette, e verde per le felci neonate. Consumarono il loro picnic in un angolo, sedute su pietre coperte di muschio, con un albero di lillà dietro di loro che sventolava stendardi purpurei contro il sole basso. Entrambe erano affamate ed entrambe resero giustizia alle cose buone che avevano cucinato.

"Che buon sapore hanno le cose all'aperto!", sospirò Diana, rilassata, "Questa tua torta al cioccolato, Anna... ah, mi mancano le parole, ma devi darmi la ricetta. Fred l'adorerebbe. Lui può mangiare di tutto e rimanere magro. Io dico sempre che non mangerò più dolci... perché divento sempre più grassa di anno in anno. Ho il terrore di diventare come zia Sarah... lei era così grassa che tutte le volte che si sedeva poi bisognava tirarla su. Ma quando vedo una torta come questa... o come quella di ieri sera al ricevimento... e poi se non l'avessi mangiata si sarebbero offesi tutti."

"Ti sei divertita?"

"Oh, sì, in un certo senso. Ma sono caduta nelle grinfie di Henrietta, la cugina di Fred... le piace tantissimo raccontare tutto delle sue operazioni, e di quello che provava quando gliele hanno fatte, e come la sua appendice sarebbe esplosa presto se non se la fosse fatta togliere. 'Mi hanno dato quindici punti. Oh, Diana, che agonia ho patito!' Be', al contrario di me lei se l'è goduta. E ha sofferto *davvero*, perciò perché adesso non dovrebbe divertirsi a parlarne? Jim era divertentissimo... non credo che a Mary Alice sia piaciuto... ma sì, solo un altro pezzettino piccolissimo... meglio farsi impiccare per una pecora che per un agnello, no?... una sola fettina non può fare tanta differenza... ha detto una cosa... ha detto che la sera prima delle nozze aveva così paura che gli pareva di dover prendere il treno per il porto. Dice che tutti gli sposi si sentirebbero così se fossero onesti. Io non credo che Gilbert e Fred si siano sentiti così, Anna, e tu?"

"Sono certa di no."

"È quel che ha detto Fred quando gliel'ho chiesto. Ha detto che aveva soltanto paura che io cambiassi idea all'ultimo momento come Rose Spencer. Però non si può mai dire cosa pensi davvero un uomo. Ma è inutile preoccuparsene adesso. Che splendido pomeriggio abbiamo passato! È come se avessimo rivissuto tante nostre vecchie gioie. Anna, vorrei che non dovessi andartene domani."

"Ma Diana, non puoi venire tu a farmi visita a Ingleside quest'estate? Prima che... be', prima che per un po' non avrò bisogno di altri ospiti."

"Mi piacerebbe tanto. Ma non mi sembra possibile andarmene di casa in estate. Ci sono sempre tante cose da fare."

"Finalmente, dopo tanto tempo, verrà a trovarmi Rebecca Dew[3], cosa della quale sono felice... e temo che verrà anche zia Mary Maria. Ne ha fatto cenno a Gilbert. Lui non la vuole, come non la voglio io... ma è 'una parente', e perciò la porta dev'essere sempre aperta per lei."

"Forse verrò in inverno. Mi piacerebbe tanto rivedere Ingleside. Hai una bellissima casa, Anna... e una bellissima famiglia."

"Ingleside è *veramente* bella... e adesso la amo. Un tempo pensavo che non l'avrei mai amata. La odiavo quando ci andammo per la prima volta... la odiavo proprio per le sue virtù. Erano un insulto alla mia cara Casa dei Sogni. Ricordo di aver detto pateticamente a Gilbert, quando ce ne andammo, 'Siamo stati così felici qui. Non saremo mai tanto felici in un altro posto'. Per un po' mi godetti un tripudio di nostalgia per la mia vecchia casa. Poi... mi accorsi che c'erano piccoli germogli d'affetto per Ingleside che cominciavano a spuntare. Io li combattei... lo feci davvero... ma alla fine fui costretta ad arrendermi e ad ammettere che l'amavo. E da allora la amo sempre di più, di anno in anno. Non è una casa troppo vecchia... le case troppo vecchie sono tristi. E non è troppo giovane... le case troppo giovani sono rozze. È semplicemente matura. Amo ogni sua stanza. Ognuna ha qualche difetto ma anche qualche pregio... qualcosa che la distingue da tutte le altre... che le dona personalità. Amo tutti quegli imponenti alberi sul prato. Non so chi li abbia piantati, ma tutte le volte che vado di sopra mi fermo sul pianerottolo... sai quella curiosa finestra sul pianerottolo con quella seduta ampia e profonda... mi siedo lì e guardo fuori per un istante, e dico: 'Dio, benedici l'uomo che ha

_____
3   Rebecca Dew è un personaggio che compare nel quarto libro, Anna dei Pioppi Fruscianti. Si tratta della governante del pensionato dove alloggia Anna (NDR)

18

piantato quegli alberi, chiunque sia stato'. Abbiamo veramente troppi alberi attorno alla casa, ma non rinunceremmo neanche a uno di loro."

"Proprio come Fred. Lui adora quel grande salice a sud di casa nostra. Rovina la visuale dalle finestre del salotto, e gliel'ho detto tante volte, ma lui dice 'E tu taglieresti una cosa bella come quella solo perché ti copre la visuale?', perciò il salice resta in piedi... ed è *davvero* bello. Ecco perché abbiamo chiamato casa nostra la Fattoria del Salice Solitario. Adoro il nome di Ingleside. È un nome così bello e accogliente."

"È quel che ha detto Gilbert. Ci abbiamo messo tanto tempo a cercare un nome. Ne abbiamo provati tanti, ma nessuno sembrava *appartenerle*. Ma quando abbiamo pensato a Ingleside abbiamo capito che era quello giusto. Sono contenta che abbiamo una bella casa grande e spaziosa... ne abbiamo bisogno con la nostra famiglia. Anche i bambini, per quanto siano piccoli, la amano."

"Sono dei tesori", disse Diana tagliandosi un'altra "fettina" di torta al cioccolato, "I miei sono belli... ma i tuoi hanno qualcosa... e le tue gemelle! Quelle te le invidio. Ho sempre desiderato dei gemelli."

"Ah, non riesco a sbarazzarmi dei gemelli... sono il mio destino. Ma sono delusa perché le mie non sono identiche... non si somigliano neanche un po'. Però Nan è carina, con gli occhi e i capelli castani e la splendida carnagione. Di è la preferita di suo padre, perché ha gli occhi verdi e i capelli rossi... capelli rossi col ricciolo. Shirley è la luce degli occhi di Susan... dopo la sua nascita sono stata malata tanto tempo, e lei si è presa cura di lui, così adesso penso che lei creda che sia suo figlio. Lei lo chiama 'il mio bimbo moro' e lo vizia vergognosamente."

"Ed è così piccolo che puoi ancora sgusciare in camera sua per vedere se si è scoperto scalciando, e rimboccargli le coperte di nuovo", disse Diana, invidiosa, "Jack ha nove anni e non vuole più che lo faccia. Dice che è troppo grande. E mi piaceva tanto farlo! Oh, come vorrei che i bambini non crescessero così in fretta!"

"Nessuno dei miei è ancora arrivato a quello stadio... anche se ho notato che da quando ha cominciato ad andare a scuola Jem non vuole più che lo tenga per mano quando andiamo in paese", disse Anna con un sospiro, "ma sia lui che Walter e Shirley vogliono ancora farsi rimboccare le coperte. Walter certe volte ne fa addirittura un rito."

"E non devi ancora preoccuparti per cosa vogliono diventare da grandi. Ora Jack è fissato che quando cresce vuole fare il soldato... il soldato! Ci pensi?" "Io non mi preoccuperei troppo. Se ne dimenticherà quando gli verrà un'altra passione. La guerra è una cosa del passato. Jem sogna di diventare marinaio... come Capitan Jim... e Walter sta passando la sua fase da poeta. Lui non è come gli altri. Ma tutti loro amano gli alberi e a tutti piace giocare nella 'Buca', come chiamano la piccola valle ai piedi di Ingleside, dove ci sono sentieri fatati e un ruscello. Un posto veramente banale... solo 'la Buca' per gli altri, ma per loro è il paese delle fate. Hanno tutti i loro difetti... ma non sono una banda così terribile... e fortunatamente c'è sempre abbastanza amore per tutti. Oh, sono felice che domani sera a quest'ora sarò a casa a Ingleside, a raccontare fiabe della buonanotte ai miei bimbi e a dare alle calceolarie e alle felci di Susan il loro giusto tributo di lodi. Susan ha 'fortuna' con le felci. Nessuno sa coltivarle come lei. Posso lodare con onestà le sue felci... però le calceolarie, Diana! Non mi sembrano per niente fiori. Ma non offenderei mai Susan dicendoglielo. In un modo o in un altro, riesco sempre ad aggirarle. La Provvidenza non mi ha ancora abbandonato. Susan è un tale tesoro... non riesco neppure a immaginare che farei senza di lei. E mi ricordo che una volta l'ho chiamata 'estranea'. Sì, è bello pensare che tornerò a casa, però è anche triste lasciare i Tetti Verdi. È così bello qui... con Marilla... con te. La nostra amicizia è sempre stata una cosa splendida, Diana."

"Sì... e siamo sempre state... cioè... io non riesco a dire le cose come te, Anna... ma abbiamo davvero mantenuto il nostro vecchio 'voto solenne e la promessa', no?"

"Sempre... e così sempre sarà."

La mano di Anna raggiunse quella di Diana. Rimasero sedute in silenzio per un po', troppo intenerite per parlare. Le ombre della sera, lunghe e tranquille, scesero sull'erba, e sui fiori, e sulle distese verdi dei prati più dietro. Il sole calò... le sfumature grigio-rosate del cielo s'infittirono e impallidirono dietro gli alberi assorti... il crepuscolo primaverile s'impadronì del giardino di Hester Gray dove adesso non passeggiava più nessuno. I pettirossi cospargevano l'aria della sera di fischiettii flautati. Una grande stella spuntò sopra i candidi ciliegi.

"La prima stella è sempre un miracolo", disse Anna, sognante.

"Potrei rimanere seduta qui per sempre", disse Diana, "Detesto l'idea di dovermene andare."

"Anch'io... ma in fin dei conti abbiamo solo fatto finta di avere quindici anni. Dobbiamo ricordarci dei nostri affanni familiari. Come profumano quei lillà! Diana, non ti è mai venuto in mente che nel profumo dei fiori di lillà ci sia qualcosa... qualcosa di non propriamente casto? Gilbert ride di quest'idea... lui li ama... ma per me è sempre come se stessero ricordando qualcosa di segreto, di *troppo* dolce."

"Ho sempre pensato che siano troppo pesanti per la casa", disse Diana. Prese il piatto con il resto della torta al cioccolato... lo guardò con bramosia... scosse la testa e lo mise via nel cestino, con un'espressione di grande nobiltà e abnegazione in volto.

"Non sarebbe buffo, Diana, se ora che torniamo a casa incontrassimo le nostre vecchie noi stesse che corrono per il Viale degli Innamorati?"

Diana fu percorsa da un breve brivido.

"No-o-o, Anna, non penso che sarebbe divertente. Non mi ero accorta che si stesse facendo così buio. È bello immaginare certe cose alla luce del giorno, però..."

Tornarono a casa tranquillamente, silenziosamente, teneramente, con lo splendore del tramonto che bruciava sulle colline dietro di loro e il loro vecchio, mai dimenticato affetto che bruciava nei loro cuori.

Capitolo 3

Anna concluse quella che era stata una settimana piena di giorni felici portando fiori sulla tomba di Matthew il mattino dopo, e nel pomeriggio prese il treno che da Carmody era diretto a casa. Per un po' pensò a tutte le vecchie cose amate che si era lasciata alle spalle e poi i suoi pensieri corsero avanti, verso tutte le cose amate che l'attendevano. Il suo cuore cantò per tutta la strada perché stava ritornando in una casa felice... un posto che tutti quelli che ne varcavano la soglia riconoscevano come *casa*... una casa che era sempre piena di risate, e tazze d'argento, e fotografie, e bambini... creature preziose coi riccioli e le ginocchia grassocce... e stanze che le avrebbero dato il benvenuto... dove le sedie l'attendevano pazienti e nell'armadio i vestiti l'aspettavano... dove si celebravano sempre piccoli anniversari e dove si sussurravano sempre piccoli segreti.

"È bello essere felici di tornare a casa", pensò Anna, pescando fuori dalla borsa una certa lettera di un figlio piccolo sulla quale aveva riso allegramente la sera prima, mentre la leggeva orgogliosa alla gente dei Tetti Verdi... la prima lettera che avesse mai ricevuto da qualcuno dei suoi figli. Una lettera graziosa, per essere quella di un bambino di sette anni che aveva cominciato ad andare a scuola solo l'anno prima, anche se la grafia di Jem era ancora un po' incerta e in un angolo c'era una grossa macchia d'inchiostro.

"Di ha pianto tutta la notte perché Tommy Drew le ha detto che voleva bruciare la sua bambola sullo spiedo. Susan ci dice belle fiabbe la sera, ma non è come te, mamma. Ieri sera l'ho aiutata a seminare le barbabiettole."

"*Come* hai potuto essere felice un'intera settimana lontana da tutti loro?", pensò la castellana di Ingleside rimproverandosi.

"Com'è bello trovare qualcuno ad accoglierti alla fine di un viaggio!", esclamò scendendo dal treno a Glen St. Mary e volando tra le braccia in attesa di Gilbert. Non poteva mai essere sicura che Gilbert le sarebbe andato incontro... c'era sempre qualcuno che moriva o che nasceva... ma ad Anna nessun bentornato sembrava bello se non era lui a farlo. E poi lui portava un bellissimo completo grigio chiaro! (*"Come sono felice di aver messo questa camicetta opaca coi volantini e il completo marrone, anche se la signora Lynde pensava che fossi una pazza a mettermeli per viaggiare. Se non li avessi messi non sarei stata abbastanza bella per Gilbert!"*)

Ingleside era tutta illuminata, con allegre lampade giapponesi appese in veranda. Anna corse felice su per il vialetto bordato di narcisi gialli.

"Ingleside, sono arrivata!", chiamò.

Le furono tutti attorno... ridendo, gridando, scherzando... con Susan Baker che sorrideva composta sullo sfondo. Ogni bambino aveva un bouquet raccolto apposta per lei, perfino il duenne Shirley.

"Oh, questo è un bellissimo ritorno a casa! A Ingleside sembra tutto felice. È splendido sapere che la mia famiglia è tanto contenta di rivedermi."

"Se te ne vai di nuovo via da casa, mamma", disse tutto serio Jem, "Io me ne vado a prendere l'appendicicite!"

"E come fai ad andartela a prendere?", domandò Walter.

"Ssst!", Jem prese in disparte Walter e mormorò: "È un male da qualche parte, lo so... ma voglio solo spaventare la mamma, così *non se ne va.*"

Anna volle fare per prima cosa un mucchio di cose... abbracciare tutti... correre fuori al crepuscolo e raccogliere un po' delle sue viole del pensiero – a Ingleside si trovavano viole del pensiero dappertutto – raccogliere la bambolina tutta lisa dal tappetino... sentire ogni minimo e succoso pettegolezzo e tutte le novità, e ognuno le fornì qualcosa. Di come Nan si fosse infilata un tubetto di vasellina nel naso mentre il dottore era fuori per un caso e Susan si era distratta... "Vi assicuro, cara signora Dottore, che sono stata molto in ansia"... di come la mucca della signora Jud Palmer si fosse mangiata cinquantasette chiodi e avevano dovuto chiamare un veterinario da Charlottetown... di come quella sbadata della signora Fenner Douglas fosse andata in chiesa *a capo scoperto*... di come papà avesse estirpato tutti i denti di leone dal prato... "Tra un bambino e l'altro, cara signora Dottore. Ne ha fatti nascere otto mentre eravate via"... di come il signor Tom Flagg si fosse tinto i baffi... "E sua moglie è morta da appena due anni"... di come Rose Maxwell di Harbour Head avesse piantato Jim Hudson di Upper Glen, e di come lui le avesse mandato il conto di tutto quello che aveva speso per lei... di che splendida affluenza ci fosse stata al funerale della signora Amasa Warren... di come al gatto di Carter Flagg avessero staccato a morsi un pezzetto di coda proprio alla radice... di come Shirley fosse stato trovato in una stalla in piedi sotto uno dei cavalli... "Mia cara signora Dottore, non sarò mai più la stessa"... di come ci fossero tristemente fin troppi motivi di credere che i pruni stessero sviluppando il cancro del susino... di come Di se ne fosse andata in giro tutto il giorno cantando "la mamma torna a casa oggi, a casa oggi, a casa oggi" sulla musica di "Marrily we roll along"[4]... di come Joe Reeses avesse avuto un gattino strabico perché era nato con gli occhi aperti... di come Jem si fosse inavvertitamente seduto sulla carta moschicida prima di infilarsi i pantaloni... e di come Gamberetto fosse caduto nel barile dell'acqua dolce.

"È quasi annegato, cara signora Dottore, ma per fortuna il dottore l'ha sentito lamentarsi e l'ha tirato via per le zampe posteriori per il rotto della cuffia" ("Mamma, chi l'ha rotta la cuffia?")

"Però sembra essersi ripreso bene", disse Anna accarezzando le curve lucenti bianche e nere di un micio soddisfatto dalle grosse mandibole che faceva le fusa su una sedia accanto al caminetto. Non era sicuro sedersi su una sedia a Ingleside senza prima accertarsi che non ci fosse sopra un gatto. Susan, che in primo luogo non aveva mai avuto in simpatia i gatti, aveva fatto voto di imparare a farseli piacere per autodifesa. E Gamberetto? Era stato Gilbert a chiamarlo così un anno prima, quando Nan aveva portato a casa quel gattino patetico e ossuto dal paese, dove alcuni ragazzi lo stavano torturando, e il nome gli era rimasto, anche se adesso sembrava decisamente inadatto.

"Ma... Susan! Che ne è stato di Gog e Magog? Oh... non si sono rotti, vero?"

"No, no, cara signora Dottore", esclamò Susan facendosi d'un intenso rosso-mattone e schizzando fuori dalla stanza. Tornò poco dopo con i due cani di porcellana che sempre vigilavano sul focolare di Ingleside, "Non capisco come abbia fatto a dimenticarmi di rimetterli a posto prima che tornaste. Vedete, cara signora Dottore, la signora Charles Day di Charlottetown venne qui in visita proprio il giorno dopo la vostra partenza... e voi sapete quant'è precisa e decorosa. Walter pensò che fosse suo dovere intrattenerla e cominciò indicandole i cani 'Questo è God e questo è My God[5]', disse quel povero bimbo innocente.

---

4   È una canzone degli anni Trenta, derivata da un'altra di metà Ottocento, la cui melodia è piuttosto famosa perché è la sigla d'apertura dei cartoni animati Looney Tunes, della Warner Bros. Provate a cercarla su Google per capire qual è, ma senz'altro già la conoscete (NDR)

5   Il bimbo non sa pronunciare bene "Gog e Magog", termini che

Io ne rimasi atterrita... ma pensai che la faccia della signora Day mi avrebbe fatto morire. Feci del mio meglio per darle spiegazioni, perché non volevo che ci ritenesse una famiglia sacrilega, ma poi decisi di mettere via i cani nell'armadio delle porcellane, nascosti, fino al vostro ritorno."

"Mamma, possiamo cenare presto?", disse Jem pateticamente, "Ho una tremendissima sensazione alla bocca dello stomaco. Ah, mamma, abbiamo fatto il piatto preferito di tutti."

"Noi, come disse la pulce all'elefante, abbiamo fatto proprio questo", disse Susan con un sogghigno, "Abbiamo pensato che il vostro ritorno dovesse essere degnamente festeggiato, cara signora Dottore. Dov'è adesso Walter? Questa settimana è il suo turno di suonare il gong per la cena, benedetto bambino."

La cena fu un pranzo di gala... e dopo mettere tutti i bambini a letto fu delizioso. Susan le permise addirittura di mettere a letto anche Shirley, visto che era un'occasione speciale.

"Questo non è un giorno come tutti gli altri, cara signora Dottore", disse solenne.

"Oh, Susan, non esistono giorni come tutti gli altri. *Ogni giorno ha qualcosa che nessun altro giorno ha*. Non l'hai notato?"

"Com'è vero, cara signora Dottore. Perfino venerdì scorso, quando ha piovuto tutto il giorno ed era tutto uggioso, il mio grande geranio rosa ha finalmente mostrato i primi boccioli dopo che per tre anni s'era rifiutato di fiorire. E avete notato le calceolarie, cara signora Dottore?"

"Le ho notate! Non ho mai visto calceolarie così in vita mia, Susan. Come ci riesci?" (*Così ho fatto contenta Susan e non ho raccontato una frottola. Non avevo mai visto prima calceolarie così... per fortuna!*)

"È il risultato di cure e attenzioni costanti, cara signora Dottore. Ma c'è qualcosa di cui dovrei parlare. Credo che Walter *sospetti qualcosa*. Senza dubbio qualche bambino a Glen gli ha detto qualcosa. Oggigiorno un sacco di bambini sanno più cose di quanto sia appropriato. L'altro giorno Walter mi ha detto, tutto pensieroso, 'Susan', mi ha detto, 'ma i bambini sono *molto* costosi?' Io sono rimasta allibita, cara signora Dottore, ma non ho perso la testa 'Certa gente pensa che siano un lusso', gli ho

___

per lui non hanno senso (sono leggendarie popolazioni dell'Asia centrale secondo la tradizione biblica) e perciò dice "God e My God", ovvero "Dio e Mio Dio", cosa che giustamente per una signora precisa e decorosa come la signora Day doveva suonare indicibilmente blasfemo (NDR) detto, 'ma a Ingleside pensiamo che siano una necessità'. E mi sono rimproverata per essermi lamentata ad alta voce dei prezzi vergognosi che le cose hanno raggiunto nei negozi di Glen. Temo di aver fatto preoccupare il bambino. Ma se vi dice qualcosa, cara signora Dottore, siete avvisata."

"Sono certa che tu abbia gestito la situazione magnificamente, Susan", disse seria Anna, "E credo sia tempo che tutti sappiano quel che noi speriamo."

Ma la parte migliore fu quando Gilbert la raggiunse. Lei era in piedi dietro la finestra, a guardare la nebbia che avanzava dal mare, sulle dune illuminate dalla luna e sulla baia, e proprio dentro la valle stretta e lunga sulla quale Ingleside guardava e dove era accoccolato il paese di Glen St. Mary.

"Tornare a casa alla fine di una dura giornata e trovare te! Sei felice, Anna di tutte le Anne?"

"Felice!", Anna si chinò ad annusare un vaso pieno di fiori di melo che Jem aveva sistemato sulla sua specchiera. Si sentì circondata e coperta di amore, "Gilbert caro, è stato delizioso essere di nuovo Anna dei Tetti Verdi per una settimana, ma è cento volte più bello tornare a casa ed essere Anna di Ingleside."

Capitolo 4

"Assolutamente no", disse il dottor Blythe in un tono che Jem comprese. Jem sapeva che non c'erano speranze che papà cambiasse idea, né che mamma cercasse di fargliela cambiare per lui. Era evidente che su questo punto mamma e papà erano uniti. Gli occhi color nocciola di Jem s'incupirono di rabbia e delusione quando guardò i suoi crudeli genitori... li fissò *con astio*... e con ancora più astio dal momento che loro erano indifferenti alle sue occhiatacce in maniera esasperante e continuavano a mangiare la loro cena come se non ci fosse nulla di sbagliato o di storto. Naturalmente zia Mary Maria notò le sue occhiatacce... nulla sfuggiva mai agli occhi afflitti, azzurro pallido, di zia Mary Maria... ma lei ne sembrò solo divertita.

Bertie Shakespeare Drew era stato a giocare con Jem tutto il pomeriggio – Walter era andato alla vecchia Casa dei Sogni per giocare con Kenneth e Persis Ford – e Bertie Shakespeare aveva detto a Jem che quella sera tutti i ragazzi di Glen sarebbero andati all'imboccatura della Baia per vedere Capitan Bill Taylor tatuare un serpente sul braccio di suo cugino Joe Drew. Lui, Bertie Shakespeare, ci andava, ci sarebbe andato anche Jem? Sarebbe stato divertentissimo. Jem all'improvviso ebbe una folle voglia di andarci. E adesso gli avevano appena detto che era assolutamente fuori questione.

"Per un motivo, fra tanti", disse papà, "è troppo lontano perché tu possa andare all'imboccatura della Baia con quei ragazzi. Torneranno tardi, e per te l'ora di andare a letto è fissata alle otto, figliolo."

"Quando io ero piccola mi mandavano a letto tutte le sere alle sette", disse zia Mary Maria.

"Devi aspettare di essere più grande, Jem, prima di andartene così lontano la sera", disse mamma.

"L'hai già detto la settimana scorsa", esclamò Jem indignato, "e adesso *sono* più grande. Voi pensate che sono un bebè! Bertie ci va e io sono grande come lui."

"Circola il morbillo", disse cupa zia Mary Maria, "Potresti prenderti il morbillo, James."

Jem detestava quando lo chiamavano James. E lei lo faceva sempre.

"Io *voglio* prendermi il morbillo", borbottò ribelle. Poi, invece, cogliendo lo sguardo di papà, si calmò. Papà non permetteva a nessuno di rispondere male a zia Mary Maria. Jem detestava zia Mary Maria. Zia Diana e zia Marilla erano due tesori di zie, ma una zia come zia Mary Maria era qualcosa di totalmente nuovo nelle esperienze di Jem.

"D'accordo", disse spavaldo, guardando la mamma così nessuno poteva capire che stava parlando con zia Mary Maria, "se *non vuoi* volermi bene non sei *costretta* a farlo. Ma ti piacerebbe se me ne andassi a sparare alle tigri in Africa?"

"Non ci sono tigri in Africa, tesoro", disse dolcemente la mamma.

"Ai leoni, allora!", strillò Jem. Erano decisi a dargli torto, eh? S'impegnavano a ridere di lui, no? Gliel'avrebbe fatta vedere lui! "Non puoi dire che non ci sono leoni in Africa. Ci sono *milioni* di leoni in Africa. L'Africa è *piena* di leoni!"

Mamma e papà si limitarono a sorridere ancora, con la disapprovazione di zia Mary Maria. Non bisognava mai tollerare l'insofferenza nei bambini.

"Intanto", disse Susan, dilaniata tra il suo amore e la sua comprensione per Jem e la convinzione che il dottore e la signora Dottore avessero perfettamente ragione nell'impedirgli di andare all'imboccatura della Baia con quella banda di paese per andare alla casa di quel vecchio disdicevole e ubriacone di Capitan Bill Taylor, "ecco il tuo pandizenzero con la panna montata, Jem caro."

Il pandizenzero con la panna montata era il dolce preferito di Jem. Ma stasera non aveva alcun fascino che potesse placare la sua anima agitata.

"Non la voglio!", disse lui, imbronciato. Si alzò e si allontanò dalla tavola a passo di marcia, sulla soglia si voltò per lanciare una sfida finale.

"E comunque non me ne vado a letto prima delle nove. E quando divento grande non ci andrò *mai* a letto. Resterò alzato tutta la notte, ogni notte... e mi farò tatuare *tutto quanto*. Sarò cattivo, più cattivo che mai. Vedrete!"

"Sarebbe meglio dire 'non andrò' invece di 'non me ne vado', caro", disse mamma.

Ma non c'era proprio niente che potesse smuoverli?

"Immagino che nessuno voglia *la mia* opinione, Annie, ma se io avessi parlato ai miei genitori a quel modo quando ero piccola, mi avrebbero frustato quasi a morte", disse zia Mary Maria, "Penso che sia un gran peccato che il bastone di betulla oggi sia tanto trascurato in certe case."

"Non è colpa del piccolo Jem", scattò Susan, vedendo che il dottore e la signora Dottore non dicevano nulla. Ma se Mary Maria Blythe se la cavava con questa cosa, lei, Susan, sapeva perché, "È stato Bertie Shakespeare Drew a dirglielo, riempiendogli la testa di quanto sarebbe divertente vedere Joe Drew che si fa tatuare. È stato qui tutto il pomeriggio, si è intrufolato in cucina e si è preso la miglior pentola d'alluminio per usarla come elmetto. Ha detto che giocavano ai soldati. Poi hanno fatto barche coi ciottoli e si sono bagnati fino al midollo per farle navigare nel ruscello della Baia. E dopo si sono messi a saltellare in giardino per un'ora buona, facendo rumori bizzarri e fingendo di essere rane. Rane! Non c'è da stupirsi se il piccolo Jem è stanco e fuori di sé. È il bambino più educato del mondo quando non è sfinito come uno straccio, e su questo ci potete contare."

Zia Mary Maria non disse nulla d'irritante. Lei non parlava mai con Susan durante i pasti, e così esprimeva la sua disapprovazione per il fatto stesso che a Susan venisse concesso di "sedersi a tavola con la famiglia".

Anna e Susan ne avevano discusso a fondo prima dell'arrivo di zia Mary Maria. Susan, che "sapeva qual era il suo posto", non si sedeva mai, né si aspettava di farlo, a tavola con la famiglia quando c'erano ospiti a Ingleside.

"Ma zia Mary Maria non è un'ospite", disse Anna, "È solo una di famiglia... e lo sci anche tu, Susan."

Alla fine Susan cedette, non senza una segreta soddisfazione che Mary Maria Blythe vedesse che lei non era una cameriera qualunque. Susan non aveva mai incontrato zia Mary Maria, ma una nipote di Susan, la figlia di sua sorella Matilda, aveva lavorato per lei a Charlottetown e aveva raccontato a Susan tutto di lei.

"Non voglio far finta con te, Susan, che la prospettiva di una visita di zia Mary Maria mi riempia di gioia, specialmente adesso", disse Anna con franchezza, "Ma ha scritto a Gilbert chiedendogli se può venire qui per qualche settimana... e tu lo sai com'è fatto il dottore su queste cose..."

"E ha perfettamente ragione a essere così", disse Susan, leale, "Che deve fare un uomo, se non sostenere il sangue del proprio sangue? Ma qualche settimana... be', cara signora Dottore, io non voglio vedere il lato peggiore delle cose... ma la cognata di mia sorella Matilda andò a trovarla per una settimana e rimase da lei per vent'anni."

"Non credo che dobbiamo temere una cosa del genere, Susan", sorrise Anna, "Zia Mary Maria ha una bellissima casetta tutta sua a Charlottetown. Ma la trova molto grande e solitaria. Sua mamma è morta due anni fa... aveva ottantacinque anni, zia Mary Maria era molto buona con lei e le manca molto. Facciamo del nostro meglio per renderle la visita piacevole, Susan."

"Farò tutto quel che posso, cara signora Dottore. Certo, dovremo aggiungere un'altra asse alla tavola, ma in fin dei conti è meglio allungare la tavola che accorciarla."

"Non dobbiamo mettere fiori in tavola, Susan, perché ho capito che le fanno venire l'asma. E il pepe la fa sternutire, perciò è meglio se non lo usiamo. È anche soggetta a terribili emicranie, perciò è meglio se non facciamo rumore."

"Santo Cielo! Be', non mi è mai sembrato che voi e il dottore facciate tanto rumore. E se voglio gridare posso andarmene in mezzo al bosco di aceri; ma se i nostri poveri bambini devono restarsene *sempre* zitti a causa delle emicranie di Mary Maria Blythe... scusatemi se lo dico, ma penso che sia chiedere un po' troppo, cara signora Dottore."

"È solo per poche settimane, Susan."

"Speriamo. Oh, va bene, cara signora Dottore, a questo mondo dobbiamo accettare la carne magra assieme a quella grassa", furono le ultime parole di Susan.

Perciò zia Mary Maria arrivò, domandando immediatamente al suo arrivo se avessero fatto pulire i comignoli di recente. Lei aveva, scoprirono, una grande paura del fuoco. "E ho sempre detto che i comignoli di questa casa non sono abbastanza alti. Spero che il mio letto sia stato ben arieggiato, Annie. Le lenzuola umide sono terribili."

Prese possesso della camera degli ospiti di Ingleside... e in più anche di tutte le altre stanze della casa tranne quella di Susan. Nessuno salutò il suo arrivo con gioia sfrenata. Jem, dopo averle dato un'occhiata, scivolò in cucina e mormorò a Susan: "Possiamo ridere mentre lei è qui, Susan?" Gli occhi di Walter si riempirono di lacrime quando la vide e dovettero spintonarlo ignominiosamente fuori dalla stanza. Le gemelle non aspettarono di farsi mandare via ma se ne andarono di propria volontà. Perfino Gamberetto, asserì Susan, se ne andò ed ebbe le convulsioni nel giardino sul retro. Solo Shirley rimase al suo posto a guardarla impavido con i suoi occhi rotondi e marroni dal suo sicuro approdo del grembo e delle braccia di Susan. Zia

Mary Maria pensò che i bambini di Ingleside fossero molto maleducati. Ma cosa ci si poteva aspettare quando avevano una madre che "scriveva per i giornali" e un padre che pensava che fossero la perfezione stessa solo perché erano *i suoi* bambini, e una cameriera come Susan che non sapeva mai stare al suo posto? Ma lei, Mary Maria Blythe, avrebbe fatto del suo meglio per il nipote del povero cugino Joe per tutto il tempo che si fosse fermata a Ingleside.

"La tua preghiera di ringraziamento è troppo breve, Gilbert", disse in tono di disapprovazione al loro primo pasto, "Vuoi che dica io le preghiere di ringraziamento per te mentre sono qui? Sarebbe un esempio migliore per la tua famiglia."

Per l'orrore di Susan, Gilbert disse che avrebbe lasciato dire a zia Mary Maria le preghiere di ringraziamento a cena. "È più una preghiera che un ringraziamento", borbottò Susan sopra il suo piatto. Dentro di sé Susan concordò con la descrizione di Mary Maria Blythe che le aveva dato sua nipote. "È come se sentisse sempre cattivi odori, zia Susan. Non un odore sgradevole... proprio un cattivo odore."

Gladys, rifletté Susan, aveva un modo tutto suo di esprimere le cose. Eppure per chiunque avesse meno pregiudizi di Susan, miss Mary Maria Blythe non era brutta per essere una donna di cinquantacinque anni. Aveva quelli che lei credeva fossero "lineamenti aristocratici", incorniciati da riccioli grigi sempre morbidi che sembravano un insulto alla piccola crocchia appuntita di capelli grigi che aveva Susan. Si vestiva molto bene, portava lunghi orecchini di giaietto alle orecchie e alti colletti di pizzo alla moda sulla gola sottile.

"Perlomeno non ci dobbiamo vergognare del suo aspetto", rifletté Susan. Ma quel che zia Mary Maria avrebbe pensato se avesse saputo che Susan si consolava su queste basi, dobbiamo lasciarlo all'immaginazione.

Capitolo 5

Anna stava tagliando i narcisi bianchi da mettere in un vaso nella sua stanza e le peonie di Susan da mettere in un altro sulla scrivania di Gilbert, nella biblioteca... le peonie candide con strisce rosso-sangue al centro, come il bacio di un dio. L'aria si stava ridestando, dopo una giornata di giugno insolitamente calda, ed era difficile stabilire se la baia fosse argentea o dorata.

"Stasera ci sarà un tramonto meraviglioso, Susan", disse affacciandosi alla finestra della cucina mentre ci passava davanti.

"Non posso ammirare il tramonto se prima non lavo i piatti, cara signora Dottore", protestò Susan.

"Per quell'ora sarà finito, Susan. Guarda quella enorme nuvola bianca che torreggia sulla Buca, con la cima rosa. Non ti piacerebbe volare fin lassù e atterrarci sopra?"

Susan si immaginò volare sulla forra, con lo straccio dei piatti in mano, fino alla nuvola. La visione non l'affascinò. Ma in questo periodo bisognava fare qualche concessione alla signora Dottore.

"C'è un nuovo tipo d'insetto cattivo che mangia le piante di rose", continuò Anna, "Domani devo spruzzarci qualcosa. Mi piacerebbe farlo stasera... questo è proprio quel tipo di sera in cui mi piace lavorare in giardino. Stasera ci sono cose che crescono. Susan, spero che in Paradiso ci siano giardini... giardini in cui possiamo lavorare, intendo, e far crescere le cose."

"Ma certamente non ci sono insetti nocivi", protestò Susan.

"Nooo, immagino di no. Ma un giardino *già completo* non sarebbe per niente divertente, Susan. Devi lavorare di persona in un giardino, altrimenti ti perdi tutto il senso. Io voglio estirpare, scavare, trapiantare, e cambiare, progettare e potare. E in Paradiso ci voglio tutti i fiori che amo... preferisco le mie violette del pensiero agli asfodeli, Susan."

"Perché non potete lavorarci stasera come desiderate?", la interruppe Susan, che pensava che la signora Dottore si stesse esaltando un po'.

"Perché il dottore vuole che stasera vada con lui. Deve andare a vedere la povera vecchia signora John Paxton. Sta morendo... lui non può fare niente per lei... ha fatto tutto quel che poteva... ma a lei piace che lui passi a farle visita."

"Oh, sì, cara signora Dottore, sappiamo bene tutti che nessuno può morire o nascere senza che ci sia lui nei dintorni, ed è una bella serata per fare un giro. Penso che anch'io farò una passeggiata fino in paese per riempire nuovamente la dispensa, dopo aver messo a letto le gemelle e Shirley e aver concimato la signora Aaron Ward[6]. Non sta fiorendo come dovrebbe. Miss Blythe è appena andata di sopra, sospirando a ogni gradino, dicendo che le stava per venire una delle sue emicranie, perciò per stasera ci sarà finalmente un po' di pace e di quiete."

"Controlla che Jem vada a letto in tempo, Susan, d'accordo?", disse Anna allontanandosi nella sera, che era come una coppa traboccante di fragranze, "È molto più stanco di quanto creda di essere. E non vuole mai andare a letto. Walter stanotte non torna a casa, Leslie gli ha chiesto di fermarsi da lui."

Jem era seduto sui gradini della porta di servizio, un piede nudo aggrappato al ginocchio, intento a guardare con cipiglio le cose in generale e una enorme luna dietro la guglia della chiesa di Glen in particolare. A Jem non piacevano le lune così grandi.

"Sta' attento che la faccia non ti rimanga bloccata in quel modo", gli aveva detto zia Mary Maria quando gli era passata davanti per entrare in casa.

Jem fece cipigli ancor più minacciosi di prima. Non gl'importava se la faccia gli rimaneva bloccata a quel modo. Sperava che succedesse. "Vattene e piantala di venirmi sempre dietro", disse a Nan, che era sgattaiolata fuori da lui dopo che mamma e papà se n'erano andati.

"Bisbetico!", disse Nan. Ma prima di trotterellare via gli lasciò accanto la rossa caramella a forma di leone che era andata a portargli.

Jem la ignorò. Si sentiva più oltraggiato che mai. Non era stata Nan a dirgli proprio quel mattino "Tu non sei nato a Ingleside come tutti noi"? E quello stesso mattino Di si era mangiata il suo coniglio di cioccolata anche se lo sapeva che era il coniglio di Jem. Perfino Walter l'aveva abbandonato e se n'era andato a scavare pozzi nella sabbia con Ken e Persis Ford. Che bel divertimento! E gli sarebbe piaciuto tanto andare con Bertie e vedere i tatuaggi. Jem era certo di non aver mai desiderato tanto qualcosa in vita sua. Voleva vedere la meravigliosa nave a tre alberi che Bertie diceva era sulla mensola del camino di

---

6   Susan non è impazzita, Mrs Aaron Ward è una varietà ibrida di rosa tea, rampicante, a fiore doppio, piuttosto grande, dal profumo delicato, selezionata nel 1907 in Francia dal botanico Joseph Pernet-Ducher (NDR)

Capitan Bill. Era una sporca infamia, ecco cos'era!

Susan gli portò fuori una grossa fetta di torta coperta di glassa di sciroppo d'acero e noci, ma "No, grazie", disse Jem, gelido. Perché non gli aveva messo da parte un po' di pandizenzero con la panna? Probabilmente gli altri se l'erano mangiato tutto. Porci! Si tuffò in un ancor più profondo golfo di sconforto. Ormai la banda doveva essere in cammino verso l'imboccatura della Baia. Il solo pensiero gli era intollerabile. Doveva fare qualcosa per mettersi alla pari con quelli. E se avesse sventrato la giraffa di segatura di Di sul tappetino del soggiorno? Avrebbe fatto infuriare Susan... Susan con le sue noci, quando sapeva benissimo che lui detestava le noci con la glassa. E se fosse andato a disegnare i baffi all'immagine di quel cherubino sul calendario, in camera di Susan? Lui aveva sempre detestato quel cherubino grassoccio, roseo e sorridente perché somigliava a Sissy Flagg, che a scuola si era messa a dire in giro che Jem Blythe era il suo innamorato. Ma Susan pensava che quel cherubino fosse bellissimo.

E se avesse scotennato la bambola di Nan? E se avesse dato una botta sul naso a Gog o a Magog... o a tutti e due? Forse così mamma avrebbe capito che non era più un bebè! Lui le aveva portato i biancospini per anni e anni e anni... fin da quando aveva quattro anni... ma la prossima primavera non l'avrebbe fatto. Nossignore!

E se si fosse messo a mangiare un mucchio di mele verdi dal melo precoce e si fosse preso un bel malanno? Forse *questo* li avrebbe spaventati. E se non si fosse mai più lavato dietro le orecchie? E se si fosse messo a fare le smorfie a tutti in chiesa domenica prossima? E se avesse buttato un bruco addosso a zia Mary Maria? Un bruco grosso, a strisce, pieno di peli. E se fosse scappato alla baia, si fosse nascosto nella nave di Capitan David Reese e al mattino si fosse messo in viaggio fuori dalla baia, verso il Sud America? Si sarebbero dispiaciuti *allora*? E se non fosse tornato mai più? E se si fosse messo a cacciare giaguari in Brasile? Si sarebbero dispiaciuti *allora*? No, lui credeva di no. Nessuno lo amava. Aveva un buco nella tasca dei pantaloni. Nessuno l'aveva aggiustato. Be', *a lui* non importava. Avrebbe mostrato quel buco a tutti a Glen e avrebbe fatto vedere alla gente quanto lo trascuravano. I torti subiti emersero e lo travolsero.

Tic-tac... tic-tac... tic-tac... continuava il vecchio orologio a pendolo dell'ingresso, che era stato portato a Ingleside dopo la morte di Nonno Blythe... un pacato vecchio orologio che risaliva a quei giorni in cui esisteva una cosa come il tempo. Di solito a Jem piaceva... ma adesso lo odiava. Sembrava che gli ridesse dietro: "Ah, ah, fra poco è ora di andare a letto. Gli altri ragazzi possono andare all'imboccatura della Baia, ma tu te ne devi andare a letto. Ah, ah... ah, ah... ah, ah!"

Perché lui doveva andare a letto ogni notte? Sì, perché? Susan uscì per andare a Glen e guardò con tenerezza quella figura piccola e ribelle.

"Non devi andare a letto finché non torno, piccolo Jem", disse, indulgente.

"Io stanotte non ci vado a letto!", disse Jem, furioso, "*Io* me ne scappo via, ecco quello che faccio, vecchia Susan Baker. Me ne vado e mi butto nello stagno, vecchia Susan Baker."

A Susan non piaceva sentirsi dare della vecchia, neppure dal piccolo Jem. Si allontanò impettita, silenziosa e risoluta. Gli ci voleva *proprio* un po' di disciplina. Gamberetto, che l'aveva seguita fuori, provando un forte desiderio di compagnia, si accovacciò sui cosciotti neri davanti a Jem, ma in cambio dei suoi sforzi ottenne solo uno sguardo torvo.

"Sparisci! Che ti credi di fare ad accovacciarti sul didietro e a fissarmi come fa zia Mary Maria? Smamma! Ah, non te ne vai? E allora prendi questo!"

Jem scagliò la piccola carriola di latta di Shirley, che era in terra a portata di mano, e Gamberetto scappò con uno gnaulio lamentoso al riparo della siepe di rosa selvatica. Guardatelo! Perfino il gatto di casa lo odiava! Che senso aveva continuare a vivere?

Raccolse la caramella a forma di leone. Nan si era mangiata la coda e parte del posteriore, ma era pur sempre un leone. Poteva pure mangiarlo. Probabilmente era l'ultimo leone che mangiava. Quando Jem finì di mangiarlo e si leccò le dita aveva deciso cos'avrebbe fatto. Era l'unica cosa che uno *poteva* fare quando non gli era *permesso* di fare nulla.

Capitolo 6

"Perché mai la casa è così illuminata?", domandò Anna quando lei e Gilbert voltarono nel cancello d'ingresso alle undici, "Devono essere arrivati degli ospiti."

Ma non c'erano ospiti in giro quando Anna corse in casa. Non c'era in giro nessuno. C'era la luce accesa in cucina... nel soggiorno... in biblioteca... in sala da pranzo... nella stanza di Susan e nell'atrio del piano di sopra... ma in giro non c'erano occupanti.

"Che cosa credi", cominciò Anna... ma venne interrotta dal trillo del telefono. Gilbert rispose... rimase in ascolto per un istante... si lasciò scappare un'esclamazione di sgomento... e scappò fuori senza neppure guardare Anna. Evidentemente era successo qualcosa di terribile e non c'era tempo da perdere in spiegazioni.

Anna c'era abituata, come dev'esserlo la moglie di un uomo che veglia sulla vita e sulla morte. Con una filosofica alzata di spalle, si tolse il cappello e il cappotto. Era un po' seccata con Susan, che davvero non avrebbe dovuto andarsene lasciando tutte le luci accese e la porta spalancata.

"S... signora... Dottore... cara", disse una voce che non poteva assolutamente essere quella di Susan... ma lo era.

Anna fissò Susan. E che Susan! Senza cappello... i capelli grigi pieni di fili di paglia... col vestito stampato macchiato e scolorito in maniera sconvolgente. E il suo volto!

"Susan! Cos'è successo? Susan!

"Il piccolo Jem è scomparso."

"Scomparso?", Anna la fissò, inebetita, "Che vuoi dire? Non può essere scomparso!"

"Sì, è scomparso", ansimò Susan torcendosi le mani, "Era sui gradini della porta quando sono andata a Glen. Sono tornata prima che facesse buio... e lui non c'era più. All'inizio non mi sono spaventata... ma poi non l'ho trovato da nessuna parte. L'ho cercato in ogni stanza di questa casa... aveva detto che voleva scappare..."

"Sciocchezze! Non lo farebbe mai, Susan. Ti sei affannata inutilmente. Jem dev'essere qui, da qualche parte... s'è addormentato... *deve* essere qui da qualche parte."

"Ho cercato dappertutto... dappertutto. Ho setacciato tutti i campi e tutte le dépendance. Guardate il mio vestito... mi ricordavo che dice sempre come sarebbe divertente dormire nel fienile. Perciò sono andata lì... e sono caduta da un buco all'angolo in una delle mangiatoie della stalla... e sono atterrata in un nido pieno di uova. È un miracolo che non mi sia rotta una gamba... se può esserci un miracolo quando il piccolo Jem è scomparso."

Anna rifiutò ancora di preoccuparsi.

"Pensi che alla fine possa essere andato all'imboccatura della Baia con gli altri ragazzi, Susan? Non ha mai disubbidito a un ordine prima, ma..."

"No, non l'ha fatto, cara signora Dottore... quel benedetto agnellino non ha disubbidito. Sono corsa dai Drew, dopo che avevo cercato dappertutto, e Bertie Shakespeare era appena tornato a casa. Ha detto che Jem non era andato con loro. Mi si è bloccata la bocca dello stomaco. Voi me l'avevate affidato e io... ho telefonato ai Paxton e mi hanno detto che voi eravate stati lì e ve n'eravate andati, non sapevano dove."

"Siamo andati a Lowbridge in visita dai Parker..."

"Ho telefonato ovunque pensavo poteste essere. Poi sono andata in paese... gli uomini sono partiti alla ricerca..."

"Oh, Susan, era necessario?"

"Cara signora Dottore, io ho cercato dappertutto... ovunque potesse essere andato il bambino. Oh, cosa non ho passato stasera! Aveva *detto* che voleva buttarsi nello stagno..."

Suo malgrado, Anna si sentì percorsa da un piccolo brivido. Certo, Jem non si sarebbe mai buttato nello stagno... questa era una sciocchezza... ma lì c'era una barchetta che Carter Flagg usava per pescare le trote e Jem, con l'umore ribelle che aveva avuto quella sera, poteva aver tentato di remare nello stagno su quella barchetta e... era una cosa che aveva spesso desiderato fare... poteva perfino essere caduto nello stagno nel tentativo di slegare la barchetta. All'improvviso le sue paure presero una forma spaventosa.

"E non ho la minima idea di dove sia andato Gilbert", pensò, sconvolta.

"Cos'è tutta questa confusione?", domandò zia Mary Maria comparendo improvvisamente sulle scale, circondata da un'aureola di riccioli e col corpo ricoperto da una vestaglia ricamata a draghi, "In questa casa *non è proprio possibile* avere una tranquilla notte di sonno?"

"Il piccolo Jem è scomparso", ripeté Susan, troppo presa dal terrore per offendersi per il tono di Miss Blythe, "Sua madre me l'aveva affidato..."

Anna era andata da sola a frugare per la casa. Jem doveva essere da qualche parte! Non era in camera sua, il letto era intatto... non era nella stanza delle gemelle... non era nella sua... era... era... da nessuna parte della casa. Anna, dopo un pellegrinaggio dal solaio alla cantina, tornò in soggiorno in una condizione che improvvisamente si era fatta simile al panico.

"Non voglio innervosirti, Annie", disse zia Mary Maria abbassando la voce in un modo che dava i brividi, "Ma avete cercato nel barile per l'acqua piovana? L'anno scorso il piccolo Jack MacGregor annegò in un barile per l'acqua piovana."

"Io... ho già cercato lì", disse Susan torcendosi nuovamente le mani, "Io... ho preso un bastone... e ce l'ho ficcato dentro."

Il cuore di Anna, che si era bloccato dopo la domanda di zia Mary Maria, riprese le sue funzioni. Susan si ricompose e smise di torcersi le mani. Troppo tardi si era ricordata che non bisognava turbare la cara signora Dottore[7].

"Calmiamoci e torniamo in noi", disse con voce tremante, "Come avete detto, cara signora Dottore, *deve* essere qui da qualche parte. Non può essere svanito nell'aria."

"Avete cercato nel secchio del carbone? E nella pendola?", domandò zia Mary Maria.

Susan aveva guardato nel secchio del carbone ma nessuno aveva pensato alla pendola. Era abbastanza grande perché un bambino vi ci si potesse nascondere dentro. Anna, senza prendere in considerazione l'assurdità dell'ipotesi che Jem potesse essere rannicchiato lì da quattro ore, corse alla pendola. Ma Jem non era lì.

"Avevo la sensazione che sarebbe successo qualcosa quando sono andata a letto stasera", disse zia Mary Maria premendosi entrambe le mani sulle tempie, "Quando ho letto il mio passo serale della Bibbia le parole 'Non ti vantare del domani, perché non sai neppure che cosa genera l'oggi'[8] sembravano balzare fuori dal libro, per così dire. Era un segno. È meglio che ti prepari a sopportare il peggio, Annie. Potrebbe essersi smarrito nella palude. È un peccato che non abbiamo un paio di segugi."

Con uno spaventoso sforzo, Anna cercò di ridere.

"Temo che sull'Isola non ce ne siano, zietta. Se avessimo ancora Rex, il vecchio setter di Gilbert che venne avvelenato, lui troverebbe subito Jem. Sono sicura che ci stiamo tutti

---

7   Penso che ormai sia chiaro a tutti che Anna è di nuovo incinta (NDR)
8   Citazione biblica, naturalmente, Proverbi 27:1 (NDR)

preoccupando per niente..."

"Tommy Spencer a Carmody scomparve misteriosamente quarant'anni fa e non venne mai più ritrovato... o forse sì? Be', se l'hanno ritrovato era solo lo scheletro. Non è una cosa da ridere, Annie. Non capisco come tu possa restare così calma."

Il telefono squillò. Anna e Susan si guardarono.

"Non posso... *non posso* andare al telefono, Susan", sussurrò Anna.

"Non posso andarci neanch'io", disse Susan, decisa. Si sarebbe odiata per il resto dei suoi giorni per aver mostrato tanta debolezza davanti a Mary Maria Blythe, ma non poteva farci niente. Due ore di ricerche in preda al panico e fantasie distorte avevano fatto di Susan uno straccio.

Zia Mary Maria andò impettita al telefono e staccò il ricevitore, i riccioli formarono sulla parete una silhouette cornuta che, rifletté Susan nonostante l'angoscia, sembrava proprio il diavolo in persona.

"Carter Flagg dice che hanno cercato dappertutto ma non l'hanno ancora trovato", riferì fredda zia Mary Maria, "Ma dice che la barchetta è in mezzo allo stagno e dentro non c'è nessuno, per quanto riescono a vedere. Ora dragheranno lo stagno."

Susan afferrò Anna appena in tempo.

"No... no... non sto per svenire, Susan", disse Anna con labbra pallide, "Aiutami a raggiungere la sedia... grazie. Dobbiamo *assolutamente* trovare Gilbert..."

"Se James è annegato, Annie, devi ricordarti che così gli sono stati risparmiati un mucchio di problemi in questo mondo disgraziato", disse zia Mary Maria per infliggerle ulteriore consolazione.

"Prendo la lanterna e lo cerco nei campi qua attorno", disse Anna non appena riuscì ad alzarsi, "Sì, Susan, lo so che l'hai già fatto tu... ma lasciami andare. Lasciami andare. *Non posso* starmene seduta ferma ad aspettare."

"Allora dovete mettervi un maglione, cara signora Dottore c'è una forte rugiada e l'aria è umida. Vado a prendervi quello rosso... è appeso su una sedia nella stanza del ragazzo. Aspettate qui, che ve lo porto."

Susan corse di sopra. Un istante dopo qualcosa che possiamo descrivere solo come uno strillo risuonò per Ingleside. Anna e zia Mary Maria corsero di sopra, dove trovavano Susan che rideva e piangeva in anticamera, più vicina a una crisi isterica di quanto Susan Baker fosse mai stata, o sarebbe mai stata in futuro, in tutta la sua vita.

"Cara signora Dottore... è qui! Il piccolo Jem è qui... è addormentato sulla panca davanti alla finestra dietro la porta. Io non avevo guardato lì... la porta lo nascondeva... e quando ho visto che non era a letto..."

Anna, indebolita dal sollievo e dalla gioia, andò nella stanza e cadde in ginocchio davanti alla seduta della finestra. In breve sia lei che Susan stavano ridendo per la propria stupidità, ma adesso le lacrime erano solo di gratitudine. Il piccolo Jem era profondamente addormentato sulla seduta della finestra, con un montone tirato sulle spalle, il suo orsacchiotto malconcio tra le manine abbronzate e un Gamberetto che l'aveva perdonato disteso sulle gambe. I suoi riccioli rossi erano sparsi sul cuscino. Sembrava star facendo un bel sogno e Anna non voleva svegliarlo. Ma lui aprì all'improvviso gli occhi, che erano come due stelle color nocciola, e la guardò.

"Jem, tesoro, perché non eri a letto? Noi... ci siamo spaventate un po'... non riuscivamo a trovarti... e non abbiamo pensato a guardare qui."

"Volevo mettermi qui così vedevo te e papà entrare dal cancello quando tornavate a casa. Mi sentivo tanto solo che me ne dovevo soltanto andare a letto."

Mamma lo stava sollevando tra le braccia... lo portava a letto. Era così bello lasciarsi baciare... sentirla che gli rimboccava le lenzuola con quei colpetti carezzevoli che gli davano tanto la sensazione d'essere amato. E in fondo a chi importava di vedere un vecchio serpente tatuato? Mamma era così dolce... la mamma più dolce che chiunque avesse mai avuto. Tutti a Glen chiamavano la mamma di Bertie Shakespeare "signora secondo tocco", perché era tanto cattiva, e lui sapeva – perché l'aveva visto – che prendeva Bertie a schiaffi per ogni minima cosa.

"Mamma", disse assonnato, "certo che ti porto i biancospini la prossima primavera... tutte le primavere. Puoi contare su di me."

"Certo che ci posso contare, tesoro", disse mamma.

"Bene, dal momento che le smanie sono passate per tutti, immagino che possiamo tirare un bel sospiro e tornarcene a letto", disse zia Mary Maria. Ma nel suo tono di voce c'era un certo bisbetico sollievo.

"È stato molto stupido da parte mia non ricordarmi della seduta della finestra", disse Anna, "Abbiamo fatto la parte delle stupide e il dottore non ce lo farà dimenticare, potete starne certe. Susan, per favore, telefona al signor Flagg e digli che abbiamo trovato Jem."

"E così lui si farà una bella risata alle mie spalle", disse Susan, felice, "Non che mi importi... può ridere quanto gli pare purché il piccolo Jem sia in salvo."

"Mi ci vorrebbe una tazza di tè", sospirò zia Mary Maria lamentosa, raccogliendo i draghi attorno alle sue forme scarne.

"Ve lo faccio immediatamente", disse Susan, rapida, "Ci sentiremo tutte più vispe con un tè. Cara signora Dottore, quando Carter Flagg ha saputo che il piccolo Jem era sano e salvo ha detto 'Grazie a Dio!' Non dirò mai più nulla contro quell'uomo, qualunque prezzo metta alle sue merci. Pensate che domani possiamo avere del pollo per pranzo, cara signora Dottore? Solo per festeggiare un po', diciamo. E il piccolo Jem avrà i suoi muffin preferiti per colazione."

Ci fu un'altra telefonata... stavolta era Gilbert che diceva che avrebbe accompagnato un bambino gravemente ustionato da Harbour Head all'ospedale in città, e di non aspettarlo prima del mattino.

Anna, alla sua finestra, s'inginocchiò per lanciare uno sguardo riconoscente al mondo prima di andare a letto. Dal mare soffiava un vento freddo. Una sorta di incantamento lunare attraversava gli alberi nella Buca. Anna avrebbe potuto perfino ridere... con un brivido dietro la sua risata... per il panico di un'ora fa e per le assurde dichiarazioni e i macabri ricordi di zia Mary Maria. Il suo bambino era al sicuro... Gilbert era da qualche parte a lottare per salvare la vita di un altro bambino... *Caro Dio, aiutalo, e aiuta sua madre... aiuta tutte le madri, ovunque. Abbiamo bisogno di tanto aiuto con quei piccoli, sensibili, affettuosi cuori e menti che cercano la nostra guida, il nostro amore e la nostra comprensione.*

La notte avvolgente e amica prese possesso di Ingleside e tutti, anche Susan, che voleva solo ritirarsi in un bel buchetto e chiuderselo dietro, si addormentarono sotto la protezione del suo tetto.

Capitolo 7

"Avrà un mucchio di compagnia... non si sentirà solo... ci sono i nostri quattro... e da noi verranno in visita mio nipote e mia nipote da Montreal. Quel che non penserà uno lo faranno gli altri."

La grossa, paffuta, allegra signora Dottoressa Parker sorrise espansiva a Walter... che le ricambiò il sorriso con un certo distacco. Non era del tutto certo che la signora Parker gli piacesse, nonostante i sorrisi e l'allegria. In un certo senso, era un po' esagerata. Il dottor Parker gli piaceva. I "nostri quattro" e il nipote e la nipote da Montreal, Walter non li aveva mai visti. Lowbridge, dove vivevano i Parker, era a sei miglia da Glen e Walter non ci era mai stato, anche se il dottor e la signora Parker e il dottor e la signora Blythe si scambiavano visite frequenti. Il dottor Parker e papà erano grandi amici, anche se di tanto in tanto Walter aveva la sensazione che mamma avrebbe potuto fare benissimo a meno della signora Parker. Perfino a sei anni Walter, come si era accorta Anna, vedeva cose che gli altri bambini non vedevano.

Walter non era neanche del tutto sicuro di voler davvero andare a Lowbridge. Alcune visite erano splendide. Andare ad Avonlea, per esempio... eh, lì sì che c'era da divertirsi! E una notte passata con Kenneth Ford alla vecchia Casa dei Sogni era stata ancor più divertente... anche se quella non la si poteva chiamare *davvero* una visita, perché per i piccoli di Ingleside la Casa dei Sogni era sempre sembrata una seconda casa. Ma andare a Lowbridge per due settimane, tra gli estranei, era una cosa diversa. Però pareva una cosa già stabilita. Per un qualche motivo, che Walter intuiva ma non comprendeva, mamma e papà erano contenti della sistemazione. Volevano forse sbarazzarsi di tutti i loro bambini?, si domandò Walter, triste e a disagio. Jem era via, l'avevano portato ad Avonlea due giorni fa, e aveva sentito Susan fare misteriose osservazioni sul "mandare le gemelle dalla signora Marshall Elliott quando sarà tempo". Che tempo? Zia Mary Maria era sembrata molto fosca per qualcosa e sapeva che aveva detto che "sperava che andasse tutto bene". Cosa sperava andasse bene? Walter non ne aveva idea. Ma a Ingleside c'era qualcosa di strano nell'aria.

"Lo porto domani", disse Gilbert.

"I piccoli non vedono l'ora", disse la signora Parker.

"È molto gentile da parte vostra", disse Anna.

"È a fin di bene, certo", disse, cupa, Susan a Gamberetto in cucina.

"È molto gentile da parte della signora Parker levarci la responsabilità di Walter, Annie", disse zia Mary Maria quando i Parker se ne furono andati, "Mi ha detto che si è incapricciata di lui. Alla gente piacciono cose stranissime, vero? Be', almeno per due settimane potrò andare in bagno senza inciampare in un pesce morto."

"Un pesce morto, zietta? Non intenderai..."

"Intendo esattamente ciò che ho detto, Annie. Lo faccio sempre. Un pesce morto! *A te* è mai capitato di inciampare a piedi nudi su un pesce morto?"

"N... no... ma come..."

"Walter ha acchiappato una trota ieri sera, cara signora Dottore, e l'ha messo nella vasca da bagno per mantenerla in vita", disse Susan, vivace, "Se fosse rimasta lì sarebbe andato tutto bene, ma in un modo o in un altro è uscita ed è morta nel corso della notte. Certo, se *la gente* se ne va in giro a piedi nudi..."

"Io ho l'abitudine di non litigare mai con nessuno", disse zia Mary Maria alzandosi e uscendo dalla stanza.

"Sono decisa a non lasciarmi irritare da lei, cara signora Dottore", disse Susan.

"Oh, Susan, comincia a irritare un po' anche me... ma sì, non me ne importerà più tanto quando sarà tutto finito... e dev'essere *davvero* sgradevole inciampare in un pesce morto."

"Ma mamma, un pesce morto non è meglio di uno vivo? Un pesce morto non si contorce", disse Di.

Dal momento che la verità va detta a ogni costo, dobbiamo ammettere che sia la padrona di casa che la cameriera di Ingleside si misero a ridacchiare.

E questo era tutto. Ma quella sera Anna chiese a Gilbert se Walter sarebbe stato felice a Lowbridge.

"È così sensibile e pieno di immaginazione", disse nostalgica.

"Fin troppo", disse Gilbert, che era stanco dopo aver avuto, per dirla come Susan, tre bambini quel giorno, "Anna, io credo che quel bambino abbia paura anche di andare al piano di sopra al buio. Gli farà un mondo di bene venire a compromessi coi bambini Parker per qualche giorno. Quando tornerà sarà un bambino diverso."

Anna non disse più nulla. Senza dubbio Gilbert aveva ragione. Walter si sentiva solo senza Jem. E ricordando quel che era successo quando era nato Shirley, sarebbe stato bene che Susan avesse la responsabilità di quante meno cose possibile, dal momento che aveva già la gestione della casa e zia Mary Maria – le cui settimane di permanenza si erano già estese da due a quattro – da sopportare.

Walter era disteso sveglio nel suo letto e cercava di sfuggire al pensiero persistente che il giorno dopo se ne sarebbe andato lasciando briglia sciolta alla sua fantasia. Walter aveva un'immaginazione molto vivace. Per lui era come un grande cavallo bianco, come quello del quadro alla parete, sul quale poteva galoppare avanti e indietro nel tempo e nello spazio. Stava scendendo la Notte... la Notte, come l'angelo alto, scuro, dalle ali di pipistrello che viveva nei boschi del signor Andrew Taylor, sulla collina a sud. Walter drammatizzava e personificava tutto nel suo piccolo mondo... il Vento che la notte gli raccontava storie... la Brina che mordeva i fiori in giardino... la Rugiada che cadeva argentea e silenziosa... la Luna, che era sicuro di poter catturare se fosse salito in cima a quella lontana collina purpurea... la Bruma che saliva dal mare... il grande Mare stesso, che cambiava sempre e non cambiava mai... la scura, misteriosa Marea. Per Walter erano tutti personaggi. Ingleside, e la Buca, e il bosco di aceri, e la Palude, e la spiaggia della baia, erano pieni di elfi, e di kelpie[9], e di driadi, e di sirene, e di folletti. Il gatto nero di gesso che stava sulla mensola del camino, era una strega fatata. Di notte prendeva vita e, diventato enorme, faceva un giretto per la casa. Walter si immerse con la testa sotto le coperte e rabbrividì. Si spaventava sempre da solo con le proprie fantasie.

Forse zia Mary Maria aveva ragione quando diceva che lui era "troppo nervoso ed eccitabile", anche se questo Susan non gliel'avrebbe mai perdonato. Forse zia Kitty MacGregor di Upper Glen, che si diceva avesse "la seconda vista", aveva ragione quando disse, dopo aver guardato in profondità negli occhi grigi, dalle lunghe ciglia, di Walter, che lui aveva "un'anima vecchia in un corpo giovane". Era possibile che quella vecchia anima sapesse troppe cose che non sempre quel giovane cervello poteva comprendere.

Al mattino dissero a Walter che papà l'avrebbe portato a Lowbridge dopo pranzo. Lui non disse nulla, ma durante il pranzo si sentì assalire da una sensazione di soffocamento e

---

9 Kelpie (o kelpy), nella tradizione folcloristica scozzese è uno spirito acquatico maligno in forma di cavallo che annega i viandanti (NDR)

abbassò rapido gli occhi per nascondere un'improvvisa cortina di lacrime. Però non fu abbastanza rapido.

"Non stai *piangendo*, Walter. Vero?", disse zia Mary Maria, come se un bimbo di sei anni potesse cadere in disgrazia per sempre se piangeva, "Se c'è una cosa che disprezzo, sono i piagnucoloni. E non hai mangiato la carne."

"L'ho mangiata tutta tranne il grasso", disse Walter, sbattendo coraggiosamente gli occhi ma senza azzardarsi ancora ad alzare lo sguardo, "Non mi piace il grasso."

"Quando *io* ero piccola", disse zia Mary Maria, "non mi era permesso di decidere se una cosa mi piacesse o no. Bah, probabilmente la signora Parker ti curerà da qualcuna di quelle tue idee. Lei era una Winter, credo... o era una Clark?... no, dev'essere stata una Campbell. Ma i Winter e i Campbell sono tutti fatti della stessa stoffa, e non tollerano le sciocchezze."

"Oh, ti prego, zia Mary Maria, non far spaventare Walter per questa visita a Lowbridge", disse Anna, e nel fondo dei suoi occhi si accese una piccola scintilla.

"Scusami, Annie", disse zia Mary Maria, con grande umiltà, "Naturalmente avrei dovuto ricordare che *io* non ho il diritto di insegnare ai tuoi bambini *alcunché*."

"Accidenti a lei", borbottò Susan andando a prendere il dolce... quello preferito di Walter, il pudding della Regina.

Anna si sentì spregevole e in colpa. Gilbert le aveva lanciato uno sguardo vagamente accusatorio, come a volerle dire che avrebbe potuto essere più paziente con una povera signora sola.

Lo stesso Gilbert si sentiva un po' malridotto. La verità, come tutti sapevano, era che si era strapazzato troppo per tutta l'estate; e forse zia Mary Maria era più stressante di quanto avrebbe voluto ammettere. Anne aveva deciso che in autunno, se tutto fosse andato bene, volente o nolente l'avrebbe mandato per un mese di caccia alla beccaccia in Nova Scotia.

"Com'è il tuo tè?", domandò, pentita, a zia Mary Maria.

Zia Mary Maria fece una smorfia.

"Troppo leggero. Ma non fa niente. A chi importa se una povera vecchia beve un tè che venga incontro ai suoi gusti o no? Però certa gente pensa che io sia un'ottima compagnia."

Qualunque fosse il legame tra le due frasi di zia Mary Maria, Anna proprio in quel momento non era in grado di scovarlo. Si era fatta pallidissima.

"Penso che andrò di sopra a stendermi", disse, un po' debolmente, alzandosi da tavola, "E penso, Gilbert... forse è meglio se non ti fermi troppo a Lowbridge... e da' un colpo di telefono a Miss Carson."

Salutò Walter con un bacio distaccato e rapido... come se non stesse affatto pensando a lui. Walter *non voleva* piangere. Zia Mary Maria lo baciò sulla fronte – Walter detestava i baci umidicci sulla fronte – e disse:

"A Lowbridge ricordati delle buone maniere a tavola, Walter. Non essere ingordo. Se lo sarai, verrà un Grosso Uomo Nero con un grosso sacco nero in cui infila i bambini."

Forse fu un bene che Gilbert fosse andato a mettere le briglie a Gery Tom e non l'avesse sentita. Lui e Anna si erano sempre ripromessi di non spaventare mai i propri figli con simili idee, né di permettere a nessun altro di farlo. Susan la sentì mentre sparecchiava la tavola, e zia Mary Maria non seppe mai quanto fosse andata vicino a farsi lanciare in testa la salsiera con tutto il suo contenuto.

Capitolo 8

Generalmente a Walter piaceva andare in giro con papà. Amava la bellezza, e le strade attorno a Glen St. Mary erano belle. La strada che andava a Lowbridge era un doppio nastro di ranuncoli danzanti, con il bordo verde di felci di un invitante boschetto qua e là. Ma oggi papà non sembrava aver molta voglia di parlare e condusse Gray Tom come Walter non ricordava di averlo mai visto fare. Quando arrivarono a Lowbridge disse qualche parola in disparte alla signora Parker e poi corse via senza neppure salutare Walter. Ancora una volta Walter dovette fare uno sforzo per non piangere. Era fin troppo evidente che nessuno lo amava. Mamma e papà una volta l'avevano amato, ma ora non lo amavano più.

La grande, disordinata casa dei Parker a Lowbridge a Walter non sembrò accogliente. Ma forse in quel momento nessuna casa gli sarebbe sembrata accogliente. La signora Parker lo portò fuori nel giardino sul retro, dove risuonavano rumorose grida di divertimento, e lo presentò ai bambini che sembravano riempirlo. Poi se ne tornò immediatamente a cucire lasciandoli a "fare conoscenza"... un procedimento che funzionava molto bene in nove casi su dieci. Così forse non fu colpa sua se mancò di rendersi conto che il piccolo Walther Blythe era il decimo caso. Lui le piaceva... i suoi bambini erano piccini allegri... Fred e Opal avevano la tendenza a darsi arie da cittadini di Montreal, ma lei era certa che non sarebbero stati sgarbati con nessuno. Sarebbe andato tutto liscio come l'olio. Era tanto contenta di poter aiutare la "povera Anna Blythe", anche se era solo togliendole la responsabilità di uno dei suoi bambini. La signora Parker sperava che "andasse tutto bene". Gli amici di Anna, ricordando com'erano andate le cose alla nascita di Shirley, erano preoccupati per lei più di quanto non lo fosse la stessa Anna.

Un improvviso silenzio era calato nel giardino sul retro... un giardino che si fondeva con un grande, ombroso meleto. Walter rimase in piedi a guardare, cupo e intimidito, i piccoli Parker e i loro cugini Johnson di Montreal. Bill Parker aveva dieci anni... un monello rubizzo, dalla faccia rotonda che "aveva preso" da sua madre e che sembrava molto adulto e grosso agli occhi di Walter. Andy Parker aveva nove anni e i bambini di Lowbridge avrebbero potuto dirvi che era "il Parker cattivo" e che era soprannominato "Maiale" per ottime ragioni. A Walter il suo aspetto non piacque fin dall'inizio... i suoi capelli ispidi, corti e chiari, la sua faccia birichina e lentigginosa, gli occhi azzurri e sporgenti. Fred Johnson aveva l'età di Bill, e a Walter non piacque neanche lui, anche se era un bel bambino con riccioli fulvi e occhi neri. Anche la sua sorellina di nove anni, Opal, aveva i riccioli e gli occhi neri... occhi neri e stizziti. Teneva a braccetto Cora Parker, otto anni e i capelli color stoppa, ed entrambe guardavano Walter con sdegno. Se non fosse stato per Alice Parker, molto probabilmente Walter si sarebbe girato e sarebbe scappato via.

Alice aveva sette anni; Alice aveva deliziose onde di riccioli d'oro su tutta la testa; Alice aveva occhi azzurri e teneri come le violette nella Buca; Alice aveva guance rosa con le fossette; Alice indossava un vestitino giallo con le balze che la facevano somigliare a un ranuncolo danzante; Alice gli sorrise come se lo conoscesse da tutta una vita; Alice era un'amica.

Fred aprì la conversazione.

"Ciao, amico", disse con sufficienza.

Walter notò subito la sufficienza e si richiuse in se stesso.

"Mi chiamo Walter", disse scandendo la frase.

Fred si voltò verso gli altri con appropriata aria di stupore. Gliel'avrebbe fatta vedere *lui* a quel ragazzino di campagna!

"Dice che si chiama *Walter*", disse a Bill storcendo comicamente la bocca.

"Dice che si chiama *Walter*", disse a sua volta Bill a Opal.

"Dice che si chiama *Walter*", disse Opal, divertita, a Andy.

"Dice che si chiama *Walter*", disse Andy a Cora.

"Dice che si chiama *Walter*", ridacchiò Cora ad Alice.

Alice non disse niente. Si limitò a guardare ammirata Walter, e il suo sguardo gli permise di resistere quando tutti gli altri presero a cantilenare insieme "Dice che si chiama *Walter*", e poi scoppiarono in strilli di risate di derisione.

"Come si stanno divertendo i piccini!", disse la signora Parker, compiaciuta per la sua brillante trovata.

"Ho sentito mamma dire che credi alle fate", disse Andy, sorridendo con insolenza.

Walter lo fissò con pacatezza. Non si sarebbe lasciato sconfiggere davanti ad Alice.

"Le fate *esistono*", disse risoluto.

"Non esistono", disse Andy.

"Sì, esistono", disse Walter.

"Lui dice che *le fate* esistono", disse Andy a Fred.

48

"Lui dice che *le fate* esistono", disse Fred a Bill... e ripeterono daccapo tutta la scenetta.

Era una tortura per Walter, che non era mai stato canzonato prima e non sapeva come affrontare questa situazione. Si morse le labbra per trattenere le lacrime. Non doveva piangere davanti ad Alice.

"Ti piacerebbe se ti dessi un pizzicotto e ti facessi venire i lividi?", domandò Andy, che aveva deciso che Walter era una femminuccia e che prenderlo in giro sarebbe stato un grande spasso.

"Zitto, Maiale!", ordinò Alice con voce terribile... veramente terribile, anche se calma, dolce e tranquilla. Nella sua voce c'era qualcosa che neppure Andy poteva ignorare.

"Non intendevo mica farlo davvero", borbottò lui, vergognoso.

Il vento girò un po' in favore di Walter e giocarono amabilmente ad acchiapparello nel frutteto. Ma quando si assemblarono chiassosamente per andare a cena, Walter si sentì nuovamente travolgere dalla nostalgia di casa. Fu così terribile che per un orribile istante temette che si sarebbe messo a piangere davanti a tutti gli altri... lo temette perfino Alice che, però, gli diede sul braccio un colpetto così amichevole, mentre si sedevano, che lo aiutò. Ma Walter non poteva mangiare nulla... semplicemente non poteva. La signora Parker, sui cui metodi c'era sicuramente qualcosa da ridire, non se ne preoccupò, giungendo serenamente alla conclusione che il suo appetito sarebbe migliorato al mattino e che gli altri sarebbero stati troppo occupati a mangiare e parlare per accorgersi di lui.

Walter si chiese perché i membri di quella famiglia strillassero così tanto tra loro, ignorando il fatto che non avevano ancora avuto il tempo di perdere quell'abitudine dopo la morte recente di una nonna molto sensibile e molto sorda. Il rumore gli fece venire il mal di testa. Oh, anche a casa stavano cenando. Mamma doveva star sorridendo a capotavola, papà doveva star scherzando con le gemelle, Susan doveva star versando la panna nella tazza di latte di Shirley, Nan doveva star gettando bocconcini a Gamberetto. Perfino zia Mary Maria, in quanto parte della cerchia familiare, sembrava improvvisamente investita da un fulgore dolce e tenero. Chi avrebbe suonato il gong cinese per annunciare la cena? Era la sua settimana di turno per farlo e Jem era via. Se solo avesse trovato un posto in cui andare a piangere! Ma a Lowbridge non pareva esserci un posto in cui potersi abbandonare alle lacrime. E poi... c'era

Alice. Walter trangugiò un bicchiere intero di acqua ghiacciata e trovò che questo l'aiutava.

"Il nostro gatto ha le convulsioni", disse Andy all'improvviso dandogli un calcio sotto il tavolo.

"Anche il nostro", disse Walter. Gamberetto aveva avuto le convulsioni due volte. Walter non avrebbe permesso che i gatti di Lowbridge venissero reputati migliori dei gatti di Ingleside.

"Scommetto che le convulsioni del nostro gatto sono più convulse di quelle del tuo", lo schernì Andy.

"Scommetto di no", ribatté Walter.

"Su, su, non litigate per i gatti", disse la signora Parker, che desiderava una serata tranquilla per poter scrivere di "Bambini incompresi" sul giornale dell'Istituto, "Correte fuori a giocare. Fra poco sarà ora di andare a letto."

Ora di andare a letto! Improvvisamente Walter si rese conto che avrebbe dovuto passare lì tutta la notte... molte notti... due settimane di notti. Era spaventoso. Andò nel frutteto coi pugni stretti, per trovare Andy e Bill che, avvinghiati furibondi sull'erba, scalciavano, si graffiavano e gridavano.

"Mi hai dato la mela col verme, Bill Parker!", stava urlando Andy, "Te l'insegno io a darmi le mele coi vermi! Ti strappo le orecchie a morsi!"

Lotte di questo tipo erano eventi quotidiani per i Parker. La signora Parker sosteneva che picchiarsi non facesse male ai bambini. Diceva che così cacciavano via dal loro sistema nervoso un mucchio di ribalderia e che poi tornavano a essere ottimi amici. Ma Walter non aveva mai visto nessuno picchiarsi prima e ne rimase atterrito.

Fred li incitava, Opal e Cora ridevano, ma Alice aveva le lacrime agli occhi. Walter non poteva sopportarlo. Si gettò tra i due litiganti, che si erano separati un istante per prendere fiato prima di riprendere la lotta.

"Smettetela di litigare", disse Walter, "State facendo spaventare Alice."

Bill e Andy lo fissarono per un istante, stupiti, finché non li colpì il lato buffo di quel bebè che s'intrometteva nella loro lotta. Entrambi scoppiarono a ridere e Bill gli diede una pacca sulla schiena.

"Ha del fegato, gente!", disse, "Diventerà un vero ragazzo, prima o poi, se lo si lascia crescere. Eccoti una mela... e anche senza vermi."

Alice si asciugò le lacrime dalle morbide guance rosa e guardò

Walter con occhi tanto adoranti che a Fred la cosa non piacque. Certo, Alice era solo una bambina piccola, ma neppure le bambine piccole avevano il diritto di guardare con adorazione gli altri ragazzi quando lui, Fred Johnson di Montreal, era nei paraggi. Questa faccenda andava affrontata. Fred era stato in casa e aveva sentito zia Jen, che era al telefono, dire qualcosa a zio Dick.

"Tua mamma sta terribilmente male", disse a Walter.

"No... non è vero!", esclamò Walter.

"Invece sì. Ho sentito zia Jen che lo diceva a zio Dick...", Fred aveva sentito sua zia dire "Anna Blythe sta male" e si era divertito a infilarci dentro "terribilmente", "È probabile che muoia prima che torni a casa."

Walter si guardò attorno con occhi angosciati. Alice si schierò con lui... e di nuovo gli altri si radunarono attorno al modello di Fred. Percepivano qualcosa di estraneo in quel bambino bruno e bello... provavano la necessità di dargli il tormento.

"Se sta male", disse Walter, "papà la curerà."

L'avrebbe fatto... doveva farlo!

"Ho paura che sia impossibile", disse Fred, mettendo il muso lungo ma facendo l'occhiolino a Andy.

"Niente è impossibile per papà", insistette Walter, leale.

"L'estate scorsa Russ Carter andò a Charlottetown solo per un giorno, e quando tornò sua madre era morta come il chiodo di una porta", disse Bill

"E sepolta", disse Andy, pensando di aggiungere un tocco drammatico extra... non importava se la cosa fosse vera o no, "Russ si è arrabbiato come un matto perché si era perso il funerale. I funerali sono divertentissimi."

"Io non l'ho mai visto, un funerale", disse Opal, triste.

"Bah, avrai ancora un mucchio di occasioni", disse Andy, "Ma vedi che neppure nostro papà è riuscito a salvare la vita alla signora Carter, e lui è un dottore molto più bravo di tuo papà."

"No, non lo è..."

"Sì, lo è. Ed è anche molto più bello."

"No, non lo è..."

"Succede *sempre* qualcosa quando ti allontani da casa", disse Opal, "Come ti sembrerebbe se quando torni a casa trovassi che Ingleside intanto è bruciata tutta?"

"Se vostra mamma muore, è probabile che voi bambini veniate separati", disse Cora, allegramente, "Forse tu verrai a vivere qui."

"Sì... dai, vieni", disse Alice con dolcezza.

"Oh, il loro papà vorrà tenerseli", disse Bill, "Presto si risposerebbe. Ma forse morirà anche tuo papà. Ho sentito papà dire che il dottor Blythe si sta ammazzando di lavoro. Ehi, guardate come ci guarda. Hai gli occhi da bambina, figliolo... gli occhi da bambina... gli occhi da bambina..."

"Ah, chiudi il becco", disse Opal, che si era improvvisamente stufata di quel gioco, "Non lo state imbrogliando. L'ha capito che lo state solo prendendo in giro. Andiamo al Parco a vedere che giocano a baseball. Walter e Alice possono rimanere qui. Non possiamo tenerci dei marmocchi che ci seguono dappertutto."

A Walter non dispiacque di vederli allontanarsi. Ed evidentemente neppure ad Alice. Si sedettero sul ceppo di un melo e si guardarono, timidi e soddisfatti.

"Ti mostro come si gioca a jacks[10]", disse Alice, "e ti presto il mio canguro di peluche."

Quando venne ora di andare a letto, Walter si ritrovò sistemato da solo nella piccola stanza nell'anticamera. La signora Parker, premurosa, gli lasciò una candela e un caldo trapuntino, perché quella notte di luglio era estremamente fredda, come certe volte può essere perfino una notte d'estate nelle Province Marittime[11]. Sembrava quasi che potesse esserci una gelata.

Ma Walter non poteva dormire, neppure col canguro di Alice stretto contro una guancia. Oh, se solo fosse stato a casa sua, nella sua stanza, dove la finestra grande affacciava su Glen e la finestra piccola, con una piccola tettoia tutta sua, guardava sul pino silvestre. Mamma sarebbe entrata e gli avrebbe letto le poesie con la sua bella voce...

"Sono grande... non piango... no...nooo", le lacrime vennero suo malgrado. A che servivano i canguri di peluche? Gli pareva fossero passati anni da quando se n'era andato da casa.

Poco dopo gli altri bambini tornarono dal Parco e si affollarono amabilmente in camera sua, si sedettero sul letto mangiando mele.

"Hai pianto, bimbo", lo canzonò Andy, "Sei solo una

---

10 Jacks: gioco fatto con un set di diversi pezzi di metallo a sei punte
    e una pallina, scopo del gioco è lanciare la pallina per colpire i
    pezzi di metallo in diverse combinazioni (NDR)
11 Province Marittime: nome collettivo usato per le province di New
    Brunswick, Nova Scotia e Prince Edward Island, l'isola sulla quale
    sono ambientate queste storie (NDR)

dolcissima bimba. La cocca di mamma."

"Prendi un morso, ragazzo", disse Bill porgendogli una mela mezza morsicata, "E sta' su. Non mi sorprenderei se tua mamma migliorasse... cioè, se ha una costituzione. Papà dice che la signora Stephen Flagg sarebbe morta anni fa se non fosse che ha una costituzione. Tua mamma ne ha una?"

"Certo che ce l'ha", disse Walter. Non aveva idea di cosa fosse una costituzione, ma se la signora Stephen Flagg ce l'aveva, allora doveva avercela anche la mamma.

"La signora Ab Sawyer è morta la settimana scorsa, e la mamma di Sam Clark è morta la settimana prima", disse Andy.

"Sono morte di notte", disse Cora, "Mamma dice che la gente muore quasi sempre di notte. Io spero che *a me* non capiti. Te lo immagini andare in Paradiso in camicia da notte?"

"Bambini! Bambini! Andate a letto!", chiamò la signora Parker. I ragazzi se ne andarono, dopo aver fatto finta di soffocare Walter con un asciugamani. Dopo tutto a loro quel bambino piaceva. Quando Opal si voltò, Walter l'afferrò per una mano.

"Opal, è vero che mia mamma sta male?", sussurrò implorante. Non sopportava di venir lasciato da solo con questa paura.

Opal non era "una bambina cattiva", come diceva la signora Parker, ma non riuscì a resistere al brivido di dare a qualcuno una brutta notizia.

"*È vero* che sta male. L'ha detto zia Jen... ha detto che non te lo dovevo dire. Ma io penso che tu debba saperlo. Forse ha un cancro."

"Ma Opal, devono morire *tutti* per forza?", questa era un'idea nuova e spaventosa per Walter, che non aveva mai pensato prima alla morte.

"Ma certo, sciocchino. Solo che non muoiono veramente... vanno in Paradiso", disse Opal, allegramente.

"Non tutti", disse Andy, che aveva origliato fuori dalla porta, con un mormorio da maiale.

"Il... il Paradiso è più lontano di Charlottetown?", domandò Walter.

Opal lanciò acute risate.

"Tu sei *veramente* strano! Il Paradiso è lontano milioni di miglia. Ma ti dirò cosa puoi fare. Prega. Pregare funziona. Una volta persi un decino, pregai e trovai un quarto di dollaro. Ecco quel che so."

"Opal Johnson, hai sentito che ho detto? E spegni la candela in camera di Walter, ho paura del fuoco", chiamò la signora Parker

dalla propria stanza, "Dovrebbe star dormendo già da tempo."
Opal soffiò sulla candela e se ne andò. Zia Jen era accomodante, ma quando era irritata! Andy infilò la testa nella porta per una benedizione della buonanotte. "Forse gli uccellini della carta da parati prenderanno vita e ti strapperanno gli occhi", sibilò.

Dopodiché andarono davvero tutti a letto, con la sensazione che fosse la fine di un giorno perfetto, che Walt Blythe fosse un ragazzino niente male e che il giorno dopo si sarebbero divertiti ancora di più a prenderlo in giro.

"Tesorucci", pensò la signora Parker, con fare lezioso.

Un'insolita quiete discese su casa Parker, e a sei miglia di distanza, a Ingleside, la piccola Bertha Marilla Blythe batteva occhi tondi, color nocciola, ai volti felici che la circondavano e al mondo nel quale era stata introdotta, nella notte di luglio più fredda che le Province Marittime avessero provato da ottantasette anni.

Capitolo 9

Per Walter, da solo al buio, era ancora impossibile dormire. Nella sua breve vita non aveva mai dormito prima da solo. Aveva sempre avuto, caldi e confortanti, Jem o Ken accanto. La piccola stanza divenne vagamente visibile quando il chiaro di luna vi penetrò, ma era quasi peggio che al buio. Un quadro sul muro, ai piedi del letto, sembrava sorridergli in modo sinistro... i quadri erano sempre così *diversi* alla luce della luna. Ci si vedono dentro cose che alla luce del giorno non si sospetterebbero neppure. Le lunghe tende di pizzo sembravano donne alte e sottili, una su ogni lato della finestra, che piangevano. C'erano rumori per tutta la casa... scricchiolii, sospiri, mormorii. E se gli uccellini della tappezzeria avessero davvero preso vita e si fossero preparati a cavargli gli occhi? Una paura strisciante s'impadronì improvvisamente di Walter... e poi una grande paura scacciò tutte le altre. *Mamma stava male!* Non ci sarebbe stata più una mamma dalla quale tornare. Walter vide Ingleside senza la mamma.

Improvvisamente Walter capì che non poteva sopportarlo. Doveva tornare a casa. Subito. Immediatamente. Doveva vedere la mamma prima che lei... prima che lei... morisse. Ecco cosa aveva voluto dire zia Mary Maria. *Lei lo sapeva* che mamma stava per morire. Era inutile pensare di svegliare qualcuno e chiedergli di portarlo a casa. Non ce l'avrebbero portato... avrebbero solamente riso di lui. Era un cammino spaventosamente lungo fino a casa, ma lui avrebbe camminato per tutta la notte.

Silenziosamente, scivolò fuori dal letto e si vestì. Prese in mano le scarpe. Non sapeva dove la signora Parker avesse messo il suo cappello, ma non importava. Non doveva fare rumore... doveva solo scappare e andare da mamma. Gli dispiaceva di non poter salutare Alice... ma lei avrebbe compreso. Per l'anticamera buia... giù dalle scale... passo dopo passo... trattenendo il fiato... ma non finivano più quelle scale?... perfino i mobili erano in ascolto... oh-oh!

A Walter era caduta di mano una delle scarpe! Quella cadde tintinnando, rimbalzando di scalino in scalino, schizzò per l'ingresso e si bloccò contro la porta d'ingresso con quello che a Walter sembrò uno schianto assordante.

Walter si rannicchiò disperato contro la ringhiera. *Tutti* dovevano aver sentito quel rumore... sarebbero arrivati di corsa... non gli avrebbero permesso di andarsene di casa... un singulto disperato gli si strozzò in gola.

Parevano passate ore prima che si azzardasse a sperare che nessuno si fosse svegliato... prima che si azzardasse a continuare la sua cauta discesa dalle scale. Ma alla fine la portò a termine. Trovò la scarpa e, con cautela, girò la maniglia della porta d'ingresso... le porte non erano mai chiuse a chiave a casa Parker. La signora Parker diceva che non avevano nulla che valesse la pena di rubare a parte i bambini, e *quelli* non li voleva nessuno.

Walter uscì... la porta gli si richiuse alle spalle. S'infilò le scarpe e, furtivamente, raggiunse la strada. La casa era ai margini del paese e lui ben presto fu sulla strada aperta. Un istante di panico lo travolse. La paura di essere preso e bloccato era passata e tutte le sue vecchie paure del buio e della solitudine erano tornate. Non era mai stato fuori *da solo* di notte, prima. Aveva paura *del mondo*. Il mondo era così vasto, e lui così piccolo. Perfino il vendo freddo e umido che si stava alzando da est sembrava soffiargli in volto e spingerlo indietro.

Mamma stava per morire! Walter prese fiato e orientò il volto verso casa. E andò avanti, combattendo valorosamente contro la paura. C'era la luna piena, ma la luna piena ti faceva *vedere* le cose... e nulla sembrava familiare. Una volta, quando era uscito con papà, aveva pensato che non ci fosse nulla di più bello di una strada illuminata dalla luna e attraversata dalle ombre degli alberi. Ma ora le ombre erano così nere e nitide che potevano saltarti addosso. I campi erano estranei. Gli alberi non erano più cordiali. Sembravano guardarlo... affollarsi dietro e davanti a lui. Due occhi luminosi lo guardarono da dentro un canale, e un gatto nero di dimensioni incredibili attraversò la strada di corsa. *Ma era davvero un gatto?* Oppure...? La notte era fredda: rabbrividì nella sua camicia sottile, ma non gli sarebbe importato del freddo se solo fosse riuscito a smettere di avere paura di tutto... delle ombre, dei suoni furtivi, delle cose senza nome che potevano aggirarsi nelle strisce di bosco che attraversava. Si chiese come sarebbe stato non aver paura di nulla... come Jem.

"Io... farò finta di non aver paura", disse ad alta voce... e poi rabbrividì di terrore per il suono della propria voce che si perdeva nella grande notte.

Ma andò avanti... bisognava andare avanti quando la mamma stava per morire. Una volta cadde, e si ferì, si sbucciò malamente un ginocchio su una pietra. Una volta sentì un calesse che gli si avvicinava da dietro, e si nascose dietro un albero finché non fu passato, terrorizzato che il dottor Parker avesse scoperto che se n'era andato e lo stesse inseguendo. Una volta si bloccò in preda ad assoluto terrore per qualcosa di nero e peloso seduto sul bordo della strada. Non poteva passare... *non poteva*... ma lo fece. Era un grosso cane nero... era *davvero* un cane?... ma era passato. Non osò correre per paura che quello lo inseguisse. Si lanciò un'occhiata disperata alle spalle... quello si era alzato e stava correndo nella direzione opposta. Walter si portò la manina abbronzata al volto e si accorse che era madido di sudore.

Davanti a lui una stella cadde dal cielo, spargendo scintille di fiamma. Walter ricordò di aver sentito la vecchia zia Kitty dire che quando una stella cadeva qualcuno moriva. *Era la mamma?* Aveva appena cominciato a sentire che le gambe non lo reggevano più neanche per un passo ancora, ma a quel pensiero riprese la marcia. Adesso aveva così freddo che aveva quasi smesso di avere paura. Sarebbe mai arrivato a casa? Dovevano essere passate ore e ore da quando se n'era andato da Lowbridge.

Erano passate tre ore. Era scappato dalla casa dei Parker alle undici e adesso erano le due. Quando Walter si ritrovò sulla strada che s'immergeva nel Glen diede un sospiro di sollievo. Ma quando attraversò incespicando il paese, le case sembravano distanti e lontane. Si erano dimenticate di lui. Una mucca improvvisamente mugghiò verso di lui al di sopra di uno steccato e Walter si ricordò che il signor Joe Rise aveva un toro selvaggio. Partì in una corsa di puro panico che lo portò su per la collina, al cancello di Ingleside. Era a casa... oh, era a casa!

Poi si bloccò, tremando, sopraffatto da uno spaventoso senso di desolazione. Si era aspettato di vedere luci calde e amiche a casa. Ma non c'erano luci a Ingleside!

In realtà una luce c'era, se solo lui avesse potuto vederla, in una stanza da letto sul retro, dove l'infermiera dormiva con la culla della bambina accanto al letto. Ma a tutti gli effetti Ingleside era una casa buia e abbandonata, e questo infranse l'entusiasmo di Walter. Non aveva mai visto, non si era mai immaginato, Ingleside buia di notte.

Voleva dire che mamma era morta!

Walter incespicò per il vialetto d'ingresso, attraversò l'ombra nera della casa sul prato, fino alla porta d'ingresso. Era chiusa a chiave. Picchiò debolmente... non arrivava al batacchio... ma non ci fu risposta, né lui se l'aspettava. Rimase in ascolto... in casa non c'erano segni *di vita*. Lo sapeva, la mamma era morta e se ne erano andati via tutti.

Adesso aveva troppo freddo ed era troppo stanco per piangere: ma fece il giro verso il granaio e si arrampicò sulla scaletta che portava al fienile. Aveva superato le paure. Voleva solo andarsene da qualche parte lontano dal vento e distendersi fino al mattino. Forse sarebbe tornato qualcuno dopo che avevano seppellito la mamma.

Un piccolo gattino morbido e tigrato, tutto profumato di fieno, che qualcuno aveva dato al dottore, gli fece le fusa. Walter lo afferrò contento... era caldo e *vivo*. Ma quello sentì i topolini che sgambettavano sul pavimento e non volle restare. La luna lo guardò attraverso la finestra coperta di ragnatele ma non c'era alcun conforto in quella luna lontana, fredda, indifferente. Una luce che ardeva lontano a Glen era più amichevole. Finché quella luce durava, lui poteva resistere.

Non poteva dormire. Il ginocchio gli faceva troppo male e aveva troppo freddo... e aveva una stranissima sensazione allo stomaco. Forse stava per morire anche lui. Sperava che fosse così, dal momento che tutti gli altri erano morti o se n'erano andati. Le notti finivano mai? Le altre notti erano finite, ma forse questa non l'avrebbe fatto. A questo proposito ricordò una storia spaventosa che aveva raccontato Capitan Jack Flagg, all'imboccatura della Baia, lui aveva detto che il mattino che si fosse arrabbiato veramente, non avrebbe permesso al sole di sorgere. E se alla fine il capitano si era arrabbiato veramente?

Poi la luce a Glen si spense... e lui non resistette più. Ma quando dalle sue labbra partì un breve grido di disperazione, si accorse che era giorno.

Capitolo 10

Walter scese dalla scaletta e uscì. Ingleside era immersa in quella prima luce strana, senza tempo, dell'alba. Il cielo sopra le betulle nella Buca mostrava una debole luminosità d'un rosa argentato. Forse poteva entrare dalla porta di servizio. Certe volte Susan la lasciava aperta per papà. La porta di servizio non era chiusa a chiave. Con un sospiro di gratitudine, Walter scivolò nell'ingresso. In casa era ancora buio e lui cominciò a salire furtivo le scale. Voleva andare a letto... il suo letto... e se non fosse mai più tornato nessuno, sarebbe potuto morire lì e sarebbe andato in Paradiso, dove avrebbe trovato la mamma. Soltanto... Walter ricordò cos'aveva detto Opal... il Paradiso era lontano milioni di miglia. Nella prima ondata di desolazione che lo travolse, Walter si dimenticò di camminare con cautela e posò pesantemente il piede sulla coda di Gamberetto, che dormiva nella curva delle scale. Lo gnaulio angosciato di Gamberetto risuonò per tutta la casa.

Susan, che si era appena riaddormentata, venne trascinata fuori dal sonno da quell'orribile suono. Susan era andata a letto a mezzanotte, decisamente esausta dopo un pomeriggio e una sera faticosi, alle quali aveva contribuito Mary Maria Blythe facendosi venire "un dolore lancinante al fianco" proprio quando la tensione era al massimo. Aveva voluto una borsa dell'acqua calda, un massaggio con i linimenti, e aveva finito con una pezza bagnata sugli occhi perché le era tornata "una delle sue emicranie".

Susan si era svegliata alle tre con la stranissima sensazione che qualcuno avesse un gran bisogno di lei. Si era alzata ed era andata in punta di piedi oltre l'anticamera, alla porta della stanza da letto della signora Blythe. Lì tutto era tranquillo... poteva sentire il respiro dolce e regolare di Anna. Susan aveva fatto il giro della casa ed era tornata a letto, convinta che quella strana sensazione fosse dovuta solo ai postumi di un incubo notturno. Ma per il resto della sua vita Susan credette di avere avuto quello di cui si era sempre fatta beffe e che Abby Flagg, che "aveva la passione" per lo spiritualismo, chiamava "un'esperienza psichica".

"Walter mi stava chiamando e io l'ho sentito", affermava.

Susan si alzò e uscì di nuovo, pensando che Ingleside fosse veramente posseduta quella notte. Indossava solo una camicia da notte di flanella, che a furia di ripetuti lavaggi si era rimpicciolita fino ad arrivarle sopra le caviglie ossute. Ma sembrò la cosa più bella del mondo per quella creaturina pallida, tremante, i cui occhi grigi e stravolti la guardavano dal basso del pianerottolo.

"Walter Blythe!"

In due passi Susan lo prese tra le braccia... le sue braccia forti e tenere.

"Susan... la mamma è morta?", disse Walter.

In brevissimo tempo tutto cambiò. Walter era a letto, caldo, sazio, sollevato. Susan aveva rattizzato il fuoco, gli aveva portato una tazza di latte caldo, una fetta di toast dorato e un grande piatto pieno dei suoi biscotti "a faccia di scimmia" preferiti, poi gli aveva rimboccato le coperte e gli aveva lasciato una borsa dell'acqua calda sui piedi. Aveva baciato e unto il suo piccolo ginocchio sbucciato. Era una così bella sensazione sapere che c'era qualcuno che si prendeva cura di te... che qualcuno ti voleva... che per qualcuno eri importante.

"E sei *sicura*, Susan, che la mamma non è morta?"

"Tua mamma dorme sodo, sta bene ed è felice, agnellino mio."

"E non è neanche stata male? Opal ha detto..."

"Sì, agnellino, ieri non si è sentita tanto bene per un po', ma è tutto passato e questa volta non è mai stata in pericolo di vita. Aspetta prima di farti una bella dormita e poi la potrai vedere... e potrai vedere anche qualcos'altro. Ah, se avessi tra le mani quei piccoli satanassi di Lowbridge! Non posso credere che tu abbia fatto a piedi tutta quella strada da Lowbridge. Sei miglia! E in una notte simile!"

"Ho sopportato un'angoscia terribile, Susan", disse Walter, serio. Ma adesso era tutto a posto. Lui era al sicuro e felice; era... a casa... era...

Era addormentato.

Era quasi mezzogiorno quando si svegliò, per vedere il sole che entrava fluttuando dalle sue finestre, e arrancò in camera a vedere la mamma. Aveva cominciato a pensare di essere stato molto stupido e forse la mamma non sarebbe stata contenta di lui perché era scappato da Lowbridge. Ma la mamma non fece che cingerlo con un braccio a attirarlo a sé. Aveva saputo tutta la storia da Susan e aveva pensato a un paio di cose che intendeva dire a Jen Parker.

"Oh, mamma, non stai per morire?... e mi vuoi ancora bene?"

"Tesoro, non ho nessuna intenzione di morire... e ti voglio così tanto bene che mi fa male. Se penso che hai camminato per tutta quella strada da Lowbridge a qui!"

"E a stomaco vuoto", rabbrividì Susan, "È un miracolo che sia ancora vivo per raccontarlo. Il tempo dei miracoli non è ancora finito, ci potete contare."

"Un ragazzino coraggioso", rise papà, che era appena entrato con Shirley sulle spalle. Accarezzò la testa di Walter, e Walter gli afferrò la mano e l'abbracciò. Non c'era un altro come papà in tutto il mondo. Ma nessuno doveva sapere quanto si era effettivamente spaventato.

"Non me ne devo più andare via di casa, mamma, vero?"

"No, se tu non vuoi", promise la mamma.

"Io non vorrò mai più...", e poi si bloccò. Dopotutto non gli sarebbe dispiaciuto rivedere Alice.

"Guarda qui, agnellino", disse Susan, facendo entrare una rosea, giovane signora, con un grembiule bianco e un berretto, che trasportava un cestino.

Walter guardò. Una bambina! Una bimba paffuta, pienotta, con riccioli setosi e umidi e manine minuscole e graziose.

"Non è una bellezza?", disse Susan orgogliosa, "Guarda le ciglia... non ho mai visto ciglia così lunghe in una neonata. E che orecchie graziose. Io come prima cosa guardo sempre le orecchie."

Walter esitò.

"È dolce, Susan... oh, guarda che bei ditini dei piedi arricciati... ma... non è un po' piccola?"

Susan rise.

"Con tre chili e mezzo non è piccola, agnellino. E ha cominciato già a notare le cose. Quella bambina non era nata neanche da un'ora quando ha alzato la testa e ha *guardato* il dottore. Non avevo mai visto nulla di simile in tutta la mia vita."

"Avrà i capelli rossi", disse il dottore in tono soddisfatto, "Bellissimi capelli rosso-dorati come quelli di sua mamma."

"E occhi nocciola come quelli di suo papà", disse esultante la moglie del dottore.

"Non capisco perché nessuno di noi può avere i capelli biondi", disse Walter assorto, pensando ad Alice.

"Capelli biondi? Come i Drew?", disse Susan con incommensurabile disprezzo.

"È così graziosa quando dorme", canticchiò sommessamente l'infermiera, "Non avevo mai visto una neonata increspare tanto gli occhi quando dorme."

"È un miracolo. Tutti i nostri bambini erano dolci, Gilbert, ma questa è la più dolce di tutti."

"Il Signore ti ama", disse zia Mary Maria tirando su col naso, "Sai, Annie, sono già venuti al mondo un paio di bambini prima d'ora."

"La *nostra* bambina non era mai venuta al mondo prima, zia Mary Maria", disse Walter, orgoglioso, "Susan, poso baciarla? Solo una volta... per favore!"

"Certo che puoi", disse Susan, lanciando occhiatacce alle spalle di zia Mary Maria, che si stava ritirando, "Ora vado giù a fare una torta di ciliege per cena. Mary Maria Blythe ne ha fatta una ieri pomeriggio... vorrei farvela vedere, cara signora Dottore. Sembra una di quelle cose che porta dentro il gatto. Me ne mangerò io quanta posso, per non buttarla, ma una torta così non finirà mai davanti al dottore finché io sono forte e in salute, su questo ci potete contare."

"Non tutti hanno il tuo talento coi dolci, Susan", disse Anna.

"Mamma", disse Walter quando la porta si chiuse alle spalle di una Susan compiaciuta, "Penso che siamo una bellissima famiglia, non credi?"

Una bellissima famiglia, rifletté felice Anna distesa nel letto, con la sua bambina accanto. Ben presto sarebbe stata ancora con loro, agile come prima, per amarli, insegnare e confortarli. Sarebbero andati da lei con le loro piccole gioie, i loro piccoli dolori, le loro speranza in boccio, le loro nuove paure, i piccoli problemi che a loro sembravano tanto grandi e i piccoli struggimenti che a loro parevano tanto amari. Lei avrebbe tenuto tutti i fili della vita di Ingleside tra le mani per tesserli in un arazzo di bellezza. E zia Mary Maria non avrebbe avuto motivo di dire, come l'aveva sentita dire due giorni prima, "Sembri terribilmente stanco, Gilbert. Ma non hai nessuno che si prenda cura di te?"

Al piano di sotto, zia Mary Maria stava scuotendo la testa, avvilita, e diceva: "I neonati hanno tutti le gambe storte, lo so, ma, Susan, le gambe di quella bambina sono veramente *troppo* storte. Certo, non bisogna dirlo alla povera Annie. Susan, non ditelo mai ad Annie."

Per una volta Susan rimase senza parole.

Capitolo 11

Alla fine di agosto Anna era di nuovo se stessa e attendeva con ansia un felice autunno. La piccola Bertha Marilla diventava sempre più bella di giorno in giorno ed era oggetto di venerazione per i fratelli e le sorelle, che l'adoravano.

"Pensavo che un bimbo fosse una cosa che urlava sempre", disse Jem, rapito, lasciando che le minuscole dita si aggrappassero alle sue, "Bertie Shakespeare Drew aveva detto così."

"Non dubito che i piccoli Drew strillino sempre, caro Jem", disse Susan, "Strillano al pensiero di dover essere dei Drew, immagino. Ma Bertha Marilla è una bambina di *Ingleside*, caro Jem."

"Vorrei essere nato a Ingleside, Susan", disse Jem, addolorato. Gli dispiaceva sempre non essere nato lì. Di glielo faceva sempre pesare.

"Non pensi che la vita qui sia piuttosto monotona?", una vecchia compagna della Queen's da Charlottetown chiese un giorno, altezzosa, ad Anna.

Monotona? Anna quasi rise in faccia alla sua ospite. Ingleside monotona? Con una bambina deliziosa che portava ogni giorno nuove meraviglie? Con le visite di Diana, della piccola Elizabeth e di Rebecca Dew da programmare? Con la signora Sam Ellison di Upper Glen, affidata alle cure di Gilbert, che aveva un malanno che, per quanto si sapesse, solo altre tre persone al mondo avevano avuto prima? Con Walter che cominciava ad andare a scuola? Con Nan che si era bevuta un intero flacone di profumo preso dalla toelette della mamma? Pensavano tutti che sarebbe morta, ma lei non si era sentita male neanche un po'. Con una strana gatta nera che aveva avuto l'inaudito numero di dieci gattini nel portico sul retro? Con Shirley che si chiudeva nel bagno e poi si dimenticava come fare a riaprire la porta? Con Gamberetto che finiva avvolto in un foglio di carta moschicida? Con zia Mary Maria che dava fuoco alle tende della propria stanza nel cuore della notte mentre gironzolava con una candela, e poi svegliava tutta la famiglia con grida spaventose? Quella era una vita monotona?

Perché zia Mary Maria era ancora a Ingleside. Di tanto in tanto diceva con aria patetica: "Quando vi stancate di me, ditemi di andar via... sono abituata a badare a me stessa."

A questo c'era una sola cosa da dire, e naturalmente Gilbert la diceva sempre. Anche se non la diceva con la sincerità delle prime volte. Perfino il senso di "appartenenza al clan" di Gilbert cominciava ad affievolirsi; stava cominciando a rendersi conto, con una sensazione d'impotenza - "Roba da uomini", come avrebbe sbuffato Miss Cornelia – che zia Mary Maria stava via via diventando un problema in casa sua. Una volta si era *azzardato* a fare un lieve accenno al fatto che le case soffrono se abbandonate a lungo senza occupanti; e zia Mary Maria aveva concordato con lui, osservando tranquillamente che stava pensando di vendere la sua casa di Charlottetown.

"Non è una cattiva idea", la incoraggiò Gilbert, "E so che c'è in vendita un delizioso cottage in città... un mio amico deve andare in California... somiglia molto a quello che ti piace tanto, dove vive la signora Sarah Newman..."

"Ma ci vive *da sola*", sospirò zia Mary Maria.

"Le piace", disse Anna, speranzosa.

"C'è qualcosa di sbagliato nelle persone a cui piace vivere da sole, Annie", disse zia Mary Maria.

Con difficoltà, Susan represse un gemito.

Diana venne per una settimana a settembre. Poi venne la piccola Elizabeth... che non era più la piccola Elizabeth... adesso era l'alta, snella, bella Elizabeth. Ma aveva ancora i capelli d'oro e il sorriso carico di nostalgia. Suo papà tornava ai suoi uffici di Parigi e lei sarebbe andata con lui per badare alla casa. Lei e Anna facevano lunghe passeggiate sulle spiagge a terrazza della vecchia baia, poi tornavano a casa sotto le silenziose, vigili stelle autunnali. Rivissero la vecchia vita ai Pioppi Fruscianti e ripercorsero i propri passi sulla mappa del paese delle fate, che Elizabeth aveva ancora e che intendeva conservare per sempre.

"Ovunque io vada, sarà appesa alla parete della mia stanza", disse.

Un giorno il vento soffiò nel giardino di Ingleside... il primo vento d'autunno. Quella sera il rosa del tramonto fu un pochino austero. All'improvviso l'estate era invecchiata. Era arrivato il cambio delle stagioni.

"È presto per l'autunno", disse zia Mary Maria con un tono che dava a intendere che l'autunno l'aveva offesa.

Ma anche l'autunno era bello. C'era la gioia dei venti che spiravano verso l'interno da un golfo blu scuro, e c'era lo splendore dei plenilunii dell'equinozio. C'erano astri estatici nella Buca e bambini che ridevano in un meleto, limpide e serene sere sui pascoli delle alte colline di Upper Glen e argentei cieli striati attraversati da uccellini umidi; e, man mano che il giorno si accorciava, piccole brume che strisciavano furtivamente sulle dune e su per la baia.

Con la caduta delle foglie, Rebecca Dew andò a Ingleside per fare quella visita che prometteva da anni. Venne per una settimana ma la convinsero a fermarsi per due... e nessuno fu più insistente di Susan. Susan e Rebecca Dew sembrarono scoprire fin dal primo istante che erano spiriti affini... forse perché entrambe amavano Anna... forse perché entrambe detestavano zia Mary Maria.

Ci fu una serata in cucina in cui, mentre fuori la pioggia gocciolava sulle foglie morte e il vento strillava attorno alle gronde e agli angoli di Ingleside, Susan confidò tutte le proprie pene alla comprensiva Rebecca Dew. Il dottore e sua moglie erano andati a fare una visita, i bambini erano tutti comodi nei loro letti e zia Mary Maria, fortunatamente, si era levata di torno con una delle sue emicranie... "proprio come una striscia di ferro attorno al cervello", si era lamentata.

"Chiunque", osservò Rebecca Dew aprendo lo sportello del forno e deponendovi comodamente i piedi dentro, "mangi tutti quegli scombri fritti come ha fatto quella donna a cena, *si merita* di avere il mal di testa. Io non nego di essermi mangiata la mia bella porzione... perché vi dico, Miss Baker, che non ho mai conosciuto nessuno che sapesse friggere gli sgombri come voi... ma *non* ne ho mangiate quattro porzioni."

"Cara Miss Dew", disse Susan, con fervore, posando il lavoro a maglia e fissando implorante gli occhietti neri di Rebecca Dew, "nel tempo che avete trascorso qui avete visto qualcosa di quel che Miss Mary Maria Blythe è in grado di fare. Ma non ne avete vista neanche la metà... no, neppure un quarto. Cara Miss Dew, so di potermi fidare di voi. Posso confidarmi con voi in tutta sicurezza?"

"Certo che potete, Miss Baker."

"Quella donna venne qui a giugno ed è mia opinione che intenda rimanere per il resto della sua vita. Tutti qui in casa la detestano... perfino il dottore adesso non la regge più, per quanto cerchi di nasconderlo. Ma lui è attaccato al suo clan e dice che in casa sua non bisogna far sentire indesiderata la cugina di suo padre. Io ho supplicato", disse Susan, in un tono che lasciava intendere che l'avesse fatto in ginocchio, "Io ho supplicato la signora Dottore di puntare i piedi e dire che Mary

Maria Blythe se ne doveva andare. Ma la signora Dottore ha il cuore troppo tenero... perciò siamo impotenti, Miss Dew... completamente impotenti."

"Vorrei avere io la gestione della faccenda", disse Rebecca Dew, che aveva sofferto molto per una delle osservazioni di zia Mary Maria, "So benissimo, Miss Baker, che non dobbiamo violare le sacre convenzioni dell'ospitalità, ma vi assicuro, Miss Baker, che la metterei a posto io."

"Se non sapessi qual è il mio posto, la sistemerei io, Miss Dew. Non dimentico mai che qui non sono la padrona. Certe volte, Miss Dew, mi dico solennemente: 'Susan Baker, sei forse uno zerbino?' Ma voi sapete che ho le mani legate. *Non posso* abbandonare la signora Dottore, e non devo darle ulteriori problemi con i miei litigi con Mary Maria Blythe. Continuerò a sforzarmi di fare il mio dovere. Perché, cara Miss Dew", disse Susan, solenne, "potrei tranquillamente morire per il dottore o per sua moglie. Eravamo una famiglia felicissima prima che quella arrivasse qui, Miss Dew. Ma lei sta rendendo la nostra vita una pena e, non essendo una profetessa, non so quale sarà l'esito, Miss Dew. O meglio, *potrei* saperlo. Ci porteranno tutti quanti al manicomio. Non è solo una cosa, Miss Dew... è un mucchio di cose, Miss Dew... centinaia di cose, Miss Dew. Si può sopportare una zanzara, Miss Dew... ma pensate a milioni di zanzare."

Rebecca Dew ci pensò scuotendo addolorata la testa.

"Dice continuamente alla signora Dottore come deve gestire la casa e che vestiti dovrebbe indossare. Mi controlla continuamente... e dice che non ha mai visto prima bambini tanto litigiosi. Cara Miss Dew, l'avete visto anche voi che i nostri bambini non litigano *mai*... be', quasi mai..."

"Sono i bambini migliori che abbia mai visto, Miss Baker."

"Quella non fa altro che curiosare e ficcare il naso dappertutto."

"Io stessa l'ho sorpresa che lo faceva, Miss Baker."

"È sempre offesa e afflitta per qualcosa, ma non s'offende mai abbastanza da prendere e andarsene. Non fa altro che sedersi da qualche parte con l'aria derelitta e abbandonata, finché la povera signora Dottore non finisce per rimanerne turbata. Non le va mai bene niente. Se una finestra è aperta lei si lamenta degli spifferi. Se sono tutte chiuse, dice che ogni tanto *le piacerebbe* un po' d'aria fresca. Non sopporta la cipolla... non ne tollera neppure l'odore. Dice che le fa venire la nausea. Così la signora Dottore dice che non dobbiamo mai usarla", disse

Susan, grave, "Sarà anche banale apprezzare la cipolla, cara Miss Dew, ma qui a Ingleside ne siamo tutti colpevoli."

"Anch'io ho un debole per la cipolla", ammise Rebecca Dew.

"Non sopporta i gatti. Dice che i gatti le fanno ribrezzo. Non fa nessuna differenza se li vede o no. Soltanto sapere che in casa ce n'è uno le basta. Perciò quel poverino di Gamberetto a malapena osa mostrare il muso in casa. Neppure io vado matta per i gatti, Miss Dew, ma sono dell'idea che abbiano il diritto di agitare la coda. Ed è un continuo 'Susan, non dimenticare mai che non posso mangiare le uova, per favore', o 'Susan, quante volte te lo devo dire che non posso mangiare i toast freddi?', oppure 'Susan, certa gente sarà anche in grado di bere il tè bollito, ma io non appartengo a quella classe fortunata'. Tè bollito, Miss Dew! Come se io avessi mai offerto a qualcuno del tè bollito!"

"Nessuno può pensare che l'abbiate mai fatto, Miss Baker."

"Se c'è una domanda che non bisogna fare, lei la fa. È gelosa perché ci sono cose che il dottore dice a sua moglie prima che a lei... e cerca sempre di cavargli fuori informazioni sui suoi pazienti. Non c'è nulla che lo irriti di più, Miss Dew. Come ben sapete, un dottore deve saper tenere la bocca chiusa. E i capricci che fa per il fuoco! 'Susan Baker', mi dice, 'Spero che non tu accenda mai il fuoco con la paraffina. E non lasciare pezze unte d'olio in giro, Susan. Si sa che possono causare combustione spontanea in meno di un'ora. Ti piacerebbe, Susan, vedere questa casa bruciare e sapere che è tutta colpa tua?' Be', Miss Dew, su questa cosa mi sono fatta una bella risata. Era la stessa sera in cui diede fuoco alle tende, le sue grida mi risuonano ancora nelle orecchie. E fu proprio quando il povero dottore era appena andato a dormire dopo aver passato due notti sveglio! Quello che mi fa infuriare di più, Miss Dew, è che prima di andarsene in giro lei va nella mia dispensa e *conta le uova*. Mi ci vuole tutta la mia filosofia per impedirmi di dirle 'Perché non contate anche i cucchiai?' Naturalmente i bambini la odiano. La signora Dottore è stremata a furia di impedir loro di dimostrarlo. Una volta che il dottore e la signora Dottore erano via lei diede uno schiaffo a Nan... proprio così, le diede *uno schiaffo*... e solo perché Nan l'aveva chiamata 'Signora Matrusalemma'... aveva sentito quel monello di Ken Ford che lo diceva."

"Io avrei preso a schiaffi *lei*", disse, maligna, Rebecca Dew.

"Io le dissi che se l'avesse fatto ancora l'avrei presa io a schiaffi.

67

'Ogni tanto a Ingleside una sculacciata la diamo', le dissi, 'ma gli schiaffi mai, ficcatevelo in testa'. Rimase ingrugnata e offesa per una settimana, ma perlomeno da allora non si è più azzardata a mettere le mani addosso ai bambini. Però le piace da matti quando i genitori li puniscono. 'Se *io* fossi tua madre...', disse una sera al piccolo Jem. 'Oh, oh, tu non sarai mai la madre di nessuno', disse il povero bambino... ci era stato costretto, Miss Dew, ci era stato assolutamente costretto. Il dottore lo mandò a letto senza cena, ma chi credete, Miss Dew, abbia provveduto a passargli qualcosa di nascosto più tardi?"

"Chi?", ridacchiò Rebecca Dew entrando nello spirito della storia.

"Vi si sarebbe spezzato il cuore, Miss Dew, a sentire la preghiera che disse dopo... tutta di sua iniziativa, 'Oh Dio, ti prego di perdonarmi di essere stato impertinente con zia Mary Maria. Ti prego, Dio, aiutami a essere sempre gentile con zia Mary Maria'. Mi fece venire le lacrime agli occhi, povero agnellino. Io non approvo l'irriverenza e l'impertinenza nei bambini, cara Miss Dew, ma devo ammettere che quando Bertie Shakespeare Drew le lanciò una volta una pallina di carta masticata... le mancò il naso per un pelo, Miss Dew... io lo aspettai al cancello, quando tornò a casa, e gli diedi un sacchetto di ciambelle. Naturalmente non gli dissi perché. Lui andò in brodo di giuggiole... perché le ciambelle non crescono sugli alberi, Miss Dew, e la Signora Secondo Tocco non gliele fa mai. Nan e Di... questo non lo direi ad anima viva se non a voi, Miss Dew... il dottore e la signora non se lo sognano neppure, altrimenti ci metterebbero un freno... Nan e Di hanno chiamato la loro bambola di porcellana, quella con la testa rotta, come zia Mary Maria, e tutte le volte che lei le rimprovera loro escono e l'annegano... la bambola, intendo... nel barile dell'acqua piovana. Abbiamo avuto molti allegri annegamenti, ve l'assicuro, ma non credereste cos'ha fatto quella donna l'altra notte, Miss Dew."

"Miss Baker, crederei a qualunque cosa sul suo conto."

"A cena non volle mangiare neanche un boccone di cibo perché si era sentita offesa per qualcosa, ma prima di andare a letto andò in dispensa e si mangiò *tutta la cena che avevo messo da parte per il povero dottore*... ogni singola briciola, cara Miss Dew. Spero che non mi riteniate blasfema, Miss Dew, ma non riesco a capire perché il Buon Dio non si stanca mai di certa gente."

"Non dovete permettervi di perdere il senso dell'umorismo, Miss Baker", disse con fermezza Rebecca Dew.

"Oh, lo so bene che c'è un lato comico anche in un rospo sotto l'erpice, Miss Dew. Ma il problema è, il rospo se ne accorge? Mi dispiace avervi seccato con tutte queste cose, cara Miss Dew, ma è stato un grande sollievo. Non posso raccontarle alla signora Dottore, e ultimamente avevo la sensazione che se non avessi trovato una valvola di sfogo sarei scoppiata."

"So come ci si sente, Miss Baker."

"E ora, cara Miss Dew", disse Susan, alzandosi svelta, "che ne dite di una tazza di tè prima di andare a letto? E di un cosciotto di pollo freddo, Miss Dew?"

"Non ho mai negato", disse Rebecca Dew levando dal forno i piedi ormai ben cotti, "che se non dobbiamo dimenticare le cose più alte della vita, pure il buon cibo, con moderazione, è una cosa gradevole."

Capitolo 12

Gilbert si fece le sue due settimane di caccia al beccaccino in Nova Scotia... neppure Anna riuscì a persuaderlo e prendersi un mese intero... e poi novembre circondò Ingleside. Le colline scure, con gli abeti rossi ancora più scuri che vi marciavano sopra, apparivano cupe nelle notti che scendevano presto, ma Ingleside era piena di luci e di risate, anche se il vento veniva dall'Atlantico cantando di cose tristi.

"Perché il vento non è felice, mamma?", domandò Walter una sera.

"Perché sta ricordando tutti i dolori del mondo dall'inizio del tempo", rispose Anna.

"Si lamenta solo perché c'è umidità nell'aria", sbuffò zia Mary Maria, "e la schiena mi sta uccidendo."

Ma certi giorni perfino il vento soffiava allegramente nel boschetto grigio-argenteo di aceri e certi giorni non c'era proprio vento, solo un sole maturo da estate indiana, e le calme ombre degli alberi spogli su tutto il prato, e la tranquillità gelata del tramonto.

"Guardate quella bianca stella della sera sopra il pioppo nell'angolo", disse Anna, "Ogni volta che vedo una cosa del genere mi ricordo che devo essere felice di essere viva."

"Dici cose stranissime, Annie. Le stelle sono piuttosto comuni all'Isola del Principe Edward", disse zia Mary Maria, e pensò: "Le stelle! Come se nessuno avesse mai visto le stelle prima d'ora! Ma Annie non si accorge del terribile spreco che c'è ogni giorno in cucina? Non sa in che maniera incauta Susan Baker butta le uova qua e là e usa il lardo quando andrebbe benissimo anche la sgocciolatura di cottura? Oppure non gliene importa? Povero Gilbert! Non mi sorprende che debba sgobbare tanto!"

Novembre si spense tra grigi e marroni: ma al mattino la neve aveva intessuto il suo vecchio, bianco incantesimo e Jem gridò di gioia quando corse giù a fare colazione.

"Oh, mamma, tra poco sarà Natale e verrà Babbo Natale!"

"Non crederai mica *ancora* a Babbo Natale, vero?", disse zia Mary Maria.

Anna lanciò un'occhiata allarmata a Gilbert, che disse serio: "Vogliamo che i nostri figli conservino il loro patrimonio di fantasticherie finché possano, zia."

Fortunatamente Jem non aveva prestato attenzione a zia Mary Maria. Lui e Walter erano ansiosi di uscire in quel nuovo mondo meraviglioso nel quale l'inverno aveva portato la propria bellezza. Anna odiava sempre vedere la bellezza della neve intatta rovinata dalle impronte dei piedi; ma su questo non ci si poteva fare niente e c'era ancora bellezza di riserva alla sera, quando l'ovest s'infiammava su tutte le forre imbiancate e le colline viola, e Anna sedeva nel soggiorno davanti a un fuoco di legna d'acero. Il fuoco del camino, pensò, era sempre così bello. Faceva cose ingannevoli, inattese. Parti della stanza comparivano in un bagliore e poi scomparivano di nuovo. Le immagini andavano e venivano. Le ombre si celavano e poi balzavano fuori. Fuori, attraverso le grandi finestre non schermate, l'intera scena si rifletteva bizzarramente sul prato, con zia Mary Maria che appariva seduta perfettamente dritta – zia Mary Maria non si concedeva mai di "ciondolare" – sotto il pino silvestre.

Gilbert "ciondolava" sul divano, cercando di dimenticare che quel giorno aveva perso un paziente di polmonite. La piccola Rilla, nel suo cestino, stava cercando di mangiarsi i pugnetti; perfino Gamberetto, con le zampe bianche ripiegate sotto il petto, si azzardava a fare le fusa sul tappetino del focolare, per la disapprovazione di zia Mary Maria.

"A proposito di gatti", disse patetica zia Mary Maria, anche se *nessuno* stava parlando di gatti, "Ma tutti i gatti di Glen vengono a farci visita di notte? Come abbiate fatto a dormire ieri notte con tutti quei miagolii, davvero non riesco a capirlo. Certo, dal momento che la mia stanza è sul retro immagino di aver beneficiato interamente di quel concerto gratuito."

Prima che qualcuno potesse risponderle, Susan entrò dicendo che aveva visto la signora Marshall Elliott nel negozio di Carter Flagg e che lei sarebbe venuta una volta finite le spese. Susan non aggiunse che la signora Elliott aveva detto, impensierita: "Ma Susan, che *cos'ha* la signora Blythe? Domenica scorsa in chiesa m'è sembrata tanto stanca e preoccupata. Non l'avevo mai vista così prima."

"Posso dirvelo io cos'ha la signora Blythe", aveva risposto cupa Susan, "Ha avuto un brutto attacco di zia Mary Maria. E il dottore sembra non vederlo, anche se adora perfino il terreno che lei calpesta."

"Ah, non è una cosa da uomini?", aveva detto la signora Elliott.

"Sono contenta", disse Anna, balzando in piedi per accendere una lampada, "Non vedo Miss Cornelia da un sacco di tempo. Ora ci rimetteremo in pari con le notizie."

"Questo è certo!", disse Gilbert, caustico.

"Quella donna è una pettegola maligna", disse severa zia Mary Maria.

Forse per la prima volta in vita sua, Susan si inalberò in difesa di Miss Cornelia.

"Non lo è, Miss Blythe, e Susan Baker non se ne starà mai buona a sentire che la calunniano così. Maligna? Miss Blythe, avete mai sentito del bue che dice cornuto all'asino?"

"Susan... Susan...", disse Anna, implorante.

"Vi domando scusa, cara signora Dottore. Ammetto di essermi dimenticata qual è il mio posto. Ma certe cose non si possono sopportare."

Dopodiché venne sbattuta una porta, come raramente venivano sbattute le porte a Ingleside.

"Lo vedi, Annie?", disse zia Mary Maria, con aria molto eloquente, "Ma immagino che finché sei disposta a sorvolare su cose del genere da parte di una serva, io non ci posso fare nulla."

Gilbert si alzò e andò in biblioteca, dove un uomo stanco poteva contare su un po' di pace. E zia Mary Maria, alla quale non piaceva Miss Cornelia, se ne andò a letto. Così quando Miss Cornelia arrivò trovò Anna da sola, china con una certa fiacchezza sulla cesta della bimba. Miss Cornelia non cominciò, come al solito, liberando un carico di pettegolezzi. Invece, dopo aver messo via il soprabito, si sedette accanto ad Anna e le prese la mano.

"Anna, tesoro, cosa c'è che non va? Io lo so che c'è qualcosa. È quella vecchia allegrona di Mary Maria che ti tormenta a morte?"

Anna tentò di sorridere.

"Oh, Miss Cornelia... so che sono stupida a darmene tanta pena... ma questo è stato uno di quei giorni in cui mi sembra di non riuscire *proprio* a sopportarla. Lei... lei ci sta semplicemente avvelenando l'esistenza..."

"Perché non le dici di andarsene?"

"Oh, Miss Cornelia, non possiamo farlo. Perlomeno, *io non posso*, e Gilbert non vuole. Dice che non potrebbe mai più guardarsi allo specchio se mettesse alla porta il sangue del suo sangue."

"Sciocchezze!", disse Miss Cornelia con fare eloquente, "Lei ha un mucchio di soldi e una bella casa tutta sua. Non la si può mettere alla porta dicendole che è meglio se torna a vivere lì?"

"Lo so... ma Gilbert... io non credo che lui si renda conto di tutto. Lui è quasi sempre via... e davvero... in sé le cose sono piccolezze... io mi vergogno..."

"Lo so, tesoro. Quelle piccole cose che sono orribilmente grandi. Naturalmente *un uomo* non può capire. Conosco una donna a Charlottetown che la conosce bene. Dice che Mary Maria Blythe non ha mai avuto amici in vita sua. Dice che dovrebbe chiamarsi Maledizione, non Mary Maria. Quel che ti occorre, mia cara, è abbastanza spina dorsale da dire che non sei disposta a sopportarla ancora."

"Mi sento come in quei sogni in cui cerchi di correre ma riesci solo a trascinare i piedi", disse Anna, cupa, "Se fosse solo ogni tanto... ma è così tutti i giorni. L'ora del pasto adesso è semplicemente da incubo. Gilbert dice che non gli riesce più di affettare l'arrosto."

"Almeno questo lo noterà", sbuffò Miss Cornelia.

"Non riusciamo più ad avere vere conversazioni a tavola, perché se qualcuno parla potete stare sicura che lei avrà qualcosa di sgradevole da dire. Corregge continuamente i bambini per le loro maniere e richiama sempre l'attenzione sui loro sbagli davanti agli altri. Noi avevamo sempre pranzi così piacevoli... e adesso! A lei danno fastidio le risate... e voi lo sapete quanto ci piacciono le risate. C'è sempre qualcuno che trova una battuta... o perlomeno la trovava. Lei non lascia passare nulla. Oggi ha detto 'Gilbert, non mettere il muso. Tu e Annie avete litigato?' Solo perché ce ne stavamo tranquilli. Voi lo sapete che Gilbert è sempre un po' depresso quando perde un paziente che secondo lui sarebbe dovuto sopravvivere. E poi ci ha fatto un predicozzo sulla nostra follia, e ci ha ammoniti sul non far calare il sole sulla nostra ira. Oh, poi ne abbiamo riso... ma in quel momento! Lei e Susan non si sopportano. E noi non possiamo *impedire* a Susan di borbottare tra sé e sé cose che sono tutt'altro che garbate. Più di una volta s'è messa a borbottare quando zia Mary Maria ha detto di non aver mai visto un bugiardo come Walter... perché l'aveva sentito raccontare a Di una lunga storia di lui che incontrava l'uomo delle luna, e quel che si erano detti. Voleva strofinargli la bocca con acqua e sapone. Quella volta lei e Susan ebbero una lunga e animata discussione. E poi riempie ai bambini la testa di idee raccapriccianti. Ha raccontato a Nan di una bambina che era stata disubbidiente ed era morta nel sonno, e adesso Nan ha paura di andare a dormire. Ha detto a Di che se fosse stata sempre una brava bambina alla fine i suoi genitori avrebbero voluto bene anche a lei come ne volevano a Nan, anche se lei aveva i capelli rossi. Quando Gilbert la sentì si arrabbiò molto e quella volta fu molto chiaro. Non potei fare a meno di sperare che lei si offendesse e se ne andasse... anche se detesto l'idea che qualcuno se ne vada di casa mia perché si sente offeso. Ma invece quei suoi grandi occhi azzurri si riempirono di lacrime e disse che non intendeva fare nulla di male. Aveva sempre sentito dire che i gemelli non venivano mai amati alla stessa maniera e così pensava che noi preferissimo Nan, e che la povera Di ne soffrisse! Pianse tutta la notte e Gilbert si sentì un bruto... e *le chiese scusa!*"

"Davvero?", disse Miss Cornelia.

"Oh, non dovrei parlare così, Miss Cornelia. Quando 'conto le mie fortune' mi sembra che sia molto meschino da parte mia preoccuparmi per queste cose... anche se grattano via un po' di splendore dalla mia vita. E lei non è sempre orribile... qualche volta è davvero piacevole..."

"Tu dici?", disse Miss Cornelia, sarcastica.

"Sì... e gentile. Una volta mi sentì dire che volevo un servizio da tè da pomeriggio, e lei andò a Toronto e me ne comprò uno... per posta. E... oh, Miss Cornelia. È bruttissimo!"

Anna diede una risata che terminò con un singhiozzo. Poi rise di nuovo.

"Non parliamo più di lei... non sembra più tanto brutto ora che ho cacciato tutto fuori... come un bambino. Guardate la piccola Rilla, Miss Cornelia. Non ha ciglia graziosissime quando dorme? Adesso facciamoci una bella chiacchierata."

Quando Miss Cornelia se ne andò, Anna era di nuovo se stessa. Ciononostante rimase per un po' seduta assorta davanti al fuoco. Non aveva raccontato tutto a Miss Cornelia. Non aveva detto nulla a Gilbert. C'erano così tante piccole cose...

"Così piccole che non posso lamentarmene", pensò Anna, "Eppure... sono le piccole cose a fare buchi nella vita... come le tarme... e la rovinano."

Zia Mary Maria col suo giochetto di fare la padrona di casa... Zia Mary Maria che invitava ospiti e non lo diceva mai finché quelli non arrivavano... *"Mi fa sentire come se questa non fosse casa mia"*... Zia Mary Maria che spostava i mobili quando Anna non c'era. "Spero che non ti dispiaccia, Annie; penso che il tavolo ci serva molto più qui che in biblioteca". Zia Mary Maria e la sua insaziabile, infantile curiosità su tutto... le sue domande categoriche su ogni cosa... *"entra sempre in camera mia senza bussare... sempre a sentire puzza di fumo... sempre a ridare forma a cuscini che ho appena schiacciato... sempre a insinuare che io spettegoli troppo con Susan... sempre a sminuire i bambini... dobbiamo sempre star loro addosso per farli comportare bene e non possiamo riuscirci sempre."*

"Blutta vecchia zia Maryaria", aveva detto chiaramente Shirley un giorno spaventoso. Gilbert stava andando a sculacciarlo, ma Susan s'era sollevata in un moto di lesa maestà e gliel'aveva impedito.

"Siamo intimoriti", pensò Anna, "Questa casa sta cominciando a ruotare attorno alla domanda 'Piacerà a zia Mary Maria?' Non vogliamo ammetterlo, ma è vero. Tutto, pur di non vederla asciugarsi nobilmente le lacrime. Non può andare avanti così."

Poi Anna ricordò quel che Miss Cornelia aveva detto... che Mary Maria Blythe non aveva mai avuto amici. Che cosa terribile! Con tutta la sue ricchezza d'amicizia, Anna provò un improvviso moto di compassione per questa donna che non aveva mai avuto amici... che non aveva nulla davanti a sé se non una vecchiaia solitaria e irrequieta, senza che nessuno andasse da lei per trovare riparo o conforto, speranza e aiuto, calore e amore. Certamente dovevano essere pazienti con lei. Queste seccature, dopotutto, erano solo superficiali. Non potevano avvelenare gli slanci profondi della vita.

"Ho soltanto avuto un terribile accesso di compassione per me stessa, tutto qui", disse Anna, prendendo la piccola Rilla dalla sua culla e fremendo per quella piccola guancia tonda e setosa accanto alla propria, "Adesso è passata e io me ne vergogno profondamente."

Capitolo 13

"Non abbiamo più quei vecchi inverni di una volta, mamma, vero?", disse Walter cupo.

Perché la neve di novembre se n'era andata tanto tempo prima e per tutto dicembre Glen St. Mary era stata una terra nera e tetra, bordata da un golfo grigio punteggiato da creste arricciate di candida spuma. C'erano state solo poche giornate di sole, quando la baia scintillava tra le braccia dorate delle colline. Il resto era stato austero e rigido. Invano la gente di Ingleside sperò di avere neve a Natale: ma i preparativi proseguirono regolarmente e quando l'ultima settimana si avvicinò, Ingleside era piena di mistero e di segreti, di mormorii e profumi deliziosi. Il giorno prima di Natale era tutto pronto. L'abete che Jem e Walter avevano portato dalla Buca era in un angolo del soggiorno, le porte e le finestre erano decorate con grandi ghirlande legate con enormi fiocchi di nastro rosso. Le ringhiere erano intrecciate con rami di abete strisciante e la dispensa di Susan era piena fino a traboccare. Poi, nel tardo pomeriggio, quando ormai tutti si erano rassegnati a un tetro "verde" Natale, qualcuno guardò fuori dalla finestra e vide fiocchi bianchi, grossi come piume, che scendevano fitti.

"Neve! Neve! Neve!", gridò Jem, "Mamma, alla fine avremo un bianco Natale!"

I bambini di Ingleside andarono a letto felici. Era così bello rincantucciarsi caldi e raccolti e ascoltare la bufera che fischiava fuori dal cielo grigio carico di neve. Anna e Susan si misero all'opera per addobbare l'albero di Natale... "comportandosi anche loro come due bambine", pensò sprezzante zia Mary Maria. Lei non approvava le candeline sull'albero... "e se la casa prende fuoco da quelle?". Lei non approvava le palline colorate... "e se le gemelle se le mangiano?". Ma nessuno le prestò attenzione. Avevano imparato che solo a queste condizioni la vita con zia Mary Maria era vivibile.

"Finito!", esclamò Anna fissando la grande stella d'argento all'orgoglioso, piccolo abete, "Oh, Susan, non è grazioso? Non è bello che a Natale possiamo tutti tornare bambini senza vergognarcene? Sono contenta che sia venuta la neve... ma spero che la bufera non duri più di una notte."

"Domani ci sarà bufera tutto il giorno", disse decisa zia Mary Maria, "Lo so per via della mia povera schiena."

Anna attraversò l'ingresso, aprì la grande porta principale e guardò fuori. Il mondo si perdeva in una bianca furia di tormenta. Le lastre della finestra erano grigie per la neve accumulatasi. Il pino silvestre era un enorme fantasma ammantato.

"Non sembra molto promettente", disse Anna, malinconica.

"Però, cara signora Dottore, è ancora Dio, e non Miss Mary Maria Blythe, ad amministrare il tempo", le disse Susan da sopra una spalla.

"Spero che almeno stanotte non chiami nessun ammalato", disse Anna, voltandosi. Susan lanciò un'ultima occhiata di commiato al buio prima di chiudere fuori dalla porta la notte tempestosa.

"Non fate bambini stanotte", ammonì cupa in direzione di Upper Glen, dove la signora George Drew stava aspettando il suo quarto figlio.

Nonostante la schiena di zia Mary Maria, la tormenta si esaurì tutta nella notte e il mattino riempì la valle segreta di neve tra le colline col vino rosso del sole nascente. Tutti i piccini si alzarono presto e guardarono fuori con occhi stellati e carichi di aspettativa.

"Mamma, Babbo Natale è riuscito a superare la bufera?"

"No. Stava male e non ci ha provato neppure", disse zia Mary Maria, che era di buon umore – per lei – e si sentiva in vena di facezie.

"Babbo Natale è arrivato senza problemi", disse Susan prima che gli occhi dei bambini avessero tempo di appannarsi di lacrime, "Dopo che avete fatto colazione potete vedere cos'ha fatto al vostro albero."

Dopo colazione papà sparì misteriosamente, ma nessuno ne sentì la mancanza perché erano tutti presi dall'albero... quel vivace albero, tutto palline d'oro e d'argento, e candeline accese nella stanza ancora buia, con pacchetti di tutti i colori legati con nastri deliziosi ammonticchiati tutt'attorno. Poi apparve Babbo Natale, uno magnifico Babbo Natale, tutto abiti rossi e pelliccia bianca, con una lunga barba bianca e un allegro pancione... Susan aveva imbottito con tre cuscini la tonaca di velluto rosso che Anna aveva fatto per Gilbert. Shirley all'inizio strillò di paura, ma nonostante questo si rifiutò di farsi portare fuori. Babbo Natale distribuì i regali facendo a ognuno di loro un buffo discorsetto con una voce che suonava stranamente familiare, nonostante la maschera; e poi proprio alla fine la sua barba prese fuoco da una candelina e quell'incidente diede a zia Mary Maria una certa soddisfazione, anche se non abbastanza da impedirle di sospirare addolorata.

"Ah, povera ma, il Natale non è più quello che era quand'ero piccola io", guardò con disapprovazione il regalo che la piccola Elizabeth aveva spedito ad Anna da Parigi... una bella, piccola riproduzione in bronzo dell'Artemide con l'arco d'argento.

"Che donnaccia svergognata è mai questa?", domandò, severa.

"La dea Diana", disse Anna, scambiando un sogghigno con Gilbert.

"Oh, una pagana, allora! Be', immagino che questo sia diverso. Ma se fossi in te, Annie, non la lascerei dove i bambini possano vederla. Certe volte comincio a pensare che al mondo non esista più il pudore. Mia nonna", concluse zia Mary Maria con la deliziosa illogicità che caratterizzava tanti dei suoi discorsi, "non indossava mai meno di tre sottovesti, estate o inverno che fosse."

Zia Mary Maria aveva sferruzzato per i bambini "polsini" con del filo di una terribile tonalità di magenta, e anche un maglione per Anna; Gilbert ricevette una cravatta color bile e Susan una sottoveste di flanella rossa. Perfino Susan considerava le sottovesti di flanella rossa sorpassate, ma ringraziò cortesemente zia Mary Maria.

"Qualche povera missionaria potrebbe trarne beneficio", pensò, "Tre sottovesti! Io mi vanto d'essere una donna decente, e quella persona con l'arco d'argento mi piace. Potrà non avere troppi vestiti addosso, ma se avessi io un fisico come quello non vedo perché dovrei volerlo nascondere. Ma adesso bisogna pensare all'imbottitura del tacchino... non che ce ne sia molta, visto che manca la cipolla."

Quel giorno Ingleside fu piena di felicità, la semplice felicità di una volta, nonostante zia Mary Maria, alla quale certamente non piaceva vedere la gente felice.

"Solo carne bianca, per favore. (James, mangia la zuppa composto). E tu, Gilbert, non sai trinciare bene come tuo padre. *Lui* riusciva a dare a ognuno il pezzo che preferiva. (Gemelle, i grandi vorrebbero avere l'opportunità, di tanto in tanto, di dire qualche parola anche loro. *Io* sono stata cresciuta con la regola che i bambini bisogna vederli e non sentirli). No, Gilbert, grazie, niente insalata per me. Non mi piace il cibo crudo. Sì, Annie, prendo *un po'* di pudding. Le torte di frutta secca sono decisamente troppo indigeste."

"Le torte di frutta secca di Susan sono poesie, proprio così come le sue torte di mele sono composizioni liriche", disse il dottore, "A me da' un pezzo di entrambe, piccola Anna."

"Ti piace davvero farti chiamare 'piccola' alla tua età, Annie? Walter, non hai mangiato tutto il tuo pane imburrato. Un sacco di bambini poveri sarebbero felici di averlo. James caro, soffiati il naso e piantala, *non sopporto* quel continuo tirare su col naso."

Ma fu un Natale bello e allegro. Perfino zia Mary Maria si ammorbidì un po' dopo pranzo e disse quasi con garbo che i regali che le avevano fatto erano abbastanza belli, e sopportò addirittura Gamberetto con un'aria di paziente martirio che li fece sentire tutti un po' in colpa perché gli volevano bene.

"Penso che i nostri piccini si siano divertiti", disse Anna, felice, quella sera, mentre guardava il motivo di alberi intessuti contro le colline bianche e il cielo al tramonto, e i bambini erano fuori sul prato tutti intenti a gettare sulla neve briciole per gli uccellini. Il vento sospirava dolcemente tra i rami, lanciando folate sul prato e promettendo altre bufere per l'indomani, ma Ingleside aveva avuto la sua giornata buona.

"Immagino di sì", concordò zia Mary Maria, "In ogni caso hanno certamente strillato abbastanza. E quel che hanno mangiato... ah, be', si è giovani una volta sola e credo che in casa abbiate un mucchio di olio di ricino."

Capitolo 14

Fu quello che Susan chiamava un inverno irritabile... tutto gelate e brine che decorarono Ingleside con fantastiche guarnizioni di ghiaccioli. I bambini nutrirono sette ghiandaie azzurre che andavano regolarmente al frutteto per avere le loro razioni e si lasciavano prendere da Jem, anche se scappavano da chiunque altro. Anni rimaneva seduta tutte le sere a studiare attentamente i cataloghi di semi di gennaio e febbraio. Poi i venti di marzo vorticarono sulle dune, sulle insenature e sulle colline. I conigli, disse Susan, stavano deponendo le uova di Pasqua.

"Mamma, marzo non è un mese allettante?", disse Jem, che era un fratellino per tutti i venti che soffiavano.

Si sarebbero risparmiati volentieri "l'allettamento" di Jem, che si graffiò una mano su un chiodo arrugginito e per qualche giorno se la vide brutta, mentre zia Mary Maria raccontava tutte le storie di setticemia che conosceva. Ma questo, rifletté Anna quando il pericolo fu passato, è quel che ci si deve aspettare con un figlio che fa sempre esperimenti.

E poi, toh, era aprile! Con la risata della pioggia d'aprile... il mormorio della pioggia d'aprile... il gocciolio, il fruscio, la grinta, la sferzata, la danza, lo spruzzo della pioggia d'aprile. "Oh, mamma, non è come se il mondo si fosse lavato la faccia per averla tutta bella e pulita?", esclamò Di il mattino in cui tornò il sole.

C'erano pallide stelle primaverili che splendevano su distese di brume, c'erano salici grigi nella palude. Anche i ramoscelli sugli alberi sembravano aver perso all'improvviso le loro qualità nette e fredde per diventare morbidi e languidi. Il primo pettirosso fu un evento; la Buca fu di nuovo un posto pieno di gioia folle e libera; Jem portò alla mamma i primi biancospini... offendendo zia Mary Maria, dal momento che questa pensava che avrebbe dovuto offrirli *a lei*; Susan cominciò a ordinare gli scaffali in solaio e Anna, che per tutto l'inverno aveva a stento trovato un minuto per sé, indossò una gioia primaverile come fosse stata un vestito e letteralmente cominciò a vivere in giardino, mentre Gamberetto manifestava tutta la sua estasi primaverile dimenandosi tutto sui vialetti.

"Ti prendi cura più del giardino che di tuo marito, Annie", disse zia Mary Maria.

"Il mio giardino è tanto buono con me", rispose Anna

sognante... poi, comprendendo le implicazioni che si potevano trarre dalla sua risposta, si mise a ridere.

"Dici cose veramente singolari, Annie. Certo, *io so* che non intendi dire che Gilbert non è buono con te... ma che succederebbe se un estraneo ti sentisse dire queste cose?"

"Cara zia Mary Maria", disse Anna allegramente, "Non sono davvero responsabile delle cose che dico in questo periodo dell'anno. Qua attorno lo sanno tutti. In primavera sono sempre un po' matta. Ma è una follia divina. Hai mai notato che quelle brume sopra le dune sembrano streghe danzanti? E i narcisi? A Ingleside non avevamo mai avuto prima una tale parata di narcisi."

"Non mi piacciono tanto i narcisi. Sono troppo esibizionisti", disse zia Mary Maria avvolgendosi nello scialle e rientrando per proteggere la sua schiena.

"Sapete, cara signora Dottore", disse Susan, sinistra, "che fine hanno fatto quei nuovi iris che volevate piantare in quell'angolo all'ombra? Questo pomeriggio che voi siete uscita, *lei* li ha piantati nel punto più assolato del giardino sul retro."

"Oh, Susan! E non possiamo più spostarli perché si offenderebbe."

"Se lasciaste parlare *me*, cara signora Dottore..."

"No, no, Susan, per adesso li lasciamo lì. Ricordi? Si mise a piangere quando accennai al fatto che non avrebbe dovuto potare la spirea *prima* che fiorisse."

"Ma sbeffeggiare i nostri narcisi, cara signora Dottore... i nostri narcisi che sono famosi in tutta la baia..."

"E meritano di esserlo. Guarda come ridono del fatto che te la prendi tanto per zia Mary Maria. Susan, alla fine i nasturzi in quest'angolo cresceranno. È buffo che non appena hai smesso di sperare in qualcosa, quella spunti all'improvviso. Voglio fare un giardinetto di rose nell'angolo di sud-ovest. Il solo nome 'giardinetto di rose' mi elettrizza fino alla punta dei piedi. Hai mai visto prima un'azzurrità così azzurra in cielo, Susan? E se adesso ascolti attentamente, di notte puoi sentire i ruscelletti in campagna che si scambiano pettegolezzi. Ho una mezza idea di dormire nella Buca, stanotte, con un cuscino di violette selvatiche."

"Sarebbe molto umido", disse Susan, paziente. La signora Dottore era sempre così in primavera. Le sarebbe passata.

"Susan", disse Anna, suadente, "voglio fare una festa di compleanno la prossima settimana."

"D'accordo, perché non dovreste?", domandò Susan. A dire il vero, nessuno della famiglia compiva gli anni a maggio, ma se la signora Dottore voleva fare una festa di compleanno perché stupirsi?

"È per zia Mary Maria", continuò Anna, decisa a togliersi subito dai piedi la parte peggiore, "Il suo compleanno è la settimana prossima. Gilbert dice che fa cinquantacinque anni e io pensavo..."

"Cara signora Dottore, volete davvero dare una festa per quella..."

"Conta fino a cento, Susan... conta fino a cento, Susan cara. Le piacerebbe tanto. In fin dei conti, cos'ha nella vita?"

"È tutta colpa sua..."

"Può darsi. Però, Susan, voglio davvero farlo per lei."

"Cara signora Dottore", disse Susan, con fare sinistro, "siete sempre stata tanto gentile da darmi una settimana di vacanza quando ne avevo bisogno. Forse è meglio che io mi prenda la settimana prossima! Chiederò a mia nipote Gladys di venire ad aiutarvi. E poi, per quanto mi riguarda, Miss Mary Maria Blythe potrà avere anche una dozzina di feste di compleanno."

"Se la prendi così, Susan, certo, rinuncerò all'idea", cominciò Anna, lentamente.

"Cara signora Dottore, quella donna si è imposta su di voi e intende rimanere qui per sempre. Ha angustiato voi... ha dominato il dottore... ha reso infelici le vite dei bambini. Non dico nulla di me, perché chi sono io? Ha sgridato, e assillato, e insinuato, e piagnucolato... e voi adesso volete dare una festa di compleanno in suo onore? Be', posso solo dirvi che se volete farla... non possiamo far altro che andare avanti e farla!"

"Susan, sei un tesoro!"

Seguirono macchinazioni e progetti. Susan, una volta arresasi, era decisa a far sì che per l'onore di Ingleside la festa fosse qualcosa nella quale neppure Mary Maria Blythe avrebbe potuto trovare difetti.

"Penso che faremo un pranzo, Susan. Così se ne andranno via tutti abbastanza presto da consentirmi di andare col dottore al concerto a Lowbridge. Manterremo il segreto e le faremo una sorpresa. Non ne saprà nulla fino all'ultimo istante. Inviterò tutta la gente di Glen che le piace."

"E chi sarebbe, cara signora Dottore?"

"Be', allora quella che sopporta. E sua cugina Adella Carey, di Lowbridge, e un po' di gente di città. Faremo una grande, squisita torta di compleanno con su cinquantacinque candeline..."

"Che farò *io*, naturalmente..."

"Susan, lo sai che tu fai le migliori torte alla frutta di tutta l'Isola del Principe Edward..."

"So che io sono come cera nelle vostre mani, cara signora Dottore."

Seguì una settimana misteriosa. Un'aria densa di segreti pervase Ingleside. Tutti quanti avevano giurato di non rivelare il segreto a zia Mary Maria. Ma Anna e Susan non avevano fatto i conti coi pettegolezzi. La sera prima della festa zia Mary Maria tornò a casa dopo una visita a Glen e le trovò sedute, stanchissime, nell'oscurità della veranda.

"Tutte al buio, Annie? Non capisco come faccia la gente a starsene seduta al buio. Mi dà la malinconia."

"Non è buio... è il crepuscolo... c'è stata una schermaglia amorosa tra la luce e il buio e un eccesso di bellezza è la progenie di tutto ciò", disse Anna, più a se stessa che a chiunque altro.

"Immagino che tu sappia cosa intendi dire, Anna. E così domani dai una festa."

Anna all'improvviso balzò a sedere dritta. Susan, che già sedeva così, non poté raddrizzarsi ulteriormente.

"Ma... ma... zia..."

"Devo sempre venire a sapere le cose dagli estranei", disse zia Mary Maria, che però sembrava più dispiaciuta che arrabbiata.

"Ma... volevamo che fosse una sorpresa, zia..."

"Non capisco perché tu voglia dare una festa in questo periodo dell'anno, quando non puoi fare affidamento sul tempo, Annie."

Anna tirò un sospiro di sollievo. Evidentemente zia Mary Maria aveva saputo solo che ci sarebbe stata una festa, non che quella avesse qualcosa a che fare con lei.

"Io... volevo farla prima che i fiori di primavera sfiorissero, zia."

"Indosserò il mio taffetà granato. Immagino, Annie, che se non avessi saputo di questa festa in paese domani tutti i tuoi amici eleganti mi avrebbero sorpresa col vestito di cotone."

"Oh, no, zia. Naturalmente te l'avremmo detto in tempo perché potessi prepararti..."

"Be', se un mio consiglio ha un qualche valore per te, Annie – e certe volte sono costretta a credere che non ce l'abbia – ti direi che è meglio se in futuro non sarai tanto reticente. A proposito, lo sai che in paese dicono che sia stato Jem a gettare la pietra nella vetrata della chiesa metodista?"

"Non è stato lui", disse Anna, con calma, "Mi ha detto di non essere stato lui."

"E sei sicura, Annie cara, che non ti abbia raccontato una frottola?"

"Annie cara" parlò ancora con calma.

"Assolutamente sicura, zia Mary Maria. Jem non mi ha mai detto una bugia in tutta la sua vita."

"Bene, pensavo tu dovessi sapere cosa si dice in giro."

Zia Mary Maria si allontanò impettita coi suoi soliti modi garbati, evitando ostentatamente Gamberetto, che se ne stava sdraiato sulla schiena sul pavimento e implorava che qualcuno gli grattasse la pancia.

Susan e Anna tirarono un lungo sospiro.

"Penso che me ne andrò a letto, Susan. E spero che domani vada tutto bene. Non mi piace l'aspetto di quella nuvola nera sulla baia."

"Sarà una bella giornata, cara signora Dottore", la rassicurò Susan, "Lo dice l'almanacco."

Susan aveva un almanacco che prediceva il clima di tutto l'anno e spesso aveva abbastanza ragione da poterci fare affidamento.

"Lascia aperta la porta di servizio per il dottore, Susan. Potrà far tardi nel rincasare dalla città. È andato a prendere le rose... cinquantacinque rose gialle, Susan... ho sentito zia Mary Maria dire che le rose gialle sono gli unici fiori che le piacciano."

Mezz'ora dopo Susan, leggendo il suo passo biblico serale, s'imbatté nel versetto: "Metti di rado il piede in casa del tuo vicino, perché non si stanchi di te e ti prenda in odio"[12]. Vi infilò un ramoscello di abrotano per segnare il punto. "Già a quei tempi", rifletté.

Anna e Susan si svegliarono entrambe presto, perché volevano completare certi ultimi preparativi prima che zia Mary Maria si facesse vedere in giro. Ad Anna era sempre piaciuto alzarsi presto per cogliere quella mezz'ora mistica prima del sorgere del sole, quando il mondo appartiene ancora alle fate e agli antichi dei. Le piaceva vedere il cielo del mattino dorato e rosa pallido dietro la guglia della chiesa, il sottile, traslucido bagliore del sole che si spandeva sulle dune, le prime volute di fumo violetto che fluttuavano sopra i tetti del paese.

_____
12 Proverbi, 25:17 (NDR)

"È come se avessimo una giornata fatta su misura, cara signora Dottore", disse Susan, soddisfatta, mentre rivestiva di noce di cocco una torta coperta di glassa all'arancia, "Dopo colazione proverò a fare quel nuovo tipo di anatre e telefonerò ogni mezz'ora a Carter Flagg per assicurarmi che non si dimentichi del gelato. E ci sarà ancora tempo per strofinare gli scalini della veranda."

"È proprio necessario, Susan?"

"Cara signora Dottore, voi avete invitato la signora Marshall Elliott, no? Lei non dovrà mai vedere i gradini della nostra veranda se non perfettamente immacolati. Ma alle decorazioni ci pensate voi, vero, cara signora Dottore? Io non sono nata col dono di disporre i fiori."

"Quattro torte? Yuppi!", disse Jem.

"Quando noi diamo una festa", disse Susan, orgogliosa, "la diamo *davvero*."

Gli ospiti arrivarono al momento giusto e vennero ricevuti da zia Mary Maria col suo taffetà granata e da Anna, nel suo voile color biscotto. Anna aveva pensato di mettersi la mussola bianca, perché la giornata era calda ed estiva, ma poi aveva deciso altrimenti.

"È molto ragionevole da parte tua, Annie", commentò zia Mary Maria, "Il bianco, lo dico sempre, è solo per i giovani."

Tutto andò secondo programma. La tavola era splendida, con i piatti più carini di Anna e la bellezza esotica degli iris bianchi e viola. Le anatre di Susan fecero scalpore: a Glen non s'era mai visto nulla di simile; il suo purè era l'ultima moda in fatto di purè; l'insalata di pollo era stata fatta coi "polli che sono veramente polli" di Ingleside; l'assillato Carter Flagg mandò il gelato all'ultimo istante. Alla fine Susan, portando la torta di compleanno con le sue cinquantacinque candeline accese come fosse la testa del Battista sul vassoio, arrivò a passo di marcia e la mise davanti zia a Mary Maria.

Anna, nonostante all'esterno fosse una tranquilla padrona di casa, era in realtà molto a disagio da un po' di tempo. Nonostante tutta la soavità esteriore aveva la sempre più profonda convinzione che qualcosa fosse andato terribilmente storto. All'arrivo degli ospiti era stata troppo occupata per accorgersi del cambiamento avvenuto sul viso di zia Mary Maria quando la signora Marshall Elliott le aveva fatto tanti cordiali auguri per quel giorno. Ma quando alla fine furono tutti seduti attorno al tavolo Anna si rese conto finalmente del fatto che zia Mary Maria sembrava tutt'altro che entusiasta. Era tutta bianca – *non poteva* essere per la rabbia! - e man mano che il pranzo andava avanti non aveva detto una sola parola, se non brusche risposte alle frasi che le venivano indirizzate. Aveva preso solo due cucchiaiate di purè e tre bocconi d'insalata. E col gelato si era comportata come se quello non ci fosse neppure.

Quando Susan mise la torta con le sue candeline tremolanti davanti a lei, zia Mary Maria diede una spaventosa boccata che non riuscì a inghiottire un singulto e di conseguenza uscì come un gridolino soffocato.

"Zia, non ti senti bene?", esclamò Anna.

Zia Mary Maria la fissò, gelida.

"Sto *benissimo*, Annie. Sto veramente benissimo, per essere *la persona anziana* che sono."

In quel momento propizio le gemelle spuntarono portando, in mezzo a loro, un cestino con dentro cinquantacinque rose gialle e, nel mezzo di un silenzio improvviso e glaciale, lo donarono a zia Mary Maria balbettando congratulazioni e auguri. Un coro di ammirazione si levò dalla tavolata, ma zia Mary Maria non vi si unì.

"L... le gemelle soffieranno sulle candeline per te, zia", balbettò nervosa Anna, "E poi... vuoi tagliare tu la torta di compleanno?"

"Non sono ancora così decrepita, Anna... non ancora... posso soffiare sulle candeline da sola."

Zia Mary Maria cominciò a soffiarci sopra, meticolosamente e ostentatamente. Con altrettanta meticolosità e ostentazione tagliò la torta. Poi posò il coltello.

"E ora forse mi scuserai, Anna. *Una donna vecchia come me* ha bisogno di riposo dopo tanta eccitazione."

La gonna di taffetà di zia Mary Maria si allontanò frusciando. Il cestino di rose crollò al suo passaggio. I tacchi di zia Mary Maria ticchettarono su per le scale. In lontananza la porta della stanza di zia Mary Maria sbatté.

Gli ospiti, rimasti di sasso, mangiucchiarono le loro fette di torta di compleanno con tutto l'appetito che riuscirono a chiamare a raccolta, in un silenzio carico di tensione rotto soltanto da una storia che la signora Amos Martin raccontò disperatamente, a proposito di un dottore in Nova Scotia che aveva avvelenato diversi pazienti iniettando loro i germi della difterite. Gli altri, percependo che questa non era una cosa di ottimo gusto, non sostennero il suo lodevole sforzo di "animare la festa" e se ne andarono via non appena poterono farlo in maniera decorosa.

Anna, turbata, corse in camera di zia Mary Maria.

"Zia, *cosa c'è* che non va?"

"Era proprio necessario sbandierare la mia età in pubblico, Anna? E invitare Adella Carey... che così ha scoperto quanti anni ho... era da anni che moriva dalla voglia di saperlo!"

"Ma zia, noi volevamo... noi volevamo..."

"Non so quali siano i tuoi fini, Annie. Ma che dietro tutto ciò ci sia qualcosa lo so benissimo... oh, cara Annie, posso leggerti nella mente... ma non cercherò di tirarcelo fuori... è una cosa che lascio a te e alla tua coscienza."

"Zia Mary Maria, le mie sole intenzioni erano di regalarti un felice compleanno. Sono terribilmente dispiaciuta..."

Zia Mary Maria si portò il fazzoletto agli occhi e sorrise coraggiosamente.

"Naturalmente ti perdono, Annie. Ma tu devi capire che dopo un tentativo così palese di ferire i miei sentimenti, io non posso più rimanere qui."

"Ma zia, non crederai che..."

Zia Mary Maria sollevò una mano lunga, sottile, nodosa.

"Non discutiamone, Annie. Io voglio la pace... solo la pace. 'Ma uno spirito afflitto chi lo solleverà?'[13]"

Quella sera Anna andò con Gilbert al concerto, ma non si può dire che se lo godette. Gilbert prese l'intera questione "proprio da uomo", come avrebbe detto Miss Cornelia.

"Ricordo che è sempre stata un po' suscettibile sull'età. Papà era solito prenderla in giro. Avrei dovuto avvisarti... ma mi era passato di mente. Se se ne va, non cercare di fermarla", e fu solo il suo senso di appartenenza al clan a impedirgli di aggiungere "buona liberazione!"

"Non se ne andrà. Non possiamo avere tanta fortuna, cara signora Dottore", disse Susan incredula.

Ma per una volta tanto Susan si sbagliava. Zia Mary Maria se ne andò il giorno dopo, perdonando tutti con l'ultimo fiato.

"Non incolpare Annie, Gilbert", disse, magnanima, "Io la assolvo per ogni insulto intenzionale. Non ho mai badato al fatto che avesse dei segreti con me... anche se per una donne sensibile come me... ma nonostante tutto mi è sempre piaciuta la povera Anna", questo detto con l'aria di chi stesse confessando un difetto, "Ma Susan Baker è un altro paio di

---

13 Citazione biblica, Proverbi, 18:14 (NDR)

maniche. Il mio ultimo consiglio, Gilbert... metti Susan Baker al posto suo e lasciacela."

Sulle prime nessuno riusciva a credere a tanta fortuna. Poi si resero conto del fatto che zia Mary Maria se n'era andata davvero... che era di nuovo possibile ridere senza offendere nessuno... aprire le finestre senza che nessuno si lamentasse degli spifferi... mangiare un pasto senza che nessuno ti dicesse che qualcosa che ti piace particolarmente probabilmente fa venire il cancro allo stomaco.

"Non sono mai stata tanto felice per la partenza di un ospite", pensò Anna, sentendosi parzialmente in colpa, "È bello poter chiamare di nuovo mia la mia anima."

Gamberetto si toelettò meticolosamente, consapevole del fatto che, dopotutto, era divertente essere un gatto. In giardino sbocciò la prima peonia.

"Il mondo è pieno di poesia, vero, mamma?", disse Walter.

"Sarà un bellissimo giugno", predisse Susan, "Lo dice l'almanacco. Ci sarà qualche sposa e almeno un paio di funerali. Non è strano poter di nuovo tornare a respirare liberamente? Quando penso che ho fatto tutto quanto era in mio potere per impedirvi di dare la festa, cara signora Dottore, mi rendo conto di nuovo che *esiste davvero* una Provvidenza che domina su tutto. E non pensate, cara signora Dottore, che oggi il dottore gradirebbe della cipolla sulla sua bistecca fritta?"

Capitolo 15

"Sentivo che dovevo venire, tesoro", disse Miss Cornelia, "per spiegarti quella telefonata. È stato tutto uno sbaglio... mi dispiace tanto... in realtà la cugina Sarah non è morta."

Anna, soffocando un sorriso, offrì a Miss Cornelia una sedia in veranda, e Susan, affacciandosi dal colletto di pizzo a punto irlandese che stava ricamando per sua nipote Gladys, emise uno scrupolosamente educato: "Buonasera, signora Marshall Elliott."

"Dall'ospedale stamattina si era sparsa la voce che fosse morta stanotte, e sentivo di dovervene informare dal momento che era una paziente del dottore. Ma era un'altra Sarah Chase, la cugina Sarah è viva, e sono felice di dire che è probabile che continui a vivere. Si sta davvero bene e al fresco qui, Anna. Io dico sempre che se c'è un filo d'aria da qualche parte, è a Ingleside."

"Io e Susan ci stavamo godendo il fascino di questa sera stellata", disse Anna mettendo da parte il vestito di mussola rosa-fumo che stava facendo per Nan e stringendo le mani attorno alle ginocchia. Una scusa per oziare un po' non era sgradita. Ormai né lei né Susan avevano più molti momenti d'ozio.

Sarebbe sorta la luna, e la sua profezia era ancor più bella di quanto sarebbe stata la luna stessa. I gigli tigrati "ardevano splendenti"[14] lungo il vialetto e sbuffi di profumo di caprifoglio andavano e venivano sulle ali di un vento sognante.

"Guardate quelle onde di papaveri che s'infrangono contro il muro del giardino, Miss Cornelia. Quest'anno io e Susan siamo molto orgogliose dei nostri papaveri, anche se non abbiamo nulla a che fare con loro. Walter ha sparpagliato lì un pacchetto di semi per errore, in primavera, e questo è il risultato. Ogni anno abbiamo deliziose sorprese come questa."

"Io ho un debole per i papaveri", disse Miss Cornelia, "Anche se non durano molto."

"Vivono solo un giorno", ammise Anna, "Ma che vita imperiale e magnifica! Non è meglio che essere una rigida, orribile zinnia che praticamente dura per sempre? Non abbiamo zinnie a Ingleside. Sono gli unici fiori che non ci siano amici. Susan non vuole neppure parlarci, con le zinnie."

"Stanno ammazzando qualcuno alla Buca?", domandò Miss Cornelia. E per la verità, i suoni che arrivavano trasportati dal

---

14 Citazione dalla poesia "La Tigre" di William Blake (NDR)

vento sembravano indicare che qualcuno stesse venendo bruciato sul patibolo. Ma Anna e Susan ci erano troppo abituate per turbarsene.

"Persis e Kenneth sono stati qui tutto il giorno e hanno concluso con un banchetto alla Buca. Per quanto riguarda la signora Chase, Gilbert andava in città stamattina, perciò saprà la verità sul suo conto. Sono contenta per tutti che lei stia bene... gli altri dottori non concordavano con la diagnosi di Gilbert e lui era un po' preoccupato."

"Quando siamo stati a trovarla in ospedale, Sarah ci ha avvertito di non seppellirla a meno di non essere sicuri che sia morta", disse Miss Cornelia, sventagliandosi maestosamente e chiedendosi come riuscisse la moglie del dottore a non sembrare mai accaldata, "Sai, abbiamo sempre avuto un po' il timore che suo marito sia stato sepolto vivo... sembrava così... vivo. Ma nessuno ci pensò se non quando fu troppo tardi. Era un fratello di quel Richard Chase che ha acquistato la vecchia fattoria dei Moor nella quale s'è trasferito da Lowbridge in primavera. È un tipo *veramente* spassoso. Ha detto che è venuto in campagna per avere un po' di pace... a Lowbridge doveva passare tutto il tempo a scansare vedove"... "e vecchie zitelle", avrebbe potuto aggiungere Miss Cornelia, ma non lo fece per rispetto ai sentimenti di Susan.

"Ho incontrato sua figlia Stella... viene alle prove del coro. Ci piacciamo molto l'un l'altra."

"Stella è una ragazza dolcissima... una delle poche che sappiano ancora arrossire. Mi è sempre piaciuta. Io e sua madre eravamo amicone. Povera Lisette!"

"È morta giovane?"

"Sì, quando Stella aveva solo otto anni. Richard ha allevato Stella da solo. È lui è un blasfemo come non mai. Dice che le donne sono importanti solo biologicamente... qualunque cosa voglia dire. Spara sempre paroloni del genere."

"Non sembra aver fatto un cattivo lavoro nell'allevarla", disse Anna, che pensava che Stella Chase fosse una delle ragazze più affascinanti che avesse mai incontrato.

"Oh, non è possibile guastare Stella. E non sto negando che Richard abbia un mucchio di cose in quella sua zucca. Ma è uno stravagante per quanto riguarda i ragazzi... non ha mai permesso alla povera Stella di avere un solo spasimante in vita sua! Tutti i giovanotti che cercavano di uscire con lei, lui semplicemente li terrorizzava a morte col suo sarcasmo. È la creatura più sarcastica che si sia mai vista. Stella non riesce a gestirlo... sua moglie prima di lei non riusciva a gestirlo. Non sapevano come fare. Lui va alla rovescia ma nessuna di loro sembra mai averlo capito."

"Io pensavo che Stella sembrasse molto devota a suo padre."

"E lo è. Lo adora. È un uomo veramente cordiale quando riesce a fare tutto a modo suo. Ma dovrebbe avere più buonsenso sul matrimonio di Stella. Deve saperlo che non può vivere per sempre... anche se a sentirlo parlare c'è da pensare che intenda farlo. Non è vecchio, certo... era molto giovane quando s'è sposato. Ma in quella famiglia hanno la tendenza ai colpi apoplettici. E che farà Stella quando lui se ne sarà andato? Avvizzirà, immagino."

Susan alzò la testa dall'intrico di rose del suo uncinetto irlandese abbastanza a lungo da dire con decisione:

"Non sono d'accordo coi vecchi che rovinano la vita dei giovani a questo modo."

"Forse se Stella fosse veramente innamorata di qualcuno le obiezioni di suo padre non avrebbero molto peso per lei."

"Ed è qui che ti sbagli, cara Anna. Stella non sposerebbe mai qualcuno che non piacesse a suo padre. E ti dirò un altro la cui vita sarà rovinata, e quello è il nipote di Marshall, Alden Churchill. Mary è *decisa* a non permettergli di sposarsi finché riesce a impedirglielo. É contraria al matrimonio perfino più di Richard... se fosse una banderuola segnerebbe nord quando il vento viene da sud. Lo sai, le proprietà sono sue finché Alden non si sposa, e poi vanno a lui. Ogni volta che lui è andato dietro una ragazza, lei in un modo o in un altro è riuscita a farlo smettere."

"È *veramente* tutta opera sua, signora Marshall Elliott?", domandò Susan, secca, "Certa gente pensa che Alden sia molto volubile. Ho saputo che lo chiamano cascamorto."

"Alden è molto bello e le ragazze gli vanno dietro", ribatté Miss Cornelia, "Non lo biasimo se le illude un po' e poi le molla quando ha insegnato loro la lezione. Ma ci sono state un paio di ragazze che gli piacevano veramente e Mary l'ha bloccato ogni volta. Me l'ha detto lei stessa... mi ha detto che andava dalla Bibbia – le 'va dalla Bibbia' tutte le volte – e sceglieva un versetto a caso, e ogni volta si trattava di un ammonimento contro le nozze di Alden. Io non ho pazienza con lei e con i suoi metodi antiquati. Perché non può andare in chiesa e comportarsi da creatura decente come tutti noialtri ai Quattro Venti? Ma no, lei deve istituirsi una religione tutta sua che consiste 'nell'andare dalla Bibbia'. L'autunno scorso, quando quel cavallo prezioso si ammalò – valeva quattrocento dollari – invece di mandare a chiamare un veterinario a Lowbridge, lei 'andò dalla Bibbia' e scelse un versetto a caso... 'Il Signore ha dato, il Signore ha tolto; sia benedetto il nome del Signore'[15] Perciò non mandò a chiamare il veterinario e il cavallo morì. Immagina mettere in pratica un versetto a questo modo, cara Anna. Per me è irriverente. Gliel'ho detto chiaramente ma tutto quel che ne ho avuto in cambio è stato un'occhiataccia indignata. E non vuole che le mettano il telefono. 'Pensate che abbia intenzione di parlare dentro una scatola appesa alla parete?', dice tutte le volte che qualcuno solleva l'argomento."

Miss Cornelia fece una pausa, era quasi senza fiato. Le stramberie di sua cognata la rendevano sempre insofferente.

"Alden non è per nulla come sua madre", disse Anna.

"Alden è come suo padre... non c'è mai stato uomo migliore... per quanto lo possa essere un uomo. Perché abbia sposato Mary, è una cosa che gli Elliott non hanno mai capito. Anche se erano più che felici che si fosse sposato così bene... lei ha sempre avuto una rotella svitata ed era una vera pertica di ragazza. Certo, aveva un sacco di soldi... sua zia Mary le aveva lasciato tutto... ma non era questo il motivo, George Churchill era veramente innamorato di lei. Io non so come faccia Alden a sopportare i capricci di sua madre; ma è un bravo figlio."

"Sapete cosa mi è appena venuto in mente, Miss Cornelia?", disse Anna con un sorriso birichino, "Non sarebbe bello se Alden e Stella s'innamorassero l'uno dell'altra?"

"Non ci sono molte speranze che succeda, e se lo facessero non andrebbero da nessuna parte. Mary gli strapperebbe la terra sotto i piedi e Richard ci metterebbe un attimo a indicare la porta a un semplice fattore, anche se adesso pure lui è un fattore. Ma Stella non è il tipo di ragazza che piace ad Alden... a lui piacciono quelle vivaci e ridanciane. E a Stella non piacerebbe un tipo come lui. Ho saputo che il nuovo ministro di Lowbridge le sta facendo gli occhi da triglia."

"Ma non è un po' anemico e miope?", domandò Anna.

"E ha gli occhi sporgenti", disse Susan, "Devono essere orribili quando cerca di sembrare romantico."

"Almeno è presbiteriano", disse Miss Cornelia, come se questo scusasse molte cose, "Be', me ne devo andare. Ho scoperto che

15 Giobbe, 1:21 (NDR)

92

se sto fuori con l'umido la mia nevralgia mi dà problemi."

"Vengo con voi fino al cancello."

"Con quel vestito sembri sempre una regina, cara Anna", fu la futile e ammirata osservazione di Miss Cornelia. Anna incontrò Owen e Leslie Ford al cancello e li portò indietro alla veranda. Susan era sparita a preparare la limonata per il dottore, che era appena tornato a casa, e i bambini, stanchi e felici, arrivarono sciamando dalla Buca.

"Stavate facendo rumori terribili quando sono arrivato", disse Gilbert, "Deve avervi sentito tutto il circondario."

Persis Ford, scuotendo i suoi riccioli color miele, gli fece la linguaccia. Persis era la preferita di "zio Gil".

"Stavamo solo imitando i dervisci ululanti, perciò ovviamente dovevamo ululare", spiegò Kenneth.

"Guarda in che stato è la tua camicia", disse Leslie, severa.

"Sono caduto nella torta di fango di Di", disse Kenneth, con una soddisfazione determinata nel tono di voce. Detestava quelle camicie inamidate e immacolate che mamma gli faceva sempre indossare quando andava a Glen.

"Mammina cara", disse Jem, "posso avere quelle vecchie piume di struzzo che stanno in solaio per cucirle sui miei pantaloni e farci una coda? Domani facciamo il circo e io devo fare lo struzzo. E avremo anche un elefante."

"Sai che nutrire un elefante costa seicento dollari l'anno?", disse Gilbert, serio.

"Un elefante immaginario non costa niente", spiegò Jem, paziente.

Amma rise. "Grazie al cielo, non abbiamo bisogno di fare economie sull'immaginazione."

Walter non disse nulla. Era un po' stanco e gli bastava stare seduto accanto alla mamma sugli scalini, appoggiato alla sua schiena. Leslie Ford, guardandolo, pensò che avesse la faccia da genio... lo sguardo distante e distaccato di un'anima che viene da un'altra stella. La terra non era il suo ambiente naturale.

Erano tutti felici in quell'ora dorata di un giorno dorato. Una campana della chiesa oltre la baia suonò debolmente e dolcemente. La luna disegnava motivi sull'acqua. Le dune luccicavano in un argento brumoso. Nell'aria c'era sentore di menta e alcune rose non viste erano intollerabilmente dolci. E Anna, guardando sul prato con occhi che, nonostante i suoi sei bambini, erano ancora giovanissimi, pensò che al mondo non ci fosse nulla di altrettanto slanciato e delicato di un pioppo al chiaro di luna.

Poi cominciò a pensare a Stella Chase e ad Alden Churchill, finché Gilbert non le offrì un penny per i suoi pensieri.

"Sto pensando seriamente di tentare la fortuna come paraninfa", ribatté Anna.

Gilbert guardò gli altri con finta disperazione.

"Temevo che prima o poi si sarebbe manifestato di nuovo. Ho fatto del mio meglio, ma non è possibile riabilitare un paraninfo[16] nato. Lei è una vera appassionata. Il numero di coppie che ha combinato è incredibile. Io non potrei dormire la notte se avessi una simile responsabilità sulla mia coscienza."

"Ma sono tutti felici", protestò Anna, "Sono una vera esperta. Pensa a tutte le coppie che ho fatto... o che mi hanno accusata di aver fatto... Theodora Dix e Ludovic Speed... Stephen Clark e Prissie Gardner... Janet Sweet e John Douglas... Il professor Carter ed Esme Taylor... Nora e Jim... e Dorvie e Jarvis..."

"Oh, lo ammetto. Questa mia moglie, Owen, non ha mai perso il suo senso di aspettativa. Per lei i cardi potrebbero fare fichi da un momento all'altro. Immagino che continuerà a far sposare la gente tra loro fin quando sarà cresciuta."

"Credo che abbia qualcosa a che fare anche con un'altra unione", disse Owen, sorridendo a sua moglie.

"Non io", si affrettò a dire Anna, "Per quello incolpa Gilbert. Io avevo fatto del mio meglio per convincerlo a non far fare quell'operazione a George Moore. A proposito di non dormire la notte... ci sono notti in cui mi sveglio sudando freddo, sognando di esserci riuscita."

"Be', dicono che solo le donne felici sanno combinare le coppie, perciò questo è un punto per me", disse Gilbert compiaciuto, "Quali nuove vittime hai in mente, Anna?"

Anna si limitò a fargli un ampio sorriso. Combinare coppie richiede sottigliezza e discrezione, e ci sono cose che non si possono raccontare neanche al proprio marito.

---

16 Paraninfo: chi combina matrimoni (NDR)

Capitolo 16

Quella notte, e per diverse notti dopo, Anna rimase sveglia, a pensare ad Alden e Stella. Aveva la sensazione che Stella desiderasse tanto un matrimonio... una casa... dei bambini. Una sera l'aveva supplicata di permetterle di fare il bagnetto a Rilla... "È così bello fare il bagno a questo suo corpicino paffuto e pieno di fossette"... e ancora, timidamente, "È così bello, signora Blythe, vedere quelle braccine vellutate protese verso di me. I bambini sono così *perfetti*, vero?" Sarebbe stata una vergogna se un padre scorbutico avesse impedito lo sbocciare di quelle segrete speranze.

Sarebbe stato un matrimonio ideale. Ma come lo si poteva provocare quanto tutti quelli minimamente coinvolti erano così ostinati e testardi? Perché l'ostinazione e la testardaggine non appartenevano solo ai vecchi. Anna sospettava che sia Alden che Stella ne avessero tracce. Questo richiedeva una tecnica completamente diversa da quella usata in tutte le faccende precedenti. All'ultimo momento Anna si ricordò del padre di Dovie.

Anna annuì e l'affrontò. Da quel momento, pensò, Alden e Stella erano da considerarsi belli che sposati.

Non c'era tempo da perdere. Alden, che viveva ad Harbour Head e andava alla chiesa anglicana dall'altra parte della baia, non aveva neanche ancora incontrato Stella... forse non l'aveva neanche ancora vista. Era da mesi che non ronzava intorno a una ragazza, ma poteva cominciare in qualunque momento. La signora Janet Swift di Upper Glen aveva una bellissima nipote in visita da lei, e Alden andava sempre dietro alle ragazze nuove. Perciò la prima cosa da fare era far incontrare Alden e Stella. Come si poteva fare? Bisognava provocarlo in modo che in apparenza sembrasse una cosa assolutamente innocente. Anna si lambiccò il cervello ma non riuscì a pensare a nulla di più originale che organizzare una festa alla quale invitare entrambi. Quest'idea non le piacque per niente. Faceva troppo caldo per dare una festa... e i giovani dei Quattro Venti erano così vivaci. Anna sapeva che Susan non avrebbe mai acconsentito a organizzare una festa senza pulire Ingleside letteralmente dal solaio alla cantina... e Susan pativa il caldo di quell'estate. Ma una buona causa richiede sacrifici. Jen Pringle, dottoressa in lettere, aveva scritto che sarebbe arrivata per la sua da tanto promessa visita a Ingleside, e proprio quella poteva essere la scusa per la festa. La fortuna sembrava essere dalla sua parte... gli inviti vennero spediti... Susan diede a Ingleside la sua revisione... le stesse Susan e Anna cucinarono tutto per la festa, nel bel mezzo di un'ondata di calore. Anna era incresciosamente stanca la sera prima della festa. Il caldo era stato terribile... Jem era a letto ammalato, con un attacco di quel che Anna segretamente temeva fosse appendicite anche se Gilbert l'aveva superficialmente respinto attribuendolo solo alle mele verdi... e Gamberetto si era quasi ustionato a morte quando Jen Pringle, nel tentativo di aiutare Susan, gli aveva fatto cadere addosso una pentola piena di acqua bollente che era sui fornelli. Ad Anna doleva ogni osso del corpo, le doleva la testa, le dolevano i piedi, le dolevano gli occhi. Jen se n'era andata con un gruppo di bambini a vedere il faro, dicendo ad Anna di andarsene a letto; ma invece di andarsene a letto, lei si sedette fuori in veranda, all'umidità che era seguita al temporale del pomeriggio, a parlare con Alden Churchill, che era venuto per prendere alcune medicine per la bronchite di sua mamma ma che non volle entrare in casa. Anna pensò che fosse un'opportunità mandata dal cielo, perché desiderava tantissimo fare due chiacchiere con lui. Erano ormai buoni amici, dal momento che Alden veniva spesso per commissioni del genere. Alden sedeva sul gradino della veranda con la testa rovesciata all'indietro contro il pilastro. Era, come Anna pensava sempre, un ragazzo molto bello... alto e con le spalle larghe, con un viso bianco come il marmo che non si abbronzava mai, vivaci occhi azzurri e i capelli a spazzola, rigidi, all'insù, neri come l'inchiostro. Aveva una voce bella e ridente, modi ossequiosi che piacevano alle donne di tutte le età. Era andato alla Queen's per tre anni e aveva pensato di andare a Redmond, ma sua madre si era rifiutata di lasciarlo andare, adducendo motivazioni bibliche, così Alden si era accontentato di sistemarsi alla fattoria. Aveva detto ad Anna che gli piaceva lavorare in fattoria; era un lavoro libero, all'aperto, indipendente; lui aveva il talento di sua madre nel fare soldi e la personalità attraente di suo padre. Non c'era da stupirsi se lo consideravano un po' un trofeo da sposare.

"Alden, voglio chiederti un favore", disse Anna, seducente, "Lo farai per me?"

"Certo, signora Blythe", rispose lui, sincero, "Ditemi solo cos'è. Farei qualsiasi cosa per voi."

Alden voleva davvero molto bene alla signora Blythe, e

avrebbe davvero fatto moltissime cose per lei.

"Temo che possa annoiarti un po'", disse Anna, ansiosa, "Ma è solo questo... voglio che tu faccia sì che Stella Chase si diverta alla mia festa di domani sera. Temo che non si divertirà. Non conosce ancora molti giovani di queste parti... molti sono più giovani di lei... perlomeno, lo sono i ragazzi. Chiedile di ballare e fa' in modo che non rimanga esclusa. È così timida con gli estranei. Vorrei proprio che si divertisse."

"Farò del mio meglio", rispose Alden, prontamente.

"Ma non devi innamorarti di lei", lo ammonì Anna con una risata studiata.

"Siate buona, signora Blythe. Perché no?"

"Be'", gli disse in confidenza, "credo che il signor Paxton di Lowbridge abbia preso una cotta per lei."

"Chi? Quel damerino presuntuoso?", esplose Alden con inattesa veemenza.

Anna gli lanciò uno sguardo di lieve rimprovero.

"Ma Alden, mi hanno detto che è un giovane molto gradevole. È l'unico genere di uomo che possa avere una speranza col padre di Stella."

"Ah, è così?", disse Alden, ripiombando nell'indifferenza.

"Sì... e non so se neppure lui ci riuscirebbe. Mi pare di aver capito che il signor Chase pensi che nessuno sia abbastanza buono per Stella. Temo che un semplice fattore non possa avere neanche un'opportunità. Perciò non voglio che ti metti nei guai innamorandoti di una ragazza che non potrai mai avere. Ti sto solo dando un consiglio da amica. Sono certa che tua madre la penserebbe come me."

"Oh, grazie... a ogni modo, che tipo è? È bella?"

"Be', devo ammettere che non è una gran bellezza. A me Stella piace molto... ma è un po' pallida e riservata. Non eccessivamente resistente... ma mi hanno detto che il signor Paxton ha soldi per conto suo. A pareri mio sarebbero una coppia ideale e non voglio che qualcuno la rovini."

"Perché alla vostra festicciola non avete invitato il signor Paxton e non avete chiesto a lui di farla divertire?", domandò Alden con una certa truculenza.

"Ma Alden, lo sai che un sacerdote non verrebbe a una festa danzante. Dai, non fare il bisbetico... e fa' in modo che Stella si diverta."

"Ok, farò in modo che Stella se la spassi immensamente. Buonanotte, signora Blythe."

Alden si allontanò bruscamente. Anna rise. "Ora, se conosco un po' la natura umana, quel ragazzo si getterà a capofitto a dimostrare al mondo che se lui vuole Stella potrà averla a dispetto di chiunque altro. Ha abboccato immediatamente al mio amo per quella storia del ministro. Ma io passerò una pessima notte per questo mal di testa."

Passò una pessima notte, complicata da quel che Susan chiamava "torcimento di collo", e il mattino seguente si sentiva vivace come la flanella grigia; ma alla sera fu una padrona di casa allegra e cortese. Il party fu un successo. Tutti sembrarono divertirsi. Stella sicuramente sì. Alden vi provvide con fin troppo zelo per essere solo una facciata, pensò Anna. Forse fu un po' troppo per un primo incontro che Alden, dopo cena, conducesse Stella in un angolo buio della veranda e vi rimanesse con lei per un'ora. Ma nel complesso Anna fu soddisfatta quando ci ripensò il mattino dopo. A essere sinceri, il tappeto della sala da pranzo era stato letteralmente rovinato da due salsiere piene di gelato che si erano rovesciate e da un piatto di dolci che vi erano stati pestati su; i candelabri di vetro di Bristol della mamma di Gilbert erano stati ridotti in frantumi; qualcuno aveva rovesciato una brocca piena di acqua piovana nella camera degli ospiti, che si era impregnata e aveva scolorito il soffitto della biblioteca in maniera tragica; metà dei fiocchetti del divano erano stati strappati; qualcuno di grosso e pesante si era evidentemente seduto sulla grande felce di Boston di Susan, suo orgoglio e vanto. Ma sulla colonna dei crediti del libro mastro c'era il fatto che, a meno che tutti i segni non fossero sbagliati, Alden si era innamorato di Stella. Anna pensò che la bilancia pendesse in suo favore.

In poche settimane i pettegolezzi locali confermarono questa opinione. Diventava sempre più evidente che Alden era ormai cotto. Ma Stella? Anna non pensava che Stella fosse un tipo di ragazza da cadere troppo presto tra le braccia protese di un uomo. Aveva un pizzico della "testardaggine" di suo padre, che nel suo caso risultava in un'affascinante indipendenza.

Di nuovo la fortuna venne incontro a una preoccupata paraninfa. Una sera Stella andò a vedere le speronelle di Ingleside e dopo si sedettero in veranda a parlare. Stella Chase era una creatura pallida e snella, piuttosto timida ma profondamente dolce. Aveva una soffice nuvola di pallidi capelli biondi e occhi marroni come il legno. Anna pensò che il trucco dipendesse dalle ciglia, perché non era realmente graziosa. Le ciglia erano incredibilmente lunghe e quando lei le sollevava e le abbassava smuovevano qualcosa nei cuori maschili. Aveva un certo garbo nei modi che la faceva sembrare più grande dei suoi ventiquattro anni, e un naso che più avanti negli anni sarebbe diventato decisamente aquilino.

"Ho sentito dire certe cose di te", disse Anna, agitandole davanti un dito, "E... non so... non lo so proprio... se mi piacciono. Mi perdoni se ti dico che ho i miei dubbi che Alden Churchill sia lo spasimante giusto per te?"

Stella le rivolse uno sguardo sbigottito.

"Ma... signora Blythe, io pensavo che Alden vi piacesse."

"Mi piace. Però... vedi... ha la reputazione di essere assai incostante. Mi hanno detto che le ragazze non riescono mai a tenerselo a lungo. In tante ci hanno provato... e hanno fallito. Non sopporterei di vederti abbandonata così, se gli passasse il capriccio."

"Signora Blythe, penso che voi vi stiate sbagliando sul conto di Alden", disse Stella, lentamente.

"Lo spero, Stella. Vedi, se tu fossi un tipo diverso... tutta allegra e piena di energia come Eileen Swift..."

"Oh, be'... devo rincasare", disse Stella, elusiva, "Papà si sentirà solo."

Quando se ne fu andata, Anna rise di nuovo.

"Sono propensa a credere che Stella se ne sia andata via facendo voto segretamente di dimostrare alle amiche impiccione che lei può tenersi Alden e che nessuna Eileen Swift metterà le sue grinfie su di lui. Me l'hanno detto quel leggero scuotimento di testa e quell'improvviso rossore sulle sue guance. E i giovani sono sistemati. Temo che i vecchi saranno gatte più dure da pelare."

Capitolo 17

La fortuna di Anna proseguì. La Società Missionaria Femminile Ausiliaria le chiese di andare a trovare la signora George Churchill per il suo annuale contributo alla società. La signora Churchill andava raramente in chiesa e non era membro della Società, ma credeva "nelle missioni" e dava sempre somme generose se qualcuno andava da lei a chiedergliele. Alla gente piaceva così poco farlo che i membri della società facevano i turni per andarci, e quest'anno era il turno di Anna.

Ci andò una sera, prendendo una pista bordata di margherite tra tante altre che portavano alla dolce, fresca bellezza di una collina, fino alla strada dov'era la fattoria dei Churchill, a un miglio da Glen. Era una strada piuttosto monotona, con grigi recinti serpeggianti che scorrevano su per piccoli pendii ripidi... eppure c'erano luci familiari... un ruscello... l'odore dei campi di fieno che digradavano fino al mare... i giardini. Anna, passando, si fermò a guardare ogni giardino. Il suo interesse nei giardini era costante. Gilbert diceva che Anna *non poteva fare a meno* di comprare un libro se nel titolo c'era la parola "giardino".

Una barca pigra indugiava nella baia e in lontananza un bastimento si fermò. Anna guardava sempre le navi dirette all'esterno con una piccola accelerazione del cuore. Capì Capitan Franklin Drew quando una volta disse, salendo a bordo del suo bastimento alla banchina, "Dio, quanto mi dispiace per la gente che vive sulla terraferma!"

La grande casa dei Churchill, col torvo merletto di ferro attorno al piatto tetto della mansarda, dominava sulla baia e sulle dune. La signora Churchill la salutò garbatamente, anche se non troppo affettuosamente, e la accompagnò in un salotto buio e magnifico, alle cui pareti scure, coperte di carta marrone, erano appesi innumerevoli ritratti a matita dei defunti Churchill ed Elliott. La signora Churchill si sedette su un sofà verde felpato, congiunse le lunghe mani sottili e fissò risoluta la sua ospite.

Mary Churchill era alta, scarna, austera. Aveva il mento prominente, occhi azzurri e affossati che somigliavano a quelli di Alden, e una bocca larga, tirata. Non sprecava mai le parole e non faceva mai pettegolezzi. Perciò Anna trovò un po' difficile raggiungere il suo obiettivo con naturalezza, ma ci riuscì per tramite del nuovo ministro dall'altra parte delle baia, che alla signora Churchill non piaceva.

"Non è un uomo spirituale", disse la signora Churchill, fredda.

"Ho sentito dire che i suoi sermoni sono straordinari", disse Anna.

"Io ne ho sentito uno e non desidero sentirne altri. La mia anima cercava nutrimento e ha ricevuto una lezione. Lui pensa che il Regno dei Cieli si possa conquistare col cervello. Io no."

"A proposito di ministri... adesso a Lowbridge ne hanno uno molto bravo. Credo che sia interessato alla mia giovane amica, Stella Chase. Secondo i pettegolezzi verrebbe una bella coppia."

"Intendete dire un matrimonio?", disse la signora Churchill.

Anna si sentì umiliata ma rifletté che bisogna mandar giù molte cose come questa quando ci si intromette in faccende che non ci riguardano.

"Penso che sarebbe molto opportuno, signora Churchill. Stella è particolarmente adatta a essere la moglie di un ministro. Ho detto ad Alden di non guastarla."

"Perché?", domandò la signora Churchill senza batter ciglio.

"Be'... in realtà... perché... temo che Alden non avrebbe assolutamente alcuna speranza. Il signor Chase pensa che nessuno sia all'altezza di Stella. Nessun amico di Alden sopporterebbe di vederlo abbandonato improvvisamente come un vecchio guanto. È troppo un bravo ragazzo per questo."

"Nessuna ragazza ha mai lasciato mio figlio", disse la signora Churchill, stringendo le labbra sottili, "È sempre stato il contrario. Lui le ha smascherate, nonostante tutti i riccioli e le risatine, i contorcimenti e le affettazioni. Mio figlio può sposare qualunque donna desideri, signora Blythe. *Qualunque.*"

"Oh?", disse la lingua di Anna, ma il suo tono di voce disse: "Naturalmente sono troppo educata per contraddirvi, ma non mi avete fatto cambiare opinione." Mary Churchill comprese e il suo volto pallido, avvizzito, si scaldò un po' mentre usciva dalla stanza per prendere il suo contributo per le missionarie.

"Avete una splendida vista, qui", disse Anna, quando la signora Churchill l'accompagnò alla porta.

La signora Churchill lanciò al golfo uno sguardo carico di disapprovazione.

"Se voi patiste un po' per il vento dall'est in inverno, signora Blythe, non apprezzereste più tanto il panorama. Stasera fa freddo. Avrete paura di prendere freddo, immagino, con quel vestito leggero. Non che non sia grazioso. Siete ancora abbastanza giovane da preoccuparvi per feste e vanità. Io ho smesso di provare alcun tipo di interesse per cose tanto transitorie."

Anna si sentì piuttosto soddisfatta per la conversazione, mentre tornava a casa nel soffuso crepuscolo verde.

"Certamente non possiamo contare sulla signora Churchill", disse a uno stormo di storni radunati in assemblea in un piccolo campo tirato fuori dai boschi, "ma penso di averla fatta preoccupare un po'. Ho visto che non le piace che la gente pensi che Alden possa venire piantato. Bene, ho fatto tutto quello che potevo su tutti quelli coinvolti tranne il signor Chase, e non vedo cosa possa fare con lui quando neppure lo conosco. Mi chiedo se abbia la minima idea che Alden e Stella stanno amoreggiando. È improbabile. Naturalmente Stella non si azzarderebbe mai a portare Alden in casa. Perciò, cosa devo fare con il signor Chase?"

Fu veramente misterioso il modo in cui le cose l'aiutarono. Una sera Miss Cornelia andò a chiederle di accompagnarla a casa dei Chase.

"Sto andando a chiedere a Richard Chase un contributo per la cucina della nuova chiesa. Mi accompagni come supporto morale, cara? Detesto affrontarlo da sola."

Trovarono il signor Chase sui gradini d'accesso. Con le sue gambe lunghe e il suo naso lungo, sembrava una gru in meditazione. Aveva pochi ciuffi di capelli luccicanti pettinati in cima alla testa calva e i suoi occhietti grigi sfavillarono guardandole. Stava pensando che se quella assieme a Miss Cornelia era la moglie del dottore, aveva davvero una bella figura. Invece la cugina Cornelia, cugina di secondo grado, era un po' troppo massiccia e aveva l'intelletto di una cavalletta, ma non era cattiva se si sapeva come prenderla.

Le invitò affabilmente nella sua piccola biblioteca, dove Miss Cornelia si accomodò su una sedia con un grugnito.

"Fa un caldo spaventoso, stasera. Temo che ci sarà un temporale. Santo cielo, Richard, quel gatto è sempre più grosso."

"Thomas il Rimatore dà al mondo la certezza di un gatto", disse, "Non è così, Thomas? Guarda tua zia Cornelia, Thomas. Osserva gli sguardi ostili che ti lancia da occhi creati solo per esprimere gentilezza e affetto."

"Non chiamarmi zia Cornelia con quella bestia!", protestò recisa la signora Elliott, "Uno scherzo è uno scherzo, ma ora stai esagerando."

"Non preferiresti essere la zia del Rimatore che quella di Ned

Churchill?", domandò lamentoso Richard Chase, "Neddy è un ingordo e un gran bevitore di vino, no? Ti ho sentito elencare i suoi peccati. Non preferiresti essere la zia di un bel gatto onesto con un irreprensibile curriculum per quanto riguarda alcolici e pettegolezzi?"

"Il povero Ned è un essere umano", ribatté Miss Cornelia, "Non mi piacciono i gatti. Questo è l'unico difetto che trovo in Alden Churchill. Anche lui ha un'assurda passione per i gatti. Dio sa da chi l'ha presa... sia suo padre che sua madre li hanno sempre aborriti."

"Che giovanotto assennato dev'essere!"

"Assennato? Be', è abbastanza assennato... tranne che per la faccenda dei gatti e la passione per l'evoluzionismo... un'altra cosa che non ha ereditato da sua madre."

"Sai, signora Elliott", disse solenne Richard Chase, "anch'io ho una segreta propensione all'evoluzionismo."

"Me l'hai già detto. Bah, credi quel che ti pare, Dick Chase... proprio da uomini. Grazie a Dio, nessuno riuscirà mai a convincere *me* che discendo da una scimmia."

"Confesso che non lo sembri, non una donna bella come te. Non vedo nessuna somiglianza scimmiesca nella tua rosea, cordiale, eminentemente graziosa fisionomia. Eppure la tua bis-bisnonna di milionesimo grado si dondolava con la coda di ramo in ramo. La scienza lo dimostra, Cornelia... prendere o lasciare."

"Allora lascio. Non voglio litigare con te su questo o su altri argomenti. Ho il mio credo e non vi figura nessun antenato scimmione. A proposito, Richard, Stella non sembra stare molto bene quest'estate, vorrei vederla."

"Soffre sempre molto con il caldo. Migliorerà quando rinfresca."

"Lo spero. Lisette si ripigliava tutte le estati, ma l'ultima, Richard... non dimenticarlo. Stella ha la costituzione di sua madre. È un bene che probabilmente non si sposerà."

"Perché non è probabile che si sposi? Lo chiedo per curiosità, Cornelia... pura curiosità. I processi del pensiero femminile sono profondamente interessanti per me. Da che premesse o informazioni trai la conclusione, nel tuo stile deliziosamente disinteressato, che Stella probabilmente non si sposerà?"

"Be', Richard, per dirla chiaramente, non è il tipo di ragazza che sia molto popolare tra gli uomini. È una ragazza buona e dolce, ma non piace agli uomini."

"Ha avuto i suoi ammiratori. Ho speso parte delle mie sostanze per l'acquisto e il mantenimento di fucili e cani bulldog."

"Ammiravano i tuoi soldi, immagino. Si sono scoraggiati facilmente, vero? Bastava una tua invettiva sarcastica e quelli se ne andavano. Se avessero veramente voluto Stella non si sarebbero lasciati indebolire da questo più che dai tuoi bulldog immaginari. No, Richard, devi ammettere il fatto che Stella non è una ragazza che possa conquistare spasimanti apprezzabili. Anche Lisette non lo era. Non aveva mai avuto uno spasimante finché non arrivasti tu."

"Ma non ero uno che valesse la pena aspettare? Certamente Lisette era una giovane saggia. Non vorresti certo che dessi mia figlia a un qualunque Tom, o Dick, o Harry, no? La mia stellina? Quella che, nonostante le tue osservazioni dispregiative, è degna di brillare nel palazzo di un re?"

"Non abbiamo re in Canada", ribatté Miss Cornelia, "Non sto dicendo che Stella non sia una bella ragazza. Sto solo dicendo che gli uomini non lo vedono e, considerando la sua costituzione, penso che sia meglio così. È un bene anche per te. Non potresti mai cavartela senza di lei... saresti indifeso come un bambino. Bene, promettici un contributo per la cucina della chiesa e ce ne andiamo. So che muori dalla voglia di tornare a quel tuo libro."

"Donna ammirevole e perspicace! Sei un vero tesoro di cugina acquisita! Lo ammetto... *sto morendo*. Ma nessuno a parte te sarebbe stato tanto perspicace da accorgersene o tanto amabile da salvarmi la vita agendo di conseguenza. Quanto vuoi che ti dia?"

"Puoi permetterti cinque dollari."

"Non discuto mai con una signora. Vada per cinque dollari. Ah, ve ne andate? Non perde mai tempo, questa donna unica! Una volta raggiunto il suo obiettivo, ti lascia immediatamente in pace. Non nascono più gatti della sua razza. Buonasera, perla tra tutti i parenti acquisiti."

Durante tutta la visita Anna non aveva aperto bocca. Perché avrebbe dovuto quando la signora Elliott stava facendo tutto il lavoro per lei, così bene e inconsapevolmente? Ma quando Richard Chase s'inchinò per salutarle, lui improvvisamente si piegò in avanti e disse, in tono confidenziale:

"Avete le caviglie più belle che io abbia mai visto, signora Blythe, e mi hanno fatto tornare un po' ai miei tempi."

"Non è un uomo spaventoso?", esclamò esterrefatta Miss

Cornelia mentre scendevano per il viale, "Dice sempre cose oltraggiose di questo tipo alle donne. Non devi badare a lui, Anna cara."

Anna non ci badò. Richard Chase le era piaciuto.

"Credo", rifletté, "che non gli sia piaciuta tanto l'idea che Stella non sia popolare con gli uomini, nonostante il fatto che i loro nonni fossero scimmie. Credo che anche lui vorrà 'farla vedere alla gente'. Bene, ho fatto tutto quel che potevo fare. Ho fatto sì che Alden e Stella si interessassero l'uno all'altra. E, detto tra noi, credo che io e Miss Cornelia abbiamo fatto sì che la signora Churchill e il signor Chase fossero più favorevoli che contrari all'unione. Ora non devo far altro che mettermi seduta e vedere cosa succede."

Un mese dopo Stella Chase andò a Ingleside e si sedette accanto ad Anna sui gradini della veranda... sperando, mentre lo faceva, di somigliare un giorno alla signora Blythe... con quell'aspetto così... *maturo*... l'aspetto di una donna che ha vissuto pienamente e con grazia.

La sera fresca e fumosa era seguita a una giornata fresca, giallo-grigiastra, dei primi di settembre. Era attraversata dal dolce gemito del mare.

"Stasera il mare è infelice", diceva Walter quando sentiva quel suono.

Stella sembrava distratta e silenziosa. Poco dopo disse all'improvviso, guardando in alto verso una stregoneria di stelle che venivano intessute nella notte purpurea: "Signora Blythe, voglio dirvi una cosa."

"Sì, cara?"

"Io sono fidanzata con Alden Churchill", disse Stella, disperata, "Siamo fidanzati fin da Natale scorso. L'abbiamo detto subito a papà e alla signora Churchill, ma ci abbiamo tenuto il segreto con tutti perché era così dolce avere questo segreto. Non sopportavamo l'idea di dividerlo col mondo. Ma ci sposiamo il mese prossimo."

Anna fece l'eccellente imitazione di una donna rimasta di sasso. Stella stava ancora contemplando le stelle, così non vide l'espressione sul volto della signora Blythe. Andò avanti, un po' più rilassata:

"Io e Alden ci conoscemmo a una festa a Lowbridge, lo scorso novembre. Noi... ci siamo innamorati fin dal primo istante. Lui diceva che mi aveva sempre sognato... che mi aveva sempre aspettato. Pensò 'Questa è mia moglie', quando mi vide entrare dalla porta. A io... ho provato le stesse cose. Oh, signora Blythe, siamo così felici!"

Anna continuò a non dire nulla, per diverse volte.

"L'unica nube sulla mia felicità è il vostro atteggiamento su questa faccenda, signora Blythe. Non volete provare a darci la vostra approvazione? Siete stata una buona amica per me, fin da quando sono venuta a Glen St. Mary... per me siete come una sorella maggiore. E mi sento così male a pensare che il mio matrimonio vi sia sgradito."

Nella voce di Stella si sentivano le lacrime. Anna recuperò la facoltà di parola.

"Mia cara, io voglio solo la tua felicità. Mi piace Alden... è un ragazzo splendido... *aveva* solo la reputazione di essere un cascamorto..."

"Ma non lo è. Stava solo cercando quella giusta, signora Blythe, non capite? E non riusciva a trovarla."

"E cosa ne pensa tuo padre?"

"Oh, papà è contentissimo. Alden gli è piaciuto fin da subito. Discutevano per ore sull'evoluzionismo. Papà ha detto che ha sempre voluto permettermi di sposarmi quando fosse arrivato l'uomo giusto. Soffro tantissimo perché devo lasciarlo, ma lui dice che gli uccellini giovani hanno il diritto di farsi un loro nido. La cugina Delia Chase verrà a badare alla casa per lui, e lei piace molto a papà."

"E la madre di Alden?"

"Anche lei è favorevole. Quando a Natale scorso Alden le disse che ci eravamo fidanzati, lei andò dalla Bibbia e il primo versetto che trovò fu 'l'uomo abbandonerà suo padre e sua madre e si unirà a sua moglie'[17] Disse che allora era perfettamente chiaro quel che avrebbe dovuto fare e acconsentì immediatamente. Si trasferirà in quella sua casetta a Lowbridge."

"Sono felice che non dovrai vivere con quel sofà felpato verde", disse Anna.

"Il sofà? Oh, sì, la mobilia è molto antiquata, vero? Ma se la porterà con sé e Alden riammobilierà completamente la casa. Perciò tutti sono contenti, signora Blythe, non volete darci anche i vostri auguri?"

Anna si protese in avanti e baciò la guancia fresca e setosa di Stella.

"Sono *molto* felice per te. Che Dio benedica i tuoi giorni a

---

17 Genesi, 2:24 (NDR)

venire, mia cara."

Quando Stella se ne fu andata, Anna corse in camera sua per evitare di vedere chiunque per un po'. Una vecchia luna cinica, sbilenca, emergeva da nuvole arruffate a est e i campi dietro sembrarono ammiccarle, furbi e birichini. Fece il bilancio di tutte le settimane precedenti. Aveva rovinato il tappeto della sala da pranzo, distrutto due preziosi cimeli di famiglia e sciupato il soffitto della biblioteca; aveva tentato di strumentalizzare la signora Churchill e probabilmente per tutto il tempo la signora Churchill non aveva fatto altro che ridere di lei sotto i baffi.

"Chi", chiese Anna alla luna, "si è resa più ridicola in questa faccenda? So quale sarà l'opinione di Gilbert. Ho affrontato tutte quelle difficoltà per portare al matrimonio due persone che erano già fidanzate? Allora sono guarita dalla smania di combinare coppie... decisamente guarita. Non alzerò mai più un dito per incoraggiare un matrimonio neppure se al mondo non si dovesse più sposare nessuno. Be', c'è una consolazione... la lettera di Jen Pringle che mi è arrivata oggi dove dice che sta per sposare Lewis Stedman, che ha conosciuto alla mia festa. I candelabri di Bristol non sono stati sacrificati completamente invano. Ragazzi... ragazzi! Dovete proprio fare quei rumori spaventosi laggiù?"

"Siamo gufi... *dobbiamo* chiurlare", proclamò la voce offesa di Jem dal forteto buio. Sapeva che stava chiurlando benissimo. Jem riusciva a imitare la voce di tutte le creaturine selvatiche del bosco. Walter non era tanto bravo e ben presto smise di essere un gufo per diventare un bambino piuttosto disilluso che strisciava dalla mamma in cerca di conforto.

"Mamma, io pensavo che i grilli *cantassero*... e oggi il signor Carter Flagg ha detto di no... fanno quel rumore solo sfregando le zampe di dietro. È vero, mamma?"

"Una cosa del genere... non sono sicura del processo. Ma *quello* è il loro modo di cantare."

"Non mi piace. Non mi piacerà mai più sentirli cantare."

"Oh, sì, ti piacerà. Fra poco ti dimenticherai delle zampe di dietro e penserai solo al loro coro fatato su tutti i campi mietuti e sulle colline in autunno. Non è ora di andare a letto, figliolo?"

"Mamma, mi racconti una storia che mi faccia venire i brividi freddi lungo la schiena? E ti siedi accanto a me finché non mi addormento?"

"E a che altro servono le mamme, tesoro?"

Capitolo 18

"'È giunta l'ora, disse il tricheco, ormai di'[18]... prendere un cane", disse Gilbert.

A Ingleside non avevano più avuto un cane da quando il vecchio Rex era stato avvelenato; ma i bambini dovrebbero avere un cane e il dottore decise che ne avrebbero avuto uno. Ma quell'autunno era stato così impegnato che aveva sempre rimandato. E finalmente un giorno di novembre Jem arrivò a casa, dopo un pomeriggio trascorso con un compagno di scuola, con un cane... un piccolo cane "giallino" con due orecchie nere che sporgevano con arroganza.

"Me l'ha dato Joe Reese, mamma. Si chiama Gyp. Non ha una coda carinissima? Posso tenerlo, mamma?"

"Di che razza è, tesoro?", domandò Anna, dubbiosa.

"Io... credo che sia un sacco di razze", disse Jem, "Questo lo rende più interessante, mamma, non trovi?"

Gilbert disse di sì e Jem entrò in possesso del suo patrimonio. Tutti a Ingleside accolsero Gyp in famiglia, a eccezione di Gamberetto che espresse la sua opinione senza tanti giri di parole. Piacque perfino a Susan, e quando nei giorni di pioggia lei filava in solaio Gyp, in assenza del suo padrone che era a scuola, stava con lei, e si metteva a cacciare allegramente ratti immaginari negli angoli bui e a guaire spaventato tutte le volte che il suo impeto lo portava troppo vicino al piccolo filatoio a mano. Non veniva mai usato – i Morgan l'avevano lasciato lì quando si erano trasferiti – e se ne stava in un angolino buio come una vecchietta curva. Nessuno capiva perché Gyp la temesse. Invece non aveva affatto paura del grande arcolaio a ruota, perché vi si sedeva accanto quando Susan lo faceva girare col perno, e correva avanti e dietro accanto a lei quando Susan attraversava il solaio avvolgendo il lungo filo di lana. Susan ammise che un cane potesse essere di gran compagnia, e con quel giochetto di stendersi sulla schiena agitando in aria le zampe davanti quando voleva un osso, era un'ottima compagnia. Si arrabbiò quanto Jem, quando Bertie Shakespeare osservò, ghignando: "E quello me lo chiamate un cane?"

"Certo che lo chiamiamo cane", disse Susan con calma sinistra, "*Forse tu* lo chiameresti ippopotamo?"

---

18 Citazione dalla poesia "Il Tricheco e il Carpentiere", tratta da "Attraverso lo specchio e ciò che Alice vi trovò", seguito ideale di "Alice nel Paese delle Meraviglie", di Lewis Carroll (NDR)

E quel giorno Bertie dovette tornarsene a casa senza avere un pezzo di quel meraviglioso intruglio che Susan chiamava "torta di mele" e che faceva regolarmente per i due ragazzi e per i loro amici. Non era nei dintorni quando Mac Reese domandò "È stata l'alta marea a portare quel coso?" ma Jem era in grado di difendere il suo cane, e quando Nat Flagg disse che le zampe di Gypsy erano troppo lunghe per la sua taglia, Jem ribatté che le zampe di un cane devono essere lunghe abbastanza da arrivare a terra. Natty non era particolarmente brillante, e questo lo lasciò senza parole.

Quell'anno novembre fu avaro di sole: venti freddi soffiarono nel bosco degli aceri spogli e argentei, e la Buca fu quasi costantemente piena di brume. Non una cosa graziosa e magica come la nebbia, ma quello che papà chiamava "una bruma umida, scura, deprimente, fradicia, piovigginosa" I piccoli di Ingleside dovettero passare la maggior parte delle ore di svago in solaio, però trovarono deliziosi amici nelle due pernici che andavano ogni sera a un certo vecchio, enorme melo, e cinque delle loro splendide ghiandaie erano rimaste fedeli, e chiocciavano birichine quando mangiavano il cibo che i bambini portavano loro. Però erano ingorde ed egoiste, e tenevano lontani tutti gli altri uccelli.

L'inverno arrivò con dicembre, e per tre settimane nevicò incessantemente. I campi dietro Ingleside erano ininterrotte distese d'argento, gli steccati e i pilastri del cancello indossavano alti berretti bianchi, le finestre erano imbiancate di motivi fatati e le luci di Ingleside splendevano nei crepuscoli bui, nevosi, dando il benvenuto a casa a tutti i viandanti. A Susan sembrò che non ci fossero mai state tante nascite invernali come quell'anno. E quando notte dopo notte lasciava "la cena del dottore" in dispensa, lei riteneva cupamente che sarebbe stato un miracolo se lui fosse riuscito a tenere duro fino alla primavera.

"Il *nono* bambino Drew! Come se al mondo non ci fossero già abbastanza Drew!"

"Immagino, Susan, che la signora Drew pensi che sia una meraviglia, come noi lo pensiamo di Rilla."

"Molto divertente, cara signora Dottore!"

Ma in biblioteca, o nella grane cucina, i bambini progettarono la loro casetta dei giochi estiva nella Buca, mentre fuori urlava la bufera, oppure soffici nuvole bianche venivano sospinte a coprire gelide stelle. Perché che il vento calasse o crescesse, a

Ingleside c'erano sempre un fuoco splendente, la serenità, un riparo dalla tempesta, il profumo dell'allegria e letti per le creaturine stanche.

Il Natale venne e passò, quest'anno non rattristato dalla presenza di zia Mary Maria. C'erano le tracce dei conigli nella neve da seguire, e grandi campi incrostati nei quali ingaggiare gare con la propria ombra, e colline scintillanti da costeggiare, e pattini nuovi da provare sullo stagno in quel mondo gelido e roseo del tramonto invernale. E c'era sempre un cane giallo con le orecchie nere col quale correre, o che ti accoglieva con guaiti entusiasti di benvenuto quando tornavi a casa, che dormiva ai piedi del tuo letto quando tu dormivi, e si sdraiava ai tuoi piedi quando tu imparavi l'ortografia, e si sedeva accanto a te quando mangiavi, dandoti ogni tanto colpetti di promemoria con la zampetta.

"Mammina cara, non so come facevo a vivere prima che arrivasse Gyp. Lui sa parlare, mamma... davvero... parla con gli occhi."

E poi... la tragedia! Un giorno Gyp apparve piuttosto abbacchiato. Non volle mangiare neanche quando Susan lo allettò con l'osso di costoletta che gli piaceva tanto. Il giorno dopo mandarono a chiamare il veterinario da Lowbridge e quello scosse la testa. Era difficile da capire... il cane poteva aver trovato qualcosa di velenoso nei boschi... poteva guarire ma anche no. Il cagnolino rimase disteso tranquillo, non badava a nessuno se non a Jem; quasi fino alla fine cercò di agitare la coda quando Jem lo toccava.

"Mammina cara, sarebbe sbagliato pregare per Gyp?"

"Certo che no, tesoro. Possiamo pregare per tutto ciò che amiamo. Però ho paura che... Gyp stia molto male."

"Mamma, pensi che Gyp morirà?"

Gyp morì il mattino dopo. Era la prima volta che la morte entrava nella vita di Jem. Nessuno di noi dimentica mai l'esperienza di veder morire qualcuno che amiamo, anche se è "soltanto un cagnolino".

"Non avevo mai avuto un cane per amico prima... e non ne avrò mai più. Fa troppo male."

Susan non conosceva la poesia di Kipling, quella che parlava della follia di dare il proprio cuore da lacerare a un cane[19]. Ma se l'avesse conosciuta, nonostante il suo disprezzo per la poesia,

---

19 Si tratta della poesia "Il potere del cane", di Rudyard Kipling (NDR)

avrebbe pensato che per una volta tanto un poeta avesse detto qualcosa di sensato.

Fu una dura notte per il povero Jem. Mamma e papà dovettero uscire. Walter aveva pianto fino allo sfinimento e lui era rimasto solo... senza neanche un cane con cui parlare. Quei cari occhi marroni che erano sempre sollevati fiduciosi verso di lui adesso erano stati spenti dalla morte.

"Caro Dio", pregò Jem, "ti prego, bada al mio cane che è morto oggi. Lo riconoscerai per le due orecchie nere. Fa' che non si senta solo senza di me..."

Jem affondò il volto tra le coperte e soffocò un singhiozzo. Quando avrebbe spento la luce la notte buia l'avrebbe guardato dalla finestra e non ci sarebbe stato Gyp con lui. Il freddo mattino invernale sarebbe arrivato e non ci sarebbe stato Gyp. I giorni si sarebbero susseguiti, anno dopo anno, e non ci sarebbe più stato Gyp. Non poteva sopportarlo.

Poi un tenero braccio lo avvolse e lui fu circondato da un caldo abbraccio. Oh, c'era ancora un po' d'amore nel mondo, anche se Gyppy non c'era più.

"Mamma, sarà così per sempre?"

"Non per sempre", Anna non gli disse che presto avrebbe dimenticato... che tra poco Gyp sarebbe stato solo un caro ricordo, "Non per sempre, piccolo Jem. Prima o poi guarirà... come ti è guarita quella scottatura alla mano, anche se all'inizio faceva tanto male."

"Papà dice che mi prenderà un altro cane. Ma non devo averne un altro per forza, no? Io non lo voglio un altro cane, mamma... mai più!"

"Lo so, tesoro."

Mamma sapeva tutto. Nessun altro aveva una mamma così. Voleva fare qualcosa per lei... e all'improvviso gli venne in mente cos'avrebbe potuto fare. Le avrebbe comprato una di quelle collane di perle del negozio del signor Flagg. Una volta l'aveva sentita dire che le sarebbe piaciuto tanto avere una collana di perle e papà aveva detto: "Quando arriva la nostra nave te ne procuro una, piccola Anna."

Bisognava pensare ai modi e ai mezzi. Lui aveva una paghetta, ma gli serviva tutta per le cose necessarie e le collane di perle non erano tra gli articoli messi in preventivo. E poi voleva guadagnare i soldi per comprarla. Solo così sarebbe stato un vero regalo. Il compleanno di mamma era a marzo... solo fra sei settimane. E la collana costava cinquanta centesimi!

Capitolo 19

Non era facile guadagnare soldi a Glen, ma Jem vi ci si tuffò con determinazione. Coi vecchi rocchetti costruì trottole per i compagni di scuola e le vendette per due centesimi l'una. Vendette tre preziosi denti da latte per tre centesimi. Ogni sabato pomeriggio vendeva la sua fetta di torta di mele a Bertie Shakespeare Drew. Ogni sera metteva quel che aveva guadagnato nel maialino di ottone che Nan gli aveva regalato a Natale. Un carinissimo maialino di ottone lucido con una feritoia sulla schiena nella quale infilare le monete. Quando ci mettevi dentro cinquanta monetine allora il maialino si apriva spontaneamente se gli torcevi la coda, e ti restituiva le tue fortune.

Alla fine per racimolare gli ultimi otto centesimi vendette a Mac Reese la sua stringa di uova d'uccello. Era la più bella stringa di tutta Glen e darla via fu un po' doloroso. Ma il compleanno si avvicinava e bisognava guadagnare soldi. Non appena Mac lo pagò, Jem mise gli otto centesimi nel porcellino e gongolò.

"Torcigli la coda e vedi se si apre davvero", disse Mac, che non credeva l'avrebbe fatto davvero. Ma Jem rifiutò: non voleva aprirlo se non quando fosse stato pronto a comprare la collana.

La Società Missionaria Ausiliaria s'incontrò a Ingleside il pomeriggio seguente e non lo dimenticò mai più. Proprio nel mezzo della preghiera della signora Norman Taylor – ed era noto che la signora Norman Taylor fosse molto orgogliosa delle proprie preghiere – un bambino sconvolto fece irruzione in soggiorno.

"È sparito il mio porcellino d'ottone, mamma... è sparito il mio porcellino d'ottone!"

Anna lo spinse fuori dalla stanza, ma la signora Norman pensò sempre che la sua preghiera fosse stata rovinata e, dal momento che lei voleva fare una particolare buona impressione sulla moglie di un sacerdote in visita, dovettero passare molti anni prima che perdonasse Jem o volesse di nuovo suo padre come medico curante. Dopo che le signore se ne furono tornate a casa, Ingleside venne perlustrata da cima a fondo in cerca del porcellino, ma senza risultati. Jem, tra il rimprovero che aveva ricevuto per il suo comportamento e l'angoscia per la sua perdita, riusciva a ricordare solo quando e dove l'aveva visto per l'ultima volta. Mac Reese, a cui telefonò, rispose che l'ultima volta che lui aveva visto il porcellino, quello stava sulla scrivania di Jem.

"Susa, non crederai che Mac Reese..."

"No, cara signora Dottore, sono certa che non l'abbia preso. I Reese hanno i loro difetti... sono terribilmente interessati ai soldi, ma li guadagnano onestamente. *Ma dove* può essere quel benedetto porcellino?"

"Forse se lo sono mangiato i topi?", disse Di. Jem si fece beffe di quell'idea, che però lo preoccupò. Certamente, i topi non potevano mangiarsi un maialino d'ottone con dentro cinquanta monete. Ma era vero che *non potevano farlo*?

"No, no, tesoro. Il tuo maialino salterà fuori", lo rassicurò la mamma.

Non era ancora saltato fuori quando Jem tornò a scuola il mattino seguente. La notizia della scomparsa aveva raggiunto la scuola prima di lui e gli dissero molte cose, non esattamente di conforto. Ma all'intervallo Sissy Flagg sgattaiolò da lui accattivante. A Sissy Flagg piaceva Jem ma a Jem non piaceva Sissy Flagg nonostante – o forse proprio a causa loro – i suoi fitti riccioli biondi e i suoi enormi occhi castani. Perfino a otto anni si possono avere problemi col sesso opposto.

"Io lo so chi sa dov'è il tuo porcellino."

"Chi?"

"Sceglimi a Clap-in Clap-out[20] e te lo dico."

Era una pillola amara, ma Jem la inghiottì. Avrebbe fatto qualunque cosa per ritrovare quel maialino! Si sedette in un tormento di rossori accanto alla trionfante Sissy a battere o non battere le mani, e quando la campanella suonò lui chiese la sua ricompensa.

"Alice Palmer dice che Will Drew le ha detto che Bob Russell gli ha detto che Fred Elliott ha detto che lui sa dov'è il tuo porcellino. Va' a chiedere a Fred."

"Imbrogliona!", esclamò Jem, guardandola con astio, *"Imbrogliona!"*

Sissy rise con arroganza. *A lei* non importava. In ogni caso Jem Blythe era stato costretto a sedersi accanto a lei.

Jem andò da Fred Elliott, che gli disse subito di non sapere niente del suo vecchio porcellino, e di non volerlo sapere. Jem

---

20 È un gioco di gruppo. Tramite conta si sceglie un giocatore che deve allontanarsi dalla stanza, poi rientrare e indovinare quale giocatore l'ha scelto come partner. Quando nomina il giocatore giusto, gli altri battono le mani (NDR)

era disperato. Fred Elliott aveva tre anni più di lui ed era un noto bullo. Improvvisamente gli venne un'ispirazione. Puntò un indice lercio e severo al grosso viso rosso di Fred Elliott.

"Sei un transustanziazionalista[21]!", disse distintamente.

"Ehi, giovane Blythe, non mi insultare."

"Questo è più di un insulto", disse Jem, "È una parola vudù. Se la dico di nuovo e ti punto col dito, così, potresti essere sfortunato per una settimana. Forse ti cadrebbero le dita dei piedi. Conto fino a dieci, e se quando sono arrivato a dieci non me lo dici ti faccio il vudù."

Fred non ci credette. Ma quella sera c'era una gara da pattinaggio e lui non voleva rischiare. E poi, le dita dei piedi sono le dita dei piedi. Al sei si arrese.

"D'accordo... d'accordo. Non romperti la mascella per dirlo una seconda volta. Mac dice che lui sa dov'è il tuo porcellino... l'ha preso lui."

Mac non era a scuola, ma quando Anna seppe la storia da Jem telefonò a sua madre. La signora Reese si presentò poco dopo, tutta rossa e dispiaciuta.

"Mac non ha preso il maialino, signora Blythe. Voleva solo vedere se si apriva, perciò mentre Jem era uscito dalla stanza gli ha torto la coda. Quello si è aperto in due parti e lui non è più riuscito a metterle insieme. Perciò ha preso le due metà del porcellino e i soldi e li ha infilati in uno degli stivali buoni di Jem nell'armadio. Non avrebbe dovuto toccarlo... e suo padre gliel'ha tirato fuori a suon di botte... ma non l'ha *rubato*, signora Blythe."

"Che parola hai detto a Fred Elliott, Jemmino caro?", domandò Susan, quando lo smembrato porcellino venne ritrovato e i soldi contati.

"Transustanziazionalista", disse Jem orgoglioso, "Walter l'ha trovata sul dizionario la settimana scorsa... lo sai, Susan, che a lui piacciono le parole grandi e piene... e... e abbiamo imparato entrambi a pronunciarla. Ce la siamo ripetuta per ventun volte a letto prima di addormentarci e così ce la siamo ricordata."

Ora che la collana era stata acquistata e conservata nella terza scatola dall'alto del cassetto centrale dello scrittoio di Susan –

---

21 Nella teologia cattolica, la transustanziazione è la totale conversione della sostanza del pane e del vino nella carne e nel sangue di Cristo. Quindi non è una parola vudù. Però Jem e i suoi amici sono presbiteriani, perciò è facile che non conoscano questa parola (NDR)

Susan era sempre stata al corrente del progetto – a Jem sembrò che il compleanno non arrivasse mai. Gongolava per la sua inconsapevole mamma. Lei *non sapeva* cos'era nascosto nel cassetto della scrivania di Susan... lei *non sapeva* cos'avrebbe ricevuto per il suo compleanno... lei *non sapeva*, mentre cantava alle gemella la ninna-nanna
"Ho visto una nave che sopra il mare viaggiava
E tante belle cose tutte per me portava"
quel che la nave le avrebbe portato.

Ai primi di marzo Gilbert ebbe un attacco d'influenza che quasi sfociò in polmonite. A Ingleside ci furono alcuni giorni d'ansia. Anna andò avanti come al solito, sbrogliò grovigli, somministrò conforto, si chinò alla luce della luna sui lettini per controllare che i suoi cari piccini fossero al calduccio. Ma ai bambini mancava la sua risata.

"Che succede se papà muore?", mormorò Walter, con le labbra pallide.

"Non sta per morire, tesoro. Adesso è fuori pericolo."

Anna si chiese che ne sarebbe stato del loro piccolo mondo dei Quattro Venti, di Glen e di Harbour Head se... se... se fosse successo qualcosa a Gilbert. Tutti ormai dipendevano totalmente da lui. La gente di Upper Glen, in particolare, sembrava davvero credere che lui potesse risuscitare i morti, e non lo facesse soltanto perché questo voleva dire opporsi ai progetti dell'Onnipotente. *Una volta l'aveva fatto,* sostenevano... il vecchio zio Archibald MacGregor aveva assicurato solennemente a Susan che Samuel Hewett era morto e stecchito quando il dottor Blythe l'aveva riportato in vita. Comunque fosse andata, quando i vivi vedevano il volto magro e abbronzato di Gilbert e i suoi amichevoli occhi marroni, e sentivano il suo allegro "Ehi, ma non avete nulla"... be', ci credevano così tanto che diventava vero. Quelli che erano stati chiamati come lui erano così tanti che non riusciva neanche più a contarli. Tutti i Quattro Venti erano costellati di piccoli Gilbert. C'era perfino una Gilbertine.

Perciò papà tornò in forma e mamma si rimise a ridere, e... finalmente venne la notte prima del compleanno.

"Se vai a letto presto, Jemmino caro, domani arriverà prima", gli garantì Susan.

Jem cercò di farlo ma la cosa non parve funzionare. Walter si addormentò subito, ma Jem rimase a rigirarsi. Aveva paura di addormentarsi. E se non si fosse svegliato in tempo e tutti avessero dato i loro doni alla mamma? Lui voleva essere il primo in assoluto. Perché non aveva chiesto a Susan di chiamarlo? Lei era uscita per fare una visita da qualche parte, ma lui gliel'avrebbe chiesto al suo ritorno. Se solo avesse avuto la certezza di sentirla! Be', sarebbe andato giù a stendersi sul divano del soggiorno, così non avrebbe potuto perdersela. Jem scivolò giù e si raggomitolò sul divano. Poteva vedere Glen dall'alto. La luna stava riempiendo di magia gli spazi tra le colline bianche, ammantate di neve. I grandi alberi, che di notte erano tanto misteriosi, tendevano i rami attorno a Ingleside. Poteva sentire tutti i suoni notturni di una casa... un pavimento che scricchiola... qualcuno che si rigira nel letto... i carboni che si sgretolano e cadono nel caminetto... un topolino che corre nell'armadio delle porcellane. Quella era una valanga? No, solo la neve che cadeva dal tetto. Si sentiva un po' solo... perché Susan non tornava?... se solo adesso avesse avuto Gyp... caro Gyppy. Aveva forse dimenticato Gyp? No, non l'aveva esattamente dimenticato. Solo che adesso pensare a lui gli faceva meno male... e per un sacco di tempo pensava anche ad altre cose. Dormi bene, cane carissimo. Forse un giorno, dopotutto, avrebbe avuto *un altro* cane. Sarebbe stato bello averne uno adesso... oppure Gamberetto. Gamberetto non era nei paraggi. Vecchio gatto egoista! Pensava solo agli affari suoi! Ancora nessun segno di Susan in arrivo per la lunga strada che si snodava interminabile in quella strana, bianca distesa illuminata dalla luna che di giorno diventava la sua familiare Glen. Be', non doveva far altro che immaginare cose per far passare il tempo. Un giorno sarebbe andato sull'Isola Baffin a vivere con gli Esquimesi. Un giorno avrebbe veleggiato per mari lontani e cucinato uno squalo per la cena di Natale come Capitan Jim. Avrebbe fatto una spedizione in Congo in cerca dei gorilla. Sarebbe diventato un sommozzatore e avrebbe vagabondato per sfavillanti caverne di cristalli sotto il mare. La prossima volta che fosse andato ad Avonlea avrebbe chiesto allo zio Davy di insegnargli a mungere il latte direttamente in bocca al gatto. Zio Davy lo faceva da esperto. Forse sarebbe diventato un pirata. Susan voleva che diventasse sacerdote. Un sacerdote faceva molto più del bene, ma un pirata non si divertiva molto di più? E se il soldatino di legno fosse saltato giù dalla mensola del caminetto e si fosse messo a sparare? E se le sedie si fossero messe a camminare per la stanza? E se il tappeto di tigre avesse preso vita? E se gli "orsetti" che lui e Walter avevano "fatto finta" che fossero per tutta la casa quando erano piccoli ci fossero stati davvero? Jem all'improvviso si spaventò. Durante il giorno non dimenticava spesso la differenza che passa tra la fantasia e la realtà, ma era diverso durante quella notte interminabile. Tic-tac, faceva l'orologio... tic-tac... e a ogni tic c'era un orso seduto su un gradino delle scale. Le scale erano nere per gli orsi. Sarebbero rimasti seduti lì fino all'alba... a borbottare.

E se Dio si fosse dimenticato di far sorgere il sole? Il pensiero era così orribile che Jem affondò il volto nella pelle di pecora per eliminarlo, e lì lo trovò Susan, profondamente addormentato, quando tornò nel fiammeggiante arancio di un'alba invernale.

"Jemmino!"

Jem si srotolò e si mise a sedere, sbadigliando. Era stata una notte intensa per l'Argentiere Gelo, e i boschi erano diventati il paese delle fate. Una collina in lontananza era toccata da una lancia cremisi. Tutti i campi bianchi dietro Glen erano di un rosa delizioso. Era il mattino del compleanno di mamma.

"Ti stavo aspettando, Susan... per dirti di chiamarmi... e tu non arrivavi mai..."

"Ero andata dai Warren, perché è morta loro zia, e mi hanno chiesto di fermarmi a vegliare il cadavere", spiegò allegramente Susan, "Non immaginavo che avresti cercato di beccarti la polmonite anche tu non appena giravo le spalle. Fila a letto, ti chiamerò non appena sento che tua mamma si alza."

"Susan, come li accoltelli gli squali?", domandò Jem prima di salire di sopra.

"Io non li accoltello", rispose Susan.

Mamma era sveglia quando lui entrò nella sua stanza, e si stava spazzolando i lunghi capelli lucenti davanti allo specchio. Che occhi fece quando vide la collana!

"Jem, tesoro! È per me!"

"Adesso non devi più aspettare che arrivi la nave di papà", disse Jem con squisita nonchalance. Cos'era quella cosa che brillava verde sulla mano di mamma? Un anello... il regalo di papà. Bellissimo, ma gli anelli erano oggetti ordinari... perfino Sissy Flagg ne aveva uno. Ma una collana di perle!

"Una collana è una cosa così bella e 'compleannosa'!", disse mamma.

Capitolo 20

Quando una sera di fine marzo Gilbert e Anna andarono a cena da alcuni amici a Charlottetown, Anna indossò un nuovo abito verde ghiaccio incrostato d'argento al collo e alle braccia; e mise l'anello con lo smeraldo di Gilbert e la collana di Jem.

"Non ho una bella moglie, Jem?", domandò papà, orgoglioso. Jem pensò che la mamma fosse molto bella e il suo vestito delizioso. Com'erano belle quelle perle sulla sua gola bianca! Gli piaceva sempre vedere la mamma vestita elegante, ma gli piaceva ancora di più quando si toglieva quegli abiti splendidi. La trasformavano sempre in un'estranea. Non era veramente la mamma quando li indossava.

Dopo cena Jem andò in paese per fare una commissione per conto di Susan e fu mentre aspettava nel negozio del signor Flagg – alquanto timoroso che Sissy potesse arrivare, come faceva qualche volta, e si comportava in maniera decisamente troppo espansiva – che cadde il colpo. Il colpo sconvolgente di disillusione che è così terribile per un bambino perché è così inatteso e così apparentemente ineluttabile.

Due ragazze erano in piedi davanti alla vetrinetta dove il signor Carter Flagg teneva le collane, i braccialetti e i fermacapelli.

"Non sono carinissime quelle collane di perle?", disse Abbie Russell.

"Sembrano quasi vere", disse Leona Reese.

Poi passarono oltre, inconsapevoli di quel che avevano provocato nel bambino che sedeva sul barilotto dei chiodi. Jem rimase seduto lì ancora per un po'. Era incapace di muoversi.

"Che succede, figliolo?", domandò il signor Flagg, "Sembri un po' giù."

Jem guardò il signor Flagg con occhi tristissimi. Aveva la bocca stranamente asciutta.

"Scusate, signor Flagg... quelle... quelle collane... sono di *perle* vere, no?"

Il signor Flagg rise.

"No, Jem. Ho paura che non si possano comprare le perle vere con cinquanta centesimi. Una collana come quella di vere perle costerebbe centinaia di dollari. Queste sono solo perline... e sono anche bellissime perline, per quel prezzo. Le ho trovate a una svendita fallimentare... ecco perché posso venderle a un prezzo così basso. Normalmente costerebbero un dollaro. Ne è rimasta solo una, sono andate via come il pane."

Jem scivolò giù dal barilotto e se ne andò, dimenticandosi completamente di cosa lo avesse mandato a fare Susan. Percorse distrattamente la strada gelata che portava a casa. In alto c'era un cielo invernale duro e scuro; nell'aria c'era quello che Susan chiamava "sentore" di neve, e sulle pozzanghere c'era un sottile strato di ghiaccio. La baia si stendeva nera e fosca tra le sue sponde spoglie. Prima che Jem raggiungesse casa un turbine di neve le aveva imbiancate. Desiderò che nevicasse... e nevicasse... e nevicasse... fino a essere sepolto, fino a che tutti fossero sepolti a piedi e piedi di profondità. Non c'era alcuna giustizia al mondo.

Jem era straziato. E non permise a nessuno di farsi beffe del suo strazio perché si vergognava di cosa l'aveva causato. La sua umiliazione era totale e completa. Aveva dato alla mamma quella che sia lui che lei credevano fosse una collana di perle... e invece era solo una vecchia imitazione. Cos'avrebbe detto... come si sarebbe sentita quando l'avesse saputo? Perché naturalmente bisognava dirglielo. A Jem non venne in mente neanche per un istante che non ci fosse bisogno di dirglielo. Mamma non andava "ingannata" ulteriormente. Doveva sapere che quelle perle non erano vere. Povera mamma! Era stata così orgogliosa di quelle perle... non aveva forse visto l'orgoglio che le scintillava negli occhi quando l'aveva baciato e l'aveva ringraziato per quelle perle?

Jem scivolò dalla porta di servizio e se ne andò subito a letto, dove Walter era già profondamente addormentato.

Ma Jem non riusciva a dormire. Era sveglio quando mamma tornò a casa ed entrò silenziosamente a controllare che lui e Walter fossero al caldo.

"Jem caro, sei ancora sveglio a quest'ora? Non è che ti senti poco bene?"

"No, ma sono molto triste *qui*, mammina cara", disse Jem mettendosi una mano sulla pancia, fermamente convinto che lì ci fosse il cuore.

"Che succede, tesoro?"

"Io... io... c'è una cosa che ti devo dire, mamma. Sarai terribilmente delusa, mamma... ma io non intendevo imbrogliarti, mamma... davvero, non volevo."

"Sono sicura che non volessi, tesoro. Cos'è? Non avere paura."

"Oh, mammina cara, quelle perle non sono perle vere... io pensavo che lo fossero... pensavo *veramente* che lo fossero... pensavo..."

Gli occhi di Jem erano pieni di lacrime. Non riusciva ad andare avanti.

Se Anna volle sorridere, non ce ne furono tracce sul suo volto. Quel giorno Shirley aveva battuto la testa, Nan si era slogata una caviglia, Di aveva perso la voce con un raffreddore. Anna aveva baciato, bendato e lenito. Ma questo era diverso... questo caso aveva bisogno di tutta la segreta saggezza di una mamma. "Jem, io non avevo mai pensato che tu credessi fossero perle vere. Io sapevo che non lo erano... perlomeno, non in un certo senso di realtà. In un altro, sono le cose più vere che mi abbiano mai regalato. Perché in loro c'erano amore, e lavoro, e dedizione... e *questo* le rende per me più preziose di tutte le gemme che tutti i sommozzatori abbiano mai pescato dal mare per le regine. Tesoro, io non cambierei mai le mie belle perline neanche con la collana di cui ho letto ieri sera, che qualche miliardario ha regalato alla sua sposa e che costa mezzo milione di dollari. Perciò *questo* ti dimostra quanto sia prezioso il tuo dono per me, amatissimo bimbo mio. Ti senti meglio adesso?"

Jem era così felice da vergognarsene. Temeva che essere così felici fosse troppo infantile. "Oh, la vita è di nuovo *sopportabile*", disse, cauto.

Le lacrime erano svanite dai suoi occhi scintillanti. Era tutto a posto. Le braccia di mamma lo circondavano... a mamma *piaceva* la sua collana... non importava niente altro. Un giorno gliene avrebbe regalata una che sarebbe costata non una semplice metà, ma un intero milione. Ma intanto era stanco... il suo letto era caldo e accogliente... le mani di mamma profumavano di rosa... e lui non odiava più Leona Reese.

"Mammina, cara, sei così dolce con quel vestito", disse, assonnato, "Dolce e pura... pura come la cioccolata Epp[22]."

Anna sorrise, abbracciandolo, e pensò a una cosa ridicola che aveva letto quel giorno su un giornale medico, firmata dal dottor V. Z. Tomachowsky: "Non baciate mai un figlio piccolo altrimenti potreste causare un complesso di Giocasta[23]." In quel

---

22 Famosa marca inglese di cacao in polvere, popolarissima nel XIX secolo. Nel 1887 venticinque naufraghi sostennero di essere sopravvissuti nutrendosi esclusivamente di grandi quantità di cacao Epp che la marea aveva depositato a riva (NDR)

23 In psicanalisi il complesso di Giocasta è l'attrazione sessuale incestuosa della madre verso il figlio maschio e prende nome dal personaggio della mitologia greca, la regina Giocasta, che sposò suo figlio Edipo. Il termine venne introdotto per la prima volta

momento ne aveva riso e si era anche arrabbiata un po'. Ora provava solo pietà per il suo autore. Poveretto! Pover'uomo! Perché naturalmente V. Z. Tomachowsky era un uomo. Una donna non avrebbe mai potuto scrivere una cosa così stupida e malvagia.

dallo psicanalista svizzero Raymond de Saussurre nel 1920. Perciò ora sappiamo di poter collocare questo episodio di Anna in un'epoca successiva a questa data (NDR)

Capitolo 21

Quell'anno aprile arrivò magnificamente in punta di piedi col sole e morbidi venti per qualche giorno; e poi una tormenta di neve proveniente da nord-est stese di nuovo sul mondo una coltre bianca. "La neve in aprile è abominevole", disse Anna, "È come ricevere uno schiaffo in volto quando ti aspetti un bacio". Ingleside era ornata da festoni di ghiaccioli e per due lunghe settimane i giorni furono rigidi e le notti sferzanti. Poi la neve scomparve controvoglia e quando si diffuse la notizia che il primo pettirosso era stato avvistato nella Buca, Ingleside si rincuorò e si azzardò a credere che il miracolo della primavera si sarebbe veramente ripetuto.

"Oh, mammina, oggi c'è *profumo* di primavera", esclamò Nan, annusando estasiata la fresca aria umida, "Mamma, la primavera è un periodo emozionantissimo!"

Quel giorno la primavera stava provando i suoi primi passi... come un adorabile bebè che avesse appena imparato a camminare. Il motivo invernale di alberi e campi cominciava a coprirsi di accenni di verde e Jem portò ancora i biancospini.

Ma una signora straordinariamente grassa, sbuffante e sprofondata in una delle poltrone di Ingleside, sospirò e disse malinconica che la primavera non era più così bella come quando lei era giovane.

"Ma signora Mitchell, non pensate che siamo noi a essere cambiati... e non la primavera?", sorrise Anna.

"Può essere. Io *lo so* che sono cambiata, lo so fin troppo bene. A guardarmi adesso non direste mai che un tempo io ero la ragazza più carina di queste parti."

Anna pensò che certamente non l'avrebbe mai pensato. I capelli sottili, sfibrati, color topo della signora Mitchell, sotto la cuffietta di crêpe e il lungo "velo vedovile" che arrivava fino a terra, erano striati di grigio; i suoi occhi azzurri e inespressivi erano sbiaditi e vacui; e dire che aveva il doppio mento voleva dire sbagliare per eccesso di pietà. Ma in quel momento la signora Anthony Mitchell era decisamente soddisfatta di sé perché ai Quattro Venti nessuno aveva abiti da lutto più belli dei suoi. In quei giorni le gramaglie si portavano con spirito di rivalsa.

Ad Anna fu risparmiata la necessità di dire qualcosa perché la signora Mitchell non gliene diede l'opportunità.

"Il mio impianto dell'acqua dolce si è prosciugato questa

settimana... c'è una perdita... perciò stamattina sono venuta in paese per chiedere a Raymond Russell di aggiustarlo. E ho pensato 'Già che sono qui, ora vado a Ingleside a chiedere alla signora dottoressa Blythe di scrivermi un nerologio per Anthony'."

"Un necrologio?", domandò Anna, atona.

"Sì... quei cosi per i morti che si mettono sui giornali", spiegò la signora Mitchell, "Voglio che Anthony ne abbia uno veramente bello... uno fuori dal comune. Voi scrivete cose, no?"

"Di tanto in tanto scrivo brevi storie", ammise Anna, "Ma una mamma indaffarata non ha molto tempo per queste cose. Una volta avevo sogni meravigliosi, ma ora temo che non finirò mai nell'annuario delle personalità, signora Mitchell. E non ho mai scritto un necrologio in vita mia."

"Oh, non dev'essere mica tanto difficile. Il vecchio zio Charlie Bates, che sta nella nostra via, li scrive quasi tutti lui a Lower Glen, ma lui non ha un briciolo di poesia e io desidero tanto per Anthony un bel pezzo poetico. A lui era sempre piaciuta tanto la poesia. Io c'ero quando avete fatto quel discorso sulle fasciature all'Istituto di Glen l'altra settimana e mi sono detta 'Una che ha una parlantina così potrebbe scrivere un nerologio veramente poetico'. Me lo farete, vero, signora Blythe? A Anthony sarebbe piaciuto. Lui vi ha sempre ammirato tanto. Una volta disse che quando voi entrate in una stanza fate sembrare tutte le altre donne 'banali e insignificanti'. Certe volte parlava veramente in un modo poetico, ma aveva buone intenzioni. Ho letto un mucchio di nerologi... ne ho un album pieno... ma credo che non gli sarebbe piaciuto nessuno di quelli. Lui ci rideva sempre per quelli. E adesso è proprio tempo di farlo. È morto già da due mesi. È stata una morte lenta ma non ha sofferto. La primavera è un periodo scomodo per morire, signora Blythe, ma io ho cercato di sfruttarlo al meglio. Credo che lo zio Charlie si arrabbierà a morte se faccio scrivere a qualcun altro il nerologio per Anthony, ma a me non me ne importa. Lo zio Charlie ha una meravigliosa corrente di parole, ma lui e Anthony non si prendevano tanto, e per farla breve *non voglio* che sia lui a scrivere il nerologio di Anthony. Io sono stata la moglie di Anthony... la sua moglie fedele e affezionata per trentacinque anni... trentacinque, signora Blythe", come se temesse cha Anna potesse pensare che erano stati solo trentaquattro, "e voglio che abbia un nerologio che gli sarebbe piaciuto, anche se dovesse costarmi un occhio della testa. È quello che mi ha detto mia figlia Seraphine... lei è sposata a Lowbridge... bel nome, Seraphine, vero? L'avevo trovato su una tomba. A Anthony non piaceva, lui voleva chiamarla Giuditta come sua madre. Ma io gli dissi che era un nome troppo serio e lui, gentilmente, s'è arreso. Non gli piaceva litigare... però la chiamava sempre Seraph... dov'ero arrivata?"

"Vostra figlia vi aveva detto..."

"Oh, sì, Seraphine mi ha detto 'Mamma, qualunque cosa tu abbia o non abbia, fai fare per papà un nerologio veramente bello'. Lei e suo padre erano inseparabili, anche se lui la pigliava un po' in giro, come faceva pure con me. Lo farete, signora Blythe?"

"Ma signora Mitchell, non so molto su vostro marito."

"Oh, posso parlarvene io... basta che non mi chiedete di che colore aveva gli occhi. Sapete, signora Blythe, quando io e Seraphine stavamo chiacchierando al funerale io non sono riuscita a dire di che colore aveva gli occhi, dopo averci vissuto insieme per trentacinque anni. Però erano come dolci e sognanti. Quando mi stava corteggiando mi faceva certi occhi supplichevoli! Ha faticato davvero a conquistarmi, signora Blythe. È stato pazzo di me per anni. All'epoca ero vivacissima e avevo intenzione di scegliere bene. La storia della mia vita sarebbe veramente emozionante, signora Blythe, se mai vi mancasse materiale. Ah, be', quei tempi sono passati. Ho avuto più spasimanti io di quanti potreste indicarne con un bastoncino. Ma continuavano ad andare e venire... Anthony invece arrivava soltanto. Era anche belloccio... un uomo così snello. Non ho mai sopportato gli uomini tracagnotti... e mi era superiore di un bel po'... sono l'ultima a negarlo. 'Sarà salire un gradino in più per una Plummer sposare un Mitchell', mi disse la mamma... io ero una Plummer, signora Blythe. Figlia di John A. Plummer. E mi faceva complimenti tanto romantici, signora Blythe. Una volta mi disse che avevo il fascino etereo del chiaro di luna. Io capii che voleva dire una bella cosa, anche se ancora adesso non so che significa 'etereo'. Ho sempre voluto andare a cercarlo nel dizionario ma poi non l'ho mai fatto. Comunque, alla fine gli diedi la mia parola d'onore che sarei stata sua moglie... cioè... valeva a dire che l'accettavo. Vorrei che mi aveste vista col vestito da sposa, signora Blythe. Dissero tutti che ero una bellezza. Secca come una trota e coi capelli più gialli dell'oro, e un incarnato. Ah, il tempo fa dei cambiamenti terribili su di noi. *Voi* non ci siete ancora arrivata, signora

Blythe. Siete ancora graziosa... e in più siete pure una donna molto istrutta. Ah, be', non possiamo essere tutti intelligenti... ci vuole pure qualcuno che cucini. Quel vostro vestito è proprio bello, signora Blythe. Ho notato che non vi vestite mai di nero... e fate bene... dovrete mettervelo fin troppo presto. Rimandate finché potete, dico io. Dov'ero arrivata?"

"Stavate... cercando di dirmi qualcosa sul signor Mitchell."

"Ah, sì. Be', ci sposammo. Quella notte ci fu una grossa cometa... mi ricordo che la vedemmo mentre tornavamo a casa. È un vero peccato che non abbiate potuto vedere quella cometa, signora Blythe. Era semplicemente un amore. Non credete che riuscite a mettercela nel nerologio, eh?"

"Potrebbe... essere un po' difficile..."

"Vabbè", la signora Mitchell rinunciò alla cometa con un sospiro, "dovrete fare del vostro meglio. Lui non ha avuto una vita molto emozionante. Una volta si ubbriacò... disse che voleva solo sapere per una volta com'era... era sempre curioso di carattere. Ma certo questo in un nerologio non ce lo potete mettere. Non è che mi lamenti, ma solo per precisare i fatti, lui era un po' pigro e bonaccione. Poteva starsene per un'ora a guardare una malvarosa. Ah, se gli piacevano i fiori! Detestava dover falciare i ranuncoli. Non gl'importava se il raccolto veniva su male se c'erano fiorellini e verghe d'oro. E gli alberi... quel suo frutteto... gli dicevo sempre, scherzando, che voleva più bene ai suoi alberi che a me. E la sua fattoria... ah, se amava quel suo pezzettino di terra! Pareva che pensasse che era un essere umano. Quante volte gli ho sentito dire 'Ora esco e faccio due chiacchiere con la mia fattoria'. Quando siamo invecchiati volevo che la vendesse, visto che non avevamo figli maschi, e ci trasferissimo a Lowbridge, ma lui diceva sempre 'Non voglio vendere la mia fattoria... non voglio vendere il mio cuore'. Non sono buffi gli uomini? Poco prima di morire gli venne la voglia di mangiarsi una gallina lessa per cena 'cucinata come la fai tu', disse. Aveva sempre avuto un debole per la mia cucina, se debbo dirlo. L'unica cosa che non sopportava era la mia insalata di lattuga con le noci. Diceva che le noci arrivavano sempre dannatamente all'improvviso. Ma non c'era neppure una gallina da offrirgli... stavano tutte deponendo... e ci rimaneva solamente un gallo, ma certamente quello non lo potevo ammazzare. Ah, quanto mi piace vedere i galli che si pavoneggiano qua e là. Avete mai visto qualcosa di più bello di un bel gallo, signora Blythe? Dov'ero rimasta?"

"Stavate dicendo che vostro marito voleva che voi gli cucinaste una gallina."

"Oh, sì. E mi è sempre dispiaciuto di non averlo fatto. Di notte mi sveglio e ci penso. Ma non lo sapevo che stava per morire, sinora Blythe. Non si lamentava mai molto e diceva sempre che si sentiva meglio. Ed era interessato alle cose fino all'ultimo. Se avessi saputo che stava per morire, signora Blythe, gli avrei cucinato una gallina, uova o non uova."

La signora Mitchell si levò i guantini scoloriti di pizzo nero e si asciugò gli occhi con un fazzolettino con un orlo nero alto due pollici.

"Gli sarebbe piaciuta", singhiozzò, "Ha mantenuto i denti suoi fino alla fine, povero caro. Be', a ogni modo", ripiegò il fazzolettino e lo ripose sui guanti, "aveva sessantacinque anni perciò non era lontano dal periodo assegnato[24]. E gli ho anche fatto fare una bella targa per la bara. Io e Mary Martha Plummer abbiamo cominciato a collezionare le targhe da bara[25] nello stesso periodo, ma lei mi ha superata presto... sono morti così tanti dei suoi parenti, per non parlare dei suoi tre figli. Ha più targhe da bara di chiunque altro da queste parti. Io sembravo non avere tanta fortuna, ma alla fine sono riuscita a riempirci la mensola del caminetto. Mio cugino, Thomas Bates, è stato sepolto la settimana scorsa e io volevo che sua moglie mi desse la sua targhetta, ma lei l'ha fatta seppellire con lui. Ha detto che collezionare le targhette delle bare era un residuo di barbarie. Lei era una Hampson e gli Hampson sono sempre stati un po' strani. Dov'ero arrivata?"

Stavolta Anna non riuscì a dire alla signora Mitchell dove fosse arrivata, tanto era rimasta sbalordita dalla storia delle targhette da bara.

"Oh, be', a ogni modo il povero Anthony morì. 'Me ne vado felicemente e serenamente', disse solo questo, ma proprio alla fine sorrise... al soffitto, non a me o a Seraphine. Sono contenta che fosse tanto felice proprio prima di morire. C'erano momenti

---

24 Nella Bibbia, nel libro dei Salmi 89 (90):10, si legge "Gli anni della nostra vita sono settanta", perciò per alcuni personaggi della serie di Anna è quasi "peccato" superare quell'età (NDR)

25 *Targhe da bara*: le targhette che venivano applicate alle bare e contenenti dati (nome, cognome, data di nascita e di morte) del morto ed eventuali frasi di commemorazione. A fine Ottocento andava di moda staccarle dalle bare prima della sepoltura e conservarle come ricordo dei defunti amati (NDR)

in cui pensavo che forse non era tanto felice, signora Blythe...
era così eccitabile e sensibile. Ma nella sua bara era veramente
nobile e sublime. Abbiamo fatto uno splendido funerale. Era
una bellissima giornata. È stato seppellito con un mucchio di
fiori. A me alla fine mi venne un brutto crollo, altrimenti
sarebbe andato tutto bene. L'abbiamo seppellito nel cimitero di
Lower Glen anche se la sua famiglia è tutta sepolta a
Lowbridge. Ma lui aveva scelto la sua tomba tanto tempo fa...
diceva che voleva essere seppellito vicino alla sua fattoria e
dove poteva sentire il mare e il vento tra gli alberi... sapete, quel
cimitero ha alberi su tre lati. Anch'io ne ero contenta. Ho
sempre pensato che è un cimitero così piccino e accogliente, e
possiamo piantare i gerani sulla sua tomba. Era un brav'uomo...
probabilmente adesso è in Paradiso, perciò non avrete problemi.
Penso sempre che dev'essere fastidioso scrivere un nerologio
quando *non lo sai* dov'è finito il defunto. Allora posso contare
su di voi, signora Blythe?"

Anna acconsentì perché ebbe la sensazione che la signora
Mitchell sarebbe rimasta lì a parlare finché lei non avesse
acconsentito. La signora Mitchell, con un altro sospiro di
sollievo, si sollevò dalla poltrona.

"Me ne devo andare. Sto aspettando una schiusa di pulcini di
tacchini per oggi. Mi è piaciuta la nostra conversazione, avrei
voluto fermarmi più a lungo. Ci si sente sole da vedove. Un
uomo potrà anche non essere un granché, ma quando se ne va ti
manca."

Anna, educatamente, l'accompagnò fino al vialetto. I bambini
stavano inseguendo i pettirossi sul prato e cime di narcisi
spuntavano dappertutto.

"Avete una bella casa orgogliosa qui... proprio una bella casa
orgogliosa, signora Blythe. Ho sempre pensato che mi sarebbe
piaciuta una casa grande. Ma con solo noi e Seraphine... e poi
dove li pigliavamo i soldi?... e comunque, Anthony non voleva
neanche sentirne parlare. Era terribilmente affezionato a quella
sua vecchia casa. Io voglio venderla, se mi fanno una buona
offerta, e andare a vivere a Lowbridge o a Mowbray Narrows,
ovunque decida di andare sarà un buon posto per una vedova.
Dite quello che volete, ma è più facile sopportare un dolore
pieno che uno vuoto. Lo scoprirete quando sarete vedova anche
voi... anche se spero che ci vorranno ancora un bel po' di anni.
Come va il dottore? È stato un inverno pieno di malanni, perciò
deve essergli andata benone. Ah, che bella famigliola che avete!

Tre femmine! Bello, ma aspettate che arrivino all'età in cui impazziscono per i ragazzi. Non che io abbia mai avuto grossi guai con Seraphine. Lei era tranquilla... come suo padre... e cocciuta come lui. Ma quando s'innamorò di John Whitaker, l'avrebbe avuto qualunque cosa io le avessi detto. Ah, un sorbo degli uccellatori! Perché non l'avete piantato davanti alla porta? Terrebbe fuori le fate."

"E perché mai qualcuno dovrebbe voler tenere fuori le fate, signora Mitchell?"

"Adesso parlate come Anthony. Stavo solo scherzando. Ovviamente io non credo alle fate... ma se esistessero veramente, ho sentito dire che sono fastidiose e maligne. Be', addio, signora Blythe. Torno la settimana prossima per il nerologio."

Capitolo 22

"Vi siete messa in una brutta situazione, cara signora Dottore", disse Susan, che aveva origliato gran parte della conversazione mentre lustrava gli argenti in dispensa. "Vero? Ma Susan, io desidero davvero scrivere quel 'necrologio'. Mi piaceva Anthony Mitchell – per quanto poco l'abbia visto – e sono sicura che si rivolterebbe nella tomba se il suo necrologio fosse come quelle cose mediocri che si trovano sul *Daily Enterprise*. Anthony aveva uno scomodo senso dell'umorismo."

"Anthony Mitchell era veramente un bel tipo da giovane, cara signora Dottore. Anche se dicono che fosse un po' trasognato. Non si affannò abbastanza da soddisfare Bessy Plummer, ma guadagnava tanto da vivere in maniera decente e ha sempre pagato i suoi debiti. Naturalmente ha sposato l'ultima ragazza che avrebbe dovuto trovare. Ma anche se adesso Bessy Plummer sembra un'innamorata comica, all'epoca era veramente una bellezza. Alcuni di noi, cara signora Dottore", concluse Susan con un sospiro, "non hanno neppure questo da ricordare."

Anna aveva incontrato Anthony Mitchell solo un paio di volte, anche se quella casetta grigia tra i boschi di abeti rossi e il mare, sovrastata da quel grosso salice come da un ombrello, dove viveva lui, era a Lower Glen, ed era il dottore di Mowbray Narrows a seguire la maggior parte della gente lì. Ma Gilbert aveva comprato da lui del fieno qualche volta e una volta, quando lui aveva portato loro un carico, Anna gli aveva fatto visitare il giardino e aveva scoperto che parlavano la stessa lingua. Le era piaciuto... il suo volto magro, rugoso, amichevole, i suoi occhi d'un nocciola giallastro, coraggiosi, scaltri, che mai avevano esitato o erano stati tratti in inganno... tranne una volta, forse, quando la bellezza vuota e transitoria di Bessy Plummer l'aveva ingannato spingendolo a un matrimonio sconsiderato. Eppure non sembrava infelice o insoddisfatto. Finché poteva arare, coltivare e mietere, era soddisfatto come un vecchio pascolo assolato. I suoi capelli neri erano solo leggermente spruzzati d'argento e uno spirito maturo e sereno si rivelava nei suoi sorrisi rari ma dolci. I suoi vecchi campi gli avevano dato pane e diletto, gioia della conquista e consolazione nel dolore. Anna era contenta che l'avessero seppellito vicino a quei campi. Poteva anche essersene "andato serenamente", ma aveva anche vissuto serenamente. Il dottore di Mowbray Narrows disse che quando aveva detto a Anthony Mitchell che non poteva dargli speranza di guarigione, Anthony aveva sorriso e aveva risposto "Be', certe volte la vita si fa un pochino monotona ora che sto invecchiando. La morte sarebbe un cambiamento. Ne sono veramente curioso, dottore." Perfino la signora Anthony, in mezzo a tutte le sue assurdità deliranti, si era lasciata sfuggire un po' di cose che rivelavano il vero Anthony. Anna scrisse "La tomba del vecchio" qualche sera più tardi, accanto alla finestra della sua stanza, e la rilesse con un senso di soddisfazione.

"Fa' che sia dove il vento spira
Tra i cari pini la sua dolce lira,
E dove il bel mare mormorante
Arrivi nel suo viaggio dall'oriente,
Dove la pioggia possa sì cantare
E il sonno suo pian piano accompagnare.
Fa' che sia dove i grandi, vasti prati
Verdeggino da tutti e quattro i lati,
Campi di grano ch'egli seminò,
Pendii a ovest dove il pie' posò,
Terre dai frutti floridi e sbocciati,
Alberi che anni fa avea piantati.
Fa' che sia dove delle stelle il canto
Sempre a lui possa restare accanto,
E il sole tanto ardente e sfarzoso
Sempre su lui si posi generoso,
E l'erbe rugiadose cresceranno,
E tenere il suo sonno veglieranno.
Poiché queste creature lui le amò
Per anni pieni lui con lor viaggiò,
Ed è sicuro che grazia otterranno
Se sopra la sua tomba lor saranno,
E il soave mormorio del mare,
Sempre un lamento gli potrà cantare.[26]"

---

26 Per amor di precisione, riportiamo anche la versione di Anna, in lingua originale, dalla quale per motivi di metrica e rime la nostra traduzione si discosta (NDR):
"Make it where the winds may sweep
Through the pine boughs soft and deep,
And the murmur of the sea

"Penso che a Anthony Mitchell sarebbe piaciuta", disse Anna spalancando la finestra per sporgersi verso la primavera. Nel giardino dei bambini c'erano già piccole file storte di giovani lattughe; il tramonto era tanto dolce e rosa dietro il bosco di aceri; la Buca risuonava delle indistinte, dolci risate dei bambini.

"La primavera è così bella che detesto andare a dormire e perdermene anche solo un pezzetto", disse Anna.

La signora Anthony Mitchell andò a prendersi il suo "nerologio" un pomeriggio della settimana seguente. Anna glielo lesse con una punta di segreto orgoglio; ma il volto della signora Anthony non espresse affatto pura soddisfazione.

"Mi sembra veramente pimpante. Mettete le cose tanto bene. Ma... ma... non avete detto neanche una parola sul fatto che è andato in Paradiso. Non siete *sicura* che ci sia andato?"

"Ne sono così sicura che non era necessario dirlo, signora Mitchell."

"Be', però *certa gente* potrebbe dubitarne. Lui... lui non andava in chiesa quanto avrebbe dovuto... anche se era un membro in buone condizioni. E non dice la sua età... non si parla dei fiori. Le corone di fiori sulla sua bara erano tante che non si potevano

---

Come across the orient lea,
And the falling raindrops sing
Gently to his slumbering.
"Make it where the meadows wide
Greenly lie on every side,
Harvest fields he reaped and trod,
Westering slopes of clover sod,
Orchard lands where bloom and blow
Trees he planted long ago.
"Make it where the starshine dim
May be always close to him,
And the sunrise glory spread
Lavishly around his bed,
And the dewy grasses creep
Tenderly above his sleep.
"Since these things to him were dear
Through full many a well-spent year,
It is surely meet their grace
Should be on his resting place,
And the murmur of the sea
Be his dirge eternally."

contare. Io direi che i fiori sono abbastanza poetici, no?"

"Mi dispiace..."

"Oh, non vi sto facendo una colpa... non vi faccio una colpa neanche un po'. Avete fatto del vostro meglio, ed è bella. Quanto vi devo?"

"Ma... ma... *niente*, signora Mitchell. Non potrei neppure pensarci a una cosa del genere."

"Be', l'avevo immaginato che avreste detto così, perciò vi ho portato una bottiglia del mio vino di tarassaco. Addolcisce lo stomaco se mai aveste problemi di gas. Vi avrei portato anche una bottiglia della mia tisana, solo che avevo paura che il dottore non l'avrebbe approvata. Ma se ne volete un po' e pensate di poterla contrabbandare qui senza che lui lo sappia, dovete solo dirmelo."

"No, no, grazie", disse Anna, piatta. Non si era ancora ripresa da quel "pimpante".

"Come volete. Sareste la benvenuta. Io questa primavera non avrò bisogno di altre medicine. Quando il mio cugino di secondo grado, Malachi Plummer, morì in inverno chiesi alla sua vedova di darmi le tre bottiglie di medicina che erano avanzate... loro le prendevano a dozzine. Lei le voleva buttare, ma io sono sempre stata una che detesta sprecare le cose. Io non potevo prendere più di una bottiglia, ma ho fatto prendere le altre due al nostro lavorante. 'Se pure non ti fa alcun bene, certo non ti farà male', gli ho detto. Non dirò che non mi sento sollevata che voi non vogliate soldi per il nerologio, perché proprio in questo periodo sono un po' a corto di denaro. Non ho nemmeno ancora finito di pagare i miei vestiti da lutto. Non mi sembrerà di essere veramente a lutto fino a quel momento. Per fortuna non ho dovuto comprarmi una cuffia nuova. Questa è la cuffia che avevo fatto per il funerale dei mia mamma dieci anni fa. È una fortuna che il nero mi stia bene, vero? Se vedeste adesso la vedova di Malachi Plummer, con la sua faccia giallina! Be', me ne devo andare. Vi sono molto grata, signora Blythe, anche se... ma sono sicura che avete fatto del vostro meglio ed è una bellissima poesia."

"Non volete fermarvi a cena da noi?", domandò Anna, "Io e Susan siamo da sole... il dottore è via e i bambini fanno il loro primo picnic di primavera alla Buca."

"Non mi dispiace", disse la signora Anthony tornando volentieri a sedersi, "Sono contenta di fermarmi ancora un pochino. Certe volte diventa difficile riposarsi quando s'invecchia. E", aggiunse con un sorriso di trasognata beatitudine sul volto rosa, "non sento forse profumo di pastinaca fritta?"

Anna quasi provò antipatia per le pastinache fritte quando il *Daily Enterprise* uscì la settimana seguente. Lì, nella colonna dei necrologi, c'era "La tomba del vecchio"... con cinque strofe invece delle originarie quattro. E la quinta strofa era questa:

"Magnifico sposo, compagno e aiuto,
Di meglio il buon Dio non aveva mandato,
Magnifico sposo, come non ce n'è,
Tra mille, mio Anthony, ci sei solo te."

"!!!", disse Ingleside.

"Spero che non vi dispiaccia se ci ho aggiunto un'altra strofa", disse la signora Mitchell ad Anna al seguente incontro dell'Istituto, "Volevo solo elogiare Anthony un altro po'... e mio nipote Johnny Plummer l'ha scritta. Sì è messo seduto e l'ha buttata giù in un batter d'occhio. Lui è come voi... non sembra tanto intelligente ma sa poetare. L'ha preso da sua madre... lei era una Wickford. I Plummer non hanno neanche una briciola di poesia... neanche una briciola."

"Che peccato che non abbiate pensato fin dall'inizio a far scrivere a lui il 'nerologio' per il signor Mitchell", disse Anna, gelida.

"Vero? Ma non lo sapevo che lui sapeva scrivere poesie e ne desideravo tanto una per dare l'addio a Anthony. Poi sua madre mi ha mostrato una poesia che lui aveva scritto per uno scoiattolo morto annegato in un secchio di sciroppo d'acero... una cosa veramente commovente. Ma anche la vostra era veramente bella, signora Blythe. Penso che le due messe insieme facciano qualcosa di veramente fuori dal comune, vero?"

"Lo penso anch'io", disse Anna.

Capitolo 23

I bambini di Ingleside non stavano avendo fortuna con gli animaletti. Il piccolo cucciolo nero, scodinzolante e ricciuto, che papà aveva portato un giorno da Charlottetown, la settimana successiva uscì e scomparve nel nulla. Di lui non si vide né seppe mai più niente, e anche se si mormorò di un marinaio di Harbour Head che era stato visto prendere un cucciolo nero a bordo della sua nave la sera in qui questa era salpata, il suo fato rimase uno dei misteri irrisolti più oscuri e profondi delle cronache di Ingleside. Walter la prese peggio di Jem, che non aveva ancora dimenticato la pena per la morte di Gyp e, non saggiamente ma fin troppo giustamente, non si permetteva ancora di amare un cane. Poi Tiger Tom, che viveva nel fienile e al quale non veniva mai concesso di entrare in casa per via delle sue tendenze ladresche ma che nonostante queste veniva coccolato moltissimo, venne ritrovato freddo e stecchito sul pavimento del fienile e venne seppellito nella Buca in gran pompa. E alla fine Bun, il coniglio di Jem, che lui aveva acquistato da Joe Russell per un quarto di dollaro, si ammalò e morì. Forse la sua morte fu accelerata da una dose di medicinale da banco che Jem gli aveva dato. Joe gliel'aveva consigliato e Joe avrebbe dovuto sapere come fare. Ma a Jem sembrò di avere ucciso Bun.

"Ma c'è una *maledizione* su Ingleside?", domandò cupo quando Bun venne sepolto accanto a Tiger Tom. Walter gli scrisse un epitaffio e lui, Jem e le gemelle portarono fasce nere al braccio per una settimana, per l'orrore di Susan che lo reputava un sacrilegio. Susan non era inconsolabile per la perdita di Bun, che una volta era scappato e aveva fatto un gran caos nel suo giardino. E ancor meno le piacquero i due rospi che Walter portò in casa e sistemò in cantina. Quando scese la sera lei ne mise uno fuori, ma non riuscì a trovare l'altro e Walter rimase a letto sveglio e preoccupato.

"Forse erano marito e moglie", pensò, "Forse si sentono terribilmente soli adesso che sono stati separati. Era quello piccolo che Susan ha messo fuori, perciò immagino che lei era la signora rospo e forse adesso è spaventata a morte tutta sola in quel grande giardino, senza nessuno che la protegga... proprio come una vedova."

Walter non resistette al pensiero dei dolori della vedova, perciò scivolò giù in cantina per cercare il rospo gentiluomo, ma riuscì solo a buttare in terra una pila di scarti di latta di Susan con un chiasso conseguente da svegliare un morto. Però svegliò solamente Susan, che scese a passo di marcia con una candela, la cui fiamma guizzante gettava ombre bizzarre sul suo volto scarno.

"Walter Blythe, che cavolo stai facendo?"

"Susan devo trovare quel rospo", disse Walter, disperato, "Susan, pensa a come ti sentiresti senza tuo marito, se ne avessi uno."

"Ma di che accidenti stai parlando?", disse la giustamente sconcertata Susan.

A quel punto il rospo gentiluomo, che giustamente si era dato per spacciato quando Susan era comparsa sulla scena, balzò fuori da dietro il barile di cetriolini all'aneto di Susan. Walter gli balzò addosso e lo fece uscire dalla finestra aperta, dove si sperò si fosse riunito alla sua presunta innamorata per vivere per sempre felici e contenti.

"Lo sai che non avresti dovuto portare quelle due creature in cantina", disse Susan, severa, "Di cosa potevano vivere?"

"Ma io avrei acchiappato gli insetti per loro", disse Walter, offeso, "Volevo *studiarli*."

"È proprio inutile occuparsene", si lagnò Susan, seguendo su per le scale un indignato, giovane Blythe. E non si riferiva ai rospi.

Ebbero più fortuna con il loro pettirosso. L'avevano trovato, più piccolo di un bebè, sul gradino della soglia dopo un temporale notturno di giugno di vento e pioggia. Aveva il dorso grigio, e il petto screziato, e gli occhi lucenti, e fin dall'inizio sembrò avere completa fiducia della gente di Ingleside, senza escludere neppure Gamberetto, che non cercò mai di infastidirlo, neppure quando Cock Robin saltellò sfrontato fino al suo piatto e si servì. All'inizio gli davano da mangiare vermi e lui aveva un tale appetito che Shirley passò la maggior parte del suo tempo a scavarli. Conservava i vermi nei barattoli e li lasciava in giro per casa, per il disgusto di Susan, ma lei avrebbe sopportato molto di più per Cock Robin, che le atterrava impavido sulle dita sciupate dal lavoro e le cinguettava in faccia. A Susan Cock Robin piaceva tantissimo e pensò valesse la pena dire in una lettere a Rebecca Dew che il suo petto cominciava a mutare in un bellissimo rosso ruggine.

"Vi prego di non pensare che il mio intelletto stia venendo meno, cara Miss Dew", scrisse, "Immagino sia molto stupido affezionarsi tanto a un uccellino, ma il cuore umano ha le sue debolezze. Lui non è ingabbiato come un canarino – una cosa che non potrei mai sopportare, cara Miss Dew – ma gironzola a suo piacimento per la casa e il giardino, e dorme su un arco della piattaforma di studio di Walter sul melo che dà sulla finestra di Rilla. Una volta, quando lo portarono alla Buca, lui volò via, ma tornò indietro di sera, per la loro gioia e, devo aggiungere in tutta franchezza, anche per la mia."

La Buca non era più "la Buca". Walter aveva cominciato ad avere la sensazione che un posto così bello meritasse un nome più in armonia con le sue possibilità romantiche. Un pomeriggio piovoso dovettero giocare in solaio, ma il sole spuntò verso sera inondando Glen di splendore.

"Oh, avete vifto che bell'avcobaleno laffù?", esclamò Rilla, che parlava sempre con una deliziosa, piccola lisca.

Era l'arcobaleno più grandioso che avessero mai visto. Un capo sembrava posarsi proprio sulla guglia della chiesa presbiteriana mentre l'altro affondava nell'angolo dove crescevano le canne dello stagno che attraversava la parte superiore della valle. Walter, su due piedi, la chiamò Valle dell'Arcobaleno.

La Valle dell'Arcobaleno era diventata un mondo a parte per i bambini di Ingleside. Lì piccoli venti giocavano incessantemente e i canti degli uccelli risuonavano dall'alba alla sera. Bianche betulle scintillavano dappertutto e da una di loro – la Dama Bianca – Walter fingeva venisse fuori una piccola driade ogni sera per parlare con loro. Un acero e un abete rosso crescevano così vicini tra loro da avere intrecciato i propri rami e lui li chiamò "gli Alberi Innamorati", aveva appeso su di loro una lunga striscia di campanelli da slitta che producevano tintinnii fatati ed eterei quando il vento li scuoteva. Un drago faceva la guardia al ponte di pietra che avevano costruito sul ruscello. Gli alberi che s'incontravano al di sopra di quello potevano essere scuri pagani bisognosi, e i folti muschi verdi che crescevano lungo le sponde erano tappeti, non certo i migliori, di Samarcanda. Robin Hood e i suoi allegri compagni si appostavano dappertutto; tre spiriti acquatici vivevano nella sorgente; la vecchia casa abbandonata dei Barclay a Glen, col suo canale di scolo coperto d'erba e il suo giardino straripante di cumino, venne presto trasformata in un castello cinto d'assedio. La spada del Crociato era arrugginita da tempo, ma la mannaia del macellaio di Ingleside era una lama forgiata nel paese delle fate, e tutte le volte che Susan perdeva il coperchio della pentola per gli arrosti sapeva che stava fungendo da scudo per un cavaliere con piume e armatura scintillante in una grande avventura che aveva luogo nella Valle dell'Arcobaleno.

Certe volte giocavano ai pirati, per accontentare Jem, che a dieci anni cominciava ad apprezzare un pizzico di violenza nei suoi divertimenti, ma Walter era sempre riluttante a camminare sulla passerella, cosa che Jem pensava fosse la parte migliore dell'impresa. Certe volte si chiedeva se Walter fosse abbastanza gagliardo per fare il bucaniere, ma soffocava lealmente quel pensiero e più d'una volta s'era scontrato e si era battuto con successo con i ragazzi a scuola che chiamavano Walter "Femminuccia Blythe"... o che l'avevano chiamato così finché non avevano scoperto che questo voleva dire una zuffa con Jem, che aveva uno sconcertante talento coi pugni.

Adesso Jem aveva il permesso di andare all'imboccatura della Baia la sera per comprare il pesce. Era una commissione che gli piaceva molto, perché voleva dire potersi sedere nella baracca di Capitan Malachi Russell ai piedi di un campo coperto d'erba accanto alla baia e ascoltare Capitan Malachi e i suoi amici, che una volta erano stati temerari e giovani capitani di mare, raccontare storie. Ognuno di loro aveva qualcosa da dire quando si raccontavano storie. Il vecchio Oliver Reese – che in effetti era sospettato d'essere stato un pirata in gioventù – era stato fatto prigioniero da un re cannibale... Sam Elliott era sopravvissuto al terremoto di San Francisco[27]... "Ardito William" Macdougall aveva avuto un impressionante combattimento con uno squalo... Andy Baker era stato preso in una tromba marina. Inoltre Andy sapeva sputare più dritto, così sosteneva, di chiunque altro ai Quattro Venti. Capitan Malachi, col naso adunco la mascella sporgente, coi suoi baffi brizzolati, era il preferito di Jem. Era diventato capitano di un brigantino quando aveva solo diciassette anni e navigava fino a Buenos Aires con carichi di legname. Aveva un'ancora tatuata su ogni guancia e aveva un meraviglioso, vecchio orologio al quale si

---

27 Il grande terremoto di San Francisco è uno dei più grandi disastri naturali della storia degli Stati Uniti. Ebbe luogo il 18 aprile 1906, non si sa con esattezza la magnitudo ma è stato proposto che potesse oscillare tra 7.7 e 8.25. Al terremoto seguirono terribili incendi, causati dalle condutture del gas danneggiate, che durarono per diversi giorni; ed è in effetti agli incendi che si deve il 90% dei danni. In quel terremoto persero la vita circa tremila persone e venne completamente distrutto l'80% della città (NDR)

dava la carica con una chiave. Quando era di buon umore permetteva a Jem di caricarlo, e quando era di ottimo umore portava Jem a pescare i merluzzi o a scavare in cerca di molluschi con la bassa marea, e quando era del suo umore migliore mostrava a Jem i tanti modellini di navi che aveva intagliato. Jem pensava che fossero il romanzo in sé. Tra quelli c'erano una nave vichinga con una vela quadrata a righe e uno spaventoso drago davanti... una delle caravelle di Colombo... la *Mayflower*... un'imbarcazione slanciata che si chiamava L'*Olandese Volante*... e un'infinità di bellissime golette, e schooner, e brigantini, e velieri, e navi per il trasporto del legname.

"M'insegnate a intagliare navi come quelle, Capitan Malachi?", lo implorò Jem.

Capitan Malachi scosse la testa e sputò, pensieroso, nel golfo.

"Non è una cosa che s'insegna, figliolo. Devi navigare per trenta o quarant'anni, e forse allora ne capirai tanto di navi da poterlo fare... le devi capire e amare. Le navi sono come le donne, figliolo... le devi capire e amare, altrimenti non ti diranno mai i loro segreti. E anche allora, che potrai pensare di conoscere una nave da cima a fondo, dentro e fuori, poi finisce che scopri che ancora si gingilla e non ti svela la sua anima. Se ne scappa via da te come un uccellino se tu non tieni salda la presa. C'è una nave su cui ho navigato, della quale non sono mai stato in grado di intagliare il modellino, e ci ho provato un'infinità di volte. Che nave burbera e cocciuta che era! E c'era una donna... ma è tempo che chiuda il becco. Ho una nave già pronta da infilare in bottiglia e ti mostrerò questo segreto, figliolo."

Così Jem non sentì più parlare della "donna", e neanche gli importò, perché le femmine non gli interessavano, a parte mamma e Susan. Ma *loro* non erano "donne", erano solo mamma e Susan.

Quando Gyp era morto Jem aveva pensato di non voler più un altro cane. Ma il tempo cura meravigliosamente tutte le ferite e a Jem era tornata la voglia di cane. Il cucciolo non era realmente un cane... era stato solo un episodio. Jem aveva una processione di cani che marciava attorno al suo covo in solaio, dove teneva la collezione di curiosità di Capitan Jim... erano cani ritagliati dai giornali... c'era un superbo mastino... un bel bulldog dalla mascella cascante... un bassotto, che dava l'impressione che qualcuno avesse preso il cane per la testa e per le caviglie e l'avesse tirato come un elastico... un barboncino tosato con un fiocchetto in cima alla coda... un fox terrier... un wolf-hound russo... Jem si chiedeva se i wolf-hound russi ricevessero mai da mangiare... un impertinente volpino... un dalmata maculato... uno spaniel con gli occhi supplici. Tutti cani di gran razza, ma a tutti mancava qualcosa agli occhi di Jem... non sapeva esattamente cosa.

Poi sul Daily Enterprise uscì l'annuncio: "In vendita, cane. Rivolgersi a Roddy Crawford, Harbour Head" Nient'altro. Jem non avrebbe saputo dire perché quell'annuncio gli si fissasse in testa né perché nella sua brevità percepisse una grande tristezza.

Scoprì da Craig Russell chi fosse Roddy Crawford.

"Il papà di Roddy è morto un mese fa e lui ora deve andare a vivere da sua zia in città. Sua mamma è morta l'anno scorso. E Jake Millison ha comprato la fattoria. Ma la casa verrà buttata giù. Forse sua zia non vuole lasciargli tenere il cane. Non è un granché di cane, ma Roddy ci è sempre stato affezionato moltissimo."

"Quanto vorrà? Io ho solo un dollaro", disse Jem.

"Penso che quel che voglia di più sia trovargli una buona casa", disse Craig, "Ma tuo padre ti darebbe i soldi per comprarlo, no?"

"Sì, ma io il cane voglio comprarlo coi miei soldi", disse Jem, "Mi sembrerebbe che così sarebbe di più il mio cane."

Craig si strinse nelle spalle. I bambini di Ingleside erano strani. Che importava chi mettesse i soldi per un vecchio cane?

Quella sera papà accompagnò Jem alla vecchia, sparuta, fatiscente fattoria dei Crawford, dove trovarono Roddy Crawford e il suo cane. Roddy era un ragazzino circa della stessa età di Jem... un bambino pallido, con capelli lisci e rosso-castano e una fioritura di lentiggini; il cane aveva orecchie marroni e setose, il naso e la coda marroni e gli occhi marroni più belli e dolci che Jem avesse mai visto sulla testa di un cane. Nell'istante in cui Jem vide quel bel cane, con quella striscia bianca che gli attraversava la fronte, che si divideva in due in mezzo agli occhi e che gli incorniciava il naso, capì che doveva averlo.

"Vuoi vendere il tuo cane?", domandò, impaziente.

"Io non voglio venderlo", disse Roddy, abbattuto, "Ma Jake dice che devo farlo altrimenti l'annega. Dice che zia Vinnie non vuole cani tra i piedi."

"Quanto vuoi?", domandò Jem, temendo che potesse chiedergli

qualche prezzo proibitivo.

Roddy inghiottì aria. Gli porse il cane.

"Ecco, prendilo", disse con voce rauca, "Io non voglio venderlo... non voglio. I soldi non potrebbero mai comprare Bruno. Se solo gli darai una buona casa... e sarai gentile con lui..."

"Oh, sarò gentilissimo con lui", disse Jem, ansioso, "Però devi prendere il mio dollaro. Non mi sembrerà davvero *il mio* cane se non lo fai. *Non me lo prendo* se non accetti."

Spinse a forza il dollaro nella mano riluttante di Roddy... prese Bruno e se lo strinse al petto. Il cagnolino si voltò a guardare il suo padrone. Jem non poteva vedere i suoi occhi, ma vedeva quelli di Roddy.

"Se lo vuoi così tanto..."

"Io lo voglio, ma non posso tenerlo", scattò Roddy, "C'erano cinque persone, qui, che gli andavano dietro, ma io non volevo lasciarlo a nessuno di quelli... Jake ci andava matto, ma a me non importa. Non erano *giusti*. Ma tu... io voglio che *lo prenda tu*, dal momento che *non posso tenerlo io*... portamelo via, svelto!"

Jem ubbidì. Il cagnolino tremava tra le sue braccia ma non protestò. Jem lo tenne stretto amorevolmente per tutta la strada fino a Ingleside.

"Papà, come faceva Adamo a sapere che un cane era un *cane?*"

"Perché un cane non potrebbe essere nient'altro che un cane", ridacchiò papà, "O no?"

Jem era troppo eccitato per dormire quella notte. Non aveva mai visto un cane che gli piacesse tanto quanto Bruno. Non c'era da stupirsi che Roddy detestasse doversene separare. Ma Bruno avrebbe presto dimenticato Roddy e avrebbe amato *lui*. Sarebbero stati amici. Doveva ricordarsi di chiedere a mamma di accertarsi che il macellaio mandasse gli ossi.

"Amo tutto e tutti al mondo", disse Jem, "Caro Dio, benedici tutti i gatti e tutti i cani del mondo, ma soprattutto Bruno."

Finalmente Jem si addormentò. Forse anche un cagnolino disteso ai piedi del letto, col muso poggiato sulle zampe stese, si addormentò; e forse no.

Capitolo 24

Cock Robin aveva smesso di vivere nutrendosi solo di vermi e adesso mangiava riso, granaglie, lattuga e semi di nasturzio. Era diventato grandissimo... "l'enorme pettirosso" di Ingleside stava acquistando fama locale... e il suo petto era diventato di un bellissimo rosso. Si appollaiava sulla spalla di Susan e la guardava sferruzzare. Volava incontro ad Anna quando quella tornava dopo un'assenza e le saltellava davanti fino a casa. Ogni mattina andava a prendere le briciole sul davanzale di Walter. Tutti i giorni faceva il bagnetto in un catino nel giardino sul retro, nell'angolo della siepe di rose selvatiche, e sollevava proteste veramente tremende se non ci trovava l'acqua dentro. Il dottore si lamentava perché le sue penne e i suoi fiammiferi erano sempre sparpagliati per la biblioteca, ma non trovò nessuno solidale con lui, e perfino lui si arrese un giorno in cui Cock Robin gli atterrò impavido sulla mano per prendere il seme di un fiore. Tutti erano ammaliati da Cock Robin... tranne, forse, Jem, che aveva messo il cuore su Bruno e che stava imparando lentamente, ma fin troppo certamente, un'amara lezione... che si può comprare il corpo di un cane ma non il suo amore.

All'inizio Jem non l'aveva sospettato. Certo, Bruno avrebbe avuto un po' nostalgia di casa, si sarebbe sentito solo per un po', ma gli sarebbe passata presto. Jem si accorse che così non fu. Bruno era il cagnolino più ubbidiente del mondo; faceva esattamente tutto quello che gli veniva detto e perfino Susan ammise che non s'era mai visto un cane più educato. Ma non c'era vitalità in lui. Quando Jem lo portò fuori, sulle prime gli occhi di Bruno scintillarono attenti, la coda si agitò e lui cominciò a muoversi spavaldo. Ma dopo un po' il luccichio svanì dai suoi occhi e lui si mise a trotterellare mansueto accanto a Jem col collo abbassato. Gli pioveva gentilezza da ogni parte... gli venivano riservati gli ossi più succosi e pieni di carne... non venne sollevata la minima obiezione al fatto che tutte le notti dormisse ai piedi del letto di Jem. Ma Bruno rimaneva distante... inaccessibile... un estraneo. Certe volte Jem si svegliava di notte per accarezzare quel corpicino testardo; ma in risposta non c'era mai una lingua che leccava, nè il tonfo di uno scodinzolio. Bruno si lasciava accarezzare ma non rispondeva alle carezze.

Jem strinse i denti. C'era una grande determinazione in James

Matthew Blythe, e non si sarebbe fatto battere da un cane... *il suo* cane, che aveva comprato in modo onesto e leale con soldi duramente risparmiati dalla paghetta. Bruno *doveva* smetterla di avere nostalgia di Roddy... *doveva* smetterla di guardarlo con gli occhi patetici di una creatura smarrita... *doveva* imparare ad amarlo.

Jem doveva difendere Bruno, perché gli altri ragazzi a scuola, sospettando quanto lui amasse il cane, cercavano sempre di "punzecchiarlo" su questa faccenda.

"Il tuo cane ha le pulci... pulci enormi", lo canzonò Perry Reese. Jem dovette picchiarlo prima che Perry ritirasse tutto e dicesse che Bruno non aveva neanche una pulce... neanche una.

"*Il mio* cucciolo ha le convulsioni una volta alla settimana" si vantò Bob Russell, "Scommetto che il tuo vecchio cane non ha mai avuto le convulsioni in vita sua. Se io avessi un cane come quello lo butterei nel tritacarne."

"Una volta noi ce l'avevamo un cane come quello", disse Mike Drew, "Ma l'abbiamo annegato."

"Il mio cane è *tremendo*", disse orgoglioso Sam Warren, "Ammazza le galline e mastica tutti i panni nel giorno di bucato. Scommetto che il tuo vecchio cane non ha abbastanza fegato per farlo."

Jem tristemente ammise con se stesso, se non con Sam, che Bruno non ce l'aveva. Desiderava quasi che l'avesse. E gli bruciò quando Watty Flagg strillò: "È un *bravo* cane, il tuo... non abbaia mai la domenica", perché Bruno non abbaiava mai, in nessun giorno.

Ma nonostante tutto questo era un caro, adorabile cagnolino.

"Bruno, *perché* non vuoi amarmi?", singhiozzò Jem, "Non c'è niente che non farei per te... potremmo divertirci *tanto* insieme", ma non avrebbe ammesso con nessuno la sconfitta.

Una sera Jem corse a casa da una grigliata a base di molluschi all'imboccatura della Baia, perché sapeva che stava arrivando un temporale. Il mare gemeva. Le cose avevano un aspetto sinistro, solitario. Quando Jem entrò a Ingleside ci fu il lungo squarcio di un tuono.

"Dov'è Bruno?", strillò.

Era la prima volta che andava da qualche parte senza Bruno. Aveva pensato che la strada fino all'imboccatura della Baia fosse troppo lunga per un cagnolino. Jem non voleva ammettere che una camminata così lunga assieme a un cane il cui cuore era altrove era un po' troppo anche per lui.

Venne fuori che nessuno sapeva dove fosse Bruno. Nessuno l'aveva visto da quando Jem era uscito, dopo cena. Jem lo cercò dappertutto, ma era introvabile. La pioggia scendeva a fiotti, il mondo annegava tra i lampi. Bruno si era *perso* in quella notte nera? Bruno aveva paura dei temporali. Le uniche volte in cui era andato volentieri accanto a Jem erano state quelle in cui gli era strisciato accanto mentre il cielo andava in pezzi.

Jem era così preoccupato, quando la tempesta terminò, che Gilbert disse:

"Devo andare comunque a Head per vedere come sta Roy Westcott. Puoi venire anche tu, Jem, così al ritorno facciamo il giro attorno alla vecchia casa dei Crawford. Ho idea che Bruno sia tornato lì."

"Sei miglia? Non lo farebbe mai", disse Jem.

Ma l'aveva fatto. Quando tornarono alla vecchia, deserta, buia casa dei Crawford, c'era una creaturina tremante, inzaccherata, raggomitolata e infelice sui gradini bagnati. Li guardò con occhi stanchi e inappagati. Non fece obiezioni quando Jem lo raccolse tra le braccia e lo portò sul calesse, passando tra l'erba intricata e alta fino al ginocchio.

Jem era felice. Come correva la luna in cielo mentre le nuvole si precipitavano oltre! Com'era delizioso l'odore dei boschi bagnati di pioggia mentre loro andavano avanti! Che splendido mondo era!

"Scommetto che dopo questo Bruno sarà contento di stare a Ingleside, papà."

"Forse", fu tutto quello che papà disse. Detestava dover gettare acqua fredda, ma sospettava che il cuore del cane, dopo aver perso anche la sua ultima casa, si fosse alla fine spezzato.

Bruno non aveva mai mangiato molto, ma dopo quella notte cominciò a mangiare sempre meno. E venne un giorno in cui non volle più mangiare. Mandarono a chiamare il veterinario, ma quello non gli trovò nulla che non andasse.

"Una volta nella mia pratica conobbi un cane che morì di dolore, e credo che questo sia un altro", disse in disparte al dottore.

Lasciò un "tonico", che Bruno prese ubbidiente, per poi tornare a distendersi, la testa sulle zampe, a fissare nel vuoto. Jem rimase a guardarlo a lungo, le mani infilate in tasca; poi andò in biblioteca a parlare con papà.

Il giorno dopo Gilbert andò in città, fece qualche ricerca e poi portò Roddy Crawford a Ingleside. Quando Roddy salì i gradini della veranda Bruno, nel sentire i suoi passi dal soggiorno, sollevò la testa e tese le orecchie. L'istante dopo il suo corpicino emaciato si raggomitolò lungo il tappetino verso il ragazzino pallido dagli occhi marroni.

"Cara signora Dottore", disse quella sera Susan, colma di soggezione, "quel cane stava *piangendo...* davvero. Gli scendevano davvero le lacrime giù per il naso. Non me la prendo se non ci credete. Non ci avrei creduto neanche io se non l'avessi visto con i miei occhi."

Roddy si strinse Bruno al cuore e guardò Jem, a metà provocatorio e a metà supplice.

"Tu l'hai comprato, lo so... ma lui appartiene a me. Jake mi aveva detto una bugia. Zia Vinnie ha detto che non le darebbe per nulla fastidio avere un cane, ma pensavo che non fosse giusto chiederti di ridarmelo. Eccoti il tuo dollaro... non l'ho mai speso, neppure un centesimo... non avrei mai potuto farlo."

Solo per un istante Jem esitò. Poi vide gli occhi di Bruno. "Che stupido, piccolo egoista che sono!", pensò provando disgusto verso se stesso. Prese il dollaro.

Roddy improvvisamente sorrise. Quel sorriso cambiò completamente il suo volto imbronciato, pure tutto quel che riuscì a dire fu un brusco "grazie".

Quella notte Roddy dormì con Jem, con un satollo Bruno disteso tra di loro. Ma prima di andare a letto Roddy s'inginocchiò a dire le preghiere e Bruno si accovacciò sulle cosce accanto a lui, poggiando le zampe anteriori sul letto. Se mai un cane ha pregato, allora Bruno pregò... una preghiera di ringraziamento e di rinnovata gioia per la vita.

Quando Roddy gli portò del cibo, Bruno lo mangiò entusiasta, continuando tutto il tempo a tenere d'occhio Roddy. Camminò saltellando dietro Jem e Roddy quando questi andarono a Glen. "Non s'è mai visto un cane tanto rinvigorito", dichiarò Susan.

Ma la sera seguente, quando Roddy e Bruno se ne furono andati, Jem rimase seduto a lungo sui gradini d'ingresso alla luce del crepuscolo. Si rifiutò di andare a scavare il tesoro dei pirati con Walter nella Valle dell'Arcobaleno... Jem non si sentiva più magnificamente spavaldo e bucanieresco. Non volle neppure guardare Gamberetto, che se ne stava ingobbito nella menta e agitava la coda come un feroce leone di montagna accovacciato e pronto a balzare. Che diritto avevano i gatti di essere felici a Ingleside quando i cani vi si spezzavano il cuore? Fu scontroso perfino con Rilla, quando lei gli portò il suo elefante di velluto azzurro. Elefanti di velluto quando Bruno non c'era più! Nan venne trattata bruscamente quando venne e propose di dire sottovoce quel che pensavano di Dio.

"Non penserai che dia la colpa a Dio *per questo*?", disse Jem, severo, "Non hai alcun senso delle proporzioni, Nan Blythe."

Nan se ne andò via decisamente annientata, anche se non aveva neanche la più minima idea di cosa significasse quel che Jem le aveva detto, e Jem rimase a guardare con cipiglio le braci del tramonto che ardeva lentamente. C'erano cani che abbaiavano per tutta Glen. I Jenkin, in fondo alla via, erano usciti tutti a chiamare i loro... tutti, facevano a turno. Chiunque, perfino la tribù dei Jenkin, poteva avere un cane... chiunque tranne lui. La vita gli si stendeva davanti come un deserto senza cani.

Anna arrivò e si sedette su un gradino più in basso, stando attenta a non guardarlo. Jem *sentì* la sua partecipazione.

"Mammina", le disse con voce strozzata, "*Perché* Bruno non mi voleva amare quando io gli volevo tanto bene? Sono... pensi che sia un tipo di ragazzo che non piace ai cani?"

"Ma no, tesoro. Ti ricordi quanto bene ti voleva Gyp? Però Bruno aveva solo un tot di amore da dare... e l'aveva già dato tutto. Ci sono cani così... cani che possono amare una sola persona."

"A ogni modo, Roddy e Bruno sono felici", disse Jem con cupa soddisfazione, chinandosi a baciare la testa liscia e ondulata di mamma, "Però io non avrò mai più un altro cane."

Anna pensò che sarebbe passata; era stato così anche quand'era morto Gyppy. Ma non fu così. Il ferro era penetrato a fondo nell'anima di Jem. Ci furono cani che vennero e andarono da Ingleside... cani che appartenevano alla famiglia, ed erano bei cani, che Jem coccolava e coi quali giocava come facevano gli altri. Ma non ci fu più un "cane di Jem" fino a quando un certo "Cagnolino Lunedì" non prese possesso del suo cuore e lo amò con una devozione che superò l'amore di Bruno... una devozione che avrebbe fatto storia a Glen. Ma questo era ancora lontano molti anni; e quella notte fu un ragazzino molto solo ad arrampicarsi nel letto di Jem.

"Vorrei essere una bambina", pensò, furioso, "Così potrei mettermi a *piangere*!"

Capitolo 25

Nan e Di andavano a scuola. Avevano cominciato l'ultima settimana di agosto.

"Mamma, entro stasera avremo imparato *tutto*?", domandò solenne Di la prima mattina.

Ora, ai primi di settembre, Anna e Susan ci si erano abituate e provavano addirittura piacere nel vedere i due scriccioli mettersi in marcia ogni mattina, così minute, spensierate e ordinate, convinte che andare a scuola fosse una grande avventura. Nel cestino mettevano sempre una mela per la maestra e indossavano grembiulini con le gale di tessuto a quadretti rosa e azzurri. Dal momento che non si somigliavano neanche un po', non si vestivano alla stessa maniera. Diana, coi suoi capelli rossi, non poteva portare il rosa, che però stava benissimo a Nan, che era decisamente la più carina delle gemelle di Ingleside. Aveva occhi e capelli marroni e un delizioso incarnato del quale era consapevole perfino a sette anni. Nel modellarla le era toccato un certo fulgore. Teneva orgogliosamente la testa alta, col piccolo mento impertinente un pochino in evidenza, e perciò c'era chi già la considerava piuttosto "presuntuosa".

"Imita tutti i trucchetti e le pose di sua madre", disse la signora Alec Davies, "Ha già tutte le sue arie e le sue belle maniere, secondo me."

Le gemelle erano diverse in ben più che nell'aspetto. Di, nonostante la somiglianza fisica con la madre, per quanto riguardava qualità e inclinazioni somigliava molto di più al padre. Aveva i principi delle sue tendenze pratiche, il suo semplice buon senso, il suo sfavillante senso dell'umorismo. Nan aveva ereditato in pieno il dono della fantasia di sua madre e stava già cominciando a rendere la propria vita interessante a modo suo. Per esempio, l'estate scorsa si era divertita moltissimo a fare patti con Dio, il succo della faccenda era "Se tu fai questo e quello io faccio questo e quest'altro."

Tutti i bambini di Ingleside erano stati iniziati con il vecchio classico "Ora mi stendo[28]", poi erano stati promossi al "Padre

---

28 Classica preghiera della buonanotte per bambini, risale al XVIII secolo e recita, pressappoco, così (non tentiamo di rendere rime e metrica ma solo il significato letterale): "Ora mi stendo per dormire, prego Dio di custodire la mia anima, se morissi prima di svegliarmi, prego Dio di prendere la mia anima." In una famosa

Nostro", poi incoraggiati a fare le loro piccole preghiere in qualunque lingua volessero. Cosa avesse fatto venire a Nan l'idea che fosse possibile indurre Dio a esaudire le sue preghiere se lei avesse promesso di comportarsi bene o avesse dimostrato forza morale, sarebbe difficile da dire. Forse una certa giovane e graziosa insegnante della scuola domenicale ne era stata indirettamente responsabile a causa delle sue frequenti ammonizioni che se non fossero state bambine buone Dio non avrebbe fatto questo o quello per loro. Era facile stravolgere quell'idea e giungere alla conclusione che se uno era questo o quello, o faceva quello e quell'altro, poi aveva il diritto di aspettarsi che Dio facesse quel che lui voleva. Il primo "patto" in primavera aveva avuto così tanto successo che oscurò alcuni fallimenti, e così lei continuò per tutta l'estate. Nessuno lo sapeva, neppure Di. Nan si tenne il segreto e cominciò a pregare in diversi momenti e in diversi posti, invece che solo la sera. Di non l'approvava e glielo disse.

"Non mescolare Dio con *ogni cosa*", disse, severa, a Nan, "Lo fai sembrare così *banale*."

Anna, nel sentirla, la rimproverò e le disse "Dio *è* in ogni cosa, tesoro. Lui è l'Amico che è sempre vicino a noi e ci dà forza e coraggio. E Nan fa bene a pregarlo dove le pare", però se Anna avesse saputo la verità sugli atti di devozione della sua bambina, ne sarebbe rimasta decisamente scandalizzata.

Nan aveva detto una sera di maggio: "Se mi fai ricrescere il dente prima della festa di Amy Taylor la prossima settimana, caro Dio, prenderò tutte le dosi di olio di ricino che Susan mi dà senza protestare neanche un po'."

Proprio il giorno dopo il dente, la cui assenza aveva creato un buco orribile e fin troppo prolungato nella bella bocca di Nan, era comparso e il giorno della festa era spuntato completamente. Che segno più certo di questo poteva occorrerle? Nan eseguì fedelmente la propria parte del patto e dopo quell'evento Susan fu sbalordita e contenta ogni volta che somministrava l'olio di ricino. Nan lo prendeva senza una smorfia o un accenno di protesta, anche se desiderava aver posto un limite di tempo... per esempio, tre mesi.

Non sempre Dio l'accontentava. Ma quando lei gli chiese di mandarle un bottone speciale per la sua stringa di bottoni – la collezione di bottoni si era diffusa tra tutte le bambine di Glen

---

striscia dei Peanuts, Snoopy cercava di recitarla ai passerotti-scout spaventandoli a morte (NDR)

come un'epidemia di orecchioni – assicurandogli che se Lui l'avesse fatto lei non si sarebbe più lamentata quando Susan metteva davanti a lei il piatto scheggiato... il bottone arrivò il giorno dopo, Susan ne trovò uno su un vecchio vestito in solaio. Un bel bottone rosso cosparso di minuscoli diamanti, o meglio, quelli che Nan pensava fossero diamanti. Venne invidiata da tutti per quel bottone e quando quella sera Di rifiutò il piatto scheggiato Nan, virtuosa, disse "Dallo a me, Susan. Da ora in poi lo prenderò *sempre* io." Susan pensò che fosse angelicamente altruista e lo disse. Al che Nan sembrò, e si sentì, molto tronfia. Ottenne una bella giornata al picnic della scuola domenicale, anche se tutti la sera prima avevano predetto pioggia, promettendo di lavarsi i denti ogni mattina senza che ci fosse bisogno di dirglielo. Il suo anello smarrito fu ritrovato a condizione che lei si tenesse sempre le unghie scrupolosamente pulite; e quando Walter le aveva dato la sua immagine di un angelo in volo che Nan da tempo agognava, da quel momento in poi mangiò il grasso con il magro della carne senza lamentarsi.

Però quando chiese a Dio di far tornare giovane il suo orsacchiotto malridotto e rattoppato, promettendo di tenere in ordine il suo cassetto dello scrittoio, spuntò un intoppo. Teddy non ringiovanì anche se Nan attese ansiosamente il miracolo ogni mattino e desiderò che Dio si spicciasse. Alla fine si rassegnò alla vecchiaia di Teddy. Dopotutto era un bellissimo, vecchio orsacchiotto, e poi sarebbe stato faticosissimo tenere in ordine quel cassetto. Quando papà le portò un orsacchiotto nuovo la cosa non le piacque particolarmente, però con sporadici dubbi della sua piccola coscienza, decise di non dover prestare particolari cure al cassetto dello scrittoio. La fede le tornò quando, dopo aver pregato perché l'occhio del suo gatto di porcellana venisse ritrovato, il mattino dopo l'occhio fu di nuovo al suo posto, anche se cra un po' storto e dava al gatto uno sguardo strabico. Susan l'aveva trovato spazzando e l'aveva incollato al suo posto, ma questo Nan non lo sapeva e allegramente mantenne la promessa di camminare per quattordici volte attorno al fienile su quattro zampe. Nan non si fermò a considerare che bene potesse trarne Dio, o chiunque altro, da quattordici giri su quattro zampe attorno al fienile. Però detestava farlo – i ragazzi alla Valle dell'Arcobaleno volevano sempre che lei e Di facessero finta di essere qualche animale – e forse nella sua mente in boccio c'era il vago pensiero che la penitenza potesse essere gradita a quel misterioso Essere che dava e toglieva a suo piacimento. A ogni modo, quell'estate pensò a diverse altre trovate, e Susan cominciò a domandarsi dove mai la bambina avesse preso certe idee.

"Secondo voi, cara signora Dottore, perché Nan deve fare per due volte il giro del soggiorno, ogni giorno, senza camminare sul pavimento?"

"Senza camminare sul pavimento? E come fa, Susan?"

"Salta da un pezzo d'arredamento all'altro, parafuoco incluso. Ieri è scivolata ed è finita a testa in giù nel secchio del carbone. Cara signora Dottore, pensate che abbia bisogno di una dose di vermifugo?"

Nelle cronache di Ingleside si fece sempre riferimento a quell'anno come a quello in cui papà si prese *quasi* la polmonite e la mamma *se la prese davvero*. Una sera Anna, che aveva già un brutto raffreddore, andò con Gilbert a una festa a Charlottetown.. indossava un abito nuovo che le stava benissimo e la collana di perle di Jem. Era così bella che tutti i bambini che erano scesi a vederla prima che uscisse pensarono che fosse meraviglioso avere una mamma di cui poter essere tanto orgogliosi.

"Una gonna così bella e frusciante", sospirò Nan, "Quando cresco le avrò anch'io gonne di taffettà come quella, mamma?"

"Dubito che per quel tempo le ragazze porteranno ancora la gonna", disse papà, "Faccio marcia indietro, Anna, e ammetto che quel vestito è uno schianto, anche se non mi piacciono le paillette. No, non approfittare del tuo fascino con me, donna. Ti ho già fatto tutti i complimenti che intendevo farti stasera. Ricordati cos'abbiamo letto oggi nel *Medical Journal...* "La vita non è altro che chimica organica delicatamente bilanciata", e fa' che ciò ti renda umile e modesta. Paillette, bah! Gonne di taffettà? Ma davvero? Non siamo altro che 'una fortuita concatenazione di atomi'. Lo dice il grande dottor Von Bemburg."

"Non citarmi quell'orribile Von Bemburg. Deve aver patito un brutto caso d'indigestione cronica. *Lui* potrà anche essere una concatenazione di atomi, ma *io no*."

Pochi giorni dopo Anna era una "concatenazione di atomi" molto malata, e Gilbert ne era una molto ansiosa. Susan andava su e giù, esasperata e stanca, e l'infermiera professionale andava su e giù col volto ansioso, e un'ombra senza nome improvvisamente calò, si allungò e oscurò Ingleside. Ai bambini non dissero la gravità della malattia di mamma e neppure Jem se ne rese conto pienamente. Ma sentirono il freddo e la paura e si fecero deboli e infelici. Per una volta non ci furono risate nel bosco di aceri né giochi nella Valle dell'Arcobaleno. Ma la cosa peggiore era che non avevano il permesso di vedere la mamma. Non c'era la mamma a incontrarli con un sorriso quando tornavano a casa, non c'era la mamma a scivolare in camera loro per dare il bacio della buonanotte, non c'era la mamma a calmare, consolare e comprendere, non c'era la mamma a ridere per le battute... nessuno rideva come la mamma. Era molto peggio di quando andava via, perché allora sapevi che sarebbe tornata... e adesso non sapevi... non sapevi niente. Nessuno ti diceva niente... cercavano solo di distrarti.

Nan tornò da scuola molto pallida per qualcosa che le aveva detto Amy Taylor.

"Susan, la mamma... la mamma non... la mamma non sta per *morire*, vero, Susan?"

"Certo che no", disse Susan, troppo bruscamente, troppo rapidamente. Le tremavano le mani mentre versava il bicchiere di latte per Nan, "Chi te l'ha detto?"

"Amy. Ha detto... oh, Susan, ha detto che secondo lei la mamma sarebbe un cadavere carinissimo!"

"Non badare a quel che ha detto, piccina mia. I Taylor parlano sempre a vanvera. La tua benedetta mamma è molto ammalata, ma se la caverà e su questo ci puoi contare. Non lo sai che al timone c'è tuo padre?"

"Dio non lascerebbe morire la mamma, vero, Susan?", domandò un Walter dalle labbra bianche, guardandola con quella grave intensità che rendeva molto difficile a Susan dire le sue consolanti bugie. Aveva una paura terribile che fossero *davvero* bugie. Susan era spaventatissima. Quel pomeriggio l'infermiera aveva scosso la testa. Il dottore si era rifiutato di scendere a cena.

"Immagino che l'Onnipotente sappia cosa sta facendo", borbottò Susan mentre lavava i piatti della cena – e ne ruppe tre – ma per la prima volta nella sua vita semplice e onesta ne dubitò.

Nan andava infelice su e giù. Papà era seduto al tavolo della biblioteca con la testa tra le mani. L'infermiera entrò e Nan la sentì dire che pensava che la crisi ci sarebbe stata quella notte.

"Cos'è una crisi?", domandò a Di.

"Penso sia quella cosa dalla quale escono le farfalle", disse Di, cauta, "Chiediamolo a Jem."

Jem lo sapeva, e glielo disse prima di salire di sopra e chiudersi in camera sua. Walter era scomparso... era disteso a faccia in giù sotto la Dama Bianca nella Valle dell'Arcobaleno... e Susan aveva messo Shirley e Rilla a letto. Nan uscì da sola e si sedette sui gradini. Dietro di lei, in casa, ci fu una calma terribile e inusitata. Davanti a lei Glen traboccava della luce della sera, ma la lunga strada rossa era coperta da una nuvola di polvere, e l'erba piegata nella baia era bruciata e sbiancata per la siccità. Non pioveva da mesi e in giardino i fiori avvizzivano... i fiori che la mamma aveva amato.

Nan pensò intensamente. Ora più che mai c'era bisogno di fare un patto con Dio. Cosa avrebbe potuto promettergli se Lui avesse fatto guarire la mamma? Doveva essere qualcosa di enorme... qualcosa che per Lui valesse la pena fare. Nan ricordò che Dicky Drew un giorno, a scuola, aveva detto a Stanley Reese: "Ti sfido a camminare nel cimitero di notte." Quella volta a Nan erano venuti i brividi. *Come faceva* uno a camminare nel cimitero di notte? Come poteva anche solo *pensarci*? Nan provava per i cimiteri un orrore che nessuno a Ingleside sospettava. Amy Taylor una volta le aveva detto che erano pieni di gente morta... "E non sempre se ne *restano* morti", aveva detto Amy, cupa e misteriosa. Nan riusciva a stento a costringersi a passarci davanti alla luce del giorno.

Giunse le manine abbronzate e alzò al cielo il volto rigato di lacrime.

"Caro Dio", sussurrò, "Se fai guarire la mamma *camminerò nel cimitero di notte*. Oh, caro Dio, ti prego, ti prego. E se lo fai non ti scoccerò più per un sacco di tempo."

Capitolo 26

Fu la vita, non la morte, a giungere a Ingleside nell'ora più spettrale. I bambini, che finalmente dormivano, dovettero accorgersi persino nel sonno che l'Ombra si era ritirata silenziosamente com'era arrivata. Perché quando si svegliarono, in un giorno scuro di gradita pioggia, nei loro occhi c'era il sole. Non ci fu quasi bisogno che una Susan, ringiovanita di dieci anni, desse loro la bella notizia. La crisi era passata e la mamma sarebbe sopravvissuta.

Era sabato e perciò non avevano scuola. Non potevano uscire, anche se amavano stare alla pioggia. Questo rovescio era troppo per loro... e dovettero rimanere in casa, tranquilli. Ma non erano mai stati tanto felici. Papà, che non aveva quasi dormito per una settimana, si era buttato sul letto in una delle camere degli ospiti, per un lungo sonno profondo... ma non prima di aver mandato un messaggio lontano, a una casa dai tetti verdi di Avonlea, dove due anziane signore avevano tremato a ogni squillo del telefono.

Susan, il cui pensiero negli ultimi tempi non era certo stato rivolto ai dessert, improvvisò una "composizione all'arancia" per pranzo, promise un rotolo di marmellata per cena e cucinò una doppia infornata di biscotti al burro. Cock Robin cinguettò per tutta la casa. Perfino le sedie sembrarono voler danzare. I fiori in giardino risollevarono coraggiosamente la testa mentre la terra asciutta dava il benvenuto alla pioggia. E Nan, in mezzo alla felicità, cercava di affrontare le conseguenze del suo patto con Dio.

Non pensava di tirarsene indietro, ma continuava a rimandarlo sperando di trovare ancora un pochino di coraggio. Il solo pensiero le faceva "coagulare il sangue", come a Amy Taylor piaceva tanto dire. Susan capì che quella bambina aveva qualcosa e le somministrò l'olio di ricino, senza ottenere evidenti miglioramenti. Nan prese la sua dose da brava, ma non poté fare a meno di pensare che Susan le desse l'olio di ricino molto più spesso fin da quando c'era stato quel primo patto. Ma cos'era l'olio di ricino rispetto a camminare nel cimitero di notte? Nan non riusciva semplicemente a vedere come potesse farlo. Ma doveva farlo.

Mamma era ancora così debole che a nessuno veniva ancora permesso di vederla, se non per darle una breve occhiata. E allora era tanto esile e pallida. Era così perché Nan non stava mantenendo la sua parte del patto?

"Dobbiamo darle tempo", diceva Susan.

Come si fa a dare del tempo a qualcuno?, si chiedeva Nan. Ma *lei sapeva* perché la mamma non guariva più in fretta. Nan strinse i dentini perlacei. L'indomani sarebbe stato di nuovo sabato, e l'indomani notte lei avrebbe fatto quel che aveva promesso di fare.

Piovve di nuovo tutto l'indomani mattina, e Nan non poté fare a meno di sentirsi un po' sollevata. Se fosse stata una notte di pioggia allora nessuno, neppure Dio, avrebbe potuto aspettarsi che lei se ne potesse andare girando fra le tombe. A mezzogiorno smise di piovere, ma arrivò una nebbia strisciante su per la baia e per Glen a circondare Ingleside con la sua magia inquietante. Perciò Nan sperò ancora. Anche se c'era nebbia lei non poteva andare. Ma a ora di cena si alzò il vento e il paesaggio onirico della nebbia svanì.

"Stanotte non ci sarà la luna", disse Susan.

"Oh, Susan, non puoi *farla tu* la luna?", esclamò disperata Nan. Se doveva camminare nel cimitero *doveva* esserci una luna.

"Benedetta bambina, nessuno può fare la luna", disse Susan, "Volevo solo dire che sarà nuvolo e che non si vedrà la luna. E che differenza può esserci per te se la luna si vede o no?"

Era una cosa che Nan non poteva spiegare, e Susan si preoccupò più che mai. C'era *qualcosa* che affliggeva quella bambina... era da tutta una settimana che si comportava in modo stranissimo. Non mangiava abbastanza ed era abbattuta. Era preoccupata per sua madre? Non doveva... la cara signora Dottore stava migliorando.

Sì, ma Nan sapeva che ben presto la mamma avrebbe smesso di migliorare se lei non teneva fede al patto. Al tramonto le nuvole se ne andarono e si alzò la luna. Ma era una luna stranissima... enorme, rosso-sangue. Nan non aveva mai visto una luna così. La terrorizzò. Avrebbe quasi preferito il buio.

Le gemelle andarono a letto alle otto e Nan dovette aspettare che Di si addormentasse. Di ci mise un mucchio di tempo. Era troppo triste e disillusa per addormentarsi subito. La sua amica del cuore, Elsie Palmer, era tornata a casa da scuola con un'altra bambina, e Di pensava che per lei la vita fosse praticamente finita. Erano ormai le nove quando Nan ritenne fosse sicuro scivolare fuori dal letto e vestirsi con dita così tremanti che a malapena riuscì a combattere coi bottoni. Poi sgattaiolò giù e fuori dalla porta di servizio, mentre Susan sistemava il pane in cucina e rifletteva contenta che tutti quelli che erano sotto la sua protezione erano al sicuro a letto, a eccezione del povero dottore che era stato convocato d'urgenza in una casa di Harbour Mouth, dove un bambino aveva inghiottito un bullone. Nan uscì e arrivò alla Valle dell'Arcobaleno. Doveva prendere la scorciatoia che partiva da lì e poi risaliva il pascolo in collina. Sapeva che la comparsa di una gemella di Ingleside che girava per strada e nel paese avrebbe sorpreso tutto, e qualcuno avrebbe insistito per riportarla a casa. Com'era fredda quella notte di fine settembre! Lei non ci aveva pensato e non si era messa la giacca. La Valle dell'Arcobaleno di notte non era la tana piacevole che era di giorno. La luna si era ridotta a una dimensione ragionevole e non era più rossa, ma gettava sinistre ombre nere. Nan aveva sempre avuto paura delle ombre. Quei piedi raggrinziti al buio erano forse la felce aquilina avvizzita accanto al ruscello?

Nan alzò la testa e sollevò il piccolo mento. "Non ho paura", disse ad alta voce, valorosamente, "È solo il mio stomaco che si sente un po' strano. Io sono *un'eroina*."

La piacevole idea di essere un'eroina la portò a metà strada fin sulla collina. Poi un'ombra strana calò sul mondo – una nuvola stava passando davanti alla luna – e Nan pensò all'Uccello. Una volta Amy Taylor le aveva raccontato una storia terrificante su un Grande Uccello Nero che di notte cala su di te e ti porta via. Era l'ombra dell'Uccello quella che era passata sopra di lei? Ma la mamma aveva detto che il Grande Uccello Nero non esisteva. "Non posso credere che mamma mi abbia detto una bugia... non la mamma", disse Nan... e proseguì finché non raggiunse il recinto. Dietro c'era la strada... e dall'altra parte il cimitero. Nan si fermò a riprendere fiato.

C'era un'altra nuvola sulla luna. Tutt'attorno a lei c'era un territorio strano, buio, sconosciuto. "Oh, il mondo è così grande!", rabbrividì Nan, schiacciandosi contro il recinto. Se solo fosse stata ancora a Ingleside! Ma... "Dio mi sta guardando", disse quella briciolina settenne... e scavalcò il recinto.

Cadde dall'altra parte, si sbucciò un ginocchio e si strappò il vestito. Quando si rialzò un pezzo di canna tagliente le perforò completamente una pantofola e le ferì il piede. Ma lei attraversò la strada zoppicando fino al cancello del cimitero.

Il vecchio cimitero se ne stava all'ombra degli abeti al lato più orientale. Da un lato c'era la chiesa metodista e dall'altro la canonica presbiteriana, ora buia e silenziosa per l'assenza del ministro. La luna spuntò improvvisamente da dietro la nuvole e il cimitero si riempì di ombre... ombre che si muovevano e danzavano... ombre che ti avrebbero afferrato se ti buttavi tra di loro. Un giornale che qualcuno aveva buttato venne sospinto lungo la strada, come una vecchia strega danzante, e anche se Nan lo riconobbe per ciò che era, era parte integrante anche lui dei misteri di quella notte. FRUSC FRUSC, faceva il vento notturno tra gli abeti. La lunga foglia del salice accanto al cancello le sbatté su una guancia, come il tocco della mano di un elfo. Per un istante le si fermò il cuore... però poi posò la mano sul gancio del cancello.

E se un braccio lungo lungo fosse spuntato fuori da una tomba e l'avesse trascinata giù?

Nan si voltò. Sapeva che, patto o non patto, non avrebbe mai potuto camminare nel cimitero di notte. Un gemito raccapricciante all'improvviso le risuonò accanto. Era solo la vecchia mucca della signora Ben Baker, che lei lasciava pascolare in strada, che si alzava da dietro un gruppo di abeti rossi. Ma Nan non aspettò per vedere cosa fosse. In un attacco di panico incontrollabile, scappò giù per la collina, attraverso il villaggio e giù per la strada che portava a Ingleside. Fuori dal recinto si precipitò a rotta di collo attraverso quel che Rilla chiamava una "fangozzanghera". Ma c'era casa, con le sue luci morbide e brillanti alle finestre, e un istante dopo, tutta inzaccherata e con i piedi bagnati e sanguinanti, entrò incespicando nella cucina di Susan.

"Buon Dio!", disse Susan, atona.

"Non potevo camminare nel cimitero di notte... non potevo!", ansimò Nan.

Susan sulle prime non fece domande. Sollevò Nan, intirizzita e sconvolta, e le sfilò le pantofole e le calze. La svestì, le mise la camicia da notte e la portò a letto. Poi scese a prenderle un "boccone". Qualunque cosa la bambina avesse combinato, non poteva lasciarla andare a letto a stomaco vuoto.

Nan mangiò il suo pasto e sorseggiò il suo bicchiere di latte. Com'era bello essere di nuovo nella sua cameretta calda e illuminata, al sicuro nel suo bel lettino caldo! Ma non volle dire nulla a Susan. "È un segreto fra me e Dio, Susan." E Susan se ne andò a letto giurando che sarebbe stata una donna felice quando la cara signora Dottore fosse stata di nuovo in piedi.

"Questo va oltre la mia comprensione", sospirò Susan,

sconsolata.

Mamma adesso sarebbe sicuramente morta. Nan si svegliò con quella terribile convinzione in mente. Lei non aveva tenuto fede al patto e non poteva aspettarsi che Dio lo facesse. La settimana seguente la vita fu spaventosa per Nan. Non riusciva a provare piacere per nulla, neppure nel guardare Nan che filava in solaio... una cosa che lei aveva sempre trovato affascinante. Non sarebbe mai più riuscita a ridere ancora. Non importava quel che faceva. Diede il suo vecchio cane di segatura, quello al quale Ken Ford aveva strappato le orecchie e che lei amava anche più del vecchio Teddy – Nan preferiva sempre le cose vecchie – a Shirley perché Shirley l'aveva sempre voluto, e diede la sua preziosa casetta di conchiglie, che Capitan Malachi le aveva portato fin dalle Indie Occidentali, a Rilla, sperando che questo potesse compiacere Dio; ma temeva che così non sarebbe stato, e quando il suo nuovo gattino, che lei aveva dato ad Amy Taylor perché Amy Taylor lo voleva, tornò a casa, e continuò insistentemente a tornare a casa, Nan capì che Dio non era soddisfatto.

Nulla gli sarebbe andato bene, se non camminare nel cimitero di notte. E la povera, tormentata Nan sapeva che *questo* lei non avrebbe mai potuto farlo. Era una codarda e una falsa. Solo la gente falsa, aveva detto una volta Jem, cercavano di tirarsi indietro dai patti.

Ad Anna venne concesso di stare seduta nel letto. Stava di nuovo quasi bene dopo la malattia. Presto sarebbe stata di nuovo in grado di badare alla sua casa... di leggere i suoi libri... di distendersi sui suoi cuscini... di mangiare tutto quello che voleva... di sedersi accanto al caminetto... di guardare il giardino... di vedere gli amici... di ascoltare succosi pettegolezzi... di accogliere i giorni scintillanti come pietre preziose sulla collana dell'anno... di prendere di nuovo parte al colorato spettacolo della vita.

Fece un pranzo splendido... il cosciotto d'agnello ripieno di Susan era cotto a puntino. Era bellissimo avere ancora fame. Osservò nella sua stanza tutte le cose che amava. Doveva metterci tende nuove... una cosa a metà tra un verde primaverile e un oro pallido; e certamente quella nuova credenza per gli asciugamani andava messa in bagno. Poi guardò fuori dalla finestra. C'era della magia nell'aria. Riuscì a cogliere solo uno scorcio azzurro della baia attraverso gli aceri; il salice piangente sul prato era una tenera pioggia d'oro. In alto si arcuavano vasti giardini celesti e una terra opulenta teneva l'autunno in suo possesso... una terra di colori incredibili, di luci mature e ombre che si allungavano. Cock Robin si dondolava come un matto in cima a un abete; i bambini ridevano nel frutteto raccogliendo mele. Le risate erano tornate a Ingleside. "La vita è qualcosa di più che 'chimica organica delicatamente bilanciata'", pensò felice.

Nella stanza scivolò Nan, gli occhi e il naso rossi per il pianto.

"Mamma, devo dirti... non posso rimandare ancora. Mamma, io ho *imbrogliato* Dio."

Anna fremette di nuovo per il tocco delicato della manina di un bambino che si aggrappava a lei... un bambino che cercava aiuto e consolazione per i suoi piccoli, gravi problemi. Ascoltò mentre Nan le raccontò singhiozzando tutta la sua storia, e cercò di mantenere la faccia seria. Anna aveva sempre cercato di mantenere la faccia seria quando era richiesta una faccia seria, non importava quanto follemente ne avrebbe poi riso assieme a Gilbert. Sapeva che la preoccupazione di Nan era vera e spaventosa per lei; e capì anche che la teologia di quella figlioletta necessitava di un po' di attenzione.

"Tesoro, ti sei sbagliata completamente su tutta questa faccenda. Dio non fa patti. Lui *dà*... dà senza chiederci nulla in cambio se non il nostro amore. Quando tu chiedi a me o a papà qualcosa che vuoi, noi non facciamo patti con te... e Dio è tanto, tanto più generoso di noi. E Lui lo sa molto meglio di noi cosa è bene dare."

"E non ti farà... non ti farà morire, mamma, perché non ho mantenuto la promessa?"

"Certo che no, tesoro."

"Mamma, anche se io mi sono sbagliata su Dio... non dovrei mantenere un patto una volta che l'ho fatto? Io *ho detto* che l'avrei fatto. Papà dice che bisogna sempre mantenere le promesse. Non cadrò *in disgrazia per sempre* se non lo faccio?"

"Quando mi sento meglio, tesoro, una notte uscirò con te... e andremo fuori dal cancello... e credo che allora non avrai paura di passeggiare nel cimitero. Questo alleggerirà la tua povera, piccola coscienza... e non farai più stupidi patti con Dio, vero?"

"No", promise Nan, con una sensazione di rimpianto, perché sentiva che stava rinunciando a una cosa che, pur con tutti gli inconvenienti, era stata piacevolmente eccitante. Ma negli occhi le era tornata la luce, e nella voce c'era di nuovo vivacità.

"Vado a lavarmi la faccia, poi torno a baciarti, mamma. E ti prenderò tutte le bocche di drago che trovo. È stato *spaventoso* senza di te, mamma."

"Oh, Susan!", disse Anna quando Susan le portò la cena, "Che mondo è! Che mondo bello, interessante, meraviglioso! Non è così, Susan?"

"Mi spingo al punto", ammise Susan, ricordando la bella fila di torte che aveva appena lasciato in dispensa, "da dire che è piuttosto tollerabile."

Capitolo 27

Quell'anno ottobre fu un mese molto felice a Ingleside, pieno di giorni in cui *bisognava per forza* correre, e cantare, e fischiettare. Mamma era di nuovo in piedi, rifiutando di farsi trattare da convalescente, facendo progetti per il giardino, ridendo di nuovo – Jem aveva sempre pensato che la mamma avesse una risata tanto bella e gioiosa – rispondendo a innumerevoli domande: "Mamma, quanta strada c'è da qui al tramonto?... mamma, perché non possiamo raccogliere la luce della luna che trabocca?... mamma, ma gli spiriti dei morti ritornano *davvero* ad Halloween?... mamma, qual è la causa della causa?... mamma, preferiresti farti uccidere da un serpente a sonagli che da una tigre, perché ti metterebbe sottosopra per mangiarti?... mamma, cos'è un bugigattolo?... mamma, è vero che una vedova è una donna che ha realizzato i propri sogni?... Wally Taylor dice che per lei è così... mamma, cosa fanno gli uccellini quando piove *tanto*?... mamma, è vero che siamo una famiglia *troppo* romantica?"

Quest'ultima domanda l'aveva fatta Jem, che a scuola aveva sentito la signora Alec Davies che lo diceva. A Jem non piaceva la signora Alec Davies, perché tutte le volte che lo incontrava con mamma o papà, lo toccava ripetutamente col suo lungo indice e domandava "Jemmy fa il bravo a scuola?" Jemmy! Forse erano *un po'* romantici. Susan doveva averlo certamente pensato quando aveva scoperto la passerella che portava al fienile generosamente decorata con chiazze di vernice cremisi. "*Abbiamo dovuto* farle per la nostra finta battaglia, Susan", spiegò Jem, "Rappresentano gli schizzi di sangue."

Di notte poteva esserci una fila di oche selvatiche che volava davanti a una luna rossa, e quando Jem le vedeva desiderava ardentemente volare via con loro, anche lui... verso lidi sconosciuti, e riportare indietro scimmie... leopardi... pappagalli... cose così... ed esplorare l'entroterra spagnolo.

Certe espressioni come "l'entroterra spagnolo" suonavano sempre irresistibilmente attraenti per Jem... "segreti del mare" era un'altra. Essere catturati dalle spire mortali di un pitone o combattere contro un rinoceronte ferito erano normale amministrazione per Jem. E la semplice parola "drago" gli dava un intensissimo brivido. Nella sua immagine preferita, fissata con le puntine sulla parete ai piedi del suo letto, c'era un cavaliere in armatura su un bel cavallo bianco e paffuto, in piedi sulle zampe posteriori mentre il suo cavaliere colpiva con una lancia un drago che aveva una splendida coda che gli strisciava dietro in riccioli e anse e terminava a forcella. Una bella dama con una veste rosa era inginocchiata a mani giunte, tranquilla e composta, sullo sfondo. Non c'era dubbio alcuno che la dama somigliasse moltissimo a Maybelle Reese, per la quale alla scuola di Glen novenni lance di ammirazione venivano già spezzate. Perfino Susan notò la somiglianza e per questo stuzzicava Jem, che arrossiva furiosamente. Ma il drago era davvero un po' deludente... sembrava così piccolo e insignificante sotto quel cavallo enorme. Non sembrava fosse necessario un coraggio particolare per trafiggerlo con la lancia. I draghi dai quali Jem salvava Maybelle nei suoi sogni segreti erano molto più "dragosi". E lunedì scorso l'aveva *davvero* salvata dal papero della vecchia Sarah Palmer. Peravventura[29]... ah, "peravventura" aveva un gran bel suono!... lei aveva notato l'aria maestosa con cui lui aveva catturato la creatura sibilante per il collo sinuoso e l'aveva scagliata dall'altra parte dello steccato. Ma un papero non era neanche lontanamente romantico quanto un drago.

Fu un ottobre di venti... piccoli venti che facevano le fusa nella valle e grandi venti che frustavano le cime degli aceri... venti che ululavano lungo le spiagge sabbiose ma si rannicchiavano quando arrivavano alle rocce... si rannicchiavano e balzavano. Le notti, con le loro assonnate lune rosse e piene, erano tanto fredde da rendere piacevole il pensiero di un letto caldo, i cespugli di mirtilli si fecero scarlatti, le felci morte erano di un intenso marrone-rossiccio, i sommachi bruciavano dietro il fienile, pascoli verdi erano qua e là come macchie sui campi strinati di Upper Glen e c'erano crisantemi dorati e color ruggine nell'angolo degli abeti rossi del prato. C'erano scoiattoli che chiacchieravano allegramente dappertutto e grilli violinisti per danze fatate su migliaia di colline. C'erano mele da raccogliere e carote da scavare. Certe volte i ragazzi andavano a scavare i quahog[30] con il Capitan Malachi quando le misteriose

---

29 Peravventura, o per avventura: termine antiquato e aulico che significa "per caso", o anche "forse". «Egli poté in su lo stremo aver sì fatta contrizione che per avventura Idio ebbe misericordia di lui» - Boccaccio (NDR)

30 Quahog: mollusco commestibile bivalve tipico della costa est del Nord America, a partire appunto dall'Isola del Principe Edward fino alla penisola dello Yucatan (NDR)

"maree" lo permettevano... maree che salivano ad accarezzare la terra ma che poi scivolavano di nuovo al loro mare profondo. C'era puzza di foglie bruciate per tutta Glen, un gran mucchio di grandi zucche gialle in fienile, e Susan fece le sue prime crostate di mirtilli. Ingleside risuonava di risate dall'alba al tramonto. Perfino quando i bambini più grandi erano a scuola ormai Shirley e Rilla erano cresciuti abbastanza da mantenere viva la tradizione delle risate. Perfino Gilbert quell'autunno rideva più del solito. "Mi piace un papà che sa ridere", rifletté Jem. Il dottor Bronson di Mowbray Narrows non rideva mai. Si diceva che avesse costruito tutta la sua pratica sul suo aspetto contegnoso da saggio. Ma papà aveva un'attività ancora migliore e quando qualcuno non poteva ridere delle sue battute voleva dire che stava molto male.

In ogni giornata calda Anna, bevendo colore come fosse stato vino, era impegnata nel suo giardino, dove l'ultima luce del sole cadeva sugli aceri cremisi godendo della squisita tristezza della bellezza fugace. Un pomeriggio dorato e grigio fumo lei e Jem piantarono i bulbi di tulipano, che avrebbero prodotto una risurrezione di rosa, e di scarlatto, e di porpora, e di oro a giugno. "Non è bello prepararsi alla primavera quando sai che devi affrontare l'autunno, Jem?" "Ed è bello abbellire il giardino", disse Jem, "Susan dice che è Dio a rendere tutto bello, ma noi possiamo aiutarlo un pochino, no, mamma?"

"Sempre... sempre, Jem. Lui divide questo privilegio con noi."

Eppure nulla è mai perfetto. Gli abitanti di Ingleside erano preoccupati per Cock Robin. Avevano detto loro che quando i pettirossi se ne fossero andati, se ne sarebbe voluto andare via anche lui[31].

"Tenetelo chiuso finché tutti gli altri non se ne vanno e non viene la neve", consigliò il Capitan Malachi, "Così lui se ne dimentica e starà a posto fino a primavera."

Così Cock Robin divenne una sorta di prigioniero. Si fece assai irrequieto. Volava inutilmente per la casa o si appollaiava sul davanzale a guardare con nostalgia i suoi compagni che si preparavano a seguire chissà che richiamo misterioso. L'appetito lo abbandonò, neppure i vermi o le noci più

---

31 Il pettirosso americano è in realtà una varietà di tordo, ed è una specie migrante, a differenza del nostro pettirosso, che è un passeraceo (anche se un tempo lo si classificava nella famiglia dei tordi), più piccolo di quello americano, ed è stanziale (NDR)

"nociose" di Susan potevano tentarlo. I bambini gli indicavano tutti i pericoli che poteva incontrare... freddo, fame, solitudine, tempeste, notti buie, gatti. Ma Cock Robin aveva sentito o udito il richiamo e tutto il suo essere si struggeva dal desiderio di rispondere.

Susan fu l'ultima ad arrendersi. Per diversi giorni fu molto cupa, ma alla fine "Lasciatelo andare", disse, "Va contro la sua natura tenerlo chiuso qui."

Lo liberarono l'ultimo giorno di ottobre, dopo che lui aveva fatto la muta da un mese. I bambini gli diedero il bacio d'addio con le lacrime agli occhi. Lui volò via gioiosamente, tornò il mattino dopo sul davanzale di Susan per prendere le briciole e poi spalancò le ali per il lungo volo. "Può darsi che la prossima primavera torni da noi", Anna disse a Rilla, che singhiozzava. Ma Rilla era inconsolabile.

"È troppo lontano", singhiozzò.

Anna sorrise e sospirò. Le stagioni che sembravano troppo lontane a Rilla cominciavano a essere troppo rapide per lei. Un'altra estate era finita, aveva abbandonato la vita con l'oro senza età delle torce dei pioppi. Presto – troppo presto – i bambini di Ingleside non sarebbero più stati bambini. Ma erano ancora suoi... suoi da accogliere quando tornavano a casa la sera... suoi per riempire la vita di meraviglia e piacere... suoi da amare, rallegrare e rimproverare... un po'. Perché certe volte erano veramente tanto discoli, ma anche così non meritavano certo che la signora Alec Davies li avesse chiamati "quel branco di demoni di Ingleside" quando aveva saputo che Bertie Shakespeare Drew si era lievemente scottato quando aveva sostenuto la parte dell'Indiano Rosso bruciato al palo nella Valle dell'Arcobaleno. A Jem e Walter per slegarlo c'era voluto un po' più di tempo di quanto pattuito. E anche loro si erano lievemente ustinati, ma *nessuno* li aveva compatiti.

Quell'anno novembre fu un mese squallido... un mese di venti dall'est e nebbie. Certi giorni non c'era altro che nebbia fredda che scorreva o languiva sul mare grigio dietro la secca. I pioppi tremanti persero le ultime foglie. Il giardino era morto e tutti i colori e la personalità l'avevano abbandonato... tranne che nell'aiola di asparagi, che era ancora un'affascinante giungla dorata. Walter dovette abbandonare il suo posatoio-studio sull'acero e fare i compiti in casa. Pioveva... e pioveva... e pioveva. "Il mondo tornerà *mai* asciutto?", si lamentò Di, disperata. Poi ci fu una settimana pervasa dalla magia del sole estivo dell'estate indiana[32], e nelle sere di freddo intenso mamma toccava con un fiammifero i carboni nel caminetto e Susan arrostiva le patate con la cena.

In quelle sere il grande caminetto era il centro della casa. Il momento più interessante della serata era quando vi si radunavano attorno dopo cena. Anna cuciva e pianificava piccoli guardaroba invernali... "Nan deve avere un vestito rosso, visto che è tanto determinata ad averlo"... e certe volte pensava ad Anna, che ogni anno cuciva il cappottino per il piccolo Samuele[33]. Le mamme erano sempre le stesse per tutti i secoli... una grande sorellanza di amore e dedizione... quelle ricordate come quelle dimenticate.

Susan sentiva i bambini compitare e poi si divertivano insieme come volevano. Walter, che viveva nel suo mondo di fantasia e bei sogni, era assorto nella scrittura di una serie di lettere dallo scoiattolo che viveva nella Valle dell'Arcobaleno allo scoiattolo che viveva dietro il fienile. Susan fece finta di farsene beffe quando lui gliele lesse, ma in segreto le copiò e le spedì a Rebecca Dew.

"Io le trovo leggibili, cara Miss Dew, anche se voi forse le considerereste troppo insignificanti da leggere con attenzione. In quel caso spero che vorrete perdonare una *vecchia rimbambita* se vi secco con queste. Dicono che sia molto bravo a scuola e perlomeno queste composizioni non sono poesie. Potrei anche aggiungere che il piccolo Jem ha avuto novantanove al suo esame di aritmetica la settimana scorsa e nessuno capisce perché gli hanno levato l'ultimo punto. Forse non dovrei parlare così, cara Miss Dew, ma sono convinta che quel bambino sia nato per qualcosa di grande. Forse noi non vivremo tanto da vederlo, ma lui potrebbe diventare Primo Ministro del Canada."

Gamberetto si crogiolava al caldo e il gattino di Nan, Pussywillow, che faceva sempre pensare a una signora elegante e squisita vestita di nero e d'argento, si arrampicava imparzialmente sulle gambe di tutti. "Due gatti, e impronte di topo dappertutto in cantina", era l'inciso infastidito di Susan. I

---

32 L'estate indiana è un'ondata calda che si verifica in autunno, tra settembre e novembre, durante la quale per qualche giorno la temperatura si alza al di sopra della norma stagionale. Corrisponde alla nostra estate di San Martino (NDR)

33 Il riferimento è al profeta biblico Samuele e a sua madre Anna (NDR)

bambini chiacchieravano di tutte le loro piccole avventure insieme e il lamento del mare arrivava sulle ali della fredda notte autunnale.

Certe volte Miss Cornelia arrivava per una breve visita mentre suo marito scambiava pareri nel negozio di Carter Flagg. Allora piccoli ascoltatori tendevano le orecchie lunghe, perché Miss Cornelia aveva sempre gli ultimi pettegolezzi e loro sentivano sempre cose interessantissime sulla gente. Sarebbe stato divertentissimo la domenica seguente sedersi in chiesa e guardare le summenzionate persone, e assaporare tutto quello che sapevi di loro, per quanto adesso apparissero compassati e decorosi.

"Ah, come si sta bene qui, Anna. È una notte davvero pungente e sta cominciando a nevicare. Il dottore è uscito?"

"Sì. Non sopportavo vederlo andar via... ma gli hanno telefonato da Harbour Head che la signora Brooker Shaw voleva assolutamente vederlo", disse Anna, mentre Susan rapidamente e furtivamente levava dal tappetino un'enorme lisca che Gamberetto aveva portato in casa, pregando che Miss Cornelia non l'avesse vista.

"Non è più malata di me", disse Susan, aspra, "Ma ho sentito dire che ha *una nuova camicia da notte di pizzo* e senza dubbio vuole che il suo dottore la veda che la indossa. Camicie da notte di pizzo! Bah!"

"Sua figlia Leona gliel'ha portata da Boston. È arrivata Venerdì sera con *quattro bauli*", disse Miss Cornelia, "Me lo ricordo quando partì per gli States nove anni fa, trascinandosi una vecchia borsa Gladstone con le cose che spuntavano fuori. Era quando si sentiva triste perché Phil Turner l'aveva mollata. Cercò di tenerlo nascosto, ma lo sapevano tutti. Ora è tornata per 'prendersi cura di sua mamma', così dice. Cercherà di flirtare col dottore, cara Anna, ti avviso. Ma non credo che a lui importerà, neppure se è un uomo. E tu non sei come la signora Bronson di Mowbray Narrows. Mi dicono che lei è gelosissima delle pazienti donne di suo marito."

"E anche delle infermiere professionali", disse Susan.

"Be', alcune di quelle infermiere professionali sono troppo carine per il loro lavoro", disse Miss Cornelia, "Prendi Janie Arthur; tra un caso e l'altro si riposa e cerca di far sì che i suoi due ragazzi non scoprano l'uno dell'altro."

"Per quanto sia carina, non è certo di primo pelo", disse Susan, decisa, "e per lei sarebbe molto meglio fare una scelta e sistemarsi. Guardate sua zia Eudora... diceva che non voleva sposarsi se prima non finiva di flirtare, e guardate il risultato. Anche adesso cerca di flirtare con ogni uomo che vede anche se ha quarantacinque anni, come minimo. Ecco cosa succede quando si prende un'abitudine. Avete mai saputo, cara signora Dottore, cosa disse a sua cugina Fanny quando quella si sposò? 'Stai prendendo i miei scarti', le disse. Mi hanno detto che volarono parole grosse e che da allora non si parlano più."

"Morte e vita sono in potere della lingua[34]", disse Anna, distratta.

"Parole vere, mia cara. A proposito, vorrei che il signor Stanley fosse un po' più accorto coi suoi sermoni. Ha offeso Wallace Young e Wallace adesso lascia la chiesa. Tutti dicono che il sermone di domenica scorsa era indirizzato a lui."

"Se un sacerdote recita un sermone che colpisce qualcuno in particolare, la gente pensa sempre che fosse diretto proprio a lui", disse Anna, "Un cappello di seconda mano a qualcuno starà certamente bene, ma questo non significa che sia stato fatto per lui."

"Sembra sensato", approvò Susan, "E Wallace Young non mi piace. Tre anni fa permise a una ditta di dipingere annunci pubblicitari sulle sue mucche. Troppo parsimonioso, secondo me."

"Suo fratello David finalmente si sposa", disse Miss Cornelia, "Ha impiegato un sacco di tempo a decidere cosa costasse meno, sposarsi o assumere una cameriera. '*È possibile* tenere una casa senza una donna, Cornelia, ma è difficile far progressi', mi disse una volta dopo la morte di sua madre. Ho idea che stesse tastando il terreno, ma da me non ebbe nessun incoraggiamento. E finalmente si sposa con Jessie King."

"Jessie King? Ma pensavo che in giro si dicesse che stava corteggiando Mary North!"

"Lui dice che non vuole sposare una donna che mangia cavoli. Ma gira una storia secondo la quale lui s'è proposto a lei, e lei l'ha preso a sberle. E dicono che Jessie King abbia detto che avrebbe preferito un uomo più bello ma che si farà bastare lui. Be', certo, per certa gente durante la tempesta ogni porto va bene."

"Io non credo, signora Marshall Elliott, che la gente di queste parti dica neanche la metà delle cose che si dice abbia detto", fu l'ammonimento di Susan, "Secondo me Jessie King sarà per

---

34 Citazione biblica. Proverbi, 18:21 (NDR)

David Young una moglie migliore di quanto lui non meriti... anche se per quanto riguarda l'aspetto ammetto che somiglia a una di quelle cose portate a terra dalla marea."

"Sapete che Alden e Stella hanno una bambina piccola?", domandò Anna.

"Così ho saputo. Spero che Stella sia per sua figlia una madre più assennata di quanto Lisette sia stata con lei. Ci crederesti, cara Anna, che Lisette si mise letteralmente a piangere perché la figlia di sua cugina Dora cominciò a camminare prima di Stella?"

"Sì, le madri sono una razza stupida", sorrise Anna, "Mi ricordo di aver provato una furia decisamente omicida quando al piccolo Bob Taylor, che aveva più o meno la stessa età di Jem, spuntarono tre dentini mentre a Jem ne era spuntato uno soltanto."

"Bob Taylor dev'essere operato alle tonsille", disse Miss Cornelia.

"Perché noi non ci operiamo mai, mamma?". Domandarono Walter e Di, in tono ferito. Spesso dicevano la stessa cosa insieme. Poi univano le dita ed esprimevano un desiderio. "Pensiamo e proviamo le stesse cose su tutto", era solita spiegare Di, entusiasta.

"Come potrei mai dimenticare il matrimonio di Elsie Taylor?", disse Miss Cornelia, abbandonandosi alle memorie, "La sua migliore amica, Maisie Millison, doveva suonare la marcia nuziale. E invece suonò la marcia funebre dal Saul. Naturalmente ha sempre sostenuto d'essersi sbagliata perché era tanto agitata, ma la gente era di parere diverso. Voleva sposare lei Mac Moorside. Un briccone belloccio con una gran parlantina... diceva sempre alle donne quel che pensava loro volessero sentire. Fece fare a Elsie una vita avvilente. Ah, be', Anna cara, sono entrambi passati da tempo nella Terra del Silenzio, adesso Maisie è sposata con Harley Russell da anni, e nessuno ricorda più che lui le chiese di sposarlo aspettandosi che lei rispondesse 'no' e invece gli rispose 'sì'. Se l'è dimenticato perfino Harley... che roba da uomini! Crede di aver trovato la moglie migliore del mondo e si congratula con se stesso per essere riuscito a conquistarla."

"Perché le chiese di sposarlo se voleva che lei gli dicesse di no? Mi sembra una procedura stranissima", disse Susan... aggiungendo immediatamente dopo, con demoralizzante umiltà, "Ma naturalmente, non ci si aspetta che io debba capire nulla di queste faccende."

"Gliel'ordinò suo padre. Lui non voleva, ma pensò che fosse meglio... oh, è arrivato il dottore."

Quando Gilbert entrò, una piccola folata di neve entrò con lui. Lui si levò il cappotto e si sedette soddisfatto davanti al camino.

"Ho fatto più tardi di quanto pensassi..."

"Senza dubbio la nuova camicia da notte di pizzo era molto attraente", disse Anna lanciando un sorriso birichino a Miss Cornelia.

"Ma di che parli? Certe battute femminili sono troppo per la mia grezza percezione maschile, presumo. Sono stato a Upper Glen per vedere Walter Cooper."

"È un mistero come quell'uomo tenga duro", disse Miss Cornelia.

"Non ho pazienza con lui", sorrise Gilbert, "Dovrebbe essere morto da un sacco di tempo. Un anno fa gli diedi due mesi di vita, e lui è ancora qui a rovinarmi la reputazione continuando a vivere."

"Se conosceste i Cooper bene quanto li conosco io, non vi azzardereste a fare pronostici su di loro. Non lo sapete che suo nonno tornò in vita dopo che gli avevano già scavato la tomba e portato la bara? L'impresario di pompe funebri non volle neanche riprendersela indietro. A ogni modo, ho saputo che Walter Cooper si diverte un mondo a fare le prove del suo funerale... che roba da uomini! Ah, ecco la campana di Marshall... e questo barattolo di pere sottaceto sono per te, Anna cara."

Andarono tutti alla porta per accompagnare Miss Cornelia. Gli occhi grigio scuro di Walter scrutarono nella notte burrascosa.

"Mi chiedo dove sia Cock Robin stanotte e se sente la nostra mancanza", disse, nostalgico. Forse Cock Robin era andato in quel posto misterioso che la signora Elliott chiamava sempre la Terra del Silenzio.

"Cock Robin è a sud in un paese pieno di sole", disse Anna, "Tornerà in primavera. Ne sono sicura, e mancano solo cinque mesi. Pulcini, voi dovreste essere a letto già da tanto tempo."

"Susan", stava dicendo Di in dispensa, "ti piacerebbe avere un bambino? Io lo so dove potresti procurartene uno... nuovo."

"Ah, sì? Dove?"

"Ne hanno uno nuovo da Amy. Amy dice che l'hanno portato gli angeli e lei pensa che avrebbero potuto essere più accorti. Hanno otto bambini adesso, senza contare l'ultimo. Ieri ho sentito che dicevi che ti sentivi triste a vedere che Rilla diventava tanto grande... non hai più bambini, adesso. Sono sicura che la signora Taylor ti darebbe il suo."

"Che cose pensano i bambini! I Taylor ce l'hanno nel sangue di avere famiglie numerose. Il padre di Andrew Taylor non ha mai saputo dire su due piedi quanti figli avesse... doveva sempre fermarsi e contarli. Ma non penso che mi vada ancora di prendere un bambino estraneo."

"Susan, Amy Taylor dice che tu sei una vecchia zitella. È vero?"

"Questa è la sorte che la saggia Provvidenza ha ordinato per me", disse Susan, risoluta.

"Susan, *ti piace* essere una vecchia zitella?"

"Non posso sinceramente dire che mi piaccia, piccina mia. Ma", aggiunse Susan, ricordando il destino di certe mogli che conosceva, "ho imparato che ci sono risarcimenti. Ora porta a tuo padre la sua torta di mele e io gli porto il tè. Quel poveretto deve stare per svenire dalla fame."

"Mamma, noi abbiamo la casa più bella del mondo, vero?", disse Walter, risalendo assonnato le scale, "Però... non pensi che migliorerebbe se avessimo anche qualche fantasma?"

"Fantasma?"

"Sì. La casa di Jerry Palmer è piena di fantasmi. Lui ne ha visto uno... una signora alta vestita di bianco e con una mano scheletrica. Ne ho parlato con Susan e lei ha detto che o stava dicendo bugie o aveva qualche problema allo stomaco."

"Susan aveva ragione. E a Ingleside ha vissuto solo gente felice, perciò vedi che non siamo tipi da fantasmi. Ora di' le preghiere e va' a dormire."

"Mamma, credo di essere stato cattivo ieri sera. Ho detto 'dacci *domani* il nostro pane quotidiano' invece di *oggi*. Mi sembrava più logico. Mamma, credi che Dio se la sia presa?"

Capitolo 28

Cock Robin tornò quando Ingleside e la Valle dell'Arcobaleno bruciarono di nuovo delle fiamme verdi ed elusive della primavera, e portò una sposa con sé. I due costruirono un nido sul melo di Walter e Cock Robin riprese tutte le sue vecchie abitudini, ma la sua sposa era più timida o meno temeraria e non si lasciava mai avvicinare troppo. Susan pensò che il ritorno di Cock Robin fosse un vero miracolo e ne scrisse a Rebecca Dew quella sera stessa.

Il riflettore sulla piccola commedia della vita di Ingleside si spostava di tanto in tanto, cadendo ora su questa cosa ora su quell'altra. Avevano superato l'inverno senza che nulla di particolarmente fuori dal comune capitasse a nessuno di loro e a giugno fu il turno di Di di vivere la sua grande avventura.

Una nuova bambina aveva cominciato ad andare a scuola... una bambina che disse, quando la maestra le chiese il suo nome, "Sono Jenny Penny", come qualcun altro avrebbe potuto dire "Sono la Regina Elisabetta" o "Sono Elena di Troia". Nello stesso istante in cui lo disse c'era da pensare che non sapere chi fosse Jenny Penny volesse dire essere ignoranti, e non essere trattati con sufficienza da Jenny Penny voleva dire non esistere affatto. Perlomeno, fu così che si sentì Diana Blythe, anche se non sarebbe stata in grado di esprimerlo esattamente a parole.

Jenny Penny aveva nove anni contro gli otto di Di, ma fin dall'inizio si inserì nelle file delle "ragazze grandi" di dieci e undici anni. Queste scoprirono che non potevano snobbarla né ignorarla. Non era graziosa ma il suo aspetto faceva colpo... tutti la guardavano due volte. Aveva un volto rotondo e color crema, con una soffice nuvola di capelli opachi, neri come la fuliggine, e occhi d'un azzurro cupo con lunghe ciglia nere e aggrovigliate. Quando sollevava lentamente quelle ciglia e ti guardava con quegli occhi sprezzanti, ti faceva sentire come un verme che si sente già abbastanza onorato perché non viene schiacciato. Era meglio essere snobbati da lei che corteggiati da chiunque altro. Ed essere scelti da Jenny Penny come temporanea confidente era un onore quasi troppo grande da sopportare. Perché l'amicizia di Jenny Penny era eccitante. Evidentemente i Penny non erano persone ordinarie. La zia di Jenny, Lina, si diceva possedesse una favolosa collana d'oro e granati che le era stata data da uno zio miliardario. Una delle sue cugine aveva un anello di diamanti che costava mille dollari e un'altra cugina aveva vinto un trofeo di elocuzione battendo millesettecento antagonisti. Aveva una zia che faceva la missionaria e lavorava in mezzo ai leopardi in India. In breve le scolare di Glen, almeno per un po', accettarono Jenny Penny sottoponendosi alle sue critiche, la guardarono dal basso in alto con un misto di ammirazione e invidia, e parlarono così tanto di lei e delle sue cene che alla fine i loro genitori furono obbligati a prestarvi attenzione.

"Susan, *chi è* quella bambina dalla quale Di sembra tanto affascinata?", domandò Anna una sera, dopo che Di aveva raccontato della "residenza" nella quale viveva Jenny, con merletti di legno bianco attorno al tetto, cinque porte-finestre, un meraviglioso boschetto di betulle dietro e una mensola di marmo rosso sopra il camino del salotto, "Penny è un nome che non ho mai sentito ai Quattro Venti. Sai qualcosa di quella gente?"

"È una nuova famiglia che si è appena trasferita alla vecchia fattoria dei Conway a Base Line, cara signora Dottore. Dicono che il signor Penny sia un falegname che non è mai riuscito a guadagnarsi da vivere con la falegnameria... essendo troppo impegnato, da quel che ho capito, a cercare di dimostrare che Dio non esiste... e così ha deciso di provarci con l'agricoltura. Da tutto quel che sono riuscita a sapere, devono essere tipi bizzarri. I piccoli fanno quello che vogliono. Lui dice che da ragazzino è stato comandato a morte e non vuole che con i suoi figli sia lo stesso. Ecco perché questa Jenny viene alla scuola di Glen. Loro stanno più vicino a Mowbray Narrows e gli altri figli vanno lì, ma Jenny ha deciso che voleva venire a Glen. Metà della fattoria dei Conway è in questo distretto, perciò il signor Penny paga le tasse per tutte e due le scuole e può mandare i i figli a entrambe, se gli va. Anche se pare che questa Jenny sia sua nipote, non sua figlia. Suo padre e sua madre sono morti. Dicono che sia stato George Andrew Penny a portare le pecore nel seminterrato della chiesa battista a Mowbray Narrows. Non dico che non siano rispettabili, ma sono tanto *sciatti*, cara signora Dottore... e la casa è tutta a soqquadro... e, se posso permettermi di darvi un consiglio, fareste meglio a non permettere a Diana di socializzare con una tribù di scimmie come quella."

"Non posso proprio impedirle di frequentare Jenny a scuola, Susan. Non ho veramente nulla contro quella bambina, anche se sono sicura che esageri quando parla dei suoi parenti e delle sue avventure. A ogni modo, probabilmente a Di questa 'cotta' passerà presto e non sentiremo più parlare di Jenny Penny."

Però continuarono a sentir parlare di lei. Jenny disse a Di che lei le piaceva più di tutte le altre bambine alla scuola di Glen e Di, alla quale parve che una regina si fosse abbassata al suo livello, rispose con adorazione. Divennero inseparabili durante gli intervalli; si scrivevano bigliettini nel fine-settimana; si davano e ricevevano "morsi" di gomma; si scambiavano i bottoni e si aiutavano a spolverarli; e alla fine Jenny chiese a Di di andare a casa da lei dopo scuola e fermarsi a dormire.

Mamma disse un "No" molto deciso e Di pianse copiosamente.

"Mi hai fatto passare la notte da Persis Ford", singhiozzò.

"Quello... era diverso", disse Anna, vaga. Non voleva che Di diventasse snob, ma aveva sentito cose a proposito della famiglia di Jenny tali da farle capire che fosse fuori questione che lei potesse essere un'amica per i bambini di Ingleside, e negli ultimi tempi era notevolmente preoccupata per il fascino che Jenny aveva evidentemente per Diana.

"Non vedo nessuna differenza", piagnucolò Di, "Jenny è elegante quanto Persis, ecco! Lei non mastica *mai* le gomme comprate. Ha una cugina che conosce tutte le regole dell'etichetta, e Jenny le ha imparate da lei. Jenny dice che *noi* non sappiamo cos'è l'etichetta. E ha avuto avventure emozionantissime."

"Chi ti ha detto che le ha avute?", domandò Susan.

"Me l'ha detto lei. I suoi non sono ricchi, ma hanno parenti molto ricchi e rispettabili. Jenny ha uno zio che fa il giudice, e un cugino della madre che è il capitano della nave più grande del mondo. Jenny battezzò la nave per lui quando fu varata. *Noi* non abbiamo uno zio che fa il giudice, e nemmeno una zia che fa la missionaria tra i leopardi."

"Lebbrosi, tesoro, non leopardi."

"Jenny *ha detto* leopardi. E credo che dovrebbe saperlo, visto che è sua zia. E in casa sua ci sono così tante cose che voglio vedere... la sua stanza ha la carta da parati coi *pappagalli*... e il loro salotto è *pieno* di gufi impagliati... e nell'ingresso hanno un tappetino all'uncinetto con sopra una casa... e le veneziane coperte di rose... e una *vera casa* in cui giocare... gliel'ha costruita suo zio... e sua Nonna vive con loro ed è la persona più vecchia del mondo. Jenny dice che c'era già prima del diluvio. Potrei non avere mai più un'altra occasione di vedere una persona che c'era già prima del diluvio."

"Ho saputo che la Nonna ha quasi cent'anni", disse Susan, "Ma se Jenny ti ha detto che c'era prima del diluvio, ti ha detto una bugia. Probabilmente ti prenderesti chissà cosa se vai in un posto come quello."

"Hanno già avuto tutto quello che potevano avere un sacco di tempo fa", protestò Di, "Jenny dice che hanno avuto gli orecchioni, il morbillo, la pertosse e la scarlattina, tutte in un anno."

"Io non sorvolerei sul fatto che hanno avuto anche il vaiolo", borbottò Susan, "Qui qualcuno sembra essere stato stregato!"

"Jenny deve farsi levare le tonsille", singhiozzò Di, "Ma questo non è contagioso, vero? Jenny aveva una cugina che morì quando le tolsero le tonsille... morì dissanguata senza riprendersi più. Perciò potrebbe succedere anche a Jenny, se è una cosa di famiglia. Lei è delicata... la settimana scorsa è svenuta tre volte. Però lei è preparata. E questo è in parte il motivo per cui vuole che passi la notte da lei... così avrei questo da ricordarmi se lei morisse. *Ti prego*, mamma. Ci vado senza il cappello nuovo coi nastri che scendono che mi hai promesso, se mi lasci andare."

Ma mamma fu irremovibile e Dì se ne andò al suo cuscino di lacrime. Nan non fu solidale con lei... Nan "non sopportava" Jenny Penny.

"Non so cosa sia preso a quella bambina", disse Anna, preoccupata, "Non si era mai comportata così prima. Come hai detto tu, quella piccola Penny sembra averla stregata."

"Avete ragione a rifiutarvi di lasciarla andare in un posto tanto al di sotto di lei, cara signora Dottore."

"Oh, Susan, io non voglio che lei pensi che ci sia gente 'inferiore' a lei. Ma dobbiamo tracciare un limite da qualche parte. Non è tanto Jenny... penso che lei sia innocua, a parta la sua abitudine di esagerare... ma mi hanno detto che i ragazzi sono davvero tremendi. La maestra di Mowbray Narrows non sa più a che santo votarsi a causa loro."

"Ma sono così *TRITANNI* con te?", domandò altezzosa Jenny quando Di le disse che non aveva avuto il permesso di andare da lei, "Io non permetterei mai a nessuno di trattare *me* così. Ho troppa forza di volontà. Sai che io dormo fuori di casa tutte le volte che mi viene in mente di farlo? Scommetto che a te non è mai venuto in mente di fare una cosa simile."

Di guardò con un senso di doloroso desiderio quella bambina misteriosa che spesso aveva "dormito fuori di casa". Che cosa meravigliosa!

"Non te la prendi con me se non vengo, vero, Jenny? Tu lo sai che io volevo venire."

"Ma certo che non me la prendo con te. *Certe bambine* non lo sopportano di farsi trattare così, ma tu forse non ci puoi fare niente. Ci potevamo divertire. Avevo in mente di andare a pescare al chiaro di luna nel ruscello che abbiamo dietro. Noi lo facciamo spesso. Io ho preso certe trote *grandi così*. Abbiamo dei maialini carinissimi, e un nuovo puledro che è proprio un amore, e una cucciolata di cagnolini. Be', allora dovrò chiedere a Sadie Taylor. Sua mamma e suo papà le permettono di essere indipendente."

"Mio papà e mia mamma sono molto buoni con me", protestò Di, leale, "E mio papà è il dottore più bravo dell'isola. Lo dicono tutti."

"Ti dai le arie perché tu hai una mamma e un papà e io no", disse Jenny, sdegnosa, "Allora mio papà ha le ali e porta sempre una corona d'oro. Ma non è che per questo io me ne vado in giro a darmi le arie, no? No, Di, non voglio litigare con te, ma non sopporto quelli che si vantano dei loro genitori. Non sta bene per l'etichetta. E io ho deciso che voglio essere una signora. Quando quella Persis Ford di cui parli sempre viene ai Quattro Venti quest'estate, io non voglio frequentarla. Zia Lina dice che sua mamma ha qualcosa di strano. Era sposata con un morto che poi è tornato in vita..."

"Oh, Jenny, non è affatto andata così. Io lo so... me l'ha detto mamma... zia Leslie..."

"Non voglio sentir parlare di lei. Qualunque cosa sia, è una cosa di cui è meglio non parlare, Di. Ecco la campanella."

"Lo chiederai veramente a Sadie?", disse Di, con voce strozzata, gli occhi sgranati per il dolore.

"Be', non subito. Prima aspetto e vedo che succede. Forse ti darò un'altra occasione. Ma se lo farò, sarà l'ultima volta."

Qualche giorno dopo, alla ricreazione, Jenny Penny andò da Di. "Ho sentito Jem dire che tuo papà e tua mamma sono andati via ieri e torneranno solo domani sera."

"Sì, sono andati ad Avonlea a trovare zia Marilla."

"È la *tua occasione.*"

"La mia occasione?"

"Di passare tutta la notte con me."

"Oh, Jenny... ma non posso."

"Ma certo che puoi. Non essere stupida. Non lo sapranno mai."

"Ma Susan non mi lascerebbe..."

"Tu non devi chiederglielo. Vieni a casa con me dopo scuola. Nan può dirle dove sei così non si preoccupa. E non lo dirà alla tua mamma e al tuo papà quando tornano. Avrà troppa paura che daranno la colpa a lei."

Per Di fu un'agonia d'indecisione. Sapeva perfettamente bene che non doveva andare con Jenny, ma la tentazione era irresistibile. Jenny volse verso Di la batteria completa dei suoi occhi straordinari.

"È la tua *ultima occasione*", disse con toni drammatici, "Io non posso frequentare chi pensa di essere troppo importante per venirmi a trovare. Se non vieni ci separeremo *per sempre*."

E questo sistemò tutto. Di, ancora alla mercé del fascino di Jenny Penny, non poté sopportare il pensiero di separarsi per sempre. Quel pomeriggio Nan tornò a casa da sola e disse a Susan che Di era andata a passare tutta la notte da Jenny Penny. Se Susan fosse stata in forma come al solito sarebbe andata difilato dai Penny per riportare Di a casa. Ma quella mattina Susan si era slogata una caviglia e se anche poteva arrangiarsi zoppicando su e giù per preparare da mangiare ai bambini, sapeva che non sarebbe mai riuscita a percorrere un miglio fino alla via di Base Line. I Penny non avevano il telefono e Jem e Walter si rifiutarono recisamente di andare. Erano stati invitati a una grigliata di molluschi al faro, e dai Penny Di non l'avrebbero sicuramente mangiata. Susan dovette rassegnarsi all'inevitabile.

Di e Jenny arrivarono a casa attraversando i campi, che faceva un po' più di un quarto di miglio. Di, nonostante i rimorsi di coscienza, era felice. Attraversarono posti bellissimi... piccoli recessi di felci aquiline, infestati dagli elfi, nei recessi di boschi d'un verde intenso, una forra frusciante e ventosa dove si sprofondava nei ranuncoli fino al ginocchio, un viale serpeggiante sotto giovani aceri, un ruscello che era una sciarpa iridescente di fiori, un pascolo assolato pieno di fragole. Di, che si stava appena svegliando alla percezione delle bellezze del mondo, era estasiata e quasi desiderò che Jenny non parlasse tanto. A scuola andava bene, ma qui Di non era sicura di voler sentire di quella volta in cui Jenny si avvelenò – *scasualmente*, ovvio – prendendo la medicina sbagliata. Jenny dipinse meravigliosamente la sua agonia, ma fu piuttosto vaga sul motivo per cui alla fine non fosse morta. Aveva "perso conoscenza" ma alla fine il dottore era riuscito a strapparla dall'orlo della fossa.

"Anche sa da allora non sono più la stessa. Di Blythe, che stai guardando? Mi sembra che tu non stai ascoltando affatto."

"Oh, sì che ho ascoltato", disse Di, colpevole, "Penso che tu abbia avuto una vita straordinaria, Jenny. Ma guarda quella veduta."

"Veduta? Cos'è una veduta?"

"È... è una.. è una cosa che si guarda. Quella...", e agitò la mano verso quel panorama di prati, e boschi, e colline colpite dalle nuvole, con la tacca color zaffiro del mare tra le colline.

Jenny tirò su col naso.

"Solo un mucchio di vecchi alberi e mucche. L'ho visto centinaia di volte. Certe volte sei veramente uno spasso, Di Blythe. Non voglio offenderti, ma ogni tanto mi sembra che tu non ci stia tanto con la testa. Lo penso davvero. Ma forse non ci puoi fare niente. Dicono che la tua mamma vaneggia sempre a questo modo. Eccoci, questa è casa nostra."

Di guardò attentamente la casa dei Penny e sopravvisse al suo primo choc di disillusione. Era *questa* la "residenza" di cui Jenny aveva parlato? Era grande, certo, e aveva cinque portefinestre; ma aveva un increscioso bisogno di una tinteggiatura e gran parte del "pizzo di legno" mancava. La veranda era malamente avvallata e la lunetta sopra la porta, un tempo graziosa, era rotta. Le veneziane erano piegate, c'erano diversi pezzi di carta marrone alle finestre al posto dei vetri e "il bel boschetto di betulle" era rappresentato da pochi vecchi alberi smilzi e nervosi. I fienili erano in condizioni estremamente fatiscenti, il cortile era pieno di vecchi macchinari arrugginiti e il giardino era un'assoluta giungla di erbacce. Di non aveva mai visto nulla di simile in vita sua e per la prima volta le venne in mente di chiedersi se le storie di Jenny fossero tutte vere. Possibile che qualcuno se la potesse scampare così tante volte nella propria vita, perfino a nove anni, come Jenny aveva detto di aver fatto?

Dentro non era molto meglio. Il salotto nel quale Jenny la portò era polveroso e puzzava di chiuso. Il soffitto era scolorito e coperto di crepe. La famosa mensola di marmo era solo dipinta – questo lo vedeva perfino Di – con su drappeggiata un'orrenda sciarpa giapponese, tenuta ferma da una fila di tazze "salva baffi"[35]. Le sottili tende di pizzo erano di un colore orrendo e

---

35 Tazze con una sporgenza semicircolare all'interno che
    permettevano agli uomini di sorbire il tè (o altro) senza bagnarsi i

piene di buchi. Le veneziane erano di carta azzurra, molto stropicciate e logore, con un enorme cestino di rose dipinto sopra. E sulla storia del salotto pieno di gufi impagliati... be', c'era una piccola teca di vetro in un angolo contenente tre uccelli piuttosto arruffati, a uno dei quali mancava completamente un occhio. Per Di, abituata alla bellezza e al decoro di Ingleside, quella stanza era come qualcosa che si vede in un brutto sogno. La cosa strana, però, era che Jenny non sembrava rendersi conto della minima discrepanza tra le sue descrizioni e la realtà. Di si chiese se per caso non avesse solo sognato che Jenny le avesse detto tutte quelle cose.

Fuori non era così male. La casa dei giochi che il signor Penny aveva costruito nell'angolo degli abeti rossi, e che sembrava una vera casa in miniatura, era *davvero* un posto interessante, e i maialini e il nuovo puledro erano veramente "un amore". E i cagnolini erano lanuginosi e bellissimi come se fossero appartenuti ai cani della casta di Vere de Vere[36]. Uno era particolarmente adorabile, con lunghe orecchie marroni e una macchia bianca sulla fronte, una minuscola lingua rosa e le zampe bianche. Di fu amaramente delusa quando seppe che erano già stati promessi ad altri.

"Anche se non so come potremmo dartene uno, pure se non fossero già stati promessi", disse Jenny, "Lo zio è spaventosamente pignolo quando piazza i suoi cani. Abbiamo saputo che voi non riuscite a tenervi neanche un cane a Ingleside. Dovete avere qualcosa di strano. Lo zio dice che i cani *sanno* cose che le persone non sanno."

"Sono sicura che non possono sapere nulla di cattivo su di noi!", esclamò Di.

"Be', spero di no. Tuo papà è crudele con la tua mamma?"

"Ma certo che no!"

"Però io ho sentito che l'ha picchiata... l'ha picchiata fino a farla strillare! Ma naturalmente io non ci ho creduto *a questo*. Non è spaventoso quante bugie dice la gente? Comunque tu mi sei sempre piaciuta, Di, e starò sempre dalla tua parte."

Di si sentì come se dovesse essere molto grata per questo, ma per qualche motivo non lo era. Cominciava a sentirsi molto

---

baffi (NDR)

36 Lady Clara Vere de Vere è una poesia, del 1842, di Alfred Tennyson, che parla della vita di questa Lady in una famiglia di aristocratici e si sprecano i riferimenti alla nobiltà e ai vari simboli della nobiltà, come diademi e stemmi (NDR)

fuori posto e il fascino di cui era investita Jenny ai suoi occhi era improvvisamente e irrevocabilmente scomparso. Non provò il solito brivido quando Jenny le raccontò di quando era quasi annegata cadendo nella gora del mulino. *Non ci credeva...* Jenny si *immaginava* soltanto quelle cose. E probabilmente anche lo zio miliardario, e l'anello di diamanti da mille dollari, e la missionaria tra i leopardi, erano stati soltanto immaginati. Di si sentì appiattita come un palloncino forato.

Ma c'era ancora la Nonna. Sicuramente la Nonna era vera. Quando Di e Jenny tornarono in casa, zia Lina, una donna pettoruta dalle guance rosse, con un abito di colone stampato non-troppo-pulito, disse che la Nonna voleva vedere l'ospite.

"Nonna è costretta a letto", spiegò Jenny, "Portiamo sempre a vederla tutti quelli che vengono qui. Diventa furiosa se non lo facciamo."

"Badate a non dimenticarvi di chiederle come va col suo mal di schiena", le ammonì zia Lina, "Non le piace quando la gente si scorda della sua schiena."

"E zio John", disse Jenny, "Non dimenticarti di chiederle come sta lo zio John."

"Chi è lo zio John?", domandò Di.

"Un suo figlio che è morto cinquant'anni fa", spiegò zia Lina, "È stato malato per anni prima di morire e Nonna s'era abituata a sentirsi chiedere come stava. È una cosa che le manca molto."

Alla porta della Nonna, Di improvvisamente indugiò. Aveva una paura terribile di quella donna incredibilmente vecchia.

"Che ti piglia?", domandò Jenny, "Guarda che non ti morde nessuno."

"È... è vero che c'era già prima del diluvio, Jenny?"

"Certo che no. Chi te l'ha detto? Però farà cent'anni, se sopravvive fino al suo prossimo compleanno. Andiamo!"

Di entrò, con circospezione. In una camera da letto piccola, assai disordinata, dove la Nonna era distesa in un letto enorme. La sua faccia, incredibilmente rugosa e rinsecchita, sembrava quella di una vecchia scimmia. Scrutò Di con occhi affossati, cerchiati di rosso, e disse stizzita:

"Piantala di fissarmi. Chi sei?"

"Questa è Diana Blythe, Nonna", disse Jenny... una Jenny decisamente remissiva.

"Bah! Un bel nome altisonante! Mi dicono che hai una sorella arrogante."

"Nan non è arrogante", esclamò Di, con un guizzo di vivacità.

Jenny aveva sparlato di Nan?

"Sei un po' impertinente, eh? Ai miei tempi non mi era permesso di parlare a quel modo. Lei è arrogante. Chiunque se ne vada camminando con la testa per aria, come la giovane Jenny mi dice faccia tua sorella, è arrogante. Una spocchiosa delle vostre. *Non* mi contraddire!"

La Nonna sembrava così arrabbiata che Di si affrettò a chiederle come andasse con la schiena.

"E chi dice che ho una schiena? Che presunzione! La mia schiena è affar mio. Vieni qui... avvicinati al letto!"

Di ci andò, desiderando di trovarsi a mille miglia di distanza. Che le avrebbe fatto quella donna spaventosa?

La Nonna si sollevò, vigile, sulla sponda del letto e posò una mano simile a un artiglio sui capelli di Di.

"Un po' color carota ma veramente lucidi. Hai un bel vestito. Tiralo su e fammi vedere la sottoveste."

Di ubbidì, grata per aver messo la sottoveste bianca con gli orli di pizzo ricamati da Susan. Ma che razza di famiglia era una dove ti chiedevano di mostrare la sottoveste?

"Io giudico sempre una ragazza dalla sottoveste", disse Nonna, "La tua è passabile. Ora le mutande."

Di non osò rifiutarsi. Si sollevò la sottoveste.

"Bah! Pizzo anche lì! Questa è stravaganza. E non mi hai ancora chiesto di John!"

"Come sta?", annaspò Di.

"Come sta, dice lei. Che faccia di bronzo. Per quel che ne sai tu, potrebbe anche essere morto. Dimmi un po'. È vero che tua madre ha un ditale d'oro...un ditale d'oro massiccio?"

"Sì. Gliel'ha regalato papà per il suo ultimo compleanno."

"Be', non ci avrei mai creduto. La giovane Jenny mi ha detto che ce l'aveva, ma non si può mai credere a una parola di quel che dice Jenny. Un ditale d'oro massiccio! Non avevo mai sentito nulla di simile. Be', è meglio se andate a mangiare. Mangiare non passa mai di moda. Jenny, tirati su le braghe. C'è una gamba che penzola dal vestito. Un po' di decenza, su!"

"La gamba delle mie brag... mutande non penzola", disse Jenny, indignata.

"Braghe per i Penny e mutande per i Blythe. Questa è e sempre sarà la differenza tra voi due. *Non* mi contraddire!"

Tutta la famiglia Penny era riunita attorno alla tavola della grande cucina. Di non aveva mai visto nessuno di loro prima, a parte zia Lina, ma quando gettò un'occhiata attorno alla tavola capì perché mamma e Susan non l'avevano voluta lasciare andare lì. La tovaglia era sbrindellata e imbrattata di vecchie macchie di sugo. I piatti erano un assortimento indescrivibile. E i Penny... Di non si era mai seduta prima a una tavolata con una compagnia del genere e desiderò poter essere al sicuro a Ingleside. Ma ormai doveva sopportare.

Zio Ben, come lo chiamava Jenny, sedeva a capotavola; aveva una barba rossa fiammeggiante e una testa calva circondata da capelli grigi. Suo fratello scapolo, Parker, allampanato e non rasato, si era sistemato in un angolo comodo per poter sputare nella cassetta della legna, cosa che faceva a intervalli frequenti. I ragazzi, Curt, di dodici anni, e George Andrew, di tredici, avevano occhi azzurro pallido, da pesce, lo sguardo sfrontato e la pelle nuda che si mostrava dai buchi delle camice sbrindellate. Curt aveva una mano, che si era tagliato con una bottiglia rotta, avvolta in uno straccio macchiato di sangue. Annabel Penny, undici anni, e "Gert" Penny, dieci, erano due bambine piuttosto graziose con occhi rotondi e marroni. "Tuppy", due anni, aveva riccioli deliziosi e guance rosa, e il bebè, dai birichini occhi neri, in grembo a zia Lina, sarebbe stato adorabile se fosse stato pulito.

"Curt, perché non ti sei pulito le unghie quando sapevi che c'erano ospiti?", domandò Jenny, "Annabel, non parlare con la bocca piena. Io sono l'unica qui in famiglia che cerca di insegnare a questa famiglia un po' di buone maniere", spiegò a parte a Di.

"Chiudi il becco", disse zio Ben con la sua grossa voce tonante.

"Non lo chiudo... non me lo puoi far chiudere!", strillò Jenny.

"Non mancare di rispetto a tuo zio", disse placida zia Lina, "Andiamo, ragazze, e comportatevi da signore. Curt, passa le patate a Miss Blythe."

"Oh-oh, Miss Blythe!", sghignazzò Curt.

Ma Diana ebbe almeno un brivido. Per la prima volta in vita sua l'avevano chiamata Miss Blythe.

Sorprendentemente, il cibo era buono e abbondante. Di, che era affamata, si sarebbe goduta il pasto ... anche se detestava bere da una tazza sbreccata... se solo fosse stata sicura che era pulita... e se non avessero litigato tutti a quel modo. Per tutto il tempo ci furono bisticci privati... tra George Andrew e Curt... tra Curt e Annabel... tra Gert e Jen... perfino tra zio Ben e zia Lina. Loro ebbero un litigio terribile e si lanciarono vicendevolmente le peggiori accuse. Zia Lina scagliò contro lo zio Ben tutti i begli uomini che avrebbe potuto sposare e zio Ben disse che desiderava solo che avesse veramente sposato chiunque tranne lui.

"Non sarebbe terribile se mio papà e mia mamma litigassero così?", pensò Di, "Oh, se solo fossi a casa mia! Non succhiarti il pollice, Tuppy."

Lo disse prima di riflettere. Avevano fatto tanta fatica per far passare a Rilla l'abitudine di succhiarsi il pollice.

All'istante Curt avvampò per la rabbia.

"Lascialo in pace!", gridò, "Può succhiarselo il pollice, se gli piace! A noi non ci comandano a morte come fanno con voi, ragazzi di Ingleside. Ma chi ti credi di essere?"

"Curt! Curt! Miss Blythe penserà che non hai buone maniere", disse zia Lina. Era di nuovo tranquilla e sorridente e mise due cucchiaini di zucchero nel tè di zio Ben, "Non badare a lui, mia cara. Prendi un'altra fetta di torta."

Di non voleva un'altra fetta di torta. Voleva solo tornare a casa... e non vedeva come ciò potesse realizzarsi.

"Bene", tuonò zio Ben, prosciugando rumorosamente l'ultimo sorso di tè dal piattino, "Anche questa è andata. Alzati al mattino... lavora tutto il giorno... fai tre pasti al giorno e poi vai a letto. Che vita!"

"Papà ama il suo scherzetto", sorrise zia Lina.

"A proposito di scherzi... oggi ho visto il sacerdote metodista al negozio di Flagg. Ha cercato di contraddirmi quando ho detto che Dio non esiste. 'Voi parlate la domenica', gli ho detto, 'Adesso è il mio turno. Dimostratemi che c'è un Dio', gli ho detto. 'State dicendo tutto voi', mi fa lui. Si sono messi tutti a ridere come stupidi. Pensavano che lui fosse intelligente."

Dio che non esisteva! Il mondo di Di pareva aver perso le basi. Le venne voglia di mettersi a piangere.

Capitolo 29

Dopo cena venne il peggio. Perlomeno prima lei e Jenny erano riuscite a stare da sole. Ora c'era una folla. George Andrew l'afferrò per una mano e prima che lei potesse scappare la fece galoppare in una pozzanghera. Di non era mai stata trattata così in vita sua. Jem e Walter la stuzzicavano, come faceva anche Ken Ford, ma lei non sapeva nulla di ragazzi come questi. Curt le offrì una gomma da masticare, presa dalla propria bocca, e s'infuriò quando lei la rifiutò.

"Ti butto un topo vivo addosso!", gridò, "Gattamorta! Spocchiosetta! Con una femminuccia per fratello!"

"Walter non è una femminuccia!", disse Dì. Stava quasi male dalla paura, me non sopportava di sentire che insultavano Walter.

"Sì che lo è. Scrive poesie. Sai che farei io se avessi un fratello che scrive poesie? Lo annegherei, come fanno con i gattini."

"A proposito di gattini, ce n'è un sacco di selvatici nel fienile", disse Jen, "Andiamo ad acchiapparli."

Di non voleva proprio andare ad acchiappare gattini con quei ragazzi, e lo disse.

"Noi abbiamo un sacco di gattini a casa, ne abbiamo undici", disse, orgogliosa.

"Non ci credo!", gridò Jen, "Non ce li hai. Nessuno può avere undici gattini. Non sarebbe *giusto* avere undici gattini."

"Una gatta ne ha avuti cinque e l'altra sei. E comunque in fienile non ci vengo. L'inverno scorso sono caduta dal soppalco del fienile di Amy Taylor. Sarei morta se non fossi caduta su un mucchio di foraggio."

"Be', avrei caduta anch'io dal soppalco una volta, se Curt non mi avesse afferrato", disse Jen, corrucciata. Soltanto lei aveva il diritto di cadere dai soppalchi. Di Blythe che viveva delle avventure! Che impudente!

"Si dice '*sarei caduta*'", disse Di. E da quel momento tutto finì tra lei e Jenny.

Ma bisognava passare quella notte in qualche modo. Non andarono a letto se non molto tardi, perché nessuno dei Penny andava mai a dormire presto. La grande camera nella quale Jenny la portò alle dieci e mezza aveva due letti. Annabel e Gert si stavano preparando a entrare nei propri. Di guadò gli altri. I cuscini puzzavano di chiuso. La coperta aveva un disperato bisogno di un lavaggio. Sulla carta da parati – la famosa carta da parati "coi pappagalli" – era colata dell'acqua e anche i pappagalli non erano molto pappagalleschi. Sul sostegno accanto al letto c'era una brocca di granito e un catino di latta pieno a metà di acqua sporca. Non avrebbe mai potuto lavarsi la faccia *lì dentro*. D'accordo, per una volta sarebbe andata a letto senza lavarsi la faccia. Perlomeno la camicia da notte che le aveva lasciato zia Lina era pulita.

Quando Di si rialzò dopo aver detto le preghiere, Jenny rise.

"Come sei antiquata. Sembravi così buffa e santa a dire le preghiere. Io non conosco nessuno che dice le preghiere. Le preghiere non servono a niente. Tu perché le dici?"

"Le dico per salvare la mia anima", disse Di, citando Susan.

"Io non c'è l'ho l'anima", la derise Jenny.

"Forse tu no, ma *io sì*", disse Di, tirandosi su.

Jenny la guardò. Ma l'incantesimo degli occhi di Jenny si era infranto. Di non si sarebbe mai più piegata alla loro magia.

"Non sei la bambina che credevo, Diana Blythe", disse Jenny tristemente, come se si fosse sentita ingannata.

Prima che Di potesse rispondere, George Andrew e Curt corsero nella stanza. George Andrew portava una maschera... una cosa orribile con un naso enorme. Di strillò.

"Smettila di strillare come un maiale in gabbia!", ordinò George Andrew, "E devi darci il bacio della buonanotte!"

"Se non lo fai ti chiudiamo in quel ripostiglio... che è pieno di topi", disse Curt.

George Andrew avanzò verso Di, che strillò di nuovo e si ritrasse, la maschera la paralizzava dal terrore. Sapeva perfettamente che dietro c'era solo George Andrew e non aveva paura *di lui*; ma sarebbe morta se quell'orribile maschera le si fosse avvicinata... sapeva che sarebbe morta. Proprio quando quel naso spaventoso stava per toccarla, lei inciampò su uno sgabello e cadde in terra, battendo la testa sullo spigolo acuminato del letto di Annabel. Per un istante rimase frastornata, distesa con gli occhi chiusi.

"È morta... è morta!", Curt tirò su col naso, cominciando a piangere.

"Oh, ti daranno una bella bastonata se l'hai ammazzata, George Andrew!", disse Annabel.

"Forse fa solo finta", disse Curt, "Mettiamole addosso un verme. Qui ne ho un barattolo pieno. Se ci sta imbrogliando, questo la farà rinvenire."

Di lo sentì, ma aveva troppa paura per aprire gli occhi. *(Forse, se l'avessero creduta morta, se ne sarebbero andati e l'avrebbero lasciata in pace. Ma se le mettevano addosso un verme...)*

"Pungila con uno spillone. Se sanguina non è morta", disse Curt.

(Poteva sopportare uno spillone ma non un verme.)

"Non è morta... *non può* essere morta", sussurrò Jen, "L'avete solo spaventata e le avete fatto venire una crisi. Ma se rinviene si mette a strillare dappertutto e allora viene lo zio Ben e ci scortica di bastonate. Vorrei non averle mai chiesto di venire qui, a quella stupida fifona!"

"Pensate che possiamo riportarla a casa prima che rinviene?", propose George Andrew.

(Oh, sì, se solo l'avessero fatto!)

"È solo un quarto di miglio tra i campi. La pigliamo ognuno di noi per le braccia e per le gambe... tu, Curt, io e Annabel."

Nessuno a parte i Penny poteva concepire un'idea simile, né portarla a termine se pure l'avesse avuta. Ma erano abituati a fare tutto ciò che venisse loro in mente, e una "bastonata" da parte del padrone di casa era una cosa da evitare, se possibile. Papà non si curava di loro fino a un certo punto, ma oltre quello... buonanotte!

"Se rinviene mentre la stiamo trasportando, pigliamo e scappiamo", disse George Andrew.

Non c'era pericolo che Di potesse rinvenire. Tremò di gratitudine quando si sentì sollevata tra loro quattro. Sgattaiolarono giù dalle scale e fuori di casa, oltre il cortile e per il lungo campo di trifoglio... oltre i boschi... giù dalla collina. Due volte dovettero metterla giù per riposare. Ormai erano sicuri che fosse morta e volevano solo riportarla a casa senza essere visti. Se Jenny Penny non aveva mai pregato in vita sua, ora lo fece... che nessuno in paese fosse sveglio. Se riuscivano a portare Di Blythe a casa sua, avrebbero tutti giurato che all'ora di andare a letto lei aveva avuto così tanta nostalgia che aveva insistito per tornarsene a casa. Cosa fosse successo dopo, non era affar loro.

Mentre loro così tramavano, Di si azzardò una volta ad aprire gli occhi. Il mondo addormentato tutt'attorno le sembrava molto strano. Gli abeti erano scuri ed estranei. Le stelle ridevano di lei. (*"Non mi piace un cielo così grande. Ma se resisto ancora soltanto un pochino sarò a casa. Se scoprono che non sono morta mi lasciano qui, e io non sarei mai in grado di tornare a*

casa da sola.")
Quando i Penny lasciarono cadere Di sulla veranda di Ingleside, scapparono via come matti. Di non osò rianimarsi troppo presto, ma alla fine si azzardò ad aprire gli occhi. Sì, era a casa. Sembrava troppo bello per essere vero. Era stata molto, molto cattiva, ma adesso era sicura che non sarebbe mai più stata cattiva. Si mise a sedere e Gamberetto risalì furtivo le scale e le si strofinò contro, facendo le fusa. Lei lo abbracciò. Com'era bello, e caldo, e amico! Non credeva di poter essere in grado di entrare... sapeva che Susan chiudeva a chiave tutte le porte quando papà era via, e non osava svegliare Susan a quell'ora. Ma non le importava. Quella notte di giugno era fredda, ma si sarebbe messa sulla sdraio e si sarebbe raggomitolata lì con Gamberetto, sapendo che, accanto a lei, dietro quelle porte chiuse, c'erano Susan, e i ragazzi, e Nan... e *casa sua.*

Com'era strano il mondo quando faceva buio! Dormivano tutti tranne lei? Le grandi rose bianche sul cespuglio vicino ai gradini, di notte sembravano piccoli volti umani. L'odore della menta era come un amico. Nel frutteto c'era lo scintillio delle lucciole. Dopotutto, avrebbe potuto vantarsi di "aver dormito fuori tutta la notte".

Ma non fu così. Due figure scure arrivarono passando dal cancello e su per il vialetto d'accesso. Gilbert fece il giro sul retro per forzare la finestra della cucina, ma Anna andò ai gradini e si fermò a guardare sbalordita la povera piccina che sedeva lì, col gatto tra le braccia.

"Mamma... oh, mamma!", era al sicuro tra le braccia della mamma.

"Di, tesoro! Che vuol dire tutto questo?"

"Oh, mamma, sono stata cattiva... mi dispiace... e tu avevi ragione... e la Nonna era spaventosa... ma io pensavo che tu tornassi domani."

"Papà ha ricevuto una telefonata da Lowbridge... domani devono operare la signora Parker e il dottor Parker vuole che lui vada lì. Così abbiamo preso il treno della sera e siamo venuti a piedi dalla stazione. Ora raccontami..."

Nel mentre che Gilbert entrava e andava ad aprire la porta, tutta la storia venne raccontata tra i singhiozzi. Lui credeva di aver effettuato un ingresso molto silenzioso, ma Susan aveva orecchie che potevano sentire anche stridere un pipistrello se era in ballo la sicurezza di Ingleside, e scese zoppicando le scale con una vestaglia sopra la camicia da notte.

Ci furono esclamazioni e spiegazioni, ma Anna tagliò corto.

"Non stavo dormendo, cara signora Dottore. Pensate che avrei potuto dormire sapendo dov'era questa povera bambina? E caviglia o non caviglia, ora vado a fare a tutti e due una tazza di tè."

"Mamma", disse Di dal suo cuscino bianco, "Papà è mai crudele con te?"

"Crudele? Con me? Ma Di..."

"I Penny dicono di sì... dicono che ti picchia..."

"Tesoro, adesso sai come sono i Penny, perciò adesso hai abbastanza giudizio da non preoccuparti per quello che dicono. C'è sempre qualche pettegolezzo maligno che gira in qualunque posto... alla gente piace inventarli. Tu non devi curartene."

"Domani mattina mi sgridi, mamma?"

"No. Credo che tu abbia imparato la lezione. Ora dormi, piccina mia."

"Mamma è così *ragionevole*", fu l'ultimo pensiero cosciente di Di. Ma Susan, che si stava distendendo tranquilla nel suo letto, con la caviglia sapientemente e piacevolmente bendata, stava pensando:

"Domattina devo trovare il mio pettine a denti fitti... e quando trovo la cara Miss Jenny Penny le darò una ripassata che non dimenticherà tanto facilmente."

Jenny Penny non ebbe mai la promessa ripassata, perché non tornò più alla scuola di Glen. Invece andò con gli altri Penny alla scuola di Mowbray Narrows, da dove giunsero voci delle sue storie, tra le quali ce n'era una su come Di Blythe, che viveva nella "casa grande" di Glen St. Mary ma che andava sempre a dormire da lei, fosse svenuta una notte e di come lei, da sola e senza alcun aiuto, l'avesse trasportata sulle spalle a casa sua a mezzanotte. La gente di Ingleside si era inginocchiata e le aveva baciato le mani in segno di gratitudine, e il dottore in persona aveva tirato fuori il suo calesse col tettuccio frangiato e la sua famosa pariglia di cavalli pomellati grigi e l'aveva riaccompagnata a casa. "E se c'è una qualunque cosa che posso fare per voi, mia cara Miss Penny, per la vostra gentilezza verso la mia amata bambina, non avete che da dirmelo. Tutto il sangue del mio cuore non basterebbe a ripagarvi. Andrei fino all'Africa Equatoriale per ricompensarvi per quanto avete fatto", aveva giurato il dottore.

Capitolo 30

"Io so una cosa che tu non sai... una cosa che tu non sai... una cosa che tu non sai", cantilenò Dovie Johnson oscillando avanti e indietro proprio sul bordo del molo.

Era il turno di Nan di stare sotto il riflettore... il turno di Nan di aggiungere un "ti ricordi?" agli anni a venire di Ingleside. Anche se a ricordarsene Nan sarebbe arrossita fino in punto di morte. Era stata così stupida.

Nan rabbrividì nel vedere Dovie oscillare... eppure la cosa aveva un suo fascino. Era sicurissima che prima o poi Dovie sarebbe caduta, e allora che sarebbe capitato? Ma Dovie non cadeva mai. La sua fortuna funzionava sempre.

Tutto quello che Dovie faceva, o diceva di aver fatto – e probabilmente erano due cose diverse anche se Nan, cresciuta a Ingleside dove tutti dicevano sempre la verità anche quando facevano battute, era troppo innocente e credulona per saperlo – aveva un gran fascino per Nan. Dovie, che aveva undici anni e aveva vissuto tutta la vita a Charlottetown, sapeva moltissime cose più di Nan, che aveva solo otto anni.

Charlottetown, diceva Dovie, era l'unico posto dove la gente sapesse tutto. Cosa potevi sapere se te ne stavi rinchiusa in un posto piccolo e antiquato come Glen St. Mary?

Dovie stava trascorrendo parte delle vacanze da sua zia Ella a Glen, e lei e Nan erano diventate amiche intime nonostante la differenza di età. Forse perché Nan guardava Dovie, che a lei sembrava quasi un'adulta, con quell'adorazione che noi dobbiamo necessariamente avere verso la grandezza quando la riconosciamo... o crediamo di riconoscerla. A Dovie piaceva la sua seguace umile e adorante.

"Non c'è nulla che non vada in Nan Blythe... è solo un po' troppo tenera", aveva detto a zia Ella.

L'attenta famiglia di Ingleside non vide nulla di straordinario in Dovie – anche se, rifletté Anna, sua mamma era cugina dei Pye di Avonlea – e non fece obiezione al fatto che Nan facesse amicizia con lei, anche se Susan fin dall'inizio non si fidò di quegli occhi verdi come l'uva spina con quelle ciglia d'oro pallido. Ma che si poteva fare? Dovie aveva "belle maniere", bei vestiti, educazione, e non parlava troppo. Susan non sapeva dare una spiegazione alla sua diffidenza, così non disse nulla. Quando le scuole avessero riaperto, Dovie sarebbe tornata a casa e intanto in questo caso non c'era sicuramente bisogno del pettine a denti fitti[37].

Perciò Nan e Dovie passarono la maggior parte del loro tempo libero al molo, dove di solito c'erano un paio di navi con le vele ammainate, e quell'agosto la Valle dell'Arcobaleno non vide Nan. Agli altri bambini di Ingleside non importava nulla di Dovie perciò non ci furono malumori. Lei aveva fatto uno scherzo a Walter e Di si era infuriata e aveva detto "brutte parole". A Dovie piaceva, così pareva, fare scherzi. Forse fu per questo motivo che nessuna delle bambine di Glen cercò di attirarla lontano da Nan.

"Oh, ti prego, dimmelo", supplicò Nan.

Ma Dovie si limitò ad ammiccare maliziosa e disse che Nan era troppo giovane perché le si potessero raccontare certe cose. Era esasperante.

"*Ti prego*, Dovie, dimmelo."

"Non posso. È un segreto che mi ha raccontato zia Kate e lei è morta. Perciò adesso io sono l'unica persona al mondo a saperlo. Quando lo sentii le promisi che non l'avrei raccontato a nessuno. Tu lo diresti a qualcuno... non potresti farne a meno."

"Non lo farei... ce la potrei fare!", esclamò Nan.

"La gente dice che voi di Ingleside vi raccontate sempre tutto. Susan non ci metterebbe niente a cacciartelo fuori."

"Non lo farebbe. Io so un sacco di cose che non ho mai detto a Susan. Segreti. Ti dico i miei se tu mi dici i tuoi."

"Oh, non m'interessano i segreti di una bambina piccola come te", disse Dovie.

Che bell'insulto! Nan pensava che i suoi piccoli segreti fossero bellissimi... quello sul ciliegio selvatico che aveva trovato tutto fiorito nel bosco di abeti rossi dietro il fienile del signor Taylor... il suo sogno di una minuscola fata bianca distesa su una foglia di ninfea sullo stagno... la sua fantasia sull'arrivo nella baia di una barca trainata da cigni legati con catene d'argento... la storia d'amore che stava cominciando a tessere sulla bella signora di villa MacAllister. Per Nan erano tutti meravigliosi e magici e fu felice, quando ci ripensò, che alla fine non avesse dovuto raccontarli a Dovie.

Ma *cos'era* che Dovie sapeva *di lei* e che *lei* non sapeva? Il dubbio perseguitava Nan come una zanzara.

Il giorno seguente Dovie fece di nuovo cenno alla sua

---

37 Il pettine a denti fitti si usa per togliere i pidocchi. Evidentemente ce n'era bisogno nel caso di Jenny Penny, che veniva da una famiglia sporca, ma non di Dovie Johnson (NDR)

informazione segreta.

"Ci ho riflettuto, Nan... forse tu *dovresti* saperlo, dal momento che ti riguarda. Naturalmente zia Kate intendeva dire che non dovessi raccontarlo a nessuno se non alla persona coinvolta. Ascolta. Se mi dai quel tuo cervo di porcellana, io ti dico quel che so sul tuo conto."

"Oh, ma non posso dartelo, Dovie. Susan me l'ha regalato per il mio ultimo compleanno. Si offenderebbe terribilmente."

"D'accordo, allora. Se preferisci tenerti il tuo vecchio cervo invece di sapere una cosa importante che ti riguarda, allora te lo puoi tenere. Non m'importa. Anzi, preferisco tenermi il segreto. Mi piace sapere cose che le altre ragazzine non sanno. Mi rende *importante*. Domenica prossima in chiesa ti guarderò e penserò 'Se solo tu sapessi quel che io so di te, Nan Blythe'. Sarà divertente."

"Quello che sai di me è *bello?*", domandò Nan.

"Oh, è molto *romantico*... come le cose che si leggono nei romanzi. Ma non ti preoccupare, a te non interessa e io so quel che so."

Oramai Nan impazziva dalla curiosità. La vita non valeva la pena di essere vissuta se non riusciva a scoprire qual era la misteriosa informazione di Dovie. Ebbe un'improvvisa ispirazione.

"Dovie, non posso darti il mio cervo, ma se mi dici quello che sai di me ti do il mio parasole rosso."

Gli occhi color uva spina di Dovie scintillarono. L'invidia per quel parasole la stava divorando.

"Il nuovo parasole rosso che tua mamma ti ha portato dalla città la settimana scorsa?", contrattò.

Nan annuì. Le si accelerò il respiro. Era... oh, era possibile che Dovie le avrebbe veramente raccontato tutto?

"E tua mamma te lo permetterà?", domandò Dovie.

Nan annuì di nuovo, ma stavolta con un po' d'incertezza. Non ne era assolutamente sicura. Dovie fiutò l'incertezza.

"Devi portarmi il parasole qui", disse, decisa, "prima che te lo dico. Niente parasole, niente segreto."

"Te lo porto domani", promise Nan, in fretta. Doveva *assolutamente* sapere quel che Dovie sapeva di lei, tutto qui.

"Be', ci penserò", disse Dovie, dubbiosa, "Non farti troppe speranze. Credo che alla fine non te lo dirò. Sei troppo giovane... te l'ho già detto."

"Sono già più grande di ieri", supplicò Nan, "Dai, Dovie, non essere cattiva."

"Ma io ho dei diritti sulle cose che so", disse Dovie, demoralizzante, "Tu lo diresti ad Anna... cioè, a tua mamma..."

"Guarda che lo so come si chiama mia mamma", disse Nan, un po' sulla difensiva. Segreti o non segreti, c'erano dei limiti, "Ti ho detto che non lo direi *a nessuno* a Ingleside."

"Lo giuri?"

"Spergiuro?"

"Non fare il pappagallo. Naturalmente intendo dire che lo devi promettere solennemente."

"Lo prometto solennemente."

"Più solennemente di così."

Nan non capiva come potesse promettere più solennemente di così. Se l'avesse saputo, il suo volto si sarebbe teso.

"Le mani giungerai, il cielo guarderai,
Dici giurin giurella, altrimenti morirai.",
disse Dovie.

Nan eseguì il rituale.

"Domani porta il parasole e vediamo", disse Dovie, "Che faceva tua mamma prima di sposarsi?"

"Insegnava a scuola... e insegnava bene", disse Nan.

"Me lo stavo solo chiedendo. Mamma pensa che tuo papà abbia fatto un errore a sposarla. Nessuno sa niente della *famiglia di tua mamma*. O delle ragazze che avrebbe potuto avere lui, dice mia mamma. Ora me ne devo andare. *Orevuàr*."

Nan sapeva che voleva dire "arrivederci". Era molto orgogliosa di avere un'amica che sapesse il francese. Rimase a lungo seduta sul molo dopo che Dovie se ne fu andata. Le piaceva stare seduta sul molo a guardare i pescherecci che andavano e venivano, e certe volte una nave trasportata dalla corrente su per la baia, diretta in terre incantate e lontane. Come Jem, spesso desiderava poter partire su una nave... giù per la baia azzurra, oltre la striscia indistinta delle dune, oltre il capo del faro dove di notte il rotante Faro dei Quattro Venti diventava l'avamposto del mistero, fuori, fuori, nella foschia azzurra che era il golfo in estate, via, via, verso le isole incantate nei mari dorati del mattino. Nan volava sulle ali della fantasia per tutto il mondo, accoccolata lì, sul vecchio pontile avvallato.

Ma quel pomeriggio era tutta tesa per il segreto di Dovie. Dovie gliel'avrebbe davvero raccontato? Cos'era... cosa *poteva* essere? E che c'entravano le ragazze che papà avrebbe potuto sposare? Nan si divertì a fare congetture su quelle ragazze. Una di loro avrebbe potuto essere la sua mamma. Ma questo era terribile. Solo la sua mamma poteva essere la sua mamma. Era una cosa semplicemente impensabile.

"Credo che Dovie mi racconterà un segreto", confidò Nan alla mamma, quando quella sera lei le diede il bacio della buonanotte, "Certo, non potrò raccontarlo neanche a te, mamma, perché ho promesso che non l'avrei fatto. Non ti dispiace, vero, mamma?"

"Neanche un po'", disse mamma, divertita.

Quando il giorno seguente Nan andò al molo, portò il parasole. Era il suo parasole, si disse, l'avevano dato a lei e perciò lei aveva ogni diritto di farci quel che voleva. Avendo placato la sua coscienza con questo sofisma, sgattaiolò via quando nessuno poteva vederla. Le faceva male il cuore al pensiero di dar via il suo prezioso, allegro, piccolo parasole, ma ormai la smania di scoprire quel che Dovie sapeva era diventata troppo grande per resisterle.

"Ecco il parasole, Dovie", disse, senza fiato, "Ora dimmi il segreto."

Dovie fu veramente colta di sorpresa. Non aveva pensato che le cose potessero arrivare a quel punto... non aveva mai creduto che la mamma di Nan Blythe le permettesse di dar via il suo parasole rosso. Fece una smorfia.

"Non so se quella tonalità di rosso si accorda con la mia carnagione, in fin dei conti. È un po' *appariscente*. Forse non te lo dico."

Nan aveva uno spirito indipendente e Dovie non l'aveva portato ancora del tutto alla cieca sottomissione. Nulla lo provocava di più di un'ingiustizia.

"Un patto è un patto, Dovie Johnson! Tu avevi detto il parasole in cambio del segreto. Ecco il parasole, ora tu *devi* mantenere la promessa."

"Oh, va bene", disse Dovie, annoiata.

Tutto si placò. Le folate del vento si erano smorzate. L'acqua smise di gorgogliare attorno ai piloni del molo. Nan rabbrividì di una deliziosa estasi. Finalmente avrebbe scoperto quel che Dovie sapeva.

"Conosci i Jimmy Thomas dell'imboccatura del porto?", disse Dovie, "Il Jimmy Thomas con sei dita per piede?"

Nan annuì. Certo che conosceva i Thomas... perlomeno, sapeva che c'erano. Jimmy Sei-Dita certe volte andava a Ingleside per vendere il pesce. Susan diceva che non si era mai certi di poter prendere del buon pesce da lui. A Nan non piaceva il suo aspetto. Aveva la testa pelata, con ciuffi di ricci bianchi su ogni lato, e il naso aquilino e rosso. Ma come potevano i Thomas avere a che fare con quella faccenda?

"E conosci Cassie Thomas?", continuò Dovie.

Nan aveva visto Cassie Thomas una volta, quando Jimmy Sei-Dita l'aveva portata con lui nel suo carretto del pesce. Cassie aveva la sua età, con una zazzera di capelli rossi e ricci e occhi verdastri e spavaldi. Aveva fatto la linguaccia a Nan.

"Be'", Dovie tirò un lungo sospiro, "ecco la verità su di te. *Tu* sei Cassie Thomas e *lei* è Nan Blythe."

Nan fissò Dovie. Non aveva la benché minima idea di cosa intendesse Dovie. Quello che aveva detto non aveva senso.

"Io... io... che significa?"

"È piuttosto chiaro, mi sembra", disse Dovie, con un sorriso di compatimento. Dal momento che era *obbligata* a dirlo, tanto valeva far sì che valesse la pena farlo, "Tu e lei siete nate la stessa notte. Era quando i Thomas vivevano a Glen. L'infermiera portò la gemella di Di dai Thomas e la mise nella culla e portò te dalla mamma di Di. Non ebbe il coraggio di prendere anche Di, altrimenti l'avrebbe fatto. Detestava tua madre e fece questo per vendicarsi. Ed ecco com'è che in realtà tu sei Cassie Thomas e dovresti vivere all'imboccatura del Porto, e la povera Cass dovrebbe vivere a Ingleside invece di venire maltrattata da quella sua vecchia matrigna. Sono sempre tanto triste per lei."

Nan credette a ogni parola di quell'assurda bugia. Non le avevano mai mentito in vita sua e neanche per un istante dubitò della verità della storia di Dovie. Non le venne assolutamente in mente che qualcuno, men che meno la sua amata Dovie, decidesse, o fosse in grado, di inventarsi una storia del genere. Guardò Dovie con occhi tormentati e disillusi.

"Come... come ha fatto tua zia Kate a scoprirlo?", annaspò con le labbra secche.

"L'infermiera glielo raccontò in punto di morte", disse Dovie, solenne, "Immagino che avesse i rimorsi di coscienza. Zia Kate non l'ha mai raccontato a nessuno, solo a me. Quando venni a Glen e vidi Cassie Thomas – cioè, Nan Blythe – la guardai bene. Ha i capelli rossi e gli occhi dello stesso colore di quelli di tua madre. Tu hai gli occhi e i capelli marroni. Ecco perché non somigli a Di... i gemelli sono *sempre* esattamente uguali tra loro. E le orecchie di Cassie sono identiche a quelle di tuo padre... così graziose e attaccate alla testa. Non credo che ora si possa fare più niente. Ma ho spesso pensato che non fosse giusto che tu dovessi avere una vita tanto comoda, viziata come una principessa, mentre la povera Cass... cioè, Nan... dovesse vestire di stracci, e tante volte non avere neanche abbastanza da mangiare. E con Jimmy Sei-Dita che la picchia quando torna a casa ubriaco!... be', perché mi guardi così?"

La sofferenza di Nan era più di quanto lei potesse sopportare. Adesso tutto le era orribilmente chiaro. La gente aveva sempre pensato che fosse strano che lei e Di non si somigliassero neanche un po'. Ora capiva perché.

"Ti *detesto* per avermi raccontato queste cose, Dovie Johnson!" Dovie si strinse nella spalle pienotte.

"Non ti avevo detto che ti sarebbe piaciuto, no? Sei stata tu *a costringermi* a dirtelo. Dove vai, adesso?"

Perché Nan, pallida e frastornata, si era alzata in piedi.

"A casa... a dirlo alla mamma", disse, infelice.

"Non devi... non devi farlo! Ricordati che hai giurato che non l'avresti detto!", strillò Dovie.

Nan la guardò. Era vero, aveva promesso di non dirlo. E mamma diceva sempre che non bisognava infrangere una promessa.

"Credo che me ne andrò a casa da sola", disse Dovie, alla quale l'aspetto di Nan non piaceva per niente.

Afferrò il parasole e corse via, con le nude gambette grassocce che guizzarono lungo il vecchio molo. Si lasciò dietro una bambina affranta, seduta tra le rovine del suo piccolo universo. A Dovie non importava. Tenera non era una parola adatta a Nan. Non era per nulla divertente prenderla in giro. Naturalmente l'avrebbe raccontato a sua madre non appena fosse tornata a casa e avrebbe subito scoperto di essere stata ingannata.

"È meglio se me ne torno a casa questa domenica", rifletté Dovie.

Nan rimase seduta sul molo per quelle che le sembrarono ore... accecata, annientata, disperata. Non era la figlia di sua mamma! Era la figlia di Jimmy Sei-Dita... Jimmy Sei-Dita, del quale lei aveva sempre, segretamente, avuto paura soltanto perché lui aveva sei dita per piede. Non aveva diritto a vivere a Ingleside, amata da mamma e papà. "Oh!", gemette pateticamente Nan. Mamma e papà non l'avrebbero più amata se l'avessero saputo. Il loro amore sarebbe andato a Cassie Thomas.

Nan si portò una mano alla testa. "Mi vengono le vertigini",
disse.

Capitolo 31

"Perché non mangi niente, tesoruccio?", domandò Susan a cena.

"Sei stata troppo tempo al sole, piccina?", domandò la mamma, ansiosa, "Ti fa male la testa?"

"S... sì", disse Nan. Ma non era la testa a farle male. Stava dicendo una bugia alla mamma? E se sì, quante altre ancora avrebbe dovuto dirgliene? Perché Nan sapeva che non sarebbe mai più riuscita a mangiare... mai, fintanto che quell'orribile informazione fosse rimasta in suo possesso. E sapeva che non avrebbe mai potuto raccontarla alla mamma. Non tanto per la promessa – non era stata proprio Susan, una volta, a dire che una cattiva promessa è meglio infrangerla che mantenerla? – ma perché era una cosa che avrebbe ferito la mamma. In qualche modo Nan sapeva senza ombra di dubbio che avrebbe ferito orribilmente la mamma. E non bisognava – non si doveva – ferire la mamma. E neanche papà.

Eppure... c'era Cassie Thomas. *Non poteva* proprio chiamarla Nan Blythe. Nan si sentiva indescrivibilmente male a pensare a Cassie Thomas come a Nan Blythe. Le sembrava che questo la cancellasse completamente. Se non era Nan Blythe, allora non sarebbe stata nessuno! *Non voleva* essere Cassie Thomas.

Ma Cassie Thomas la perseguitava. Per un'intera settimana Nan si sentì assediata da lei... una settimana sventurata durante la quale Anna e Susan si preoccuparono davvero per quella bambina che non voleva mangiare, non voleva giocare e, come diceva Susan, non faceva altro che "gironzolare senza scopo". Era perché Dovie Johnson se n'era tornata a casa sua? Nan disse di no. Nan disse che non era *niente*. Era solo stanca. Papà la visitò e le prescrisse un medicinale che Nan prese docilmente. Non era cattivo come l'olio di ricino, ma neppure l'olio di ricino significava più niente. Nulla significava più niente eccetto Cassie Thomas... e l'orribile domanda che era emersa dalla sua confusione mentale e che aveva preso possesso di lei:

Cassie Thomas non doveva avere i suoi diritti?

Era giusto che lei, Nan Blythe – Nan si aggrappò tenacemente alla propria identità – avesse tutte le cose che a Cassie Thomas erano negate e che erano sue di diritto? No, non era giusto. Nan era disperatamente convinta che non fosse giusto. Da qualche parte in Nan c'era un forte senso di giustizia e di lealtà. E cominciò a pesarle sempre più il fatto che fosse assolutamente giusto che Cassie Thomas sapesse la verità.

Dopotutto forse a nessuno sarebbe importato davvero molto. Mamma e papà si sarebbero un po' turbati all'inizio, ma non appena avessero saputo che Cassie Thomas era loro figlia tutto il loro amore sarebbe andato a Cassie e lei, Nan, non sarebbe più stata importante per loro. Mamma avrebbe baciato Cassie Thomas e avrebbe cantato per lei nei crepuscoli estivi... avrebbe cantato la canzone preferita di Nan...

"Ho visto una nave che sopra il mare viaggiava

E tante belle cose tutte per me portava"

Nan e Di avevano spesso parlato del giorno in cui la loro nave sarebbe arrivata. Ma ora tutte quelle belle cose – perlomeno la sua parte di quelle belle cose – sarebbero state di Cassie Thomas. Cassie Thomas avrebbe avuto la sua parte di regina delle fate al prossimo concerto della scuola domenicale e avrebbe indossato *la sua* sfolgorante coroncina dorata. Nan aveva atteso tanto qual momento! Susan avrebbe fatto i bignè alla frutta per Cassie Thomas e Pussywillow avrebbe fatto le fusa a lei. Avrebbe giocato con le bambole di Nan nella casa dei giochi dai tappeti di muschio di Nan, nel bosco degli aceri, e avrebbe dormito nel suo letto. A Di sarebbe piaciuto? A Di sarebbe piaciuto avere Cassie Thomas per sorella?

Poi venne il giorno in cui Nan capì che non poteva resistere più. Doveva fare quel che era giusto fare. Sarebbe andata all'imboccatura della Baia e avrebbe raccontato ai Thomas la verità. Loro avrebbero potuto raccontarla a mamma e a papà. Nan sapeva che lei semplicemente non ce l'avrebbe mai fatta.

Una volta presa questa decisione, Nan si sentì un po' meglio, ma era molto, molto triste. Cercò di mangiare un po' a cena, perché sapeva che quello sarebbe stato il suo ultimo pasto a Ingleside.

"Chiamerò per sempre 'mamma' la mamma", pensò Nan, disperata, "E non chiamerò mai 'papà' Jimmy Sei-Dita. Lo chiamerò, molto rispettosamente, 'signor Thomas'. Di sicuro non gli dispiacerà."

Ma qualcosa la lasciò senza fiato. Alzando lo sguardo, lesse le parole "olio di ricino" negli occhi di Susan. Susan non immaginava che all'ora di andare a letto lei non sarebbe stata lì per prenderlo. Avrebbe dovuto mandarlo giù Cassie Thomas. Questa era una cosa che Nan non le invidiava.

Nan uscì subito dopo cena. Doveva andar lì prima che facesse buio, o il coraggio le sarebbe venuto meno. Ci andò col suo abito da gioco di tela a scacchi, non osò cambiarsi per timore che mamma e Susan le chiedessero perché. E poi ormai tutti i suoi bei vestiti appartenevano in realtà a Cassie Thomas. Ma si mise il nuovo grembiule che Susan aveva fatto per lei... un grembiulino tanto carino con gli smerli, smerli orlati di rosso turco. Nan amava quel grembiule. Di sicuro Cassie Thomas non le avrebbe portato troppo rancore.

Arrivò in paese, superò il paese, poi oltre la via del molo, e giù per la strada della baia, una figuretta valorosa e indomita. Nan non aveva idea di essere un'eroina. Al contrario, si vergognava molto si sé, perché era tanto difficile fare ciò che era giusto e corretto, tanto difficile impedirsi di detestare Cassie Thomas, tanto difficile impedirsi di aver paura di Jimmy Sei-Dita, tanto difficile impedirsi di voltarsi e scappare a Ingleside.

Era una serata cupa. Sul mare era sospesa, come un grosso pipistrello scuro, una nuvola nera e pesante. Fulmini irregolari giocavano sopra la baia e sulle colline boscose dall'altra parte. Il grappolo delle case dei pescatori all'imboccatura della Baia era inondato dalla luce rossa che sgorgava da sotto le nuvole. Qua e là pozze d'acqua brillavano come enormi rubini. Una nave, silenziosa e dalle vele bianche, era trasportata oltre le cupe dune brumose verso il misterioso richiamo dell'oceano. I gabbiani stridevano in maniera strana.

A Nan non piacque l'odore delle case dei pescatori, né i gruppi di bambini sporchi che giocavano, lottavano e strillavano sulla sabbia. Guardarono con curiosità Nan quando lei si fermò a chiedere loro quale fosse la casa di Jimmy Sei-Dita.

"Quella laggiù", disse un ragazzino, indicandola, "Che vuoi da lui?"

"Grazie", disse Nan, voltandosi.

"Ehi, non ce le hai un po' di buone maniere?", strillò una ragazzina, "Sei troppo presuntuosa per rispondere a una domanda educata?"

Il ragazzino le si parò davanti.

"La vedi quella casa dietro quella dei Thomas?", le disse, "Dentro c'è un serpente di mare, e io ti chiuderò lì dentro se non mi dici cosa vuoi da Jimmy Sei-Dita."

"Andiamo, Signorina Arroganza", la derise una ragazzina più grande, "Tu sei di Glen e tutti quelli di Glen si credono chissà che d'importante. Rispondi alla domanda di Bill."

"Se non stai attenta", disse un altro ragazzo, "mi metto ad affogare i gattini, e ti ci butto dentro pure a te."

"Se hai un decino ti vendo un dente", disse una bambina dalla fronte nera, "Me ne hanno tirato uno ieri."

"Non ho un decino e non so che farmene del tuo dente", disse Nan, recuperando un po' di vivacità, "Lasciatemi in pace."

"Ma che impertinente!", disse la bambina con la fronte nera.

Nan cominciò a correre. Il ragazzino del serpente di mare tirò fuori un piede e la fece inciampare. Lei cadde lunga distesa sulla sabbia increspata dalla marea. Gli altri scoppiarono a ridere.

"Scommetto che adesso non te ne andrai più a testa alta", disse fronte-nera, "in giro tutta tronfia con i tuoi smerli rossi."

Poi qualcuno esclamò: "Sta arrivando la barca di Blue Jack!", e tutti scapparono via. La nuvola nera si era abbassata e le pozze rosse erano diventate grigie.

Nan si rialzò. Il suo vestito era impiastricciato di sabbia e le sue calze erano insudiciate. Ma era libera dai suoi tormentatori. In futuro sarebbero diventati i suoi compagni di giochi?

Non doveva piangere... non doveva! Si arrampicò su per i traballanti gradini di legno che conducevano alla porta di Jimmy Sei-Dita. Come tutte le case all'imboccatura della Baia, anche quella di Jimmy Sei-Dita era rialzata su blocchi di legno per stare al di fuori della portata dell'acqua in caso di maree insolitamente alte, e lo spazio sotto era riempito da una miscellanea di piatti rotti, scatolette vuote, vecchie nasse per aragoste e immondizia d'ogni sorta. La porta era aperta e Nan guardò una cucina come di simili non ne aveva mai viste. Il pavimento spoglio era lercio, il soffitto era macchiato e affumicato, il lavandino pieno di piatti sporchi. Sul traballante tavolo di legno c'erano i resti di un pasto sui quali sciamavano enormi, orribili mosche nere. Una donna con una disordinata zazzera di capelli grigiastri sedeva su una sedia a dondolo e cullava una bimba grassottella... una bimba grigia per la sporcizia.

"*Mia sorella*", pensò Nan.

Non si vedevano né Cassie né Jimmy Sei-Dita, e per quest'ultimo fatto Nan si sentì sollevata.

"Chi sei? E cosa vuoi?", domandò la donna, sgarbata.

Non chiese a Nan di entrare, ma Nan entrò lo stesso. Fuori cominciava a piovere e il fragore di un tuono fece tremare la casa. Nan sapeva che doveva dire quel che era andata a dire prima che il coraggio le venisse meno, altrimenti si sarebbe voltata e sarebbe scappata da quella casa spaventosa, da quella bimba spaventosa e da quelle mosche spaventose.

"Vorrei vedere Cassie, per favore", disse, "Ho una cosa *molto importante* da dirle."

"Proprio adesso?", disse la donna, "Dev'essere importante, vista la tua taglia. Be', Cassie non è in casa. Suo papà l'ha portata a fare un giro ad Upper Glen, e con questo tempo chi lo sa quando tornano. Siediti."

Nan si sedette su una sedia rotta. Sapeva che la gente dell'imboccatura della Baia era povera, ma non sapeva che fosse così. La signora Tom Fitch di Glen era povera, ma la casa della signora Tom Fitch era pulita e ordinata come Ingleside. Certo, tutti sapevano che Jimmy Sei-Dita si beveva tutto quello che guadagnava. E da ora in poi questa sarebbe stata casa sua!

"Comunque, cercherò di pulirla", pensò Nan, derelitta. Ma si sentiva il cuore di piombo. La fiamma dell'abnegazione che l'aveva allettata si era ormai spenta.

"Cosa vuoi da Cass?", domandò curiosa la signora Sei-Dita, pulendo la faccia sporca della bambina con un grembiule ancora più sporco, "Se è per il concerto della scuola domenicale, non ci può andare e questo è quanto. Non ha uno straccio decente da mettersi. E come faccio io a procurargliene uno, mi domando e dico?"

"No, non è per il concerto", disse Nan, tetra. Tanto valeva raccontare tutta la storia alla signora Thomas. Tanto l'avrebbe saputo comunque, "Sono venuta a dirle... a dirle... che lei è me e io sono lei!"

Forse possiamo perdonare la signora Thomas, se pensò che questo discorso non fosse molto lucido.

"Devi essere suonata", disse, "Che cavolo vuoi dire?"

Nan alzò la testa. Ormai il peggio era passato.

"Voglio dire che io e Cassie siamo nate la stessa notte e... e... l'infermiera ci ha scambiate perché detestava la mia mamma... e... e... Cassie dovrebbe vivere a Ingleside e... e avere tutti i suoi vantaggi."

Quest'ultima espressione l'aveva sentita usare dalla maestra alla scuola domenicale, ma Nan pensò che donasse un finale dignitoso al suo discorso traballante.

La signora Sei-Dita la fissò.

"Sono pazza io o sei pazza tu? Quello che hai detto non ha nessun senso. Ma chi ti ha raccontato questa storia delirante?"

"Dovie Johnson."

La signora Sei-Dita gettò indietro la testa aggrovigliata e si mise a ridere. Poteva essere sudicia e sporca, ma aveva una risata attraente. "Avrei dovuto capirlo. Ho fatto il bucato per sua zia per tutta l'estate, quella bambina è una carogna! Si diverte un mondo a prendere in giro la gente! Oh, signorina Come-ti-chiami, non devi credere a tutte le storie di Dovie, altrimenti ti fa diventare matta!"

"Volete dire che non è vero?", annaspò Nan.

"Decisamente no. Buon Dio, devi essere veramente ingenua per credere a una cosa del genere. Cass deve avere almeno un anno più di te. A ogni modo, tu chi sei?"

"Sono Nan Blythe", oh, dolce pensiero! Era *veramente* Nan Blythe!

"Nan Blythe! Una delle gemelle di Ingleside! Ah, ma io mi ricordo la notte in cui nascesti. Ero capitata a Ingleside per una commissione. All'epoca non ero ancora sposata con Sei-Dita – peccato che poi l'abbia fatto – e la madre di Cass era viva e in salute, con Cass che cominciava a camminare. Tu somigli alla mamma di tuo papà... c'era anche lei lì quella sera, orgogliosa come Pulcinella per le sue nipotine gemelle. Ah, che idea che tu non abbia tanto buon senso da non credere a storie assurde come quella."

"Io ho l'abitudine di credere alla gente", disse Nan, sollevandosi con una certa maestosità di modi, anche se era troppo follemente felice per voler trattare con eccessivo sdegno la signora Sei-Dita.

"Be', è un'abitudine che faresti meglio a perdere se vuoi cavartela a questo mondo", disse cinica la signora Sei-Dita, "E dovresti anche smetterla di fartela con le bambine a cui piace prendere in giro la gente. Siediti, bambina. Non puoi tornare a casa se prima non finisce questo temporale. Vengono giù acqua e buio che pare un cumulo di gatti neri. Ma... se n'è andata... la bambina se n'è andata!"

Nan era già scomparsa sotto quell'acquazzone. Soltanto la folle esultanza portata dall'affermazione della signora Sei-Dita poteva riportarla a casa con quel temporale. Il vento la schiaffeggiava, la pioggia le si riversava addosso, i tuoni terrificanti le facevano pensare che il mondo si fosse spalancato. Solo l'incessante bagliore azzurro-ghiaccio dei fulmini le indicava la strada. Continuava a scivolare e a cadere. Ma alla fine arrivò, barcollando e gocciolando, nell'ingresso di Ingleside.

Mamma le corse incontro e la prese tra le braccia.

"Tesoro, che spavento ci hai fatto prendere! Dove sei stata?"
"Spero solo che Jem e Walter non si ammazzino cercandoti sotto la pioggia", disse Susan, con una punta di tensione nella voce.
Nan era quasi del tutto senza fiato. Poté solo ansimare, sentendo le braccia di mamma che la cingevano:
"Oh, mamma... sono io... sono veramente io. Non sono Cassie Thomas e non dovrò mai essere nessun altro che me."
"La poverina delira", disse Susan, "Deve aver mangiato qualcosa che le ha fatto male."
Anna fece il bagno a Nan e la mise a letto prima di farla parlare. Poi ascoltò tutta la storia.
"Oh, mamma, sono davvero la tua bambina?"
"Ma certo, tesoro. Come hai potuto credere di essere qualcosa d'altro?"
"Non avevo mai pensato che Dovie potesse raccontarmi una bugia... *non* Dovie. Mamma, ma si può credere *a qualcuno*? Jen Penny aveva raccontato a Di bugie tremende."
"Sono solo due bambine tra tutte le bambine che conosci, tesoro. Nessun altro dei tuoi compagni di giochi ti ha mai raccontato cose che non sono vere. Al mondo ci sono anche persone così, sia adulti che bambini. Quando sarai un po' più grande capirai meglio come si separa 'l'oro dallo stagno'."
"Mamma, vorrei che Jem, Walter e Di non sapessero quanto sono stata stupida."
"Non ce n'è bisogno. Di è andata a Lowbridge con papà, e ai ragazzi basta dire che ti eri allontanata troppo verso l'imboccatura della Baia e sei stata sorpresa dal temporale. Sei stata stupida a credere a Dovie, ma sei stata una ragazzina molto coraggiosa ad andare lì e offrire alla povera Cassie Thomas quello che pensavi fosse il suo posto. Mamma è orgogliosa di te."
Il temporale era finito. La luna si stava affacciando su un mondo freddo e felice.
"Oh, sono così contenta di essere *me*!", fu l'ultimo pensiero di Nan quando si addormentò.
Gilbert e Anna tornarono più tardi per vedere quei piccoli volti addormentati, tanto dolci l'uno accanto all'altro. Diana dormiva con gli angoli della bocca seria ripiegati in giù, ma Nan si era addormentata sorridendo. Gilbert aveva sentito tutta la storia ed era così arrabbiato che fu una fortuna per Dovie Johnson trovarsi ad almeno trenta miglia di distanza da lui. Ma Anna

aveva rimorsi di coscienza.

"Avrei dovuto scoprire cosa la preoccupava. Ma questa settimana ero troppo occupata con altre cose... cose che non contavano davvero nulla in confronto all'infelicità di un bambino. Pensa a cosa ha sofferto quella poveretta."

Si chinò, pentita, a esultare delle sue bimbe. Erano ancora sue... tutte sue, da coccolare, amare e proteggere. Ancora andavano da lei con tutto l'amore e il dolore dei loro cuoricini. Per pochi anni ancora sarebbero state sue... e poi? Anna rabbrividì. La maternità era dolcissima... ma terribile.

"Chissà cos'ha in serbo per loro la vita?", mormorò.

"Perlomeno, possiamo sperare e augurarci che trovino un bravo marito come quello che è toccato alla loro mamma", la prese in giro Gilbert.

Capitolo 32

"Perciò le Dame di Carità faranno la loro seduta di cucito a Ingleside", disse il dottore, "Servi tutti i tuoi piatti più sontuosi, Susan, e poi procura parecchie scope per spazzare i frammenti di reputazione distrutta dopo."

Susan fece il debole sorriso di una donna che tolleri la totale mancanza di comprensione da parte di un uomo per le cose di vitale importanza, anche se non aveva voglia di sorridere... non finché tutto quel che riguardava la cena delle Dame di Carità non fosse stato sistemato.

"Pasticcio caldo di pollo", continuava a e mormorare, "purè di patate e crema di piselli per la portata principale. E sarà un'ottima occasione per usare la nostra nuova tovaglia di pizzo, cara signora Dottore. Non s'è mai visto nulla di simile a Glen e confido che farà scalpore. Muoio dalla voglia di ammirare la faccia di Annabel Clow quando la vedrà. Userete il vostro cestino azzurro e argento per i fiori?"

"Sì, pieno di viole del pensiero e felci giallo-verdi del bosco di aceri. E voglio mettere da qualche parte quei tuoi tre meravigliosi gerani rosa... in soggiorno, se ci mettiamo a fare la trapunta lì, o in veranda se fa caldo abbastanza da lavorare fuori. Sono contenta che ci siano rimasti tanti fiori. Il giardino non è mai stato bello come quest'estate. Ma è una cosa che dico sempre in autunno, vero?"

C'erano tante cose da sistemare. Chi doveva sedersi accanto a chi... per esempio, non stava bene far sedere la signora Simon Millison accanto alla signora William MacCreery perché loro non si parlavano mai a causa di qualche oscura faida che risaliva al tempo in cui andavano a scuola. Poi c'era il problema di chi invitare... perché era privilegio della padrona di casa invitare qualche altra ospite a parte i membri delle Dame.

"Invito la signora Best e la signora Campbell", disse Anna.

Susan parve dubbiosa.

"Sono nuove arrivate, cara signora Dottore", col tono di uno che dica "Sono coccodrilli!"

"Susan, anche io e il dottore una volta eravamo nuovi arrivati."

"Ma lo zio del dottore era qui da anni prima di voi. Nessuno sa niente dei Best e dei Campbell. Ma è casa vostra, cara signora Dottore, e chi sono io per fare obiezioni su quelli che desiderate invitare? Ricordo una seduta di cucito dalla signora Carter Flagg, tanti anni fa, quando la signora Flagg invitò una

forestiera. Venne vestita di *misto lana*, cara signora Dottore...
disse che non credeva valesse la pena vestirsi eleganti per una
riunione delle Dame di Carità! Perlomeno non è una cosa da
temere nel caso della signora Campbell. Lei è molto elegante...
anche se io non potrei mai vedermi vestita di celeste-ortensia
per andare in chiesa."
Neppure Anna poteva vederla, ma non si azzardò a sorridere.
"Pensavo che quel vestito fosse delizioso coi capelli d'argento
della signora Campbell, Susan. A proposito, lei vuole la tua
ricetta della salsa piccante d'uva spina. Dice che l'ha assaggiata
alla cena ad Harvest Home ed era deliziosa."
"Oh, be', cara signora Dottore, non è che tutti sappiano fare la
salsa piccante d'uva spina", e non ci furono più frasi di
disapprovazione verso gli abiti color celeste-ortensia. Da quel
momento in poi la signora Campbell avrebbe potuto fare la sua
comparsa anche in costume delle Isola Fiji, e Susan sarebbe
stata pronta a giustificarla.
I mesi giovani erano invecchiati, ma l'autunno ricordava ancora
l'estate e il giorno della seduta di trapunta sembrava più una
giornata di giugno che di ottobre. Ogni membro della società
delle Dame di Carità che potesse andar lì, non vedeva l'ora di
godersi un bel piatto di pettegolezzi e una cena a Ingleside,
oltre a vedere, se possibile, qualcosa di nuovo e grazioso per
quanto riguardava la moda, dal momento che la moglie del
dottore era stata di recente in città.
Susan, non piegata dalle preoccupazioni culinarie che le erano
state riversate addosso, andava su e giù, scortando le signore
nella camera degli ospiti, tranquilla per la consapevolezza che
nessun'altra possedeva un grembiule bordato con un merletto
alto cinque pollici fatto di filo numero Centouno. Quella
settimana Susan aveva vinto il primo premio alla Fiera di
Charlottetown per quel merletto. Lei e Rebecca Dew si erano
incontrate lì e si erano divertite molto, e quando quella sera
Susan era tornata a casa era la donna più orgogliosa di tutta
l'Isola del Principe Edward.
Il volto di Susan era assolutamente controllato, ma aveva
pensieri tutti suoi, certe volte conditi con una punta di blanda
malizia.
"Celia Reese è qui, in cerca di qualcosa di cui ridere come al
solito. Be', non lo troverà alla nostra tavola, e su questo ci
potete contare. Myra Murray veste velluto rosso... un po' troppo
sontuoso per una seduta di cucito, secondo me, ma le sta bene.

Perlomeno non è misto lana. Agatha Drew... e i suoi occhiali legati con uno spago, come al solito. Sarah Taylor... potrebbe essere la sua ultima trapunta... il dottore dice che ha un cuore in pessime condizioni, ma che spirito! La signora Donald Reese... grazie a Dio non ha portato con sé Mary Anna, ma senza dubbio ne sentiremo parlare spesso. Jane Burr di Upper Glen, non è membro della società. Be', dopo cena conterò i cucchiai, e su questo ci potete contare. Quella famiglia ha sempre avuto le mani lunghe. Candace Crawford... di solito non s'incomoda con le riunioni della società, ma una seduta di cucito è sempre un buon posto per mettere in mostra le sue belle mani e il suo anello di diamanti. Emma Pollock con la sottoveste che spunta da sotto il vestito, già... una donna graziosa, ma dalla testa inconsistente come tutti quelli della sua tribù. Tillie MacAllister, non andare a rovesciare la gelatina sulla tovaglia come hai fatto alla riunione dalla signora Palmer. Martha Crothers, per una volta farai un pasto decente. Che peccato che tuo marito non sia potuto venire... ho saputo che deve vivere di noci, o qualcosa di simile. Signora Elder Baxter... ho saputo che alla fine l'anziano è riuscito a spaventare Harold Reese tanto da allontanarlo da Mina. Harold ha sempre avuto un osso dei desideri al posto della colonna vertebrale, e un cuore debole non ha mai conquistato una bella donna, come dice il Buon Libro. Be', ne abbiamo abbastanza per due trapunte e per un po' di lavoro d'ago."

Le trapunte vennero sistemate in veranda e tutte furono impegnate con le dita e con la lingua. Anna e Susan erano intensamente impegnate coi preparativi in cucina e Walter, che quel giorno era rimasto a casa da scuola a causa di un leggero mal di gola, era accovacciato sui gradini della veranda, nascosto alla vista delle cucitrici da una tendina di rampicanti. Gli era sempre piaciuto ascoltare i grandi parlare. Dicevano cose sorprendenti, misteriose... cose alle quali si poteva pensare in seguito per tesserle assieme in materiale drammatico, cose che riflettevano i colori e le ombre, le commedie e le tragedie, le arguzie e i dolori di ogni clan dei Quattro Venti.

Di tutte le donne presenti, quella che Walter preferiva era la signora Myra Murray, con la sua disinvolta risata contagiosa e le allegre, piccole rughe che aveva attorno agli occhi. Poteva raccontare le storie più semplici e farle sembrare drammatiche e vivaci; allietava la vita ovunque andasse; ed era tanto graziosa col suo vestito di velluto rosso-ciliegia, le onde regolari dei suoi capelli neri e le piccole gocce rosse alle orecchie. La signora Tom Chubb, magra come un ago, era quella che gli piaceva di meno... forse perché una volta l'aveva sentita chiamarlo "bambino malaticcio". Pensava che la signora Allan Milgrave somigliasse a una gallina morbida e grigia e che la signora Grant Clow fosse identica a una botte con le gambe. La giovane signora David Ransome, coi suoi capelli color caramello, era molto bella, "troppo bella per una fattoria", aveva detto Susan quando Dave l'aveva sposata. La giovane sposa, la signora Morton MacDougall, somigliava a un papavero bianco insonnolito. Edith Bailey, la sarta di Glen, coi suoi riccioli vaporosi e argentei e i suoi spiritosi occhi neri, non sembrava "una vecchia zitella". Gli piaceva la signora Meade, la donna più vecchia lì, che aveva occhi dolci e indulgenti e ascoltava molto più di quanto non parlasse, e non gli piaceva Celia Reese, col suo sguardo furbo e divertito, come se stesse ridendo di tutti.

Le cucitrici non avevano ancora davvero cominciato a parlare... stavano discutendo del tempo e decidevano se le trapunte andassero decorate a ventagli o a rombi, perciò Walter pensava alla bellezza della giornata matura, al grande prato coi suoi imponenti alberi e al mondo, che sembrava fosse stato cinto da un qualche grande Essere dalle braccia d'oro. Le foglie colorate scendevano ondeggiando, ma le cavalleresche malvarose erano ancora allegre contro il muro di mattoni e i pioppi tessevano tremuli incantesimi lungo il sentiero che portava al fienile. Walter era così assorto nella bellezza che lo circondava che la conversazione delle cucitrici era già in pieno svolgimento prima che venisse richiamato in sé dall'asserzione della signora Simon Millison:

"Quella famiglia era famosa per i funerali sensazionali. Tra quelle di voi che c'erano, chi potrà mai dimenticare il funerale di Peter Kirk?"

Walter tese le orecchie. Sembrava interessante. Ma con sua grande delusione, la signora Simon non continuò a raccontare cos'era successo. O tutte erano andate al funerale o avevano già sentito la storia.

("Ma perché questa cosa le fa sembrare tanto a disagio?")

"Senza dubbio tutto quel che Clara Wilson ha detto di Peter era vero, ma ormai lui è nella tomba, poveretto, lasciamolo lì", disse la signora Tom Chubb, ipocritamente sicura di se stessa... come se qualcuno avesse proposto di riesumarlo.

"Mary Anna dice sempre cose tanto intelligenti", disse la signora Donald Reese, "Sapete cos'ha detto l'altro giorno, quando stavamo andando al funerale di Margaret Hollister? 'Mamma', ha detto, 'Ci sarà del gelato al funerale?'" Alcune donne si scambiarono furtivi sorrisi divertiti. La maggior parte di loro ignorò la signora Donald. Era veramente l'unica cosa da fare quando lei cominciava a tirare in ballo Mary Anna, come faceva spesso, a proposito o a sproposito. Se uno le dava un minimo d'incoraggiamento diventava snervante. "Sapete che ha detto Mary Anna?", era uno slogan costante a Glen.

"A proposito di funerali", disse Celia Reese, "Quando ero giovane ce ne fu uno bizzarro a Mowbray Narrows. Stanton Lane era andato all'Ovest ed era giunta voce che fosse morto. I suoi familiari mandarono detto per telegramma che volevano il corpo indietro, e così fu, ma Wallace MacAllister, l'impresario di pompe funebri, sconsigliò loro di aprire la bara. Il funerale era cominciato da poco quando arrivò Stanton Lane in persona, vivo e vegeto. Non si scoprì mai di chi fosse in realtà il cadavere."

"Cosa ne fecero?", domandò Agatha Drew.

"Oh, lo seppellirono. Wallace disse che non si poteva disdire il funerale. Ma non lo si poté definire veramente un funerale, dal momento che erano tutti felici per il ritorno di Stanton. Il signor Dawson cambiò l'ultimo inno, passò da 'Consolatevi, cristiani' a 'Ogni tanto una bella sorpresa', ma la maggior parte della gente pensò che avrebbe fatto meglio a lasciare quello che c'era."

"Sapete che mi ha detto Mary Anna l'altro giorno? Mi ha detto 'Mamma, ma i sacerdoti sanno *tutto*?'"

"Il signor Dawson perdeva sempre la testa nei momenti di crisi", disse Jane Burr, "Upper Glen era parte del suo mandato, all'epoca, e mi ricordo che una domenica terminò la funzione e poi si ricordò che non era stata fatta ancora la colletta. Perciò che fece? Prese il piattino delle offerte e si mise a girare per il giardino con quello in mano. A dire il vero", aggiunse Jane, "quel giorno la gente gli diede più di quanto non gli avesse mai dato prima, o dopo. Non era bello rifiutare le offerte al sacerdote. Ma non fu molto dignitoso da parte sua."

"Una cosa che non sopportavo del signor Dawson", disse Miss Cornelia, "era la spietata lunghezza delle sue preghiere ai funerali. Arrivava veramente a certi livelli per cui la gente diceva che cominciava a invidiare il morto. Si superò al funerale di Letty Grant. Vidi che sua madre era sul punto di svenire, così gli diedi una botta nella schiena col mio ombrello e gli dissi che aveva pregato abbastanza."

"Lui seppellì il mio povero Jarvis", disse la signora George Carr, con le lacrime che le scendevano. Piangeva sempre quando parlava di suo marito, anche se lui era morto da vent'anni.

"Anche suo fratello era sacerdote", disse Christine Marsh, "Era a Glen quando io ero una ragazzina. Una sera tenemmo un concerto al municipio e, poiché lui era uno degli oratori, era seduto sul palco. Era nervoso come suo fratello e continuava a dondolare con la sedia, sempre più indietro, e alla fine cascò dal bordo, sedia e tutto, proprio sull'aiola di fiori e piante di casa che avevamo sistemato attorno alla base. Tutto quel che si vedeva di lui erano i suoi piedi che spuntavano al di sopra del palco. In un certo senso, dopo quell'episodio mi si è un po' guastato il gusto dell'ascoltare le sue prediche. Aveva dei piedi *enormi!*"

"Il funerale di Lane avrebbe potuto essere una delusione", disse Emma Pollock, "ma perlomeno fu sempre meglio che non avere nessun funerale. Vi ricordate del pasticcio di Cromwell?"

Ci fu un coro di risate riminiscenti. "Sentiamo la storia", disse la signora Campbell, "Ricordate, signora Pollock, che io qui sono una forestiera e le saghe di famiglia mi sono ignote."

Emma non sapeva cosa volesse dire "saga" ma le piaceva raccontare storie.

"Abner Cromwell viveva dalle parti di Lowbridge, in una delle più grandi fattorie del distretto, ed era a quei giorni Membro del Parlamento Provinciale. Era uno dei rospi più grossi della pozzanghera dei Conservatori ed era ben introdotto con tutte le personalità più importanti dell'isola. Aveva sposato Julie Flagg, la cui madre era una Reese e la cui nonna era una Clow, così erano anche imparentati con quasi tutte le famiglie dei Quattro Venti. Un giorno comparve una notizia sul *Daily Enterprise*... il signor Abner Cromwell era morto improvvisamente a Lowbridge e il suo funerale avrebbe avuto luogo alle due del pomeriggio seguente. In un modo o in un altro, Abner Cromwell non vide quell'articolo... e naturalmente a quell'epoca in campagna non c'erano i telefoni. Il mattino seguente Abner Cromwell partì per Halifax per partecipare a un'assemblea di Liberali. Alle due cominciò ad arrivare la gente per il funerale, arrivava prima per trovare un buon posto a sedere pensando che ci sarebbe stata una gran folla, considerando che Abner era un uomo tanto importante. E c'era una vera folla, credetemi. Per miglia attorno le strade erano un'unica fila di carrozze, e la gente continuò ad arrivare fino alle tre. La signora Abner stava quasi impazzando nel tentativo di convincere tutti che suo marito non era morto. All'inizio qualcuno non volle crederle. Mi disse in lacrime che sembravano credere che lei si fosse sbarazzata del cadavere. E quando si convinsero, si comportarono come se pensassero che Abner avrebbe *dovuto* essere morto. E cominciarono a calpestare tutte le aiole fiorite di cui lei era tanto orgogliosa. Arrivarono anche un mucchio di parenti lontani, che si aspettavano di trovare la cena e un letto per la notte, e lei non aveva cucinato nulla o quasi... Julie non è mai stata previdente, questo va detto. Quando Abner tornò a casa, due giorni dopo, la trovò a letto con i nervi a pezzi, le ci vollero mesi per rimettersi. Non mangiò nulla per sei settimane... be', quasi nulla. Ho saputo che disse che non avrebbe potuto essere più agitata neppure se ci fosse stato davvero un funerale. Ma io non ho mai creduto che l'abbia detto davvero."

"Non potete esserne certa", disse la signora William MacCreery, "La gente dice cose terribili. Quando sono sconvolti la verità spunta fuori. La sorella di Julie, Clarice, andò a cantare nel coro come al solito la prima domenica dopo la morte del marito."

"Nemmeno il funerale di un marito poteva smorzare a lungo Clarice", disse Agatha Drew, "Non c'era nulla di *serio* in lei. Stava sempre a cantare e a ballare."

"Io un tempo danzavo e cantavo... sulla spiaggia, quando nessuno poteva sentirmi", disse Myra Murray.

"Ah, ma da allora sei diventata più saggia", disse Agatha.

"Nooo, più stupida", disse lentamente Myra Murray, "Adesso sono troppo stupida per danzare sulla spiaggia."

"All'inizio", disse Emma, per non farsi defraudare di una storia compiuta, "pensarono che la notizia fosse stata stampata per scherzo... perché qualche giorno prima Abner aveva perso alle elezioni... ma poi venne fuori che si riferiva a un certo Amasa Cromwell, che viveva tra i boschi dall'altro versante di Lowbridge... nessuna parentela. Lui era morto davvero. Ma dovette passare molto tempo prima che la gente perdonasse Abner per la delusione, se mai l'ha perdonato."

"Be', è stato veramente un po' fastidioso fare tutta quella strada, per di più all'epoca della semina, per scoprire che avevi fatto tanta fatica solo per il viaggio", disse la signora Tom Chubb, sulle difensive.

"E di norma alla gente i funerali piacciono", disse con brio la signora Donald Reese, "Siamo tutti come bambini, immagino. Ho portato May Anna al funerale di suo zio Gordon e lei si è divertita tanto. 'Mamma, perché non lo tiriamo fuori così possiamo divertirci a seppellirlo di nuovo?', mi ha detto."

Stavolta risero... tutte tranne la signora Elder Baxter, che atteggiò il suo lungo viso a un'espressione compassata e infilzò spietata la trapunta. Oggigiorno non c'era più nulla di sacro. Tutti ridevano per qualunque cosa. Ma lei, la moglie di uno degli anziani, non tollerava le risate connesse ai funerali.

"A proposito di Abner, vi ricordate il necrologio che suo fratello John scrisse per la propria moglie?", domandò la signora Allan Milgrave, "Cominciava con 'Dio, per motivi noti solo a Lui, ha voluto prendersi la mia bella sposa lasciando in vita la brutta moglie di mio cugino William'. Non dimenticherò mai quanto scalpore fece!"

"Come mai gli è stato permesso di pubblicare una cosa del genere?", domandò la signora Best.

"Be', all'epoca lui era redattore capo all'Enterprise. Lui adorava sua moglie, Bertha Morris, e detestava la signora William Cromwell perché lei non voleva fargli sposare Bertha. Pensava che Bertha fosse troppo frivola."

"Ma era molto graziosa", disse Elizabeth Kirk.

"La creatura più graziosa che abbia mai visto in vita mia", concordò la signora Milgrave, "Il bell'aspetto è di famiglia tra i Morris. Ma incostante... incostante come il vento. Nessuno capì mai come sia riuscita a rimanere salda nel proposito di sposare John tanto a lungo da farlo. Dicono che sia stata sua madre a tenercela salda fino alla fine. Bertha era innamorata di Fred Reese, ma lui era famoso per i suoi flirt. 'Meglio un uovo oggi che una gallina domani', le disse la signora Morris."

"È tutta la vita che sento quel proverbio", disse Myra Murray, "e mi chiedo se è vero. Magari la gallina è meglio dell'uovo."

Nessuno seppe cosa dire, tranne la signora Tom Chubb, che lo disse comunque:

"Sei sempre così stravagante, Myra."

"Sapete cosa m'ha detto Mary Anna l'altro giorno?", disse la signora Donald, "M'ha detto 'Mamma, che farò se nessuno mi chiederà di sposarlo?'"

"*Noi* vecchie zitelle sapremmo cosa rispondere, vero?", domandò Celia Reese dando una gomitata a Edith Bailey. A Celia Edith non piaceva, perché Edith era ancora piuttosto graziosa e non completamente fuori dalle corse.

"Gertrude Cromwell era *veramente* brutta", disse la signora Grant Clow, "Aveva una figura che sembrava una stecca. Ma era una gran massaia. Ogni mese lavava tutte le tende che aveva, se Bertha lavava le sue una volta all'anno era anche tanto. E le sue tapparelle erano sempre storte. Gertrude diceva che le venivano i brividi a passare davanti alla casa di John Cromwell. Eppure John Cromwell adorava semplicemente Bertha, mentre William sopportava a stento Gertrude. Gli uomini sono *veramente* strani. Dicono che William si sia svegliato tardi il giorno del suo matrimonio e che poi si sia vestito con una tale furia da andare in chiesa con le scarpe vecchie e i calzini scompagnati."

"Be', sempre meglio di Oliver Random", ridacchiò la signora George Carr, "Lui si dimenticò di avere il completo di nozze pronto, e il suo vecchio completo della domenica era inutilizzabile, perché era rattoppato. Così si fece prestare il completo migliore di suo fratello, che gli stava bene solo qua e là."

"Perlomeno William e Gertrude si sono sposati", disse la signora Simon, "La sorella di lei, Caroline, no. Lei e Ronny Drew litigarono su quale sacerdote dovesse sposarli e alla fine non si sposarono affatto. Ronny era così furioso che prese e sposò Edna Stone prima di aver tempo di calmarsi. Caroline andò al matrimonio. Tenne la testa alta, ma la sua faccia era come quella di una morta."

"Però perlomeno tenne la bocca chiusa", disse Sarah Taylor, "Philippa Abbey no. Quando Jim Mowbray la mollò, lei andò al suo matrimonio e per tutta la cerimonia disse le cose peggiori ad alta voce. Naturalmente erano tutti anglicani", concluse Sarah Taylor, come se questo spiegasse ogni stramberia.

"È vero che poi andò al ricevimento indossando tutti i gioielli che Jim le aveva regalato durante il loro fidanzamento?", domandò Celia Reese.

"No, non l'ha fatto! Io non so proprio come facciano certe storie a circolare. Viene da pensare che certa gente non faccia mai altro che ripetere i pettegolezzi. Secondo me Jim Mowbray si pentì per tutta la vita di non essere rimasto con Philippa. Sua moglie lo teneva sotto lo schiaffo... anche se lui faceva sempre una vita sfrenata quando lei non c'era,"

"L'unica volta che abbia mai visto Jim Mowbray fu quando le cetonie quasi travolsero la congregazione al servizio annuale a Lowbridge", disse Christine Crawford, "E quello che le cetonie risparmiarono, lo rovinò Jim Mowbray. Era una serata calda e avevano lasciato tutte le finestre aperte. Le cetonie si riversarono in chiesa a centinaia e andarono dappertutto. Il mattino dopo raccolsero ottantasette cetonie morte sul palco del coro. Ad alcune delle donne venne una crisi isterica quando si trovarono le cetonie troppo vicino alla faccia. Dall'altra parte della navata rispetto a me era seduta la moglie del pastore, la signora Peter Loring. Aveva un gran cappello di pizzo con i pennacchi di salice."

"L'hanno sempre considerata fin troppo elegante e stravagante per essere la moglie di un sacerdote", s'intromise la signora Elder Baxter.

"'Guarda come scaccio quell'insetto dal cappello della signora sacerdotessa', sentii Jim Mowbray bisbigliare... era seduto proprio dietro di lei. Lo mancò, ma colpì di striscio il cappello e lo mandò a saltellare giù per la navata proprio in mezzo alla fila per la comunione. A Jim venne quasi un attacco isterico. Quando il ministro vide il cappello di sua moglie che arrivava in volo perse il filo del discorso del sermone che stava facendo, non riuscì a recuperarlo e ci rinunciò per la disperazione. Il coro cantò l'ultimo inno, continuando a scacciare le cetonie tutto il tempo. Jim andò e riportò il cappello alla signora Loring. Si aspettava un rimprovero, perché si diceva che lei fosse piuttosto vivace. Invece lei non fece altro che rimettere il cappello sulla bella testolina bionda e ridere di lui. 'Se non l'aveste fatto', gli disse, 'Peter avrebbe continuato per altri venti minuti e noi saremmo completamente impazziti'. Certo, fu gentile da parte sua non arrabbiarsi, ma la gente pensò che non fosse una cosa bella da dire del proprio marito."

"Ma dovete ricordare com'è nata", disse Martha Crothers.

"*Come?*"

"Lei era Bessy Talbot, della zona di ponente. La casa di suo padre prese fuoco una notte, e in mezzo a tutta quella confusione e a quel subbuglio, Bessy nacque... in giardino... sotto le stelle."

"Che cosa romantica!", disse Myra Murray.

"Romantica? Io direi *tutt'altro che decente!*"

"Ma pensa a nascere sotto le stelle!", disse Myra, sognante,

"Avrebbe dovuto essere una figlia delle stelle... scintillante... bella... coraggiosa... sincera... con gli occhi luminosi."

"Era tutte queste cose", disse Martha, "che le stelle c'entrino o no. Ed ebbe vita dura a Lowbridge, dove tutti pensavano che la moglie di un sacerdote dovesse essere tutta affettata. Un giorno uno degli anziani la sorprese a danzare col suo bimbo nella culla e le disse che non doveva gioire per suo figlio se prima non sapeva se era *un eletto* oppure no."

"A proposito di bambini, ma lo sapete che mi ha detto Mary Anna l'altro giorno? 'Mamma', mi fa, 'ma le regine hanno i bambini?'"

"Dev'essere stato Alexander Wilson", disse la signora Allan, "un criticone nato. Ho saputo che ai suoi familiari non permetteva di parlare durante i pasti. E ridere... be', in casa sua non si rideva mai."

"Ci pensate a una casa in cui non si ride mai?", disse Myra. "Sarebbe... *sacrilega*."

"Ad Alexander ogni tanto prendevano certi attacchi per cui non parlava più a sua moglie per tre giorni di seguito", continuò la signora Allan, "Per lei erano un enorme sollievo", aggiunse.

"Perlomeno Alexander Wilson era un uomo buono, onesto e lavoratore", disse rigida la signora Grant Clow. Il suddetto Alexander era suo cugino di quarto grado, e i Wilson erano piuttosto parziali verso la propria famiglia, "Quando morì, lasciò quarantamila dollari."

"Un vero peccato che abbia dovuto *lasciarli*", disse Celia Reese.

"Suo fratello Jeffry non lasciò un centesimo", disse la signora Clow, "Lui era il buono a nulla di quella famiglia, debbo ammettere. Ma Dio sa se non ridesse. Spese tutto quel che guadagnò... era un 'ehilà-amico-come-butta?' con tutti... e morì senza un penny. Che ha ottenuto dalla vita con tutto quel ridere e sperperare?"

"Non molto, forse", disse Myra, "Ma pensate a tutto quel che ci ha messo dentro. Lui *donava* sempre... buonumore, compassione, amicizia, perfino soldi. Perlomeno lui era ricco di amici e Alexander non ha mai avuto un solo amico in vita sua."

"Gli amici di Jeff non gli diedero sepoltura", ribatté la signora Allan, "Dovette farlo Alexander... e gli procurò anche una bellissima lapide. Costava cento dollari."

"Ma quando Jeff gli chiese un prestito su quei cento per un'operazione che avrebbe potuto salvargli la vita, Alexander non rifiutò, forse?", domandò Celia Drew.

"Andiamo, andiamo, stiamo diventando troppo impietose", protestò la signora Carr, "Dopotutto non viviamo in un mondo di non-ti-scordar-di-me e margheritine, abbiamo tutti i nostri difetti."

"Oggi Lem Anderson si sposa con Dorothy Clark", disse la signora Millison, ritenendo che fosse ben ora che la conversazione prendesse una piega più allegra, "E non è passato neanche un anno da quando lui disse che si sarebbe fatto saltare il cervello se Jane Elliott non l'avesse sposato."

"I giovani dicono cose strampalate", disse la signora Chubb, "L'hanno tenuto ben segreto... è trapelato solo tre settimane fa che erano fidanzati. La settimana scorsa ho parlato con sua madre e lei non ha mai fatto cenno al fatto che si sarebbero sposati così presto. Io non so se mi piace una donna che riesce a essere una tale sfinge."

"A me sorprende che Dorothy Clark se lo prenda", disse Agatha Drew, "La primavera scorsa pensavo che lei e Frank Clow stessero insieme."

"Ho saputo che Dorothy ha detto che Frank era il miglior partito, ma che non tollerava il pensiero di vedere quel naso che sbucava dalle lenzuola ogni mattina, al risveglio."

La signora Elder Baxter ebbe un sussulto zitellesco e si rifiutò di unirsi alle risate.

"Non dovreste dire cose del genere davanti a una ragazza giovane come Edith", disse Celia, ammiccando da dietro la trapunta.

"Ada Clark è già fidanzata?", domandò Emma Pollock.

"No, non esattamente", disse la signora Millison, "Ha solo speranze. Ma alla fine l'acchiapperà. Quelle ragazze hanno un talento nello scegliersi i mariti. Sua sorella Pauline ha sposato il miglior fattore della baia."

"Pauline è graziosa, ma è piena di idee stupide", disse la signora Milgrave, "Certe volte penso che non imparerà mai il buonsenso."

"Oh, sì, l'imparerà", disse Myra Murray, "Un giorno avrà figli suoi e allora imparerà a essere saggia per amor loro... come ho fatto io, come avete fatto voi."

"Dove andranno a vivere Lem e Dorothy?", domandò la signora Meade.

"Oh, Lem ha comprato una fattoria ad Upper Glen. La vecchia tenuta dei Carey, sapete?, dove la povera signora Roger Carcy assassinò suo marito."

"Assassinò suo marito?"

"Oh, non sto dicendo che lui non se lo meritasse, ma tutti pensarono che avesse un po' esagerato. Sì, gli mise il diserbante nel tè... o era nella minestra? Lo sapevano tutti ma nessuno fece niente. Per favore, Celia, il rocchetto."

"Ma volete dire, signora Millison, che non venne mai processata... né punita?", annaspò la signora Campbell.

"Be', nessuno voleva che un vicino finisse in un pasticcio simile. I Carey erano ben imparentati ad Upper Glen. Inoltre lei era stata spinta dalla disperazione. Certo, nessuno qui approva l'omicidio come fatto abituale, ma se mai un uomo ha meritato di essere ucciso quello era Roger Carey. Lei andò negli States e si risposò. È morta da anni. Il suo secondo marito le sopravvisse. Accadde tutto quando ero una ragazzina, dicevano che il fantasma di Roger Carey *se ne andasse in giro*."

"Ma di certo in quest'epoca illuminata nessuno crede più ai fantasmi", disse la signora Baxter.

"Perché non dobbiamo credere ai fantasmi?", chiese Tillie MacAllister, "I fantasmi sono interessanti. Io *conosco* un uomo che era perseguitato da un fantasma che rideva sempre di lui... sogghignava, quasi. Era una cosa che lo faceva impazzire. Per favore, signora MacDougall, le forbici."

Bisognò chiedere due volte le forbici alla piccola sposa, e lei le porse arrossendo. Non era ancora abituata a sentirsi chiamare signora MacDougall.

"La vecchia casa dei Truax oltre la baia è stata infestata per anni dai fantasmi... colpi e botti per tutta la casa... una cosa veramente misteriosa", disse Christine Crawford.

"Tutti i Truax hanno sempre avuto problemi di stomaco", disse la signora Baxter.

"Certo, se uno non crede ai fantasmi questi non si vedono", disse corrucciata la signora MacAllister, "Ma mia sorella lavorò in una casa in Nova Scotia che era infestata da scoppi di risate."

"Che fantasma allegro!", disse Myra, "Non mi darebbe fastidio."

"È facile che fossero gufi", disse la signora Baxter, determinata nel suo scetticismo.

"Mia madre vide gli angeli attorno al suo letto di morte", disse Agatha Drew con aria di mesto trionfo.

"Gli angeli non sono fantasmi", disse la signora Baxter.

"A proposito di madri, Tillie, come sta tuo zio Parker?",

domandò la signora Chubb.

"Male, a momenti. Non sappiamo che succederà. Ci tiene tutti in sospeso... per quanto riguarda i vestiti invernali, intendo. Ma l'altro giorno dicevo a mia sorella, mentre ne parlavamo: 'Faremmo meglio a procurarci comunque abiti neri', le ho detto, 'qualunque cosa accada'."

"Sapete che ha detto Mary Anna l'altro giorno? Ha detto 'Mamma, smetterò di chiedere a Dio di farmi i capelli ricci. Glielo chiedo ogni sera da una settimana e non ha ancora fatto niente'."

"Io gli chiedo una cosa da vent'anni", disse aspra la signora Bruce Duncan, che non aveva ancora parlato prima né sollevato gli occhi scuri dalla trapunta. Era famosa per le sue belle trapunte... forse proprio perché non si lasciava mai distrarre dai pettegolezzi e piazzava ogni punto esattamente dove doveva andare.

Un breve silenzio cadde sulla compagnia. Tutte potevano indovinare cosa stesse chiedendo... ma non era una cosa di cui discutere mentre si faceva una trapunta. La signora Duncan non parlò più.

"È vero che May Flagg e Billy Carter hanno rotto e che lui se la fa con una dei MacDougall di oltrebaia?", domandò Martha Crothers dopo un discreto intervallo.

"Sì. Però nessuno sa cos'è successo."

"È triste... come bastino delle inezie, certe volte, a rompere una coppia", disse Candace Crawford, "Prendete Dick Pratt e Lilian MacAllister... lui aveva appena cominciato a farle la proposta a un picnic quando cominciò a sanguinargli il naso. Dovette andare al ruscello... e lì incontrò una ragazza forestiera che gli prestò il fazzoletto. Lui s'innamorò e due settimane dopo la sposò."

"Avete saputo cos'è successo a Big Jim MacAllister lo scorso sabato sera all'emporio di Milt Cooper ad Harbour Head?", domandò la signora Simon, pensando che fosse ora che qualcuno introducesse un argomento più allegro di fantasmi e fidanzamenti rotti, "Per tutta l'estate aveva preso l'abitudine di piazzarsi sulla stufa. Ma sabato sera faceva freddo e Milt aveva acceso il fuoco. Perciò quando il povero Big Jim ci si è seduto sopra... si è ustionato il..."

La signora Simon non disse cosa si era ustionato, ma si accarezzò silenziosamente quella parte anatomica.

"Il sedere", disse Walter, serio, infilando la testa nel paravento di rampicanti. Era sinceramente convinto che la signora Simon non si ricordasse la parola.

Un silenzio inorridito cadde sulla cucitrici. Walter Blythe era sempre stato lì? Si misero tutte a setacciare i ricordi delle storie raccontate, per rammentare se qualcuna di loro potesse essere stata terribilmente inadatta alle orecchie di un bambino. Si diceva che la signora Blythe fosse tanto puntigliosa su quello che i suoi bambini potevano ascoltare! Prima che le loro lingue paralizzate si riprendessero, Anna uscì a chiedere loro di andare a cena.

"Ancora dieci minuti, signora Blythe. Per allora avremo finito entrambe le trapunte", disse Elizabeth Kirk.

Le trapunte vennero ultimate, portate fuori, agitate, stese e ammirate.

"Chissà chi ci dormirà sotto?", disse Myra Murray.

"Forse sotto una di queste una neomamma stringerà il suo primo bambino", disse Anna.

"O qualche bimbo piccolo vi si rannicchierà sotto in una fredda notte nella prateria", disse inaspettatamente Miss Cornelia.

"O qualche poveretto coi reumatismi si sentirà più comodo là sotto", disse la signora Meade.

"Spero che nessuno *ci muoia* sotto", disse tristemente la signora Baxter.

"Sapete cosa m'ha detto Mary Anna prima che venissi?", disse la signora Donald mentre entravano in fila in sala da pranzo, "M'ha detto 'Mamma, non dimenticarti che devi mangiare *tutto* quello che c'è sul piatto'."

Al che si sedettero tutte e mangiarono e bevvero alla gloria di Dio, perché tutte avevano avuto un buon pomeriggio di lavoro, e dopotutto nella maggior parte di loro c'era pochissima malizia.

Dopo cena tornarono a casa. Jane Burr andò fino al villaggio con la signora Simon Millison.

"Devo raccontare a mamma di tutti gli accessori", disse bramosa Jane, non sapendo che Susan stava contando i cucchiai, "Non esce mai da quando è confinata a letto, ma adora sentire le novità. Quella tavola sarebbe stata una vera festa per lei."

"Era proprio come quelle foto che si vedono sui giornali", concordò la signora Simon con un sospiro, "Io so cucinare una buona cena come chiunque, se posso dirlo, ma non so apparecchiare una tavola con un po' di stile *prestigioso*. E quel piccolo Walter... gli darei una bella sculacciata, con entusiasmo. Mi ha fatto prendere un colpo!"

"E così immagino che Ingleside sia cosparsa di reputazioni morte", stava dicendo il dottore.

"Io non stavo facendo le trapunte", disse Anna, "Non ho sentito cos'hanno detto."

"Non lo fai mai, mia cara", disse Miss Cornelia, che si era trattenuta per aiutare Susan a legare le trapunte, "Quando ci sei anche tu a cucire non si lasciano mai andare. Pensano che tu disapprovi i pettegolezzi."

"Dipende dal genere", disse Anna.

"Be', oggi nessuno ha detto veramente nulla di terribile. La maggior parte delle persone di cui hanno parlato sono morte... o dovrebbero esserlo", disse Miss Cornelia, ricordando con un sogghigno la storia del mancato funerale di Abner Cromwell, "Solo che la signora Millison ha dovuto tirare in mezzo di nuovo quella vecchia storia raccapricciante del delitto su Madge Carey e suo marito. Mi ricordo tutto. Non c'era l'ombra di una prova che fosse stata Madge... tranne il fatto che un gatto morì dopo aver mangiato un po' di minestra. L'animale era malato da una settimana. Se volete la mia opinione, secondo me Roger Carey è morto di appendicite... anche se, naturalmente, all'epoca nessuno sapeva che abbiamo un'appendice."

"E secondo me è veramente un peccato che abbiano scoperto che ce l'abbiamo", disse Susan, "I cucchiai sono tutti intatti, cara signora Dottore, e alla tovaglia non è successo nulla."

"Be', devo andarmene a casa", disse Miss Cornelia, "La prossima settimana, quando Marshall ammazza il maiale, ti mando un po' di costolette."

Walter era ancora seduto sui gradini con gli occhi pieni di sogni. Era sceso il crepuscolo. Da dove era sceso?, si domandò. Era forse stato un qualche grande spirito con ali simili a quelle di un pipistrello a versarlo sul mondo da un vaso color porpora? La luna si stava levando e tre vecchi abeti rossi attraversati dal vento, che vi si stagliavano contro, sembravano tre vecchie streghe curve e gobbe che arrancavano su per una collina. Era forse un piccolo fauno con le orecchie pelose quello accovacciato nell'ombra? E se avesse aperto la porta nel muro di mattoni *proprio adesso*, non sarebbe potuto uscire non nel ben noto giardino, ma in qualche strano paese delle fate, dove le principesse si svegliavano da sonni incantati, dove forse avrebbe potuto trovare e seguire l'Eco come tante volte aveva desiderato fare? Non bisognava azzardarsi a parlare. Sarebbe scomparsa se qualcuno avesse parlato.

"Tesoro", disse la mamma uscendo, "Non devi star seduto ancora qui. Si sta facendo freddo. Ricordati della tua gola."

La parola pronunciata aveva spezzato l'incantesimo. La luce magica era scomparsa. Il prato era ancora un bel posto, ma non era più il paese delle fate. Walter si alzò.

"Mamma, mi dici cosa capitò al funerale di Peter Kirk?"

Anna ci pensò un istante... poi rabbrividì.

"Certo, certo, tesoro. Forse... prima o poi..."

Capitolo 33

Anna, da sola nella sua stanza – perché Gilbert era stato chiamato fuori – sedeva alla finestra per qualche minuto di comunione con la tenerezza della notte e per godersi il fascino magico e sottilmente inquietante della sua camera illuminata dalla luna. Dite quello che volete, pensava Anna, ma c'è sempre qualcosa di un po' strano in una camera illuminata dalla luna. Tutta la sua personalità cambia. Non è più tanto amica... tanto umana. È remota e distaccata, avvolta in se stessa. Ti considera quasi un intruso.

Era stanca dopo una giornata faticosa, e adesso tutto era così bello e tranquillo... i bambini dormivano, a Ingleside era stato ripristinato l'ordine. Non c'erano suoni in casa, a eccezione di deboli colpi ritmici in cucina, dove Susan stava sistemando il pane.

Ma dalla finestra aperta entravano i suoni della notte, e Anna li conosceva e amava uno ad uno. Deboli risate fluttuavano dalla baia nell'aria immota. Qualcuno stava cantando giù a Glen, ed era come il suono indimenticabile di qualche canzone sentita tanto tempo fa. Sull'acqua c'erano argentei sentieri rischiarati dalla luna, ma Ingleside era ammantata di oscurità. Gli alberi mormoravano "gli arcani dei tempi antichi[38]" e un gufo chiurlava nella Valle dell'Arcobaleno.

"Che estate felice è stata questa", pensò Anna... e poi ricordò con un piccolo tuffo al cuore qualcosa che aveva sentito dire, una volta, da zia Highland Kitty... "la stessa estate non torna mai due volte."

Non è mai la stessa. Sarebbe arrivata un'altra estate... ma i bambini sarebbero stati un po' più grandi e Rilla sarebbe andata a scuola... "e non mi rimarranno più bambini", pensò Anna, tristemente. Jem adesso aveva dodici anni e si parlava già di "Ammissione"... Jem, che solo ieri era un bambino minuscolo nella vecchia Casa dei Sogni. Walter stava crescendo a vista d'occhio e proprio quel mattino aveva sentito Nan prendere in giro Di a proposito di un qualche "ragazzo" a scuola; e Di era arrossita e aveva agitato le chiome rosse. Così era la vita. Felicità e dolore... speranza e paura... e cambiamenti, sempre cambiamenti! Non potevi farci niente. Dovevi lasciar andare il vecchio e stringerti al cuore il nuovo... imparare ad amarlo e poi lasciar andare anche quello. La primavera, per quanto fosse

---

38 Citazione biblica, Salmi 77(78):2 (NDR)

bella, doveva arrendersi all'estate, e l'estate perdersi nell'autunno. La nascita... lo sposalizio... la morte...

Anna ricordò improvvisamente che Walter le aveva chiesto cosa fosse successo al funerale di Peter Kirk. Non ci pensava da anni ma non l'aveva dimenticato. Nessuno di quelli che c'erano, ne era certa, l'aveva dimenticato o l'avrebbe mai dimenticato. Seduta lì, al crepuscolo illuminato dalla luna, lei ricordò tutto.

Era stato a novembre – il primo novembre che avevano passato a Ingleside – che era seguito a una settimana di estate indiana. I Kirk abitavano a Mowbray Narrows ma andavano alla chiesa di Glen e Gilbert era il loro medico curante, perciò sia lui che Anna andarono al funerale.

Era stata, ricordò, una giornata dolce, calma, grigio-perla. Tutt'attorno a loro c'era il panorama solitario, marrone e porpora, di novembre, con chiazze di luce qua e là sugli altipiani e i pendii, dove il sole splendeva da una spaccatura delle nuvole. "Kirkwynd" era così vicina al mare che un alito di vento salato soffiava tra i torvi abeti dietro di lei. Era una casa grande, dall'aspetto florido, però Anna aveva sempre pensato che il frontone a L somigliasse a un viso lungo, stretto, maligno.

Anna si fermò per parlare con un piccolo crocchio di donne sul prato severo e senza fiori. Erano tutte anime buone, lavoratrici, per le quali un funerale non era un evento spiacevole.

"Ho dimenticato di portare un fazzoletto", stava dicendo lamentosa la signora Bryan Blake, "Cosa faccio quando piango?"

"E perché dovresti piangere?", le domandò brusca sua cognata, Camilla Blake. Camilla non sopportava le donne che piangevano troppo facilmente, "Peter Kirk non era un tuo parente e a te non è mai piaciuto."

"Penso che sia *opportuno* piangere ai funerali", disse, rigida, la signora Blake, "Si dimostra di avere *sentimenti* quando un vicino viene convocato alla casa eterna."

"Se al funerale di Peter non piangerà nessuno a parte a quelli a cui lui piaceva, ci saranno ben pochi occhi umidi", disse, caustica, la signora Curtis Rodd, "È la verità, perché non dirlo chiaro e tondo? Era un vecchio imbroglione bigotto e io lo so meglio di chiunque altro. Chi sta arrivando da quel cancelletto? Non... non ditemi che è Clara Wilson."

"È lei", bisbigliò la signora Bryan, incredula.

"Be', sapete che dopo la morte della prima moglie di Peter lei gli disse che non sarebbe mai più entrata in casa sua se non per andare al suo funerale, e ha mantenuto la parola", disse Camilla Blake, "È la sorella della prima moglie di Peter", spiegò a parte ad Anna, che osservò con curiosità Clara Wilson quando quella le superò, senza vederle, guardando dritto davanti a sé con i suoi ardenti occhi di topazio. Era un morso di donna sottile, con un viso tragico, dalle sopracciglia scure, e capelli neri sotto una di quelle cuffiette assurde che le donne più anziane ancora portavano... una cosa fatta di piume e "rigonfiamenti" con uno striminzito velo che le scendeva sul naso. Non guardava nessuno e non parlava con nessuno, con la lunga gonna di taffetà nero che frusciava sull'erba e su per i gradini della veranda.

"C'è Jed Clinton alla porta, con indosso la sua faccia da funerale", disse Camilla, sarcastica, "Evidentemente pensa che sia ora di entrare. È sempre stato un suo vanto che ai suoi funerali tutto debba andare secondo programma. Non ha mai perdonato Winnie Clow per essere svenuta *prima* del sermone. Non sarebbe andata tanto male dopo. Be', non è probabile che qualcuno svenga a questo funerale. Olivia non è tipo da svenire."

"Jed Clinton... l'impresario di pompe funebri di Lowbridge", disse la signora Reese, "Perché non hanno chiamato quello di Glen?"

"Chi? Carter Flagg? Ah, cara donna, lui e Peter sono stati ai ferri corti per tutta la vita. Lo sai, Carter voleva sposare Amy Wilson."

"Un sacco di gente voleva sposarla", disse Camilla, "Era una ragazza molto graziosa, coi suoi capelli ramati e gli occhi neri come l'inchiostro. Anche se all'epoca la gente pensava che fosse Clara la più bella delle due. Strano che non si sia mai sposata. Ecco il ministro, finalmente... e con lui c'è il reverendo Owen, di Lowbridge. Certo, lui è cugino di Olivia. È a posto, tranne che mette troppi 'Oh' nelle sue preghiere. È meglio se entriamo, o a Jed verrà un attacco isterico."

Anna si fermò a guardare Peter Kirk mentre andava al suo posto. Non le era mai piaciuto. "Ha un volto crudele", aveva pensato la prima volta che l'aveva visto. Bello, sì... ma con freddi occhi d'acciaio che già allora cominciavano ad avere le borse, e la bocca sottile, spietata, tirata di uno spilorcio. Era noto che si comportasse in maniera egoista e arrogante coi suoi simili, nonostante si professasse compassionevole e nonostante le sue ipocrite preghiere. "Si sente sempre importante", aveva sentito dire da qualcuno una volta. Eppure nel complesso la gente lo rispettava e lo ammirava.

Era arrogante nella morte come nella vita, e c'era qualcosa in quelle dita troppo lunghe, giunte sul petto immobile, che fece rabbrividire Anna. Pensò al cuore di una donna stretto tra quelle dita e lanciò un'occhiata a Olivia Kirk, seduta con i suoi abiti da lutto di fronte a lei. Olivia era una donna alta, bionda, bella, con grandi occhi azzurri – "non voglio donne brutte", aveva detto una volta Peter – e il suo volto era composto e inespressivo. Non c'erano tracce evidenti di lacrime... ma del resto Olivia era stata una Random, e i Random non erano gente emotiva. Perlomeno sedeva contegnosamente e la vedova più affranta del mondo non avrebbe potuto portare gramaglie più pesanti. L'aria era stucchevole per il profumo dei fiori accumulati sulla bara... per Peter Kirk, che non aveva mai saputo nulla dell'esistenza dei fiori. La sua loggia aveva mandato una corona, la chiesa ne aveva mandata una, l'Associazione dei Conservatori ne aveva mandata una, il comitato scolastico ne aveva mandata una, il Comitato dei Formaggi ne aveva mandata una. Il suo unico figlio, da tempo allontanato, non aveva mandato nulla, ma il clan dei Kirk nel complesso aveva mandato un'enorme ancora di rose bianche con su scritto "Il Porto, finalmente" con boccioli di rose rosse, e ce n'era uno da parte di Olivia... un cuscino di calle. Il volto di Camilla Blake fremette nel vederlo, e Anna ricordò che lei una volta aveva sentito Camilla dire che era andata a Kirkwynd subito dopo il secondo matrimonio di Peter, quando Peter aveva lanciato fuori dalla finestra un vaso di calle che la sposa aveva portato con sé. Non aveva nessuna intenzione, aveva detto, di riempirsi la casa di erbacce.

Olivia l'aveva apparentemente presa con molta calma e non c'erano più state calle a Kirkwynd. Era possibile che Olivia... ma Anna guardò il volto placido della signora Kirk e rigettò ogni sospetto. Dopotutto, di solito erano i fiorai a proporre i fiori.

Il coro intonò "La morte, come uno stretto mare, divide la terra celeste dalla nostra" e Anna incrociò lo sguardo di Camilla, e seppe che entrambe si stavano chiedendo come potesse adattarsi Peter Kirk a quella terra celeste. Ad Anna sembrò quasi di sentire Camilla dire "Immagina Peter Kirk con l'arpa e l'aureola, se ci riesci."

Il reverendo Owen lesse un capitolo della Bibbia e pregò, con molti "Oh" e molte implorazioni che i cuori addolorati possono essere confortati. Il ministro di Glen fece un discorso che, detto tra noi, lo si sarebbe potuto definire decisamente eccessivo, perfino ammettendo che si dovesse comunque dire qualcosa di buono del morto. Sentire che Peter Kirk veniva chiamato padre affettuoso e tenero marito, vicino gentile e sincero cristiano, era, pensarono, uso improprio della lingua. Camilla si rifugiò dietro il fazzoletto, ma non per versare lacrime, e Stephen Macdonald si schiarì la voce almeno un paio di volte. La signora Bryan doveva essersi fatta prestare un fazzoletto da qualcuno, perché ci stava piangendo dentro, ma gli occhi azzurri, abbassati, di Olivia rimanevano asciutti.

Jed Clinton tirò un sospiro di sollievo. Era andato tutto magnificamente. Un altro inno... l'abituale sfilata per dare un'ultima occhiata "ai resti"... e un altro funerale riuscito si sarebbe aggiunto alla sua lunga lista.

Ci fu una lieve agitazione in un angolo della grande stanza, e Clara Wilson si fece strada attraverso un labirinto di sedie fino a un tavolo accanto alla bara. Lì si voltò e si rivolse all'assemblea. La sua assurda cuffietta era scivolata un po' da un lato e una pesante ciocca di capelli neri era sfuggita dalla crocchia e le pendeva su una spalla. Ma nessuno pensò che Clara Wilson fosse assurda. Il suo volto lungo e giallognolo era arrossato, i suoi occhi spiritati e tragici erano infuocati. Era posseduta. L'amarezza, come un male incurabile e logorante, sembrava pervadere tutto il suo essere.

"Avete ascoltato un mucchio di bugie... voi, che siete venuti qui a 'manifestare il vostro rispetto'... o a saziare la vostra curiosità, comunque sia. Ora vi dirò la verità su Peter Kirk. *Io* non sono un'ipocrita... non l'ho mai temuto quand'era vivo e non lo temo ora che è morto. Nessuno ha mai avuto il coraggio di dirgli la verità in faccia, ma qualcuno la dirà adesso... qui, al suo funerale, dove l'hanno chiamato bravo marito e vicino cordiale. Bravo marito! Lui aveva sposato mia sorella Amy... la mia bella sorella Amy. Sapete tutti quanto fosse bella e dolce. Lui rese la sua vita uno strazio. La torturava e la umiliava... *gli piaceva* farlo. Oh, ma andava in chiesa regolarmente... e faceva lunghe preghiere... e pagava i suoi debiti. Ma era un tiranno e un prepotente... perfino il suo cane scappava quando lo sentiva arrivare.

"Dissi a Amy che si sarebbe pentita di averlo sposato. L'aiutai a fare il suo abito da sposa... avrei preferito farle il sudario. Lei allora era pazza di lui, poveretta, ma era sua moglie solo da una settimana quando capì chi era. Sua madre era stata una schiava e perciò lui si aspettava che anche sua moglie fosse una schiava. 'In casa mia non voglio discussioni', le disse. Lei non aveva forza di volontà per discutere... aveva il cuore a pezzi. Oh, so io cos'ha passato, la mia povera piccina. Lui la contrariava su tutto! Non poteva tenere fiori in giardino... non poteva tenere neppure un gattino... io gliene regalai uno e lui gliel'annegò. Doveva rendergli conto per ogni centesimo che spendeva. Qualcuno di voi l'ha mai vista con abiti decenti? Lui la criticava se lei metteva il suo cappello migliore quando pareva potesse piovere. La pioggia non poteva fare male a nessuno dei suoi cappelli, povera anima. Lei che amava tanto i bei vestiti! Lui sbeffeggiava sempre i suoi parenti. Lui non rise mai in vita sua... qualcuno di voi l'ha mai sentito ridere davvero? Sorrideva... oh, sì, sorrideva sempre, dolce e tranquillo mentre faceva le cose più esasperanti. Sorrise quando le disse, dopo che il loro bambino era nato morto, che tanto valeva morisse anche lei, se non riusciva a far altro che marmocchi morti. Lei morì dieci anni dopo... e io fui felice che gli fosse sfuggita. Gli dissi che non sarei mai più entrata in casa sua se non al suo funerale. Qualcuno di voi mi ha sentito. Ho mantenuto la parola e ora sono venuta per dire la verità su di lui. Questa è la verità... tu lo sai", indicò con furia Stephen Macdonald, "Tu lo sai...", il suo dito puntò contro Camilla Blake, "Tu lo sai...", Olivia Kirk non mosse un muscolo, "Tu lo sai", il povero ministro si sentì come se quel dito l'avesse trafitto da parte a parte, "Piansi al matrimonio di Peter Kirk, ma gli disse che avrei riso al suo funerale. E lo farò."

Si allontanò furiosa, con l'abito che frusciava, e si chinò sulla bara. I torti che si erano inaspriti per anni erano stati vendicati. Finalmente aveva sfogato tutto il suo odio. Tutto il suo corpo vibrò di trionfo e soddisfazione quando guardò il volto freddo e immobile del morto. Tutti si misero in ascolto, in attesa di quello scoppio di risate di vendetta. Non ci fu. Il volto furibondo di Clara Wilson improvvisamente cambiò... si distorse, si raggrinzì come quello di un bambino. Clara stava... piangendo.

Si voltò, con le lacrime che le scorrevano copiosamente sulle guance, per lasciare la stanza. Ma Olivia Kirk si parò davanti a lei e le mise una mano sul braccio. Per un istante le donne si guardarono. La stanza era immersa in un silenzio che sembrava una presenza fisica.

"Grazie, Clara Wilson", disse Olivia Kirk. Il suo volto era imperscrutabile come sempre, ma c'era un sottofondo, nella sua voce calma, tranquilla, che fece rabbrividire Anna. Le parve che un pozzo le si fosse improvvisamente spalancato davanti agli occhi. Clara Wilson poteva aver odiato Peter Kirk, da vivo e da morto, ma Anna fu sicura che il suo odio fosse poca cosa rispetto a quello di Olivia Kirk.

Clara uscì, piangendo, oltrepassando un infuriato Jed che si ritrovava con un funerale rovinato tra le mani. Il ministro, che avrebbe voluto annunciare l'ultimo inno, "Addormentato in Gesù", ci ripensò e recitò una semplice, tremante benedizione. Jed non fece il solito annuncio, che amici e parenti potevano dare un'ultima occhiata di commiato "ai resti". L'unica cosa decorosa da fare, capì, era chiudere il coperchio della bara e seppellire Peter Kirk, farlo sparire alla vista al più presto possibile.

Anna tirò un lungo sospiro quando uscì sui gradini della veranda. Com'era piacevole l'aria fresca, dopo quella stanza soffocante, profumata, dove si era mostrato lo strazio dell'amarezza di due donne.

Il pomeriggio si era fatto più freddo e più grigio. Piccoli gruppi qua e là discutevano della faccenda con voci attutite. Clara Wilson stava attraversando un pascolo bruciato, diretta a casa.

"Be', questa non le batte tutte?", disse Nelson, sbalordito.

"Sconvolgente... sconvolgente", disse Elder Baxter.

"Perché nessuno di noi l'ha fermata?", disse Henry Reese.

"Perché volevate tutti sentire quel che aveva da dire", ribatté Camilla.

"Non è stato... decoroso", disse zio Sandy MacDougall. Aveva colto una parola che gli piaceva e se la rotolò sotto la lingua, "Non è stato decoroso. Un funerale dovrebbe essere quanto meno decoroso... decoroso."

"Ehi, non è buffa la vita?", disse Augustus Palmer.

"Mi ricordo quando Peter e Amy cominciarono a frequentarsi", rifletté il vecchio James Porter, "Io stavo corteggiando la mia donna proprio quell'inverno. Clara all'epoca era un bel bocconcino. E che torte di ciliege faceva!"

"Quella ragazza ha sempre avuto la lingua affilata", disse Boyce Warren, "Sospettavo che ci sarebbe stato qualcosa di esplosivo quando l'ho vista arrivare, ma non avevo idea che sarebbe stata così. E Olivia! Chi l'avrebbe mai creduto? Le donne sono gente strana!"

"Sarà una storia memorabile per il resto della nostra vita", disse Camilla, "Dopo tutto, immagino che se cose del genere non capitassero mai, la storia sarebbe una gran noia."

Un Jed demoralizzato radunò i suoi necrofori e fece trasportare via la bara. Quando il carro funebre imboccò il viale, seguito dalla lenta processione di calessi, si sentì un cane piangere disperato nel fienile. Forse, dopotutto, c'era una creatura vivente che piangeva per Peter Kirk.

Stephen Macdonald si unì ad Anna che aspettava Gilbert. Era un uomo alto di Upper Glen, con la testa di un antico imperatore romano. Ad Anna era sempre piaciuto.

"C'è aria di neve", disse, "Novembre mi è sempre sembrato un mese nostalgico. Vi ha mai fatto quest'effetto, signora Blythe?"

"Sì. L'anno ricorda con tristezza la primavera perduta."

"Primavera... primavera! Signora Blythe, io sto invecchiando. Mi ritrovo a immaginare che le stagioni stiano cambiando. L'inverno non è più quello che era una volta... non riconosco l'estate... e la primavera... non c'è *più* la primavera. Perlomeno, è così che ci sentiamo quando la gente che conosciamo non torna più a condividerla con noi. Povera Clara Wilson... voi cosa ne pensate?"

"Oh, è stato straziante. Quanto odio..."

"Sì, sì... vedete, anche lei era innamorata di Peter tanto tempo fa... terribilmente innamorata. All'epoca Clara era la ragazza più bella di Mowbray Narrows... piccoli riccioli scuri attorno al volto bianco panna... ma Amy era una creaturina allegra, aggraziata. Peter lasciò Clara e si mise con Amy. Siamo fatti in modo strano, signora Blythe."

Ci fu un inquietante moto negli abeti battuti dal vento dietro Kirkwynd; in lontananza un turbine nevoso imbiancò una collina dove una fila di pioppi pugnalava il cielo grigio. Tutti si affrettarono ad andarsene prima che arrivasse a Mowbray Narrows.

"Che diritto ho io di essere tanto felice quando altre donne sono tanto disperate?", si chiese Anna mentre tornavano a casa, ricordando gli occhi di Olivia Kirk quando aveva ringraziato Clara Wilson.

Anna si alzò dalla finestra. Ormai erano passati quasi dodici anni. Clara Wilson era morta e Olivia Kirk si era trasferita sulla costa, dove si era risposata. Era molto più giovane di Peter.

"Il tempo è più generoso di quanto crediamo", pensò Anna, "È un errore terribile nutrire il risentimento per anni... stringerlo al cuore come fosse un tesoro. Ma credo che la storia di quel che accadde al funerale di Peter Kirk sia una di quelle che Walter non dovrà mai sapere. Sicuramente non è una storia per bambini."

Capitolo 34

Rilla sedeva sui gradini della veranda a Ingleside con un ginocchio incrociato sull'altro – quelle adorabili ginocchia grassocce e abbronzate! – impegnatissima a sentirsi infelice. E se qualcuno si sta chiedendo perché una piccolina coccolata come lei dovesse sentirsi infelice, allora forse chi se lo chiede ha dimenticato la propria infanzia, quando cose che per gli adulti erano soltanto inezie per lui erano tragedie cupe e spaventose. Rilla era sprofondata in abissi di disperazione perché Susan le aveva detto che avrebbe cucinato uno dei suoi dolci d'oro-e-d'argento per la festa dell'orfanotrofio, quella sera, e che lei, Rilla, avrebbe dovuto portarlo in chiesa quel pomeriggio. Non chiedetemi perché Rilla pensasse che avrebbe preferito morire piuttosto che portare un dolce per il paese fino alla chiesa presbiteriana di Glen St. Mary. Certe volte i bimbetti si ficcano idee bislacche nelle loro piccole zucche, e in qualche modo Rilla si era ficcata nella sua la convinzione che fosse vergognoso e umiliante farsi vedere a trasportare un dolce *da qualunque parte.* Forse era perché un giorno, quando aveva appena cinque anni, aveva incontrato la vecchia Tillie Pake che portava un dolce in strada e tutti i bambini del paese le strillavano dietro e la prendevano in giro. La vecchia Tillie Pake viveva all'imboccatura della Baia ed era una vecchia molto sporca e cenciosa.

"La vecchia Tillie Pake
Un dolce ha rubato
E il mal di pancia l'è venuto",
cantilenavano i bambini.

Essere accomunata a Tillie Pake era qualcosa che Rilla non poteva sopportare. Le si era conficcata in testa l'idea che non si potesse proprio "essere una signora" e allo stesso tempo portare dolci in giro. Perciò ecco perché se ne stava seduta sconsolata sui gradini e la sua bella boccuccia, alla quale mancava un dente davanti, non sorrideva come al solito. Invece di avere quell'aspetto, di una che comprenda cosa pensano i narcisi o che condivida con le rose dorate un segreto che solo loro conoscono, sembrava una bambina annientata per sempre. Perfino i suoi grandi occhi nocciola, che quasi si chiudevano quando rideva, erano addolorati e tormentati, invece di essere le solite due pozze accattivanti. "Sono state le fate che ti hanno toccato gli occhi", le aveva detto una volta zia Kitty MacAllister. Suo padre affermava che fosse un'incantatrice nata e che aveva sorriso al dottor Parker mezz'ora dopo che era nata. Rilla riusciva ancora a parlare meglio con gli occhi che con le parole, perché aveva una forte lisca. Ma le sarebbe passata presto... stava crescendo in fretta. L'anno prima papà l'aveva misurata contro un cespuglio di rose; quest'anno era il phlox; presto sarebbe stata la malvarosa e sarebbe andata a scuola. Rilla era stata molto felice e molto soddisfatta di sé fino al terribile annuncio di Susan. Davvero, Rilla disse indignata al cielo, Rilla non aveva il senso della vergogna. A dire il vero, Rilla disse "fenfo" della vergogna, ma quel delizioso cielo azzurrò chiaro sembrò aver capito.

Quel mattino mamma e papà erano andati a Charlottetown e tutti i bambini erano a scuola, così Rilla e Susan erano da sole a Ingleside. Di solito in queste circostanze Rilla sarebbe stata felice. Non era mai sola; sarebbe stata felice di sedersi sui gradini o sulla sua roccia verde di muschio preferita della Valle dell'Arcobaleno, con uno o due gattini fatati per compagnia, e tessere fantasie su tutto quello che vedeva... l'angolo del prato che sembrava un piccolo paese felice di farfalle... i papaveri che ondeggiavano sul giardino... la grande nuvola vaporosa tutta sola in cielo... i grandi bombi che tuonavano sui nasturzi... il caprifoglio che si piegava per toccarle i capelli bruno-rossicci con un dito giallo... il vento che soffiava... dove soffiava?... Cock Robin, che era tornato e passeggiava impettito e serio sulla ringhiera della veranda, e si chiedeva perché Rilla non volesse giocare con lui... Rilla che non riusciva a pensare ad altro che al fatto terribile che doveva portare un dolce – *un dolce!* – per il villaggio fino alla chiesa per quella stupida festa che dovevano dare per gli orfani. Rilla era vagamente consapevole che l'orfanotrofio era a Lowbridge e che lì ci vivevano poveri bambini che non avevano né mamma né papà. A lei dispiaceva terribilmente per loro. Ma nemmeno per il più orfano degli orfani la piccola Rilla Blythe era disposta a farsi vedere in pubblico che *trasportava un dolce.*

Forse se avesse piovuto non avrebbe dovuto andarci. *Non pareva* dovesse piovere, ma Rilla giunse le mani – c'era una fossetta alla base di ogni dito – e disse con fervore:

"Ti prego, caro Dio, fai che fi metta a piovere. Fai piovere tantiffimo. O fennò...", Rilla pensò a un'altra possibilità di salvezza, "fai brufiare il dolfe di Fufan. Fallo diventare un carbonfino."

Ahimè!, quando arrivò l'ora di cena la torta, cotta a puntino, farcita e glassata, sedeva trionfante sul tavolo della cucina. Era il dolce preferito di Rilla – "dolce d'oro-e-d'argento" aveva un suono *lussureggiante* – ma lei sapeva che non sarebbe mai più stata in grado di mangiarne neanche un morso. Eppure... non era forse un tuono che rombava sulle basse colline dall'altra parte della baia? Forse Dio aveva ascoltato la sua preghiera... forse prima che fosse stata ora di andare ci sarebbe stato un terremoto. Non poteva venirle il mal di stomaco se le cose volgevano al peggio? No. Rilla rabbrividì. Questo voleva dire l'olio di ricino. Meglio il terremoto!

Il resto dei bambini non notò che Rilla, seduta sulla sua sedia preferita, con la sua impertinente papera bianca ricamata sulla schiena, era molto tranquilla. Ftupidi egoifti! Se mamma fosse stata a casa, *lei* se ne sarebbe accorta. Mamma aveva capito subito quant'era afflitta quel terribile giorno in cui la foto di papà era comparsa sul Daily Enterprise. Rilla stava piangendo disperata nel suo letto quando mamma era entrata e aveva scoperto che Rilla pensava che solo gli assassini avessero la loro foto pubblicata sul giornale. Mamma non ci aveva messo molto a mettere le cose a posto. A mamma sarebbe piaciuto vedere *sua figlia* che portava dolci per tutta Glen come la vecchia Tillie Pake?

Per Rilla fu difficile mandar giù un boccone, anche se Susan le aveva dato il suo bel piatto azzurro coi boccioli di rosa sopra che la zia Rachel Lynde le aveva regalato per il suo ultimo compleanno e che di solito le permettevano di usare soltanto la domenica. Il piatto affurro con le rofelline! Quando ti facevano fare una cosa tanto vergognosa! Eppure i bignè alla frutta che aveva fatto Susan erano davvero buoni.

"Fufan, la torta non la poffono portare Nan e Di dopo fcuola?", piagnucolò.

"Di dopo scuola va a casa di Jessie Reese e Nan ha un'osso nella gamba", disse Susan, che pensava di essere spiritosa, "E poi farebbero troppo tardi. La commissione vuole che le torte siano tutte lì per le tre, così possono tagliarle e sistemarle tutte sul tavolo prima di tornare a casa e cenare. Ma perché mai non ci vuoi andare, Bignè? Ti diverti sempre tanto quando vai alle Poste."

Rilla somigliava un po' a un bignè, ma detestava che la chiamassero così.

"Non mi voglio fentire offefa", spiegò, sostenuta.

Susan rise. Rilla cominciava a dire cose che facevano ridere la famiglia. E lei non capiva mai come mai ridessero, perché si sentiva tanto seria. Solo mamma non rideva mai; non aveva riso neppure quando aveva scoperto che Rilla pensava che papà fosse un assassino.

"La festa serve a raccogliere soldi per le bambine e i bambini poveri che non hanno la mamma e il papà", spiegò Susan... come se lei fosse stata una bambina piccola che non capiva.

"Io fono quafi orfana", disse Rilla, "Ho foltanto una mamma e un papà."

Susan rise di nuovo. *Nessuno* la capiva.

"Tu sai che tua mamma *ha promesso* al comitato quella torta, tesoro. Io non ho tempo per andarci, perciò *devi* portarla tu. Quindi mettiti il vestitino azzurro e trotta via."

"La mia bambola fi è prefa una malattia", disse Rilla, disperata, "Devo affolutamente metterla a letto e reftarle vicino. Forfe ha la poltronite."

"La tua bambola starà benissimo fino al tuo ritorno. Puoi andare e tornare in mezz'ora", fu la spietata risposta di Susan.

Non c'era speranza. Perfino Dio l'aveva abbandonata... non c'erano segni di pioggia. Rilla, troppo prossima alle lacrime per protestare ancora, andò di sopra e si mise il suo nuovo vestito di organza fumé e il cappello della domenica, quello decorato con le margherite. Forse se avesse avuto un'aria *rispettabile* la gente non avrebbe pensato che era come la vecchia Tillie Pake.

"Penfo che la mia faccia fia pulita, fe per favore mi guardi dietro le orecchie", disse a Susan, con grande imponenza.

Aveva paura che Susan potesse sgridarla perché si era messa il vestito e il cappello migliori. Ma Susan si limitò a ispezionarle le orecchie, poi le diede un cestino contenente la torta, le disse di ricordarsi le buone maniere e per amor del cielo, di non fermarsi a parlare con ogni gatto che incontrava.

Rilla fece una "smorfia" ribelle a Gog e Magog e si allontanò impettita. Susan la seguì teneramente con lo sguardo.

"La nostra bambina è già abbastanza grande da portare da sola una torta in chiesa", pensò, a metà orgogliosa e a metà triste, tornando a lavoro, beatamente ignara della tortura che stava infliggendo alla piccola pulce per la quale avrebbe dato la vita.

Rilla non si sentiva così mortificata da quando si era addormentata in chiesa ed era caduta giù dalla panca. Normalmente le piaceva andare in paese; c'erano tante cose interessanti da vedere; ma oggi l'affascinante corda del bucato di Carter Flagg, con tutte quelle deliziose trapunte sopra, non ottenne neppure uno sguardo da Rilla, e il nuovo cervo di ghisa che il signor Augustus Palmer aveva piazzato in giardino la lasciò fredda. Non ci era mai passata davanti senza desiderare che ne avessero uno pure loro sul prato di Ingleside. Ma cos'erano adesso i cervi di ghisa? Il sole caldo si riversava in strada come un fiume ed erano *tutti* fuori. Due ragazze le passarono accanto, chiacchierando tra loro. Parlavano di lei? Immaginò cosa potevano dirsi. Un uomo che passava per strada la guardò. In realtà si stava chiedendo se fosse davvero la piccolina dei Blythe e, per Giove!, era una piccola bellezza! Ma Rilla credette che il suo sguardo avesse perforato il cestino e visto la torta. Quando Annie Drew arrivò con suo padre, Rilla era sicura che stessero ridendo di lei. Annie Drew aveva dieci anni e agli occhi di Rilla era una ragazza grande.

Poi c'era una vera folla di bambini e bambine all'angolo di Russell. *Lei ci doveva passare davanti.* Era orribile sentire che i loro occhi stavano tutti guardando lei e poi si guardavano tra loro. Lei continuò a marciare, così orgogliosamente disperata che tutti pensarono che fosse presuntuosa e che bisognasse farle abbassare un po' la cresta. Gliel'avrebbero fatta vedere loro, a quella faccia-da-gatto! Una vera spocchiosa come tutte le ragazze di Ingleside! Solo perché vivevano in quella grande casa!

Millie Flagg si mise a incedere impettita dietro di lei, imitandone la camminata e strascicando i piedi, sollevando nuvole di polvere su entrambe.

"Dove va quel cestino con quella bambina?", gridò "Furfante" Drew.

"Hai uno sbaffo sul naso, Faccia-di-marmellata", la canzonò Bill Palmer.

"Il gatto ti ha mangiato la lingua?", disse Sarah Warren.

"Piccoletta!", sghignazzò Beenie Bentley.

"Stattene dalla tua parte di strada, o ti faccio mangiare una cimice", il grosso Sam Flagg smise si masticare una carota cruda abbastanza a lungo da dire queste parole.

"Guardate come arrossisce", ridacchiò Mamie Taylor.

"Scommetto che stai portando una torta alla chiesa presbiteriana", disse Charlie Warren, "Mezza cruda, come tutte le torte di Susan."

L'orgoglio non permetteva a Rilla di piangere, ma c'erano dei limiti a quello che poteva sopportare. Dopotutto, era un dolce di Ingleside...

"La proffima volta che qualcuno di voi fi ammala ftate ficuri dirò a mio papà che non vi deve dare le medicine", disse, provocatoria.

Poi rimase a guardare costernata. Non poteva essere Kenneth Ford quello che stava girando l'angolo della via della Baia! Non poteva! Ma era lui!

Non poteva sopportarlo. Kenneth e Walter erano amici e Rilla, nel suo cuoricino, pensava che Ken fosse il più simpatico, il più bel ragazzo di tutto il mondo. Raramente lui le prestava attenzione... anche se una volta le aveva dato una papera di cioccolata. E un giorno indimenticabile si era seduto accanto a lei su una roccia muscosa nella Valle dell'Arcobaleno e le aveva raccontato la storia dei Tre Orsi e della Casetta nel Bosco. Ma lei si accontentava di adorarlo da lontano. E adesso quella creatura meravigliosa l'aveva vista mentre *portava un dolce!*

"Ehilà, Bignè! Fa un caldo feroce, vero? Spero che avrò una fetta di quella torta stasera."

Perciò lui sapeva che era una torta! Lo sapevano tutti!

Rilla attraversò il paese e pensò che il peggio fosse passato. Si affacciò in una stradina secondaria e vide la sua maestra della scuola domenicale, Miss Emmy Parker, che arrivava. Miss Parker era ancora piuttosto lontana, ma Rilla la riconobbe dal vestito... quel vestito di organza le ruche, verde pallido con grappoli di piccoli fiori bianchi dappertutto... Rilla segretamente lo chiamava "il vestito coi boccioli di ciliegio". Miss Emmy l'aveva messo alla scuola domenicale la domenica precedente e Rilla aveva pensato che fosse il vestito più carino che avesse mai visto. Ma del resto Miss Emmy indossava sempre bei vestiti... certe volte con pizzi e ruche, certe volte con un sospiro di seta tutt'attorno.

Rilla adorava Miss Emmy. Lei era tanto graziosa e delicata, con la pelle bianca bianca, gli occhi marroni marroni e il sorriso dolce e triste... triste, aveva sussurrato un giorno un'altra bambina a Rilla, perché l'uomo che doveva sposare era morto. Era tanto contenta di essere nella classe di Miss Emmy. Avrebbe detestato capitare nella classe di Miss Florrie Flagg... Florrie Flagg era *brutta* e Rilla non poteva sopportare una maestra brutta.

Quando Rilla incontrava Miss Emmy fuori dalla scuola domenicale e Miss Emmy le sorrideva e le parlava, quello era uno dei momenti importanti nella vita di Rilla. Solo essere notata per strada da Miss Emmy le dava uno strano, improvviso strappo al cuore, e quando Miss Emmy aveva invitato tutta la classe a una festa di bolle di sapone, dove fecero bolle rosse col succo di fragola, Rilla era quasi morta di pura felicità. Ma incontrare Miss Emmy mentre portava un dolce era una cosa che non si poteva sopportare, e Rilla non intendeva sopportarla. Inoltre Miss Emmy stava per allestire un dialogo per il prossimo concerto della scuola domenicale e Rilla cullava la segreta speranza che le chiedessero di fare la parte della fata... una fata con un vestito scarlatto e un piccolo cappello a punta verde. Ma sarebbe stato inutile sperarlo se Miss Emmy l'avesse vista che *portava una torta!*

Miss Emmy non doveva vederla! Rilla era in piedi sul piccolo ponte che attraversava il torrente, che proprio in quel punto era piuttosto profondo e tortuoso. Strappò la torta fuori dal cestino e la lanciò nel torrente dove gli ontani s'incontravano al di sopra di una pozza scura. La torta si precipitò attraverso i rami e affondò con un plop e un gorgoglio. Rilla provò un forsennato spasmo di sollievo, di libertà, di *evasione*, quando si voltò per andare incontro a Miss Emmy che, se ne accorse adesso, stava portando un grosso pacco rigonfio di carta marrone.

Miss Emmy le sorrise da sotto un piccolo cappello verde con sopra una sottile piuma arancione.

"Oh, come sei bella, maestra... come sei bella", annaspò Rilla, adorante.

Miss Emmy sorrise di nuovo. Anche quando hai il cuore spezzato – e Miss Emmy pensava onestamente che il suo lo fosse – non è spiacevole sentirsi fare un complimento tanto sincero.

"Credo che sia per via del nuovo cappello, cara. Belle piume. Immagino", disse guardando il cestino vuoto, "che tu abbia portato la tua torta per la festa. Che peccato che tu stia tornando e non andando. Io ci sto portando la mia... un'enorme, dolcissima torta al cioccolato."

Rilla la guardò mesta, incapace di dire una sola parola. Miss Emmy *stava portando un dolce*, perciò portare un dolce non poteva essere una cosa disonorevole. E lei... oh, che aveva fatto? Aveva buttato la bella torta d'oro-e-d'argento di Susan nel torrente... e aveva perso l'occasione di andare fino alla chiesa con Miss Emmy, *entrambe* che portavano un dolce!

Dopo che Miss Emmy se ne fu andata, Rilla tornò a casa col

suo terribile segreto. Si seppellì nella Valle dell'Arcobaleno fino a ora di cena, quando di nuovo nessuno si accorse che lei era molto tranquilla. Aveva una paura tremenda che Susan le chiedesse a chi avesse consegnato la torta, ma non ci furono domande imbarazzanti. Dopo cena gli altri andarono a giocare nella Valle dell'Arcobaleno, ma Rilla rimase seduta da sola sui gradini finché il sole non calò e il cielo dietro Ingleside fu tutto d'oro e di vento, e le luci spuntarono nel paese in basso. A Rilla era sempre piaciuto guardarle sbocciare, qua e là, per tutta Glen, ma stasera non le interessava nulla. Non era mai stata tanta infelice in vita sua. Proprio non vedeva come sarebbe potuta sopravvivere. La sera si scurì nel porpora e lei era sempre più infelice. Un delizioso odore di focaccine allo zucchero d'acero aleggiò fino a lei... Susan aveva aspettato il fresco della sera per fare tutte le cose al forno per la famiglia... ma le focaccine di zucchero d'acero, come tutto il resto, erano solo vanità. Tristemente, salì le scale e andò a letto, sotto il nuovo copriletto coi fiori rosa di cui era stata tanto orgogliosa. Ma non riusciva a dormire. Era ancora perseguitata dallo spettro della torta che aveva affondato. Mamma aveva promesso quella torta al comitato... che avrebbero detto perché mamma non l'aveva mandata? E sarebbe stato il dolce più bello lì! Quella sera il vento aveva un suono tanto malinconico. La stava rimproverando. Le stava dicendo "Stupida... stupida... stupida...", continuamente.

"Come mai sei sveglia, piccina?", disse Susan, che era salita con una focaccina di zucchero d'acero.

"Oh, Fufan, fono... fono cofì ftanca di effere me fteffa..."

Susan parve turbata. A pensarci meglio, la bambina era apparsa stanca a cena.

"E naturalmente il dottore non c'è. I familiari dei dottori muoiono e le mogli dei calzolai vanno in giro scalze", pensò. Poi disse, ad alta voce:

"Adesso vediamo sei hai la febbre, piccina."

"No, no, Fufan, è folo che... ho fatto una cofa tremenda, Fufan... è ftato Fatana a farmela fare.. no, no, non è ftato lui, Fufan... fono ftata io... ho buttato la torta nel torrente."

"Terra di gloria e speranza!", disse Susan, atona, "Ma perché mai l'hai fatto?"

"Fatto cosa?", era la mamma, che era tornata dalla città. Susan si ritirò contenta, grata che la signora Dottore avesse la situazione in mano. Rilla raccontò singhiozzando tutta la storia.

"Tesoro, non capisco. *Perché* pensavi che portare una torta in chiesa fosse una cosa tanto spaventosa?"

"Penfavo che foffe come la vecchia Tillie Pake, mamma. E ti ho difonorato! Oh, mamma, fe mi perdoni ti prometto che non farò mai più cattiva... e dirò ai fignori del comitato che tu la torta l'avevi mandata..."

"Non preoccuparti del comitato, tesoro. Avranno avuto torte più che a sufficienza... le hanno sempre. È improbabile che si accorgano che noi non abbiamo mandato la nostra. Non diremo a nessuno di questa cosa. Ma ricordati sempre, dopo di questo, Bertha Marilla Blythe, che né Susan né mamma ti chiederebbero mai di fare qualcosa di vergognoso."

La vita era di nuovo dolce. Papà venne alla porta a dire "Buonanotte, gattina mia", e Susan scivolò dentro per dire che l'indomani, per pranzo, avrebbero avuto il pasticcio di pollo.

"Con un facco di fugo, Fufan?"

"Uno sproposito di sugo."

"E poffo avere un uovo marrone a colafione, Fufan? Fo che non me lo merito..."

"Avrai due uova marroni, se vuoi. E ora *devi* mangiarti la tua focaccina e poi dormi, piccina."

Rilla mangiò la sua focaccina, ma prima di andare a dormire scivolò giù dal letto e s'inginocchiò. Con molto fervore, disse:

"Caro Dio, ti prego, fammi effere fempre una bambina buona e ubbidiente, qualunque cofa mi dicano di fare. E benedici la cara Miff Emmy e tutti i poveri orfanelli."

Capitolo 35

I bambini di Ingleside giocavano insieme, passeggiavano insieme e vivevano avventure d'ogni sorta insieme; e in più, ognuno di loro aveva la sua vita interiore di sogni e fantasie. Soprattutto Nan, che fin dall'inizio aveva modellato drammi segreti tutti suoi da tutto quello che sentiva, o vedeva, o leggeva, e soggiornava in reami di meraviglie e romanticismo insospettati dalla sua cerchia familiare. All'inizio tesseva motivi di danze di fate e folletti tra valli spiritate, e di driadi nelle betulle. Lei e il grande salice al cancello si erano mormorati segreti e la vecchia, disabitata casa dei Bailey all'estremità superiore della Valle dell'Arcobaleno era diventata il rudere di una torre infestata dagli spettri. Per settimane poteva essere la figlia di un re imprigionata in un castello solitario vicino al mare... per mesi era l'infermiera in una colonia di lebbrosi in India o in qualche altra terra lontana lontana. "Lontano lontano" era sempre stata una parola magica per Nan... come una musica indistinta su una collina spazzata dal vento.

Crescendo si costruì un suo dramma sulle persone vere che incontrava nella sua piccola vita. Specialmente su quelle che vedeva in chiesa. A Nan piaceva guardare la gente in chiesa perché era sempre ben vestita. Era quasi miracoloso. Erano tutti così diversi da com'erano negli altri giorni della settimana.

I rispettabili occupanti delle panche di famiglia sarebbero rimasti stupiti e forse un po' scandalizzati se avessero conosciuto i romanzi che quella riservata signorina dagli occhi marroni nella panca di Ingleside inventava su di loro. Annetta Millison, dalle sopracciglia nere e il cuore generoso, sarebbe rimasta impietrita se avesse saputo che Nan Blythe la raffigurava come una rapitrice di bambini, che li bolliva vivi per fare pozioni che l'avrebbero mantenuta giovane per sempre. Nan se lo figurò così vividamente che quasi si spaventò a morte quando una volta incontrò Annetta Millison al crepuscolo in un viale in fermento per il mormorio dorato dei ranuncoli. Fu assolutamente incapace di rispondere al saluto cordiale di Annetta e Annetta rifletté che Nan Blythe stava diventando veramente una gattina arrogante e impertinente e aveva bisogno di un po' di lezioni di buone maniere. La pallida signora Rod Palmer non avrebbe mai immaginato che aveva avvelenato qualcuno e stava morendo per il rimorso. Elder Gordon MacAllister, dal volto serio, non aveva la minima idea che una

strega gli avesse scagliato contro una maledizione alla nascita e che per questo motivo non poteva mai sorridere. Fraser Palmer, dai baffi scuri e dalla vita irreprensibile, non sapeva che quando Nan Blythe lo guardava pensava "Sono sicura che quell'uomo ha commesso qualche azione oscura e disperata. Ha l'aria di uno che ha un segreto spaventoso sulla coscienza." E Archibald Fyfe non sospettava che quando Nan Blythe lo vedeva arrivare s'impegnava a fare una rima a qualunque cosa lui potesse dire perché con lui bisognava parlare solo in rima. Lui non le parlava mai, avendo una terribile paura dei bambini, ma Nan si divertiva un mondo a inventarsi rime disperatamente e rapidamente.
"Io sto bene, signor Fyfe, e allora,
Come state voi e la vostra signora?"
oppure
"Sì, è una splendida giornata,
L'ideale per fare una grigliata."
Non ci è dato sapere cos'avrebbe detto la signora Morton Kirk se le avessero raccontato che Nan Blythe non sarebbe mai entrata in casa sua – se pure mai ce l'avesse invitata – perché sulla soglia c'era *un'impronta di piede rossa*; e sua cognata, la placida, gentile, negletta Elizabeth Kirk, non si sognava neppure che il motivo per cui era nubile era perché il suo amato era stramazzato morto al suolo sull'altare, proprio prima della cerimonia di nozze.
Tutto ciò era molto divertente e interessante e Nan non si smarrì mai tra la realtà e l'immaginazione finché non le venne la mania della Signora dagli Occhi Misteriosi.
È inutile chiedere come crescono i sogni. La stessa Nan non avrebbe mai saputo spiegare come fosse successo. Cominciò tutto con la CASA FOSCA... Nan l'aveva sempre vista così, scritta tutta in maiuscolo. Le piaceva tessere i suoi romanzi sui posti, oltre che sulle persone, e la CASA FOSCA era l'unico posto nei dintorni, a parte la vecchia casa dei Bailey, che si prestasse al romanzesco. Nan non aveva mai visto la CASA FOSCA, sapeva solo che era lì, dietro un boschetto di abeti rossi fitto e scuro su una via secondaria per Lowbridge, e che era disabitata da tempo immemorabile... così aveva detto Susan. Nan non sapeva quanto tempo fosse "immemorabile", ma era una parola affascinante, perfetta per le case fosche.
Nan correva sempre come una matta passando davanti al viale che portava a CASA FOSCA, quando prendeva quella strada

secondaria per andare a trovare la sua amica Dora Clow. Era un lungo viale scuro con gli alberi che vi s'intrecciavano sopra, e l'erba che cresceva fitta tra le radici, e le felci alte fino alla vita sotto gli abeti rossi. C'era un lungo, grigio ramo di betulla accanto al cancello fatiscente che sembrava esattamente un lungo braccio ricurvo, teso per ghermirla. Nan non poteva mai dire quando questo potesse avvicinarsi un pochino in più e afferrarla. Le dava un gran brivido sfuggirgli.

Un giorno Nan, con suo grande stupore, sentì Susan dire che Thomasine Fair era andata a vivere a CASA FOSCA... o, come assai poco romanticamente disse Susan, la vecchia casa dei MacAllister.

"Immagino che la troverà un po' solitaria", aveva detto mamma, "È così fuori mano."

"Non le importerà", disse Susan, "Lei non va mai da nessuna parte, neppure in chiesa. È da anni che non va da nessuna parte... anche se dicono che di notte passeggi in giardino. Be', be', se pensiamo a quel che ha passato... lei che era così bella, e ha avuto quel flirt terribile. E i cuori che ha spezzato ai suoi tempi! E guardate com'è adesso! Ah, è un monito, su questo ci potete contare."

Per chi fosse un monito, Susan non lo spiegò, perché a Ingleside nessuno era molto interessato a Thomasine Fair. Ma Nan, che si era un po' stancata di tutte le sue vecchie vite da sogno e smaniava per qualcosa di nuovo, agguantò Thomasine Fair e CASA FOSCA. Poco a poco, giorno dopo giorno, notte dopo notte – di notte si poteva credere a *qualunque cosa* – costruì su di lei una leggenda finché tutta la faccenda non fiorì diventando irriconoscibile e divenne per Nan un sogno più prezioso di tutti quelli che avesse fatto fino ad allora. Nulla di quel che era venuto prima era mai sembrato così avvincente, così *reale*, come questa visione della Signora dagli Occhi Misteriosi. Grandi occhi neri di velluto... occhi vacui... occhi spiritati... pieni di rimorso per i cuori che aveva spezzato. Occhi malvagi... chiunque spezzasse cuori e non andasse mai in chiesa doveva essere malvagio. La gente malvagia era tanto interessante. La Signora si stava nascondendo dal mondo come penitenza per i suoi crimini.

Poteva essere una principessa? No, le principesse erano troppo rare all'Isola del Principe Edward. Ma era alta, snella, distaccata, glacialmente bella come una principessa, con lunghi capelli neri come il giaietto acconciati in due spesse trecce che le scendevano sulle spalle, e poi fino ai piedi. Avrebbe avuto un volto d'avorio dalle linee nette, un bel naso greco come il naso dell'Artemide dall'Arco d'Argento di mamma, e belle mani bianche che si torceva quando camminava nel giardino di notte, in attesa dell'unico vero innamorato che lei aveva disdegnato e imparato ad amare troppo tardi – vedete come cresceva la leggenda? – mentre la sua lunga gonna di velluto nero strisciava sull'erba. Doveva indossare una cintura dorata e grandi orecchini di perle, e doveva vivere la sua vita d'ombre e mistero finché non arrivava il suo innamorato a liberarla. Allora si sarebbe pentita della sua vecchia malvagità e spietatezza, gli avrebbe teso la bella mano e finalmente avrebbe piegato sottomessa la bella testa. Si sarebbero seduti accanto alla fontana – ormai c'era una fontana – e si sarebbero scambiati nuovamente promesse, e lei l'avrebbe seguito "per i colli e più lontano, oltre i più estremi limiti purpurei"[39], proprio come faceva la Bella Addormentata nella poesia che mamma le aveva letto una sera da un vecchio libro di Tennyson che papà le aveva regalato tanto e tanto tempo fa. Ma l'innamorato della Signora dagli Occhi Misteriosi le donava gioielli al di là di ogni paragone.

La CASA FOSCA doveva essere riccamente ammobiliata, naturalmente, e dovevano esserci stanze segrete e rampe di scale, e la Signora dagli Occhi Misteriosi dormiva su un letto fatto di madreperla sotto un baldacchino di velluto color porpora. Era accompagnata da un levriere... un paio di levrieri... un intero seguito di levrieri... ed era sempre in ascolto... in ascolto... in ascolto... della musica di un'arpa molto lontana. Ma lei non poteva sentirla dal momento che era malvagia finché non arrivava il suo innamorato e la perdonava... e questo era quanto.

Certo, suona molto stupido. I sogni suonano sempre stupidi quando li si mette in parole fredde e brutali. La decenne Nan non li metteva mai in parole... li viveva soltanto. Questo sogno della perfida Signora dagli Occhi Misteriosi per lei divenne reale come la vita che le continuava attorno. S'impadronì di lei. Da due anni faceva parte di lei... in qualche modo strano, era arrivata al punto di crederci. Per nulla al mondo l'avrebbe mai raccontato a nessuno, neppure alla mamma. Era il suo tesoro particolare, il suo segreto inalienabile, senza il quale non

---

39 Si tratta di "The day-dream", una poesia, appunto, di Alfred Tennyson (NDR)

riusciva più a immaginare come potesse proseguire la vita. Preferiva sgattaiolare via tutta sola per sognare della Signora dagli Occhi Misteriosi che andare a giocare nella Valle dell'Arcobaleno.

Anna notò questa tendenza e si preoccupò un po'. Nan cominciava a essere un po' troppo così. Gilbert voleva mandarla in visita ad Avonlea, ma Nan, per la prima volta, lo supplicò con fervore di non mandarla via. Non voleva lasciare casa, disse pietosamente. A se stessa disse che sarebbe morta se l'avessero mandata troppo lontano dalla strana, triste, bella Signora dagli Occhi Misteriosi. Vero, quelli con gli Occhi Misteriosi non andavano mai da nessuna parte. Ma lei sarebbe potuta uscire un giorno, e se lei, Nan, fosse stata via non l'avrebbe vista. Come sarebbe stato meraviglioso anche solo scorgerla! La stessa strada che avrebbe percorso sarebbe stata per sempre romantica. Il giorno in cui questo fosse successo sarebbe stato diverso dagli altri giorni. Lei l'avrebbe segnato con un cerchietto sul calendario. Nan era arrivata a desiderare enormemente di vederla almeno una volta. Sapeva bene che gran parte di quel che aveva immaginato su di lei era solo immaginazione. Ma non aveva il minimo dubbio che Thomasine Fair fosse giovane, bella, malvagia e seducente... Nan oramai era assolutamente certa di aver sentito Susan dire così... e finché era così, Nan poteva continuare a immaginare cose su di lei per sempre.

Nan poté a stento credere alle proprie orecchie quando un mattino Susan le disse:

"C'è un pacchetto che voglio mandare a Thomasine Fair, su alla vecchia casa dei MacAllister. Tuo papà l'ha portato ieri sera dalla città. Ci fai una corsa tu oggi pomeriggio, tesoro?"

Proprio così! Nan trattenne il fiato. Ci sarebbe andata? I sogni si realizzavano in questo modo? Avrebbe visto CASA FOSCA... avrebbe visto la sua bella e malvagia Signora dagli Occhi Misteriosi. L'avrebbe vista davvero... forse l'avrebbe sentita parlare... e forse... oh, giubilo!... le avrebbe toccato la sottile mano bianca. Per i levrieri e la fontana, Nan sapeva bene che li aveva solo immaginati, ma sicuramente la realtà sarebbe stata altrettanto meravigliosa.

Nan guardò l'orologio durante tutta la mattinata, e vide che l'ora arrivava lentamente – oh, così lentamente – più vicina, più vicina. Quando una nube temporalesca arrivò tuonando minacciosamente e cominciò a piovere, lei riuscì a stento a trattenere le lacrime.

"Non capisco *come mai* Dio permetta che piova oggi", mormorò, ribelle.

Ma l'acquazzone finì presto e il sole tornò a splendere. Nan era così eccitata che a pranzo mangiò a stento.

"Mamma, posso mettermi il vestito giallo?"

"Perché vuoi vestirti elegante per andare a trovare una vicina, bimba mia?"

Una vicina! Ma certo, mamma non capiva... *non poteva* capire!

"Ti prego, mamma."

"D'accordo", disse Anna. Il vestito giallo presto sarebbe stato troppo piccolo. Tanto valeva che Nan lo sfruttasse.

Le gambe di Nan tremavano quando lei partì, il prezioso pacchetto sotto il braccio. Prese una scorciatoia per la Valle dell'Arcobaleno, su per una collina, fino alla stradina secondaria. Le gocce di pioggia erano ancora posate sulle foglie dei nasturzi come grosse perle; c'era una freschezza deliziosa nell'aria; le api ronzavano fra i trifogli bianchi che bordavano il ruscello; esili libellule azzurre scintillavano sull'acqua... gli aghi da rammendo del diavolo, come li chiamava Susan; sui pascoli in collina le margherite le fecero cenni... dondolarono verso di lei... ondeggiarono verso di lei... risero di lei, con risate fredde d'oro-e-d'argento. Era tutto bellissimo e lei stava per vedere la Perfida Signora dagli Occhi Misteriosi. Che le avrebbe detto la Signora? Ed era sicuro andarla a trovare? E se fosse rimasta qualche minuto con lei per scoprire che in realtà erano passati cent'anni, come nella storia che Walter le aveva letto la settimana prima?

Capitolo 36

Nan provò una sensazione strana, un pizzicore alla schiena, quando voltò nel viale. Il ramo morto di betulla si era mosso? No, gli era sfuggita... era passata. A-ah, vecchia strega, non mi hai acchiappata! Stava risalendo il viale il cui fango e i cui solchi non avevano il potere di rovinare le sue aspettative. Ancora pochi passi... e poi CASA FOSCA le sarebbe comparsa davanti, in mezzo e dietro quegli alberi scuri e gocciolanti. L'avrebbe vista, finalmente! Rabbrividì un po'... e non capì che era a causa di una segreta, inammissibile paura di perdere il suo sogno. Cosa che è sempre, nella giovinezza come nella maturità, una catastrofe.

Si fece strada attraverso un varco in una selva fitta di piccoli abeti che si ammassavano in fondo al viale. Aveva gli occhi chiusi. Poteva azzardarsi ad aprirli? Per un istante fu presa da un puro terrore e fu quasi sul punto di scappare. Dopotutto... la Signora era malvagia. Chissà cosa avrebbe potuto farle? Poteva perfino essere una strega! Come mai non le era mai venuto in mente prima che una Signora Malvagia poteva essere una strega?

Poi, risolutamente, aprì gli occhi e guardò, afflitta.

Era questa CASA FOSCA? La dimora scura, imponente, con torri e torrette, dei suoi sogni? *Questa?*

Era una casa grande, una volta bianca ma adesso grigio fango. Qua e là persiane rotte, un tempo verdi, oscillavano cascanti. I gradini d'accesso erano rotti. Un porticato a vetri desolato aveva la maggior parte delle vetrate in frantumi. Il fregio a volute attorno alla veranda era rotto. Era solo una vecchia casa stanca, consumata dalla vita.

Nan si guardò attorno disperata. Non c'erano fontane... non c'era un giardino... be', comunque nulla che si potesse davvero definire un giardino. Lo spazio davanti alla casa, circondato da una palizzata cadente, era piena di gramigna ed erba ingarbugliata alta fino al ginocchio. Un maiale allampanato grufolava dietro la palizzata. Lungo il sentiero di mezzo cresceva la bardana. In un angolo c'erano ciuffi disordinati di rudbeckia, ma c'era uno splendido ciuffo di gigli tigrati e, proprio accanto ai gradini consunti, un'allegra aiola di tageti.

Nan risalì lentamente il vialetto fino all'aiola di tageti. CASA FOSCA era perduta per sempre. Ma la Signora dagli Occhi Misteriosi rimaneva. Sicuramente *almeno lei* era reale... doveva

esserlo! Che aveva detto veramente Susan tanto tempo prima?
"Benedetto Cielo, mi ha quasi fatto prendere un accidenti", disse una voce piuttosto borbottante ma gentile.

Nan guardò la figura che era improvvisamente emersa vicino all'aiola di tageti. *Chi era?* Non poteva essere... Nan si rifiutò di credere che *quella* fosse Thomasine Fair. Sarebbe stato decisamente terribile!

"Ma...", pensò Nan, sconfortata per la delusione, "... è... è *vecchia!*"

Thomasine Fair, se quella era Thomasine Fair – e lei sapeva che era Thomasine Fair – era certamente vecchia. E grassa! Somigliava al materasso di piume legato in mezzo con lo spago al quale la spigolosa Susan paragonava sempre le donne corpulente. Era scalza, indossava un vestito verde che scoloriva nel giallo e un vecchio cappello di feltro da uomo sui capelli radi, grigio-sabbia. Il suo volto era rotondo come una O, rubizzo e rugoso, con il naso schiacciato e all'insù. I suoi occhi erano d'un azzurro sbiadito, circondati da grosse, allegre zampe di gallina.

Oh, mia Signora... mia affascinante, Malvagia Signora dagli Occhi Misteriosi, dove sei? Che ne è stato di te? Tu *esistevi!*

"E chi è questa bella bambina?", domandò Thomasine Fair.

Nan si aggrappò alle buone maniere.

"Io... sono Nan Blythe. Sono venuta a portarvi questo."

Thomasine si buttò allegramente sul pacchetto.

"Ah, quanto sono contenta di riavere le mie lenti!", disse, "Mi mancavano un mucchio per leggerci l'almanacco della domenica. E così sei una delle ragazze Blythe? Che bei capelli che hai. Ho sempre desiderato vedere una di voi. So che vostra mamma vi tira su con metodo. Ti piace?"

"Piace... cosa?", Oh, perfida, affascinante Signora, tu non leggevi gli almanacchi della domenica. E non parlavi di "mamme".

"Ma essere tirata su con metodo."

"Mi piace come mi stanno tirando su", disse Nan, cercando di sorridere ma con scarsi risultati.

"Ah, vostra mamma è una donna veramente bella. E si difende bene. Dico, la prima volta che la vidi fu al funerale di Libby Taylor e pensai che fosse una sposa, tanto pareva felice. Penso sempre che quando tua mamma entra in una stanza tutti si alzano come se si aspettano che succeda qualcosa. Pure le nuove mode le stanno bene. Molte di noi proprio non sono fatte per portarle. Ma entra e siediti un po'... sono sempre contenta di vedere qualcuno... ogni tanto ci si sente un po' soli. Io non posso permettermi il telefono. I fiori sono una compagnia... hai mai visto tageti più belli? E ho un gatto."

Nan voleva solo scappare nel punto più remoto della terra, ma capì che non stava bene offendere la vecchia signora rifiutandosi di entrare. Thomasine, con la sottoveste che spuntava da sotto la gonna, le fece strada su per i gradini incurvati fino a una stanza che era evidentemente una cucina e un soggiorno riuniti. Era scrupolosamente pulita, e allegra grazie alle frugali piante di casa. L'aria era piena della gradevole fragranza del pane appena cotto.

"Siediti qui", disse Thomasine con gentilezza, spingendo in avanti una sedia a dondolo con su un allegro cuscino a toppe, "Sposto quella calla. Aspetta che mi metto la parte di sotto della dentiera. Sembro buffa senza, vero? Ma mi fa un pochino male. Ah, ora parlo meglio."

Un gatto maculato, che borbottava stravaganti miagolii d'ogni sorta, avanzò per accoglierle. Oh, i levrieri di un sogno svanito!

"Quel gatto è un ottimo cacciatore di topi", disse Thomasine, "Questo posto è invaso dai topi. Ma tiene fuori la pioggia e io ero stufa di vivere coi miei parenti. Non ero indipendente. Mi davano ordini manco fossi stata immondizia. La moglie di Jim era la peggiore. Una volta si lamentò perché facevo le smorfie alla luna. Be', e anche se le facevo? Forse che la luna si faceva male? Così mi sono detta, 'non voglio più fare il puntaspilli'. Perciò me ne sono venuta qui per conto mio e ci starò finché avrò l'uso delle gambe. Che vuoi? Posso farti un sandwich alle cipolle?"

"No... no, grazie."

"Sono buone quando hai il raffreddore. Io ne ho avuto uno... senti che voce rauca che ho? Ma io mi lego un pezzo di flanella rossa con la trementina e il grasso d'oca alla gola quando me ne vado a letto. Non c'è niente di meglio."

Flanella rossa e grasso d'oca! Per non parlare della trementina!

"Se non vuoi un sandwich – sicura che non lo vuoi? – vedo cosa c'è nella scatola dei biscotti."

I biscotti – tagliati a forma di galli e di papere – erano sorprendentemente buoni e si scioglievano letteralmente in bocca. La signora Fair sorrise radiosa a Nan coi suoi occhi rotondi e sbiaditi.

"Ora ti piacerò, vero? Mi piace piacere alle bambine."

"Ci proverò", annaspò Nan, che in quel momento stava detestando la povera Thomasine Fair, come si può detestare solo chi distrugge le nostre illusioni.

"Sai che ho dei nipotini all'Ovest?"

Nipotini?

"Ti faccio vedere le loro foto. Carini, eh? Quello lassù è il ritratto del povero Papino. Sono vent'anni che è morto."

Il ritratto del povero Papino era un grosso disegno "a pastello" di un uomo barbuto con una corona ricciuta di capelli bianchi attorno alla testa pelata.

Oh, l'innamorato disdegnato!

"Era un bravo marito, anche se a trent'anni era già calvo", disse la signora Fair, con affetto, "Ah, ma quand'ero ragazza avevo il meglio degli spasimanti. Adesso sono vecchia, ma da giovane me la sono spassata. Gli spasimanti del sabato sera! Che cercavano di scavalcarsi l'un l'altro. E io che tenevo la testa alta, altera come una regina! Papino era tra loro fin dall'inizio, ma a me sulle prime non piaceva. Mi piacevano un po' più eleganti. C'era Andrew Metcalf... stavo quasi per scappare con lui. Ma sapevo che avrebbe portato sfortuna. Tu non scappare mai con nessuno. Porta sfortuna, non crederci se ti dicono che non è così."

"Io... io non... io non lo farò."

"Alla fine sposai Papino. Alla fine gli era passata la pazienza e mi diede ventiquattr'ore per prenderlo o lasciarlo. Mio papà voleva che mi sistemassi. S'innervosì quando Jim Hewitt si annegò perché non l'avevo voluto. Papino e io fummo veramente felici una volta che ci abituammo l'uno all'altra. Diceva che stavo bene con lui perché non pensavo troppo. Papino era convinto che le donne non erano fatte per pensare. Diceva che le faceva diventare appassite e innaturali. I fagioli al forno non gli sono mai andati giù, e aveva terribili attacchi di lombaggine, ma il mio balsamo di Galaad l'aggiustava sempre. C'era uno specialista in città che diceva che lo poteva curare in via permanente, ma Papino diceva sempre che se ti metti nelle mani di uno specialista quello poi non ti molla più... mai più. Mi manca per dar da mangiare al maiale. A lui il maiale piaceva veramente tanto. Non mangio mai un pezzetto di pancetta senza pensare a lui. Quel quadretto davanti a Papino è la Regina Vittoria. Certe volte le dico 'Se ti levassero tutti i pizzi e i gioielli, mia cara, senza dubbio non saresti più bella di me.'"

Prima di lasciare andar via Nan insistette per darle dietro un sacchetto di mentine, una scarpina di vetro rosa per i fiori e un bicchiere di gelatina di uva spina.

"È per la tua mamma. Ho sempre avuto fortuna con la gelatina di uva spina. Un giorno vengo a Ingleside. Voglio vedere quei vostri cani di porcellana. Di' a Susan Baker che le sono molto grata per quel mucchio di cime di rapa che mi ha mandato in primavera."

Cime di rapa!

"Volevo ringraziarla al funerale di Jacob Warren, ma se n'è andata via troppo in fretta. A me piace prendermela comoda ai funerali. Non ce n'era stato neanche uno da un mese. Penso sempre che sia un periodo monotono quando non ci sono funerali. Ci sono sempre un mucchio di bei funerali a Lowbridge. Non mi pare giusto. Torna a trovarmi, d'accordo? C'è qualcosa in te... 'la benevolenza val più dell'oro e dell'argento'[40], dice il Buon Libro, e penso che abbia ragione."

Fece un gradevole sorriso a Nan... aveva *veramente* un bel sorriso. Potevi vederci la Thomasine di tanto tempo fa. Nan riuscì a sorridere a sua volta. Le pizzicavano gli occhi. *Doveva andarsene prima di mettersi a piangere.*

"Bella creaturina educata", rifletté la vecchia Thomasine Fair, guardando fuori dalla finestra Nan che si allontanava, "Non ha lo stile di sua mamma, ma non fa niente. Un sacco di ragazzini oggi pensano di essere furbi quando sono solo impertinenti. La visita di quella bambina mi ha fatto sentire di nuovo giovane."

Thomasine sospirò e uscì a finire di tagliare i suoi tageti e a strappare un po' di bardana.

"Grazie al cielo sono ancora agile", rifletté.

Quando Nan tornò a Ingleside era più povera per quel sogno perduto. Una valle piena di margherite non poteva allettarla... l'acqua che cantava la chiamò invano. Voleva tornare a casa e nascondersi dallo sguardo umano. Due ragazze che incontrò ridacchiarono quando la superarono. Stavano ridendo di lei? Come avrebbero riso tutti se avessero saputo! Stupida, piccola Nan Blythe, che aveva tessuto un romanzo di ragnatele fantastiche su una pallida regina del mistero e invece aveva trovato la povera vedova di Papino con le sue mentine.

Mentine!

Nan non voleva piangere. Le ragazze grandi di dieci anni non piangono. Ma si sentiva indescrivibilmente triste. Qualcosa di

---

40 Citazione biblica, Proverbi, 22:1 (NDR)

bello e prezioso era svanito... perduto... una segreta riserva di gioia che, credeva, non le sarebbe mai più appartenuta. Trovò Ingleside piena del delizioso aroma dei biscotti speziati, ma non entrò in cucina per convincere con le lusinghe Susan a dargliene qualcuno. A cena il suo appetito fu evidentemente scarso, anche se lesse le parole "olio di ricino" negli occhi di Susan. Anna aveva notato che Nan era molto tranquilla fin dal suo ritorno dalla vecchia casa dei MacAllister... Nan, che letteralmente cantava dall'alba al tramonto e oltre. Forse la lunga camminata in quella giornata calda era stata troppo per la bambina?

"Perché quell'espressione angosciata, piccina?", le chiese, come per caso, quando al crepuscolo entrò nella stanza delle gemelle con gli asciugamani puliti e trovò Nan raggomitolata sulla seduta della finestra invece di star giù, nella Valle dell'Arcobaleno, a seguire le tigri nelle giungle equatoriali con gli altri.

Nan non aveva intenzione di raccontare *a nessuno* quanto fosse stata stupida. Ma in un certo senso le cose si raccontarono da sole alla mamma.

"Oh, mamma, ma nella vita *tutto* dev'essere una delusione?"

"Non tutto, cara. Mi dici cosa ti ha deluso oggi?"

"Oh, mamma, Thomasine Fair... è *buona*! E ha il naso all'insù!"

"Ma perché", domandò Anna, sinceramente sconcertata, "dovrebbe importarti se ha il naso all'insù o all'ingiù?"

E allora venne tutto fuori. Anna ascoltò col suo solito volto serio, pregando di non tradirsi con un soffocato scoppio di risate. Ricordava la bambina che era stata ai vecchi Tetti Verdi. Ricordava la Foresta Stregata e le due bambine che si erano terribilmente spaventate per quello che loro stesse avevano immaginato fosse lì. E conosceva la spaventosa amarezza che si prova quando si perde un sogno.

"Non devi prendere tanto a cuore la sparizione delle tue fantasie, mia cara."

"Non ci posso fare niente", disse Nan, disperata, "Se potessi vivere la mia vita daccapo non immaginerei più niente. E non lo farò mai più."

"Mia cara stupidina... mia cara, cara stupidina, non dire così. La fantasia è una cosa meravigliosa da avere... ma, come ogni dono, dobbiamo possederla, non lasciarci possedere da lei. Tu prendi le tue fantasie un po' troppo sul serio. Oh, è meraviglioso... conosco quell'estasi. Ma tu devi imparare a tenerti su questo lato del confine che c'è tra quello che è reale e quello che non è reale. E allora il potere di sfuggire a tuo piacere in un bel mondo tutto tuo ti aiuterà straordinariamente nei momenti difficili della vita. Io riesco sempre a risolvere un problema più facilmente dopo aver fatto un paio di viaggi nel Paese dell'Incantamento."

Nan sentì che l'amor proprio le tornava con queste parole di conforto e saggezza. Mamma, dopotutto, non pensava che fosse una cosa tanto stupida. E senza dubbio da qualche parte nel mondo c'era una Malvagia, Bella Signora dagli Occhi Misteriosi, anche se non viveva a CASA FOSCA... la quale, ora che Nan ci pensava, non era poi un brutto posto, con i suoi tageti arancioni, e il simpatico gatto maculato, e i gerani, e il ritratto del povero caro Papino. In realtà era un posto veramente allegro e forse un giorno sarebbe andata a trovare Thomasine Fair e avrebbe mangiato ancora un po' di quei buoni biscotti. Non detestava più Thomasine.

"Che bella mamma sei!", sospirò, nel riparo e nel santuario di quelle braccia amate.

Un crepuscolo grigio-violaceo stava scendendo sulla collina. La notte estiva si fece scura attorno a loro... una notte di velluto e mormorii. Una stella spuntò sul grande melo. Quando arrivò la signora Marshall Elliott e mamma dovette scendere, Nan era di nuovo felice. Mamma aveva detto che avrebbe fatto tappezzare la loro stanza con una bella carta giallo-ranuncolo e avrebbe fatto fare un nuovo baule di cedro per lei e Di, per tenerci dentro le loro cose. Solo che non sarebbe stato un baule di cedro. Sarebbe stato il forziere di un tesoro incantato che non si poteva aprire a meno di non pronunciare certe parole mistiche. Una parola poteva sussurrartela la Strega delle Nevi, la fredda e bellissima Strega delle Nevi. Un soffio di vento poteva dirtene un'altra, passandoti davanti... un vento triste e grigio che si lamentava. Prima o poi avresti scoperto tutte le parole e avresti aperto il forziere, per trovarlo pieno di perle, e rubini, e diamanti a profusione. Profusione non era una bella parola?

Oh, la vecchia magia non era scomparsa. Il mondo ne era ancora pieno.

Capitolo 37

"Posso essere la tua migliore amica quest'anno?", domandò Dalila Green durante l'intervallo di quel pomeriggio.

Dalila aveva occhi molto rotondi, azzurro scuro, lucenti riccioli color caramello, una bocca piccola e rosea e una voce emozionante con dentro un piccolo tremolio. Diana Blythe rispose immediatamente al fascino di quella voce.

Alla scuola di Glen era noto che Diana Blythe non sapesse più che fare con le amiche. Per due anni lei e Pauline Reese erano state migliori amiche, ma la famiglia di Pauline si era trasferita e Diana si sentiva molto sola. Pauline era stata una buona amica. A dire il vero, le mancava il fascino mistico che aveva posseduto la ormai quasi dimenticata Jenny Penny, ma era concreta, spassosa, *assennata*. L'ultimo aggettivo era di Susan, ed era il complimento più alto che Susan potesse fare. Era assolutamente soddisfatta di un'amica come Pauline per Diana.

Diana guardò Dalila perplessa, poi lanciò un'occhiata dall'altra parte del campo giochi, a Laura Carr, che era anche lei una bambina nuova. Lei e Laura avevano trascorso l'intervallo della mattina insieme e si erano trovate vicendevolmente molto simpatiche. Ma Laura era bruttina, con le lentiggini e ingestibili capelli color sabbia. Non aveva nulla della bellezza di Dalila Green e neanche una scintilla del suo fascino.

Dalila comprese lo sguardo di Diana e un'espressione ferita si fece strada sul suo volto; i suoi occhi azzurri sembrarono veramente colmi di lacrime.

"Se vuoi bene a lei non puoi volere bene a me. Devi scegliere tra noi due", disse Dalila, tendendo drammaticamente le mani. La sua voce era più emozionante che mai... diede un vero brivido alla schiena di Diana. Mise le sue mani in quelle di Dalila e le due si guardarono solenni, sentendosi impegnate e unite. Perlomeno, Diana si sentì così.

"Mi vorrai bene *per sempre*, vero?", domandò Dalila, con ardore.

"Per sempre", giurò Diana, con altrettanta passione.

Dalila fece scivolare le braccia attorno alla vita di Diana ed entrambe andarono al torrente. Il resto della quarta classe capì che era stata conclusa un'alleanza. Laura Carr diede un breve sospiro. Diana Blythe le era piaciuta molto. Ma sapeva che non poteva competere con Dalila.

"Sono tanto felice che mi permetterai di volerti bene", stava dicendo Dalila, "Io sono così affettuosa... non posso proprio fare a meno di voler bene alla gente. Ti prego, Diana, sii gentile con me. Io sono una figlia del dolore. Mi hanno lanciato una maledizione alla nascita. Nessuno... *nessuno* mi ama." Dalila in un qualche modo riuscì a mettere seçoli di solitudine e bellezza in quel "nessuno". Diana strinse la presa.

"Da ora in poi non devi più dire una cosa del genere, Dalila. Io ti vorrò bene per sempre."

"Per tutti i secoli dei secoli?"

"Per tutti i secoli dei secoli", rispose Diana. Si baciarono, come in un rito. Due ragazzi sulla staccionata strillarono beffardi, ma chi se ne importava?

"Io ti piacerò molto più di Laura Carr", disse Dalila, "Ora che siamo migliori amiche posso dirti quello che non mi sarei *mai sognata* di dirti se tu avessi scelto lei. Lei è falsa. Spaventosamente falsa. Finge di essere tua amica davanti, ma quando volti le spalle ti prende in giro e dice cose cattivissime. Una bambina che conosco andava a scuola con lei a Mowbray Narrows e me l'ha detto. Te la sei scampata per un pelo. Io sono tanto diversa... io sono sincera, Diana."

"Ne sono sicura. Ma che intendevi quando hai detto che sei una figlia del dolore, Dalila?"

Gli occhi di Dalila parvero espandersi fino a diventare assolutamente enormi.

"Io ho *una matrigna*", sussurrò.

"Una matrigna?"

"Quando tua madre muore e tuo padre si risposa con un'altra donna, lei è una matrigna", disse Dalila, con ancora più brividi nella voce, "Ora sai tutto, Diana. Se sapessi come mi tratta! Ma io non mi lamento mai. Soffro in silenzio."

Se era vero che Dalila soffriva in silenzio, viene da chiedersi dove Diana trovò tutte le informazioni che piovvero sulla gente di Ingleside le settimane seguenti. Era negli spasmi di uno sfrenato slancio di adorazione e solidarietà verso l'addolorata, perseguitata Dalila, doveva parlare di lei con chiunque l'ascoltasse.

"Immagino che questa nuova infatuazione si esaurirà a tempo debito", disse Anna, "Chi è Dalila, Susan? Non voglio che i nostri bambini siano snob... ma dopo l'esperienza con Jenny Penny..."

"I Green sono molto rispettabili, cara signora Dottore. Sono ben noti a Lowbridge. Quest'estate si sono trasferiti nella vecchia casa degli Hunter. La signora Green è la seconda moglie e ha due figli suoi. Non so molto di lei, ma sembra una dai modi lenti, tranquilli, accomodanti. Non posso credere che tratti Dalila come dice Di."

"Non dare troppo credito a quel che ti dice Dalila", Anna ammonì Diana, "Potrebbe avere la tendenza a esagerare un po'. Ti ricordi di Jenny Penny..."

"Ma mamma, Dalila non somiglia neanche un po' a Jenny Penny", disse Di, indignata, "Neanche un po'. Lei è *scrupolosamente* sincera. Se solo la vedessi, mamma, capiresti che lei non potrebbe mai dire bugie. A casa tutti la tormentano perché lei è tanto diversa. E ha una natura tanto affettuosa. La perseguitano fin dalla nascita. La sua matrigna la detesta. Mi si spezza il cuore quando sento le sue sofferenze. Oh, mamma, non la fanno mangiare abbastanza, davvero. Non sa proprio cosa significhi non avere fame. Mamma, la mandano a letto senza cena un sacco di volte e lei finisce con l'addormentarsi a furia di piangere. Tu hai mai pianto perché avevi fame, mamma?"

"Spesso", disse mamma.

Diana guardò sua madre a occhi sgranati, si era smorzato tutto il vento dalle vele della sua domanda retorica.

"Avevo spesso fame prima di arrivare ai Tetti Verdi, all'orfanotrofio... e anche prima. Non mi è mai piaciuto parlare di quei tempi."

"Be', allora dovresti essere in grado di capire Dalila", disse Di, radunando il confuso controllo di sé, "Quando lei ha fame si siede e immagina cose da mangiare. Ci pensi a lei che immagina cose da mangiare?"

"Lo fate già abbastanza tu e Nan", disse Anna, ma Di non volle ascoltarla.

"Le sue sofferenze non sono solo fisiche, ma anche *spirituali*. Vuole diventare missionaria, mamma... per consacrare la sua vita... e tutti ridono di lei."

"Veramente crudele da parte loro", concordò Anna. Ma qualcosa nella sua voce fece insospettire Di.

"Mamma, perché sei così scettica?", domandò, con biasimo.

"Per la seconda volta", sorrise la mamma, "devo ricordarti Jenny Penny. Tu avevi creduto anche a lei."

"Allora ero solo *una bambina* ed era facile ingannarmi", disse Diana, coi suoi modi più maestosi. Le pareva che la mamma non fosse bendisposta e comprensiva, come era di solito, nei confronti di Dalila Green. Dopo questo episodio Diana parlò solo con Susan di Dalila, dal momento che Nan si limitava ad annuire tutte le volte che si faceva il nome di Dalila.

"La sua è solo gelosia", pensò Diana, tristemente. Non che neanche Susan fosse così smaccatamente solidale. Ma Diana doveva parlare con qualcuno di Dalila, e lo scherno di Susan non faceva male come quello di mamma. Non ci si poteva aspettare che Susan capisse completamente. Ma mamma era stata una bambina... mamma aveva voluto bene a zia Diana... mamma aveva un cuore tanto tenero. E allora come mai i racconti dei maltrattamenti verso la povera Dalila la lasciavano così indifferente?

"Forse anche lei è un po' gelosa, perché io voglio tanto bene a Dalila", rifletté saggiamente Diana, "Dicono che le madri diventino così. Un po' *possessive*."

"Mi ribolle il sangue se penso al modo in cui la sua matrigna tratta Dalila", disse Di a Susan, "È *una martire*, Susan. Non le danno mai niente a parte un po' di porridge a colazione e a pranzo... solo un pochino di porridge. E non le permettono di mettere lo zucchero nel porridge. Susan, io ho smesso di mettere lo zucchero nel mio perché mi faceva sentire in colpa."

"Ah, ecco come mai. Be', visto che lo zucchero è aumentato di un centesimo, forse è meglio così."

Diana si ripromise di non raccontare più nulla di Dalila a Susan, ma la sera seguente era così indignata che non riuscì a trattenersi.

"Susan, ieri sera la madre di Dalila l'ha inseguita con il *bollitore del tè* rovente. Ci pensi, Susan? Certo, Dalila dice che non lo fa molto spesso... soltanto quando è *molto esasperata*. La maggior parte delle volte chiude Dalila in solaio... un solaio *infestato dagli spettri*. Quanti fantasmi ha visto quella povera bambina, Susan! Non può farle bene. L'ultima volta che l'hanno chiusa in solaio, lei ha visto una *stranissima* creaturina nera seduta al filatoio, che *ronzava*."

"E che razza di creatura era?", domandò seria Susan. Stava cominciando a godersi le tribolazioni di Dalila e i corsivi di Di, e lei e la signora Dottore ne ridevano in segreto.

"Non lo so... era solo una *creatura*. L'ha quasi spinta al suicidio. Ho veramente paura che prima o poi ce la spingeranno. Lo sai, Susan, che lei aveva uno zio che si suicidò *due volte*?"

"Una volta sola non bastava?", chiese Susan, spietata.

Di se ne andò con stizza, ma il giorno dopo tornò con un'altra storia di dolore.

"Dalila non ha mai avuto una bambola, Susan. Perciò sperava di trovarne una nella calza lo scorso Natale. E sai cos'ha trovato invece, Susan? *Un frustino!* La picchiano quasi ogni giorno, sai? Ci pensi, Susan, a quella povera bambina che viene picchiata?"

"Io sono stata picchiata molte volte e non ne ho risentito affatto", disse Susan, che Dio solo sa che avrebbe fatto se qualcuno si fosse azzardato a picchiare uno dei bambini di Ingleside.

"Quando ho parlato a Dalila degli alberi di Natale lei ha pianto, Susan. Lei non ha mai avuto un albero di Natale. Ma ne avrà uno quest'anno. Ha trovato un vecchio ombrello che ha solo la struttura, lo metterà in un secchio e lo decorerà come un albero di Natale. Non è *patetico*, Susan?"

"Non ci sono forse un sacco di giovani abeti a portata di mano? Il retro della vecchia casa degli Hunter è letteralmente pieno di abeti, da anni", disse Susan, "Vorrei che non avessero chiamato quella bambina Dalila. Che razza di nome per una bambina cristiana!"

"Ma è nella Bibbia, Susan. Dalila è molto orgogliosa del suo nome biblico. Oggi a scuola, Susan, ho detto a Dalila che domani avremo pollo per pranzo e lei ha detto... sai che ha detto, Susan?"

"Non potrei mai indovinare", disse Susan, con enfasi, "E tu non dovresti parlare a scuola."

"Ma non lo facciamo. Dalila dice che non dobbiamo mai infrangere le regole. Lei ha modelli molto alti. Ci scriviamo biglietti sui nostri taccuini e ce li scambiamo. Be', Dalila mi ha detto 'Mi puoi portare un osso, Diana?' Mi sono venute le lacrime agli occhi. Le porterò un osso... con un sacco di carne attaccata su. Dalila *ha bisogno* di buon cibo. Deve lavorare come una schiava... come una *schiava*, Susan. Deve fare lei tutti i mestieri di casa... be', quasi tutti, diciamo. E se non li fa bene la scrollano furiosamente... oppure la fanno mangiare in cucina *con i servi.*"

"I Green hanno solo un lavorante francese."

"Be', lei deve mangiare con lui. E lui va a tavola in calzini e maniche di camicia. Dalila dice che adesso non le importa più, dal momento che ci sono io che le voglio bene. Non ha nessuno che le voglia bene a parte me, Susan."

254

"Terribile!", disse Susan, con espressione molto grave.

"Dalila dice che se avesse milioni di dollari li darebbe tutti a me, Susan. Certo, io non li prenderei, ma questo ti fa capire quant'è di buon cuore."

"Dare milioni di dollari è facile come darne cento, se non hai né gli uni né gli altri", Susan si azzardò ad arrivare solo fin qui.

Capitolo 38

Diana era arcicontenta. In fin dei conti, mamma non era gelosa... mamma non era possessiva... mamma capiva...

Mamma e papà andavano ad Avonlea per il fine settimana e mamma le aveva detto che poteva chiedere a Dalila Green di passare a Ingleside il sabato e la domenica notte.

"Ho visto Dalila al picnic della scuola domenicale", disse Anna a Susan, "È una creaturina graziosa e ammodo... anche se, naturalmente, è evidente che *esagera*. La sua matrigna è un po' dura con lei... e ho sentito dire che suo padre è piuttosto burbero e severo. Probabilmente lei ha qualche motivo di risentimento e le piace drammatizzarlo per ottenere solidarietà."

Susan aveva qualche dubbio.

"Ma perlomeno tutti quelli che vivono in casa di Laura Green sono puliti", rifletté. I pettini a denti fitti non c'entravano in questa faccenda.

Diana aveva un mucchio di progetti per intrattenere Dalila.

"Possiamo fare il pollo arrosto, Susan... con un sacco di farcitura? E *una torta*. Tu non sai quanto quella povera bambina desideri assaggiare una torta. Lì non fanno mai le torte... la sua matrigna è troppo avara."

Susan fu gentilissima. Jem e Nan erano andati ad Avonlea e Walter era alla Casa dei Sogni con Kenneth Ford. Non c'era nulla che potesse gettare un'ombra sulla visita di Dalila, che certamente si sarebbe svolta magnificamente. Dalila arrivò sabato mattina con un bellissimo vestito di mussola rosa... la matrigna sembrava trattarla bene perlomeno in materia di vestiti. E aveva, come Susan notò alla prima occhiata, orecchie e unghie irreprensibili.

"È il *più bel giorno* della mia vita!", disse solenne a Diana, "Oh, che casa grande! E quelli sono i cani di porcellana! Oh, sono meravigliosi!"

Era tutto meraviglioso. Dalila pronunciò quella povera parola fino a sfinirla. Aiutò Diana ad apparecchiare la tavola per pranzo e sistemò il cestino di vetro pieno di piselli odorosi rosa come centrotavola.

"Oh, non sai quanto mi piaccia fare una cosa semplicemente perché *voglio farla*", disse a Diana, "Non c'è nient'altro che posso fare? *Ti prego*."

"Puoi rompere le noci per la torta che farò oggi pomeriggio", disse Susan, che stava cadendo anche lei vittima dell'incantesimo della bellezza e della voce di Dalila. In fin dei conti forse Laura Green era davvero un *osso duro*. Non ci si può sempre fidare di come la gente appare in pubblico. Il piatto di Dalila venne riempito di pollo, ripieno e sugo, ed ebbe una seconda fetta di torta senza neppure doverla chiedere.

"Mi sono chiesta spesso come dev'essere per una volta avere tutto quello che puoi mangiare. È una sensazione meravigliosa", disse a Diana quando si alzarono da tavola.

Fu un pomeriggio allegro. Susan aveva dato a Diana una scatola di dolciumi e lei la divise con Dalila.

Dalila ammirò una delle bambole di Di e Di gliela diede. Ripulirono l'aiola delle viole del pensiero ed estirparono alcuni denti di leone vaganti che erano cresciuti sul prato. Aiutarono Susan a lucidare l'argenteria e le diedero una mano a preparare la cena. Dalila era così efficiente e ordinata che Susan capitolò completamente. Solo due cose guastarono quel pomeriggio... Dalila riuscì a macchiarsi il vestito d'inchiostro e perse la sua collanina di perline. Ma Susan levò via ottimamente la macchia d'inchiostro – venne via anche un po' di colore – coi sali di limone e Dalila disse che non le importava della collanina. *Nulla* le importava se non il fatto di trovarsi a Ingleside con la sua carissima Diana.

"Non dormiamo nel letto della stanza degli ospiti?", domandò Diana quando fu ora di andare a letto, "Noi sistemiamo sempre gli ospiti in quella stanza, Susan."

"Domani sera viene tua zia Diana con mamma e papà", disse Susan, "La stanza degli ospiti è stata preparata per lei. Sul tuo letto puoi portarti Gamberetto, e non potresti portartelo nella stanza degli ospiti."

"Mmm, come profumano le tue lenzuola!", disse Dalila quando vi si rincantucciarono sotto.

"Susan le fa sempre bollire con le radici di giaggiolo", disse Diana.

Dalila sospirò.

"Mi domando se ti rendi conto quanto sei fortunata, Diana. Se *io* avessi una casa come la tua... ma questo è il mio destino. Posso solo sopportarlo."

Susan, nel suo giro notturno per la casa prima di ritirarsi, entrò e disse loro di smettere di chiacchierare e andare a dormire. E poi diede due focaccine di zucchero d'acero a testa.

"Non dimenticherò mai la vostra gentilezza, Miss Baker", disse Dalila con la voce che le tremava per l'emozione. Susan andò a letto riflettendo che non aveva mai visto prima una bambina tanto educata e piacevole. Sicuramente aveva mal giudicato Dalila Green.

Anche se in quel momento a Susan venne in mente che per essere una bambina che non mangiava mai abbastanza, le ossa di Dalila Green erano sicuramente molto ben coperte!

Dalila tornò a casa il pomeriggio seguente c mamma, papà e zia Diana arrivarono quella sera. Lunedì cadde il proverbiale fulmine a ciel sereno. Diana, tornando a scuola a mezzogiorno, sentì che veniva fatto il suo nome non appena entrò nel porticato della scuola. In classe c'era Dalila Green al centro di un capannello di bambine curiose.

"Sono rimasta *così delusa* da Ingleside. Per quanto Di si era vantata di quella casa, mi aspettavo di trovare una *residenza lussuosa*. Certo, è grande, ma alcuni di quei mobili sono veramente squallidi. Le sedie possono essere migliorate solo nel *peggiore* dei modi."

"Hai visto i cani di porcellana?", domandò Bessy Palmer.

"Non sono niente di speciale. Non hanno nemmeno i peli. A Diana l'ho detto su due piedi che ero delusa."

Diana era rimasta "inchiodata a terra"... o perlomeno sul pavimento dell'atrio. Non pensava di origliare... era solo troppo sconcertata per muoversi.

"Mi dispiace per Diana", proseguì Dalila, "Il modo in cui i suoi genitori trascurano la famiglia è semplicemente scandaloso. Sua mamma è una girandolona terribile. È tremendo come se ne vada in giro lasciando i suoi bambini solo con la vecchia Susan a badare a loro... ed è mezza matta. Li farà finire tutti all'ospizio dei poveri, prima o poi. E lo spreco che c'è in quella cucina, non ci credereste! La moglie del dottore è troppo allegra e pigra per cucinare, perfino quando è a casa, perciò Susan fa tutto a modo suo. Stava per servirci il pranzo in cucina, ma io mi sono alzata e le ho detto 'Non sono forse un'ospite?', e allora non l'ha fatto, 'Puoi soverchiare i bambini di Ingleside, Susan Baker, ma non puoi soverchiare me', le ho detto. Oh, vi dico che ho tenuto testa a Susan. Non le ho permesso di dare a Rilla lo sciroppo calmante. 'Non lo sai che per i bambini è veleno?', le ho detto."

"Però me l'ha fatta pagare a cena. Le misere porzioni che ti dà! C'era il pollo, ma a me è toccato solo il boccone del papa, e nessuno mi ha chiesto di prendere una seconda fetta di torta. Però Susan voleva farmi dormire nella stanza degli ospiti, ma Di non ne ha neanche voluto sentir parlare... per pura cattiveria.

È così invidiosa. Però mi dispiace per lei. Mi ha detto che Nan la pizzica *in maniera scandalosa*. Ha tutte le braccia livide. Abbiamo dormito in camera sua, e un vecchio gatto maschio rognoso è rimasto tutta la notte ai piedi del letto. Non era *igienico* e l'ho detto a Di. E la mia collanina di perle è *sparita*. Certo, non sto dicendo che l'abbia presa Susan. Credo che sia *onesta*... però è strano. E Shirley mi ha tirato addosso una boccetta d'inchiostro. Mi ha rovinato il vestito, ma non fa niente. Mamma me ne farà fare uno nuovo. Be', comunque ho estirpato tutti i denti di leone dal prato e ho pulito per loro l'argenteria. Avreste dovuto vederla. Chissà quando l'avevano pulita l'ultima volta. Vi dico che Susan se la prende comoda quando la moglie del dottore non c'è. Io le ho fatto vedere che avevo capito le sue intenzioni. 'Perché non lavi mai il tegame delle patate, Susan?', le ho chiesto. Avreste dovuto vedere la sua faccia. Guardate il mio anello nuovo, ragazze. Me l'ha regalato un ragazzo di Lowbridge che conosco."

"Buffo. Ho visto spesso quell'anello indossato da Diana Blythe", disse Peggy MacAllister, sprezzante.

"E io non credo a una sola parola di quello che hai detto su Ingleside, Dalila Green", disse Laura Carr.

Prima che Dalila potesse rispondere, Diana, che aveva recuperato le facoltà di movimento e di parola, si fiondò in classe.

"Giuda!", disse. Dopo pensò, pentita, che non fosse una parola molto elegante da usare. Ma era stata colpita al cuore, e quando uno ha le emozioni in subbuglio non può essere troppo esigente nello scegliere le parole.

"Non sono Giuda!", borbottò Dalila arrossendo, probabilmente per la prima volta in vita sua.

"Lo sei! Non c'è un briciolo di sincerità in te! Non parlarmi mai più finché vivi!"

Diana scappò da scuola e corse a casa. Non poteva rimanere a scuola quel pomeriggio... proprio non poteva! La porta principale di Ingleside venne sbattuta come non era mai stata sbattuta prima!

"Tesoro, che succede?", domandò Anna, interrotta nel suo colloquio in cucina con Susan da una figlia in lacrime che si gettò con violenza sulla spalla materna.

Tutta la storia venne raccontata, un po' sconnessamente, tra i singhiozzi.

"Mi sento ferita nei miei *migliori sentimenti*, mamma. Non

crederò mai più a nessuno."

"Tesoro, non saranno così tutti i tuoi amici. Pauline non lo era."

"Ma questa è *la seconda volta*", disse Diana, aspra, ancora dolorante sotto il senso di tradimento e abbandono, "Non ci sarà una terza volta."

"Mi dispiace che Di abbia perso fiducia nell'umanità", disse Anna, malinconica, quando Di se ne fu andata di sopra, "Per lei è una vera tragedia. Effettivamente è stata sfortunata con un paio di amiche. Prima Jenny Penny e ora Dalila Green. Il problema è che Di s'infatua sempre di bambine che sanno raccontare storie interessanti. E la posa da martire di Dalila era molto seducente."

"Se volete il mio parere, cara signora Dottore, quella piccola Green è una vera sfacciata", disse Susan, ancor più implacabile perché anche lei era stata efficacemente tratta in inganno dagli occhi e dai modi di Dalila, "Che idea dire che il nostro gatto è rognoso! Io non dico che non ci siano i gatti maschi[41], cara signora Dottore, ma le bambine non dovrebbero parlarne. Io non sono un'amante dei gatti, ma Gamberetto ha sette anni e merita perlomeno un po' di *rispetto*. E poi il mio tegame delle patate..."

Ma Susan non poté davvero esprimere il suo parere sul tegame delle patate.

In camera sua Di rifletteva che forse, dopotutto, non era ancora troppo tardi per diventare "migliore amica" di Laura Carr. Laura era *sincera*, anche se non era molto emozionante. Di sospirò. Un po' di colore era sparito dalla sua vita assieme alla sua fede nel triste destino di Dalila.

---

41 Il termine usato da Dalila, "tomcat", indica un gatto maschio intero (non castrato), ma ha anche sottintesi sessuali che sicuramente Susan ha colto e Dalila probabilmente no (NDR)

Capitolo 39

Un aspro vento da est ringhiava attorno a Ingleside come una vecchia brontolona. Era uno di quei giorni gelidi, piovigginosi di fine autunno, uno di quei giorni che ti deprimono, uno di quei giorni in cui va tutto storto... quello che ai vecchi tempi di Avonlea si chiamava "Giorno di Giona". Il nuovo cagnolino che Gilbert aveva portato per i ragazzi aveva mangiato lo smalto della zampa della tavola da pranzo... Susan avevano scoperto che le tarme avevano fatto un vero e proprio festino nel cassetto delle coperte... il nuovo gattino di Nan aveva rovinato la felce migliore... Jem e Bertie Shakespeare avevano fatto un baccano abominevole per tutto il pomeriggio usando i secchi come tamburi... la stessa Anna aveva rotto un paralume in vetro dipinto. Ma in un certo senso le aveva fatto bene sentirlo schiantarsi! Rilla aveva il mal d'orecchie e Shirley aveva uno sfogo misterioso sul collo, che preoccupò Anna ma al quale Gilbert dedicò solo un'occhiata distratta dicendo, con voce svagata, che secondo lui non voleva dir niente. Certo, non voleva dire niente *per lui!* Shirley era solo suo figlio! E non gl'importava neanche di aver invitato i Trent a cena una sera della settimana precedente per poi dimenticarsi di dirlo ad Anna fino al loro arrivo. Lei e Susan avevano avuto una giornata di superlavoro e avevano programmato una cena a base di avanzi. E con la signora Trent che aveva la fama di essere la padrona di casa più elegante di Charlottetown! E *dov'erano* i calzini di Walter, quelli con la parte superiore nera e le dita blu?

"Walter, pensi di potere rimettere le tua cose a posto *almeno per una volta*? Nan, *non lo so* dove sono i Sette Mari. Per amor del Cielo, smettetela di farmi domande! Non mi sorprende che abbiano avvelenato Socrate. Sono stati *costretti* a farlo."

Walter e Nan sgranarono gli occhi. Non avevano mai sentito prima loro madre parlare in questi toni. Lo sguardo di Walter irritò Anna ancora di più.

"Diana, è necessario ricordarti continuamente di non attorcigliare le gambe attorno allo sgabello del pianoforte? Shirley, smettila di riempire di marmellata appiccicosa la rivista nuova! E *qualcuno* è tanto gentile da dirmi dove sono finite le gocce del lampadario?"

Nessuno poteva dirglielo... Susan le aveva sganciate e le aveva portate fuori per lavarle... e Anna corse al piano di sopra per sfuggire agli occhi afflitti dei suoi figli. Nella sua stanza si mise a camminare febbrilmente su e giù. Che le stava succedendo? Si stava forse trasformando in una di quelle creature stizzose che non avevano pazienza con nessuno? In quei giorni tutto la disturbava. Un piccolo vezzo di Gilbert di cui prima non si era mai curata adesso le dava ai nervi. Era stufa marcia di quelle infinite, monotone incombenze... stufa marcia di soddisfare i capricci della sua famiglia. Un tempo tutto quello che faceva per la sua casa e per la sua famiglia le dava gioia. Ora le sembrava che non le importasse più cosa faceva. Si sentiva continuamente come una creatura in un incubo, che cerca di raggiungere qualcuno coi piedi bloccati.

La cosa peggiore era che Gilbert non si era assolutamente accorto che c'era stato questo cambiamento in lei. Era occupato giorno e notte e sembrava non preoccuparsi di nulla se non del suo lavoro. L'unica cosa che le aveva detto a pranzo quel giorno era stato "Passami la senape, per favore."

"Perché io posso parlare anche coi tavoli e con le sedie, certo", pensò Anna, rancorosa, "Stiamo diventando una specie di *abitudine* l'uno per l'altra... nient'altro. Ieri sera non si è accorto che avevo un vestito nuovo. Ed è passato così tanto tempo da quando mi ha chiamato 'piccola Anna' l'ultima volta, che ho dimenticato quand'è stato. Bah, immagino che tutti i matrimoni alla fine arrivino a questo punto. Probabilmente ci passa la maggior parte delle donne. Lui mi dà per scontata. Adesso il lavoro è l'unica cosa che conta per lui. *Dov'è* il mio fazzoletto?"

Anna prese il fazzoletto e si sedette sulla sua sedia per tormentarsi in abbondanza. Gilbert non l'amava più. Quando la baciava lo faceva distrattamente... solo per "abitudine". Tutto il fascino era scomparso. Le vecchie battute per cui avevano riso tanto insieme le tornarono alla memoria, ora cariche di tragedia. Come aveva mai potuto trovarle divertenti? Monty Turner, che baciava sistematicamente sua moglie una volta alla settimana... prendeva nota per ricordarselo. *("Ma quale moglie può volere baci del genere?")* Curtis Ames, che aveva incontrato sua moglie con una cuffietta nuova e non l'aveva riconosciuta. La signora Clancy Dare, che aveva detto "Non m'importa un accidente di niente di mio marito, ma me ne accorgerei se non fosse più nei paraggi". *("Immagino che Gilbert se ne accorgerebbe se io non fossi più nei paraggi! Siamo arrivati a questo punto?")* Nat Elliott, che dopo dieci anni di matrimonio aveva detto a sua moglie "Sai che sono stufo di essere sposato?" *("E noi siamo sposati da quindici anni!")* Bah, forse gli uomini erano tutti così. Probabilmente Miss Cornelia avrebbe detto che era proprio così. Dopo un po' diventavano difficili da tenere. *("Se mio marito ha bisogno di essere 'tenuto', io non voglio tenerlo.")* Ma poi c'era la signora Theodore Clow che aveva detto orgogliosamente alla riunione delle Dame di Carità "Siamo sposati da vent'anni ma mio marito mi ama ancora come nel giorno delle nostre nozze." Ma forse si stava illudendo solo per "salvare la faccia". E di giorno in giorno dimostrava sempre più la sua età e anche di più *("Chissà se comincio a sembrare vecchia?")*

Per la prima volta i suoi anni le pesarono. Andò allo specchio e si osservò, critica. C'erano leggere grinze attorno agli occhi, ma erano visibili solo con la luce forte. Le rughe sul mento non erano ancora nitide. Pallida lo era sempre stata. I suoi capelli erano folti e ondulati senza neanche un filo grigio. Ma i capelli rossi piacevano *veramente* a qualcuno? Il suo naso era ancora decisamente bello. Anna lo accarezzò come un amico, ricordando certi momenti della sua vita il cui il suo naso era l'unica cosa che l'avesse aiutata ad andare avanti. Ma Gilbert adesso dava per scontato anche il suo naso. Poteva essere anche storto o schiacciato, per quel che gl'importava. Probabile che avesse dimenticato che lei *aveva* un naso. Come la signora Dare, l'avrebbe notato solo se non fosse più stato lì.

"Be', devo andare a vedere Rilla e Shirley", pensò Anna, tetra, "Perlomeno *loro* hanno ancora bisogno di me, poveri tesori. Cosa mi ha spinto a essere così rabbiosa con loro? Oh, probabilmente stanno già dicendo alle mie spalle 'Ma come sta diventando bisbetica la povera mamma!'"

Continuò a piovere e il vento continuò a gemere. La fantasia di pentole di latta in solaio era finita, ma l'incessante frinire di un grillo solitario in soggiorno fece quasi ammattire tutti. La posta delle due le portò due lettere. Una era di Marilla... ma Anna sospirò nel ripiegarla. La scrittura di Marilla si stava facendo tanto debole e tremolante. L'altra lettera era da parte della signora Barrett Fowler di Charlottetown, che Anna conosceva molto superficialmente. E la signora Barrett Fowler voleva il dottore e la signora Blythe a cena da lei il prossimo martedì sera alle sette per "incontrare la vostra vecchia amica, la signora Andrew Dawson di Winnipeg, nata Christine Stuart".

Anna lasciò cadere la lettera. Un flusso di vecchi ricordi le si riversò addosso... alcuni di quelli erano decisamente sgradevoli.

Christine Stuart di Redmond... la ragazza con cui una volta la gente aveva detto che Gilbert si fosse fidanzato... la ragazza di cui un tempo lei era stata tanto gelosa... sì, lo ammetteva adesso, vent'anni dopo... era stata *veramente* gelosa... aveva odiato Christine Stuart. Non pensava a Christine da anni, ma la ricordava chiaramente. Una ragazza alta, bianca come l'avorio, con grandi occhi azzurro scuro e una massa di capelli nero-blu. E una certa aria distinta. Ma il naso lungo... sì, un naso decisamente lungo. Bella... oh, non si poteva negare che Christine fosse molto bella. Ricordò che anni prima aveva saputo che Christine "si era sposata bene" ed era andata all'Ovest.

Gilbert arrivò per mangiare un boccone in fretta a pranzo – c'era un'epidemia di morbillo ad Upper Glen – e Anna gli porse silenziosamente la lettera della signora Fowler.

"Christine Stuart! Ma certo che ci andiamo. Mi piacerebbe rivederla, per amore dei vecchi tempi", disse, con il primo segno di ammirazione che manifestasse da settimane, "Povera ragazza, ha avuto parecchi problemi. Sai che ha perso suo marito quattro anni fa?"

Anna non lo sapeva. E come mai Gilbert lo sapeva? Perché non gliel'aveva mai detto? E si era dimenticato che martedì seguente era il loro anniversario di matrimonio? Un giorno in cui non avevano mai accettato inviti ma che trascorrevano sempre andando a divertirsi un po' per conto loro? Be', non sarebbe stata lei a ricordarglielo. Poteva vedere Christine, se voleva farlo. Una volta una ragazza a Redmond le aveva detto, cupa: "Tra Gilbert e Christine c'era molto più di quanto tu abbia mai saputo, Anna." All'epoca lei ne aveva solo riso... Claire Hallett era una persona maligna. Ma forse in quelle parole c'era qualcosa di vero. Anna ricordò improvvisamente, con un brivido nell'anima, che non molto tempo dopo il suo matrimonio lei aveva trovato una piccola foto di Christine in un vecchio portafogli di Gilbert. Gilbert era apparso piuttosto indifferente e aveva detto che si stava chiedendo dove fosse finito quel vecchio scatto. Ma... era forse una dei quelle cose irrilevanti che significano cose terribilmente importanti? Era possibile... Gilbert aveva mai amato Christine? E lei, Anna, era solo una seconda scelta? Il premio di consolazione?

"Certo, io non sono... non sono gelosa", pensò Anna, cercando di ridere. Era tutto molto ridicolo. Cosa c'era di più naturale se Gilbert desiderava rivedere una vecchia amica di Redmond?

Cosa c'era di più naturale se un uomo impegnato, sposato da quindici anni, dimenticava il tempo, le stagioni, i giorni e i mesi? Anna scrisse alla signora Fowler, accettando il suo invito... e poi passò i tre giorni precedenti al martedì a sperare disperatamente che qualcuno a Upper Glen cominciasse ad avere un figlio martedì pomeriggio, verso le cinque e mezza.

Capitolo 40

Il bambino sperato arrivò troppo presto. Gilbert venne mandato a chiamare lunedì sera alle nove. Anna pianse fino ad addormentarsi e si risvegliò alle tre. Di solito era delizioso svegliarsi di notte... restare distesi e guardare fuori dalla finestra la bellezza avvolgente della notte... sentire il respiro regolare di Gilbert accanto a lei... pensare ai bambini dall'altra parte dell'anticamera e al bel giorno nuovo che stava per arrivare. Ma adesso! Anna era ancora sveglia quando l'alba, chiara e verde come la fluorite, comparve nel cielo a est e Gilbert finalmente tornò a casa. "Gemelli", disse cupo, poi si buttò a letto e si addormentò all'istante. Gemelli, davvero! L'alba del quindicesimo anniversario del tuo giorno di nozze, e tutto quel che tuo marito sapeva dirti era "gemelli". Non si ricordava neppure che era un anniversario.

Gilbert evidentemente non se lo ricordava neanche quando scese giù, alle undici. Per la prima volta non ne parlò; per la prima volta non aveva regali per lei. Ottimo, non gli avrebbe dato regali neppure lei. Aveva preparato il suo da settimane... un coltello da tasca con l'impugnatura d'argento con la data da un lato e le sue iniziali dall'altro. Naturalmente lui avrebbe dovuto comprarglielo per un centesimo, a meno di non recidere il loro amore. Ma dal momento che lui aveva dimenticato, allora avrebbe dimenticato anche lei, per vendetta.

Gilbert sembrò frastornato per tutto il giorno. Non parlò quasi con nessuno e gironzolò senza scopo per la biblioteca. Era forse perso nella seducente prospettiva di rivedere la sua Christine? Probabilmente lui l'aveva agognata per tutti questi anni nel fondo della sua mente. Anna sapeva bene che quest'idea era assolutamente irragionevole, ma quando mai la gelosia è ragionevole? Era inutile cercare di prenderla con filosofia. La filosofia non poteva mutarla d'umore.

Sarebbero andati in città col treno delle cinque. "Poffiamo venire a vedere che ti vefti, mamma?", domandò Rilla.

"Oh, se volete", disse Anna... poi si tirò su bruscamente. Oh, no, la sua voce stava diventando piagnucolosa, "Venite, tesori", aggiunse, pentita.

Nulla piaceva a Rilla più che vedere la mamma vestirsi. Ma anche Rilla pensò che quella sera mamma non ci si stesse divertendo molto.

Anna pensò a lungo a che abito indossare. Non che importasse cosa si sarebbe messa, si disse risentita. Ora Gilbert non lo notava mai. Lo specchio non era più suo amico... sembrava pallida e stanca... e *indesiderata.* Ma non doveva sembrare troppo campagnola e *démodé* davanti a Christine *("Non le permetterò di dispiacersi per me.").* Doveva mettere quello nuovo a rete verde-mela con il sottabito con i boccioli di rosa? Oppure quello di tulle di seta color crema con la giacca Eton e il pizzo Cluny? Li provò entrambi e optò per quello a rete. Sperimentò diverse acconciature e concluse che la nuova pompadour pendente le donasse molto.

"Oh, mamma, fei belliffima!", annaspò Rilla con gli occhi sgranati per l'ammirazione.

Be', si supponeva che i bambini e gli sciocchi dicessero la verità. Non era stata Rebecca Dew a dirle una volta che lei era "relativamente bella"? E Gilbert le aveva fatto complimenti in passato ma quando gliene aveva fatto uno negli ultimi mesi? Anna non ricordava neanche un'occasione.

Gilbert passò, diretto al suo armadio, e non disse nulla del suo vestito nuovo. Anna rimase un istante a bruciare di risentimento; poi, stizzita, si strappò di dosso il vestito e lo buttò sul letto. Avrebbe indossato il suo vecchio abito nero... un affare leggero che ai Quattro Venti consideravano molto "chic" ma che a Gilbert non era mai piaciuto. Che poteva mettersi al collo? Le perline di Jem, anche se custodite come un tesoro per anni, si erano ormai da tempo sgretolate. Non aveva neppure una collana decente. Dunque... tirò fuori la scatolina che conteneva il cuore di smalto rosa che Gilbert le aveva regalato a Redmond. Adesso lo indossava raramente – dopotutto il rosa non sta molto bene coi capelli rossi – ma l'avrebbe messo stasera. Gilbert se ne sarebbe accorto? Ecco, era pronta. Perché Gilbert no? Cosa lo tratteneva? Oh, senza dubbio si stava radendo con *molta* cura! Bussò bruscamente alla porta.

"Gilbert, perdiamo il treno se non ti spicci."

"Sembri una maestrina", disse Gilbert, uscendo, "Hai qualche problema coi metatarsi?"

Oh, lui ci faceva su una battuta, eh? Non si permise di pensare quanto stesse bene lui con il frac. Dopotutto la moda maschile moderna era veramente ridicola. Completamente priva di fascino. Come doveva essere splendida "nei vasti giorni di Elizabeth la Grande"[42], quando gli uomini potevano indossare

---

42 Citazione dalla poesia "The May Queen" di Alfred Tennyson (NDR)

farsetti di seta bianca, e mantelli di velluto cremisi, e gorgiere di pizzo! Eppure non erano effeminati. Erano gli uomini più meravigliosi e avventurosi che il mondo avesse mai visto. "Be', vieni se hai tanta fretta", disse Gilbert, distratto. Era sempre distratto quando le parlava. Lei era solo parte dell'arredamento... sì, solo un mobile!

Jem li accompagnò alla stazione. Susan e Miss Cornelia – che era andata a chiedere a Susan se poteva contare su di lei, come al solito, per le patate gratinate per la cena della chiesa – li ammirarono mentre si allontanavano.

"Anna tiene duro", disse Miss Cornelia.

"Sì", concordò Susan, "anche se in queste ultime settimane certe volte ho pensato che abbia bisogno di smuovere un po' il fegato. Ma si mantiene bene. E il dottore ha ancora lo stesso stomaco piatto che ha sempre avuto."

"Una coppia ideale", disse Miss Cornelia.

La coppia ideale non disse nulla di particolarmente bello durante tutto il viaggio in città. Certo, Gilbert era troppo profondamente agitato alla prospettiva di vedere la sua vecchia innamorata che parlava con sua moglie! Anna sternutì. Cominciò a temere di starsi per prendere un raffreddore di testa. Sarebbe stato orribile tirare su col naso per tutta le cena davanti alla signora Andrew Dawson, *nata* Christine Stuart! Un punto sul labbro pizzicava... probabilmente le stava arrivando un terribile herpes. Giulietta aveva mai starnutito? E immagina Porzia coi geloni! O Elena Argiva con il singhiozzo! O Cleopatra coi calli!

Quando Anna scese di sotto nella residenza dei Barrett Fowler inciampò nella testa della pelle d'orso in anticamera, barcollò oltre la porta del soggiorno, attraverso la confusione di mobilia eccessivamente imbottita e di stupidaggini dorate che la signora Barrett Fowler chiamava il suo salotto, e crollò sul divano Chesterfield, atterrando fortunatamente dritta. Si guardò attorno sgomenta, in cerca di Christine, poi si accorse sollevata che Christine non aveva ancora fatto la sua comparsa. Sarebbe stato terribile se fosse stata seduta lì a guardare divertita la moglie di Gilbert Blythe che faceva un ingresso da ubriacona! Gilbert non le aveva neppure chiesto se si fosse fatta male. Era già profondamente immerso nella conversazione con il dottor Fowler e uno sconosciuto dottor Murray, che veniva da New Brunswick ed era l'autore di una ragguardevole monografia sulle malattie tropicali che aveva fatto clamore nei circoli medici. Ma Anna notò che quando Christine arrivò, annunciata come da un araldo dal profumo di eliotropio, la monografia venne immediatamente dimenticata. Gilbert si bloccò con un evidente lampo d'interesse negli occhi.

Christine rimase ferma per un solenne momento sulla soglia. Lei non inciampava nelle teste d'orso. Christine, ricordò Anna, aveva da sempre l'abitudine di fermarsi sulla soglia per mettersi in mostra. E senza dubbio considerò questa una splendida occasione per mostrare a Gilbert cosa si era perso.

Indossava un abito di velluto color porpora con lunghe maniche vaporose foderate d'oro e un lungo strascico a coda di pesce foderato di pizzo dorato. Una fascia dorata cingeva l'ala di capelli ancora scuri. Una catenina lunga, sottile, dorata, tempestata di diamanti, le pendeva dal collo. Anna all'istante si sentì sciatta, provinciale, incompleta, trascurata e sei mesi fuori moda. Desiderò non essersi messa quello stupido cuore di smalto.

Non c'erano dubbi che Christine fosse più bella che mai. Un po' troppo azzimata e ben tenuta, forse... sì, considerevolmente più grassa. Il suo naso non si era sicuramente accorciato e il mento era decisamente quello di una donna di mezza età. Ferma com'era sulla porta, si vedeva che i suoi piedi erano... notevoli. E la sua aria distinta non stava diventando un po' logora? Ma le sue guance erano ancora di avorio liscio e i suoi grandi occhi azzurro scuro ancora guardavano luminosi da sotto quelle intriganti increspature parallele che erano state considerate tanto affascinanti a Redmond. Sì, la signora Andrew Dawson era una donna molto bella... e non comunicava affatto l'impressione che il suo cuore fosse interamente sepolto nella tomba del suddetto Andrew Dawson.

Christine prese possesso di tutta la stanza nel momento stesso in cui vi entrò. Ad Anna parve di non figurare affatto nel quadro. Ma si mise a sedere eretta. Christine non doveva vedere nessun cedimento da mezza età. Sarebbe andata in battaglia tenendo alte tutte le sue bandiere. I suoi occhi grigi si fecero straordinariamente verdi e un lieve rossore colorò le sue gote ovali. ("Ricordati che hai un naso!") Il dottor Murray, che prima non l'aveva particolarmente notata, pensò con una certa sorpresa che Blythe avesse una moglie veramente fuori dal comune. Quell'affettata della signora Dawson sembrava veramente banale in confronto a lei.

"Ehi, Gilbert Blythe, sei più bello che mai", stava dicendo Christine, maliziosa... Christine *maliziosa!*..., "È bello vedere che non sei cambiato."
("Parla con la stessa vecchia pronuncia strascicata. Ho sempre detestato quella voce di velluto!")
"Quando ti guardo", disse Gilbert, "il tempo cessa di avere un significato. Dove hai imparato il segreto dell'eterna giovinezza?"
("Non ha una risata un po' fastidiosa?")
"Sai sempre fare bei complimenti, Gilbert. Sapete", con un'occhiata maliziosa attorno, "il dottor Blythe era una mia vecchia fiamma in quei giorni che lui finge siano solo ieri. E Anna Shirley! Non sei cambiata tanto quanto mi avevano detto... anche se non credo che ti avrei riconosciuta se mi fosse capitato d'incontrarti per strada. I tuoi capelli sono *un po'* più scuri che un tempo, vero? Non è semplicemente *divino* incontrarsi di nuovo così? Avevo una tale paura che la tua lombaggine non ti permettesse di venire."
"La mia lombaggine?"
"Sì. Non ne vai soggetta? Pensavo di sì..."
"Devo aver travisato le cose", si scusò la signora Fowler, "Qualcuno mi aveva detto che avevate avuto un brutto attacco di lombaggine..."
"Quella è la signora Parker di Lowbridge. Io non ho mai avuto la lombaggine in vita mia", disse Anna, recisa.
"È splendido che tu non l'abbia avuta", disse Christine, con qualcosa di sottilmente insolente nel suo tono di voce, "È una cosa veramente terribile. Io ho una zia che ne è proprio martire."
I suoi modi sembravano relegare Anna alla generazione delle zie. Anna riuscì a sorridere con le labbra, non con gli occhi. Se solo fosse riuscita a pensare a qualcosa di intelligente da dire! Sapeva che alle tre di notte le sarebbe probabilmente venuta in mente una risposta brillante, ma questo non l'aiutava adesso.
"Mi hanno detto che hai avuto sette bambini", disse Christine, parlando con Anna ma guardando Gilbert.
"Solo sei vivi", disse Anna, irrigidendo il volto. Ancora adesso non riusciva a pensare alla piccola, candida Joyce senza provare dolore.
"Che famiglia!", disse Christine.
Immediatamente sembrò una cosa disdicevole e assurda avere una famiglia numerosa.

"Tu, credo, non ne hai nessuno", disse Anna.

"Non mi è mai importato dei bambini", Christine si strinse nelle spalle notevolmente belle, ma la sua voce si fece un po' dura, "Temo di non essere un tipo materno. Non ho mai veramente pensato che l'unica missione di una donna fosse quella di far nascere bambini in un mondo già sovraffollato."

Allora andarono in sala da pranzo. Gilbert accompagnò Christine, il dottor Murray prese la signora Fowler e il dottor Fowler, un omino pingue che non riusciva a parlare con nessuno se non con un altro dottore, prese Anna.

Ad Anna parve che la stanza fosse piuttosto soffocante. C'era un profumo misterioso e nauseabondo. Probabilmente la signora Fowler aveva bruciato dell'incenso. Il menù era buono e Anna sopportò l'azione di mangiare senza appetito e sorridere finché non cominciò ad assomigliare al Gatto del Cheshire. Non riusciva a staccare gli occhi da Christine, che sorrideva continuamente a Gilbert. Aveva bei denti... quasi troppo belli. Sembravano quelli della pubblicità del dentifricio. Christine faceva straordinari movimenti con le mani mentre parlava. Aveva mani bellissime... anche se un po' grosse.

Stava parlando con Gilbert di velocità ritmiche per la vita. Che accidenti voleva dire? E lei lo sapeva cosa stava dicendo? Poi passarono alla Sacra Rappresentazione della Passione di Cristo. "Sei mai stata a Oberammergau[43]?", Christine domandò ad Anna.

Quando sapeva perfettamente che Anna non c'era stata! Perché una semplice domanda sembrava insolente se la faceva Christine?

"Certo, una famiglia ti lega terribilmente", disse Christine, "Oh, indovina chi ho visto il mese scorso, quando sono stata ad Halifax? Quella tua piccola amica... quella che ha sposato il sacerdote brutto... com'è che si chiamava?"

"Jonas Blake", disse Anna, "Philippa Gordon l'ha sposato. E non ho mai pensato che fosse brutto."

"*Ah, no?* Oh, certo, ognuno ha i suoi gusti. Be', a ogni modo li ho incontrati. *Povera* Philippa!"

Il modo in cui Christine disse "povera" faceva effetto.

"Perché povera?", domandò Anna, "Pensavo che lei e Jonas

---

43 Oberammergau: comune tedesco (in Baviera) famoso per i numerosi affreschi sulle facciate delle case e per le rappresentazioni della Passione di Cristo per le strade cittadine, fin dal 1634 (NDR)

fossero felici."

"Felici! Mia cara, se vedessi in che posto vivono! Un meschino villaggio di pescatori dove è un evento se i maiali entrano in giardino! Mi hanno detto che quel Jonas aveva avuto una buona chiesa a Kingsport, ma che l'ha rifiutata perché pensava fosse suo 'dovere' andare tra i pescatori che 'avevano bisogno' di lui. Non sopporto questi fanatici. 'Come fate a vivere in un posto così isolato e fuori mano?', ho chiesto a Philippa. E sai lei che mi ha risposto?"

Christine tese eloquentemente le mani piene di anelli.

"Forse quello che avrei detto io di Glen St. Mary", disse Anna, "Che quello era l'unico posto al mondo in cui poter vivere."

"Immagino che tu sia contenta lì", sorrise Christine *("Quell'orribile bocca piena di denti!")*, "Non hai davvero mai desiderio di una vita più ampia? Una volta eri piuttosto ambiziosa, se ricordo bene. Non scrivevi delle cosette intelligenti quando eri a Redmond? Un po' fantasiose e stravaganti, forse, però..."

"Le scrivevo per la gente che crede ancora nel paese delle fate. Ce n'è un numero sorprendentemente alto, sai? E amano ricevere notizie da quel mondo."

"E poi hai smesso?"

"Non del tutto... ma adesso sto scrivendo epistole viventi[44]", disse Anna, pensando a Jem e company.

Christine sgranò gli occhi, non riconoscendo la citazione. Che voleva dire Anna Shirley? Ma sì, certo, lei a Redmond era famosa per i suoi discorsi enigmatici. Aveva mantenuto il suo aspetto in maniera sbalorditiva, ma probabilmente era una dei quelle donne che quando si sposano smettono di pensare. Povero Gilbert! Lei l'aveva preso all'amo prima che andassero a Redmond. Lui non aveva mai avuto la minima possibilità di sfuggirle.

"Nessuno mangia più la Filippina[45] adesso?", domandò il dottor

---

44 Citazione biblica, dalla seconda lettera di San Paolo ai Corinzi (NDR)

45 Philopena, in inglese, è un gioco che si fa quando si trova una noce o una mandorla con frutto doppio. La persona che l'ha trovata, al saluto di "Buongiorno, Philopena", divide il secondo frutto con un'altra persona e in cambio ne riceve un dono o deve rispondere a una domanda. Il gioco è di origine tedesca, si chiama Gutenmorgen Vielliebchen (Buongiorno, dolcezza), che in francese diventa "Bonjour, Philipine", come se la seconda parola

Murray che aveva appena spezzato una mandorla gemella.

Christine si voltò verso Gilbert.

"Ti ricordi la Filippina che mangiammo noi una volta?", gli domandò.

("Non si sono scambiati uno sguardo eloquente?")

"E pensi che potrei dimenticarmene?"

Si tuffarono in un fiume di "ti ricordi?", mentre Anna fissava un quadro raffigurante pesci e arance appeso al di sopra del tavolo di servizio. Non aveva mai pensato che Gilbert e Christine avessero così tanti ricordi in comune. "Ti ricordi del nostro picnic sull'Arm?... ti ricordi la sera in cui andammo alla chiesa dei negri?... Ti ricordi la sera che andammo al ballo in maschera?... tu eri vestita da dama spagnola con un vestito di velluto nero, la mantiglia di pizzo e il ventaglio."

Gilbert evidentemente se lo ricordava in ogni dettaglio. Ma aveva dimenticato il suo anniversario di matrimonio!

Quando tornarono in salotto Christine guardò fuori dalla finestra, verso un cielo a oriente che mostrava un pallido argento dietro i pioppi scuri.

"Gilbert, facciamo una passeggiata in giardino. Voglio imparare di nuovo il significato della luna che sorge a settembre."

("Perché, la luna che sorge a settembre ha un significato diverso che negli altri mesi? E che vuol dire quel 'di nuovo'? L'aveva già imparato prima... con lui?")

Uscirono. Anna si sentì molto chiaramente e dolcemente ignorata. Si sedette su una sedia dalla quale si dominava su una veduta del giardino... anche se non avrebbe ammesso neppure a se stessa che l'aveva scelta per questo motivo. Poteva vedere Christine e Gilbert che passeggiavano lungo il sentiero. Che si stavano dicendo? Christine sembrava quella che parlava di più. Forse Gilbert era troppo emozionato per parlare. Stava forse sorridendo, lì fuori, in quel chiaro di luna, per ricordi nei quali lei non aveva parte? Ricordò le sere in cui lei e Gilbert avevano passeggiato nei giardini di Avonlea rischiarati dalla luna. Se n'era forse dimenticato?

Christine stava guardando in alto, verso il cielo. Naturalmente lei sapeva che esibiva quella sua bella gola piena e bianca quando alzava la testa a quel modo. S'era mai vista una luna più lenta a sorgere?

---

fosse un nome proprio. Il gioco è inteso soprattutto come forma di corteggiamento. È facile quindi capire perché Anna non ami sapere che l'hanno fatto anche Christine e Gilbert (NDR)

Quando finalmente tornarono, stavano arrivando altri invitati. Ci furono chiacchierate, risate, musica. Christine cantò... molto bene. Cantò per Gilbert... "quei cari, morti giorni al di là del ricordo"[46]. Gilbert si distese su una poltrona e rimase insolitamente silenzioso. Stava ricordando con nostalgia quei cari e morti giorni? Stava immaginando come sarebbe stata la sua vita se avesse sposato Christine? *("Prima avevo sempre saputo a cosa stesse pensando Gilbert. Comincia a farmi male il cuore. Se non ce ne andiamo subito tiro su la testa e mi metto a ululare. Grazie al Cielo il nostro treno parte presto.")*

Quando Anna scese giù, Christine era in piedi sul porticato con Gilbert. Lei tese una mano e gli tolse una foglia dalla spalla; un gesto che era come una carezza.

"Stai davvero bene, Gilbert? Sembri spaventosamente stanco. So che stai lavorando troppo."

Un'ondata di orrore si abbatté su Anna. Gilbert sembrava *davvero* stanco... spaventosamente stanco... e lei non se n'era accorta finché Christine non l'aveva sottolineato! Non avrebbe mai più dimenticato l'umiliazione di quel momento. *("Stavo dando Gilbert per scontato e lo accusavo di fare lo stesso con lei.")*

Christine si rivolse a lei.

"È stato bello incontrarti di nuovo, Anna. Proprio come ai vecchi tempi."

"Proprio", disse Anna.

"Ma stavo giusto dicendo a Gilbert che sembra un po' stanco. Dovresti prenderti meglio cura di lui, Anna. C'è stato un tempo, lo sai, in cui avevo veramente una bella cotta per questo tuo marito. Credevo davvero che fosse il miglior innamorato che avessi mai avuto. Ma devi perdonarmi, dal momento che non te l'ho portato via."

Anna s'irrigidì di nuovo.

"Forse anche lui si autocommisera perché non l'hai fatto", disse con una certa "regalità" non estranea a Christine ai tempi di Redmond, ed entrò nella carrozza del dottor Fowler che li

---

46 È il verso iniziale di "Love's old sweet song", popolare canzone d'amore del 1884. L'autore del testo, Graham Clifton Bingham, che era abitualmente uno scrittore di libri per bambini oltre che di canzoni (ne scrisse circa 1650), sostenne di averla scritta di getto alle quattro del mattino. Per le musiche selezionò diversi compositori ma alla fine scelse James Lynam Molloy. Resta una delle ballate più popolari dell'epoca vittoriana (NDR)

avrebbe accompagnati in stazione.

"Che creaturina buffa!", disse Christine stringendosi nelle belle spalle. Li guardò allontanarsi come se ci fosse qualcosa che la divertiva enormemente.

Capitolo 41

"Bella serata?", le domandò Gilbert, più distratto che mai, aiutandola a salire sul treno.

"Oh, deliziosa", disse Anna... che si sentiva, per usare la splendida espressione di Jane Welsh Carlyle[47], come se avesse "passato la sera sotto un frangizolle".

"Perché ti sei fatta i capelli in quel modo?", disse Gilbert, ancora distratto.

"È la nuova moda."

"Be', non ti sta bene. Può andar bene per certi capelli ma non per i tuoi."

"Oh, è un vero peccato che i miei capelli siano rossi", disse Anna, gelida.

Gilbert ritenne fosse saggio lasciar cadere quell'argomento. Anna, rifletté, era sempre stata piuttosto suscettibile sui suoi capelli. E comunque, era troppo stanco per parlare. Poggiò la schiena al sedile del vagone e schiuse gli occhi. Per la prima volta, Anna notò piccoli sprazzi grigi nei suoi capelli, sopra le orecchie. Ma indurì il cuore.

Camminarono silenziosamente fino a casa dalla stazione di Glen prendendo la scorciatoia per Ingleside. L'aria era piena del profumo degli abeti rossi e delle felci paromatiche. La luna splendeva su campi bagnati di rugiada. Passarono davanti a una vecchia casa abbandonata con le finestre tristi e rotte, finestre che un tempo avevano danzato di luce. "Proprio come la mia vita", pensò Anna. Adesso tutto sembrava avere per lei un tetro significato. La vaga falena bianca che le frullò davanti sul prato era, pensò tristemente, come un fantasma dell'amore svanito. Poi rimase impigliata con un piede in un archetto da croquet e quasi cadde a testa in giù in un cespuglio di phlox. Che accidenti credevano di fare i bambini lasciandolo lì? Gliel'avrebbe detto lei domattina cosa ne pensava! Gilbert disse solo "Ops!" a l'aiutò a mantenere l'equilibrio tenendola per la mano. Sarebbe stato così superficiale se fosse stata Christine a inciampare mentre risolvevano l'enigma del significato della luna che sorge?

Non appena entrarono in casa, Gilbert corse nel suo ufficio e Anna salì silenziosamente nella loro stanza, dove la luce della

---

47 Jane Welsh Carlyle, nata Jane Baillie Welsh (1801-1866), era la moglie del saggista e scrittore satirico inglese Thomas Carlyle ed è nota soprattutto per le sue lettere (NDR)

luna, immobile, argentea, fredda, si riversava sul pavimento. Andò alla finestra aperta e guardò fuori. Evidentemente era la notte in cui toccava al cane di Carter Flagg di ululare e lo stava facendo con entusiasmo. Le foglie dei pioppi scintillavano come l'argento alla luce della luna. Stanotte la casa attorno a lei sembrava sussurrare... sussurrare in maniera sinistra, come se non le fosse più amica.

Anna si sentì nauseata, fredda, vuota. L'oro della vita si era trasformato in foglie secche. Nulla aveva più senso. Tutto sembrava distante e irreale.

Lontano, più in basso, la marea stava tenendo con la spiaggia il suo convegno vecchio come il mondo. Riusciva – ora che Norman Douglas aveva tagliato il suo boschetto di abeti – a vedere la sua piccola Casa dei Sogni. Com'erano stati felici lì... quando bastava stare insieme a casa loro, con le loro visioni, le loro carezze, i loro silenzi! Nelle loro vite c'erano tutti i colori del mattino... Gilbert la guardava con quel sorriso negli occhi che riservava solo a lei... trovando ogni giorno un nuovo modo per dirle "ti amo"... condividendo le risate come condividevano il dolore.

E adesso... Gilbert si era stancato di lei. Gli uomini erano sempre stati così... sarebbero sempre stati così. Lei aveva creduto che Gilbert fosse un'eccezione ma adesso conosceva la verità. E come avrebbe fatto ad adattare la sua vita a questo?

"Ci sono i bambini, certo", pensò, fiacca, "Devo continuare a vivere per loro. E nessuno dovrà sapere... *nessuno*. Non voglio che mi compatiscano."

E questo cos'era? Qualcuno stava salendo le scale tre gradini alla volta, come Gilbert era solito fare tanto tempo fa, alla Casa dei Sogni... come non faceva più da tanto tempo. Non poteva essere Gilbert... ma era lui!

Irruppe nella stanza... gettò un pacchetto sul tavolo... prese Anna per la vita e danzò con lei tutt'attorno alla stanza come uno scolaro impazzito, fermandosi poi a riposare, senza fiato, in una pozza argentea di luce lunare.

"Avevo ragione, Anna... grazie a Dio, avevo ragione! La signora Garrow guarirà... l'ha detto lo specialista."

"La signora Garrow? Gilbert, sei impazzito?"

"Non te l'avevo detto? Ma certo che te l'avevo detto... oh, immagino che fosse un argomento così doloroso che non riuscivo a parlarne. Mi ha fatto preoccupare a morte per le ultime due settimane... sveglio o addormentato che fossi, non riuscivo a pensare ad altro. La signora Garrow vive a Lowbridge ed era una paziente di Parker. Lui mi chiese un consulto... io gli diedi una diagnosi diversa dalla sua... litigammo quasi... io ero sicuro di avere ragione... insistevo che ci fosse una speranza... la mandammo a Montreal... Parker diceva che non sarebbe mai tornata viva... suo marito era pronto a spararmi a vista. Quando se ne andò io andai in pezzi... forse mi ero sbagliato... forse la stavo torturando inutilmente. Ho trovato la lettera nel mio ufficio quando sono entrato... avevo *ragione* io... l'hanno operata... ha ottime probabilità di sopravvivenza. Piccola Anna, balzerei fin sulla luna! Ho perso vent'anni!"

Anna non sapeva se piangere o ridere... perciò cominciò a ridere. Era bellissimo poter ridere ancora... bellissimo avere di nuovo voglia di ridere. Improvvisamente era tutto a posto.

Gilbert la lasciò abbastanza a lungo da agguantare il pacchetto che aveva buttato sul tavolo.

"Non me n'ero dimenticato. Due settimane fa avevo mandato a prendere questo a Toronto. Ed è arrivato solo stasera. Mi sentivo così meschino stamattina, a non avere niente da darti, che non ho neppure fatto cenno a che giorno era... pensavo che te ne fossi dimenticata anche tu... speravo che te ne fossi dimenticata. Quando sono entrato in ufficio assieme alla lettera di Parker c'era il mio regalo. Vedi se ti piace."

Era un piccolo pendente di diamanti. Perfino alla luce della luna scintillava come una cosa viva.

"Gilbert... e io..."

"Provalo. Vorrei fosse arrivato stamattina... così avresti avuto qualcosa da indossare alla cena oltre a quel cuore di smalto. Anche se pure quello era piuttosto bello, rincantucciato nella bella conca della tua gola bianca, tesoro. Perché non hai tenuto il vestito verde, Anna? Mi piaceva... mi ricordava quel vestito coi boccioli di rosa che eri solita indossare a Redmond."

(*"Quindi lui aveva notato il vestito! E ricordava ancora quello vecchio di Redmond che aveva ammirato tanto!"*)

Anna si sentì come un uccellino liberato... volava di nuovo. Le braccia di Gilbert la cingevano... gli occhi di lui erano fissi nei suoi al chiaro di luna.

"Mi ami, Gilbert? Non sono solo un'abitudine per te? È da tanto tempo che non mi dici che mi ami."

"Caro, caro amore mio! Non pensavo avessi bisogno di parole per saperlo. Io non potrei vivere senza di te. Sei sempre tu che mi dai la forza. Da qualche parte nella Bibbia c'è un versetto che sembra fatto apposta per te... 'Essa gli dà felicità e non dispiacere per tutti i giorni della sua vita'[48]."

La vita, che solo pochi istanti prima era sembrata così grigia e insensata, era di nuovo d'oro, e rosa, e meravigliosamente iridescente. Il pendente di diamanti scivolò in terra, per il momento ignorato. Era bello... ma c'erano tante cose ancora più belle... la fiducia, la pace, il lavoro che dà gioia... l'allegria e la gentilezza... quel vecchio, *sicuro* sentimento di un amore certo.

"Oh, se potessimo fermare questo istante per sempre, Gilbert!"

"Avremo ben altri momenti. È tempo di fare una seconda luna di miele. Anna, ci sarà un grande congresso medico a Londra il prossimo febbraio. Noi ci andiamo... e dopo vedremo un po' del Vecchio Mondo. C'è una vacanza che ci aspetta. Saremo ancora soltanto due amanti... sarà come se ci fossimo sposati di nuovo. È da tanto che non sei più te stessa. (*"Perciò se n'era accorto."*) Sei stanca, hai lavorato troppo... hai bisogno di un cambiamento. (*"Anche tu, tesoro. Sono stata orribilmente cieca."*) Non voglio che si scagli su di me l'accusa che le mogli dei dottori non prendono mai le pillole. Torneremo riposati e ristorati, col nostro senso dell'umorismo completamente ristabilito. Bene, provati il pendente e andiamo a letto. Muoio di sonno... non faccio una nottata di sonno decente da settimane, tra i gemelli e la preoccupazione per la signora Garrow."

"Di che accidenti avete parlato tu e Christine tanto a lungo in giardino, stasera?", domandò Anna, pavoneggiandosi davanti allo specchio coi suoi diamanti.

Gilbert sbadigliò.

"Oh, non lo so. Christine continuava a borbottare. Ma ecco una delle cose che mi ha detto. Una pulce può saltare duecento volte la propria lunghezza. Tu lo sapevi, Anna?"

(*"Stavano parlando di pulci e io ribollivo di gelosia! Che idiota sono stata!"*)

"Com'è che vi siete messi a parlare di pulci?"

"Non me lo ricordo... forse sono stati i dobermann pinscher a suggerircelo."

"Dobermann pinscher? Cosa sono i dobermann pinscher?"

"Una nuova razza di cani. Pare che Christine sia un'intenditrice di cani. Io ero così ossessionato dalla faccenda della signora Garrow che non ho prestato molta attenzione a quello che diceva. Ogni tanto coglievo qualche parola a proposito di

---

48 Proverbi, 31:12, a proposito della donna ideale (NDR)

complessi e repressione... quella nuova psicologia[49] che sta emergendo... e arte... e gotta e politica... e rane."

"Rane?"

"Certi esperimenti che i ricercatori stanno facendo a Winnipeg. Christine non è mai stata molto divertente, ma stasera era più noiosa che mai. E maligna! Prima non era maligna."

"Che ha detto di tanto maligno?", domandò Anna, innocente.

"Non te ne sei accorta? Oh, immagino che tu non l'abbia afferrato... tu non hai quella malignità. Be', non importa. Quella sua risata mi dava un po' ai nervi. E quanto è ingrassata. Grazie a Dio tu non sei ingrassata, piccola Anna."

"Oh, non credo che sia ingrassata tanto", disse Anna, indulgente, "E sicuramente è una bellissima donna."

"Così così. Ma le si è indurito il volto... ha la tua stessa età ma dimostra dieci anni di più."

"E tu che parlavi della sua eterna giovinezza!"

Gilbert sogghignò, colpevole.

"Oh, bisogna pur dire qualcosa di civile. La civiltà non può esistere senza *un po'* d'ipocrisia. Oh, d'accordo, Christine non è malaccio, anche se non appartiene alla razza di Joseph[50]. Non è colpa sua se è tanto insipida. Quello cos'è?"

"Il mio regalo d'anniversario per te. E voglio un cent in cambio... non voglio correre rischi. I tormenti che ho sopportato stasera! Ero divorata dalla gelosia per Christine."

Gilbert parve genuinamente sbalordito. Non gli era mai balzato in mente che Anna potesse essere gelosa di qualcuno.

"Ma piccola Anna, non avevo mai pensato che tu fossi gelosa."

"Oh, ma lo sono. Anzi, anni fa ero follemente gelosa per via della tua corrispondenza con Ruby Gillis."

"*Io* avevo una corrispondenza con Ruby Gillis? Me n'ero dimenticato. Povera Ruby. Ma che mi dici allora di Roy Gardner? Il bue che chiama l'asino cornuto!"

"Roy Gardner? Philippa mi ha scritto non molto tempo fa che l'aveva visto ed è diventato decisamente pingue. Gilbert, il dottor Murray potrà essere eminente nella sua professione ma sembra veramente uno stecco, e il dottor Fowler assomiglia a una ciambella. Tu eri così bello – e rifinito – di fianco a loro."

"Oh, grazie... grazie. Ecco una cosa che una moglie dovrebbe dire. E per restituire il complimento, pensavo che tu stasera

---

49 Si riferisce alla psicanalisi (NDR)
50 La versione di Miss Cornelia degli "spiriti affini" di Anna, come da quinto libro, La Casa dei Sogni (NDR)

fossi particolarmente bella, Anna, nonostante quel vestito. Avevi un po' di colore e i tuoi occhi erano incantevoli. Aaah, ora sì! Nessun posto è come il letto, quando ci sei dentro. C'è un altro versetto nella Bibbia... buffo come quei vecchi versetti che s'imparano alla scuola domenicale ti vengano in mente nel corso della vita!... 'In pace mi corico e subito mi addormento'[51]... in pace... mi addormento... buonanotte."

Gilbert si addormentò quasi prima di terminare la parola. Caro, stanco Gilbert! I bambini potevano andare e venire quella notte, ma nessuno avrebbe disturbato il suo sonno. Il telefono poteva pure squillare fino a consumarsi.

Anna non aveva sonno. In quel momento era troppo felice per dormire. Si mosse rapida per la stanza, mettendo via cose, intrecciandosi i capelli, con l'aria di una donna amata. Alla fine s'infilò il negligé e attraversò l'anticamera, per andare nella stanza dei ragazzi. Walter e Jem nel loro letto e Shirley nel suo lettino erano profondamente addormentati. Gamberetto, che era sopravvissuto a generazioni di gattini impertinenti ed era diventato un'abitudine di famiglia, era raggomitolato ai piedi di Shirley. Jem si era addormentato leggendo "Il diario di bordo di Capitan Jim"... era aperto sul copriletto. Ma *com'era alto* Jem sotto le coperte! Presto sarebbe stato grande. Che piccino leale e affidabile era! Walter sorrideva nel sonno come uno che conosca un segreto affascinante. La luna brillava sul suo cuscino attraverso le sbarre della finestra a piombo... gettando l'ombra di una croce chiara e definita sul muro al di sopra della sua testa. Nei lunghi anni seguenti Anna la ricordò e si chiese se non fosse stata un presagio di Courcelette[52]... di una tomba segnata da una croce "da qualche parte in Francia". Ma stanotte era solo un'ombra... nient'altro. Lo sfogo era sparito dal collo di Shirley. Gilbert aveva avuto ragione. Lui aveva sempre ragione. Nan, Diana e Rilla erano nella stanza accanto... Diana coi suoi deliziosi riccioli rosso fuoco sulla testa e una manina abbronzata sotto una guancia, e Nan coi lunghi ventagli delle ciglia che le sfioravano le gote. Gli occhi dietro quelle palpebre venate d'azzurro erano nocciola come quelli di suo padre. E

---

51 Salmi, 4:9 (NDR)

52 La battaglia di Flers-Courcelette ebbe inizio il 16 settembre 1916 e durò una settimana. Segnò il debutto delle divisioni del Canada e della Nuova Zelanda nella Prima Guerra Mondiale. È anche stata la prima battaglia che vide l'impiego in guerra dei carri armati (NDR)

Rilla dormiva a pancia in giù. Anna la voltò su un fianco ma i suoi occhi serrati non si aprirono.

Stavano crescendo tutti così in fretta. Ancora pochi, brevi anni e sarebbero stati giovani uomini e giovani donne... d'una giovinezza ansiosa... piena di prospettive... costellata di sogni dolci e sfrenati... piccole navi che partono da porti sicuri per porti sconosciuti. I ragazzi se ne sarebbero andati per vivere una vita di lavoro e le ragazze... ah, poteva vedere le forme velate delle belle spose scendere dalle vecchie scale di Ingleside. Ma per qualche anno sarebbero ancora stati suoi... suoi da amare e da guidare... a cui cantare le canzoni che tante madri avevano già cantato. Suoi... e di Gilbert...

Uscì e attraversò l'anticamera, verso il bovindo. Tutti i suoi sospetti, e le gelosie, e i risentimenti, se n'erano andati lune fa. Ora era fiduciosa, allegra, felice.

"Blythe[53]! Proprio come mi sento!", disse, ridendo per quello stupido gioco di parole, "Mi sento esattamente come mi sentivo quel mattino in cui Pacifique mi disse che Gilbert aveva 'passato la fase critica'[54]."

Sotto di lei c'erano il mistero e la bellezza di un giardino notturno. Le colline lontane, spruzzate della luce lunare, erano una poesia. Tra pochi mesi avrebbe visto la luce della luna sulle distanti e vaghe colline della Scozia... su Melrose... sulla diroccata Kenilworth... sulla chiesa presso il fiume Avon dove riposava Shakespeare... forse perfino sul Colosseo... sull'Acropoli... su dolenti fiumi che scorrevano attraverso morti imperi.

La notte era fredda. Presto le più pungenti, più fredde notti autunnali sarebbero arrivate. Poi la neve alta... la bianca neve alta... la bianca neve alta dell'inverno... notti impetuose di venti e di tempeste. Ma chi se ne importava? Ci sarebbe stata la magia del fuoco in belle stanze... Gilbert non aveva forse detto, non molto fa, che si sarebbe procurato ceppi di melo da bruciare nel camino? Quelli avrebbero nobilitato le grigie

---

53 Blythe è il cognome di Gilbert, ma blithe significa anche felice, allegro (NDR)

54 Verso la fine del terzo libro, Anna dell'Isola, Gilbert si ammala e rischia di morire. Anna solo in quel momento capisce di amarlo e passa una tragica notte di veglia nel timore di perderlo, ma il mattino dopo è proprio il lavorante francese Pacifique a dirle che Gilbert è in salvo, avendo superato la fase critica della malattia (NDR)

giornate destinate a venire. Che importavano la neve accumulata e i venti taglienti quando l'amore ardeva chiaro e luminoso, con la primavera più in là? E tutte le piccole dolcezze della vita sparse sul cammino.

Si allontanò dalla finestra. Con la sua camicia da notte bianca e i capelli acconciati in due lunghe trecce, sembrava ancora l'Anna dei Tetti Verdi di una volta... quella dei tempi di Redmond... quella dei tempi della Casa dei Sogni. Quel bagliore interiore traspariva ancora in lei. Dalle porte aperte veniva il lieve respiro dei bambini. Gilbert, che raramente russava, stava indubbiamente russando adesso. Anna sogghignò. Pensò a qualcosa che Christine aveva detto. Povera Christine senza figli, che scoccava le sue piccole frecce di derisione.

"Che famiglia!", ripeté Anna, esultante.

FINE